本书为江苏省教育厅江苏高校哲学社会科学研究重大项目
“基于价值共创的高校图书馆阅读推广品牌构建研究”阶段性成果。

阅读文化育人丛书（2021卷）

书架上的指南针

孙莉玲　李爱国　主编

东南大学出版社
SOUTHEAST UNIVERSITY PRESS
·南　京·

图书在版编目(CIP)数据

书架上的指南针.2021卷/孙莉玲,李爱国主编.--南京:东南大学出版社,2023.2

ISBN 978-7-5766-0282-1

Ⅰ.①书… Ⅱ.①孙… ②李… Ⅲ.①文学欣赏—中国 Ⅳ.①I206

中国版本图书馆CIP数据核字(2022)第200831号

责任编辑:许 进 责任校对:张万莹 封面设计:王 玥 责任印制:周荣虎

书架上的指南针2021(ShuJia Shang De ZhiNanZhen 2021)

主　　编: 孙莉玲 李爱国
出版发行: 东南大学出版社
社　　址: 南京四牌楼2号 邮编:210096
网　　址: http://www.seupress.com
电子邮件: press@seupress.com
经　　销: 全国各地新华书店
印　　刷: 广东虎彩云印刷有限公司
开　　本: 700毫米×1000毫米 1/16
印　　张: 16.5
字　　数: 360千
版　　次: 2023年2月第1版
印　　次: 2023年2月第1次印刷
书　　号: ISBN 978-7-5766-0282-1
定　　价: 78.00元

本社图书若有印装质量问题,请直接与营销部联系。电话(传真):025-83791830

《书架上的指南针》

编写委员会

顾　　问：黄大卫

主　　编：孙莉玲　李爱国

副 主 编：李瑞瑞　华苏永

编委会成员：孙莉玲　李爱国　李瑞瑞　华苏永

李晓鹏　刘珊珊　武秀枝　蒋　辰

卢欣宇　徐晓艳

PREFACE
前　言

“读万卷书，行万里路”一直是获取知识、修身治国的重要途径，而面对突如其来而蹒跚不去的疫情，“行万里路”有了种种限制和无奈。于是读书，去了解更广大的世界，去碰撞更深邃的思想，去接触更伟大的灵魂，去接纳更不一样的自己，就成了更多人的日常。当我们开始真正地阅读，就自然而然会产生强烈的博览群书的愿望，这是一个良性循环。然而，人类历史悠久，大量的书籍浩如烟海，加上现代科技的加持，我们面对的阅读材料空前丰富，“万卷书”已经不再是一个数字概念，而是一个象征意义的概念。爱因斯坦曾说过：“在阅读的书中找出可以把自己引领到深处的东西，把其他一切统统抛掉。”那么，到底什么可以把我们“引领到深处”呢？一是“读什么”，就是要慎重选择阅读的对象；二是“怎样读”，就是要摒弃碎片化和浅尝辄止，进行深度的有质量的阅读。“从万卷书中找到最值得品读的作品”就是本丛书出版的真正目的。

那么，究竟哪些才是值得我们付出时间阅读的书呢？东南大学图书馆按照经典性、普适性、可读性和思想性的标准，在参考了古今中外诸多名家推荐的必读书目的基础上，结合专家、教授意见，从“万卷书”中遴选出27本好书，囊括人文、社会与自然科学的经典文献和畅销好书，分为“文学与文化”“科普与教育”“艺术与哲学”三大篇章。如“文学与文化”篇章，入选的书目有《论语》《儒林外史》《红楼梦》《老人与海》等古往今来的文学巨著，其经典性和普适性可见一斑。

一本书出现在你面前时，肌肉包着骨头，衣服包裹着肌肉，可说是盛装而来。怎么读？不同的人可能有不同的读法。我们号召了一批优秀的图书馆人和阅读推广人，按照统一体例对27本书进行深度导读。我们对作者的生平及作品产生的时代背景加以解读，以满足读者进一步阅读的需要；对作品的基本内容和思想内涵、主旨与情感、影响及价值等进行分析，为读者进一步阅读原著打下基础，提高易读性。本书作为集体智慧的结晶，每篇文章都从不同的角度立意，突破了个人眼界的局限性，让阅读思维更加全面综合，让阅读情感更加立体饱满。但大凡读书，仁者见仁，智者见智。本书的所有观点，也只是导读者的个性理解，我们希望读者在真正阅读各著作时，能保有自己的看法和理解。唯愿读者诸君从阅读中体会世界的广大、智慧的光彩、生命的意义、人生的丰富。

最后，要诚挚感谢在本书建设过程中付出辛劳、贡献和智慧的各位老师、同学和阅读推广人。本书的成功出版有赖于你们的鼎力支持和厚爱，再次道声谢谢！

《书架上的指南针》编委会

2022年3月

“悦读”，乐观向未来！

——序《书架上的指南针》

徐　雁

在中外阅读史上，2022年，是一个具有里程碑意义的年份。因为在整整半个世纪前，联合国教科文组织向世界各国发出了“走向阅读社会”的号召，召唤社会成员人人读书，让书籍成为人类生活的必需品，让读书的行为成为每个人日常生活中所不可或缺的一部分，并在1995年宣布，自次年开始，每年的4月23日为“世界图书与版权日”（在中国内地，习称“世界读书日”）。而十年前的金秋时节，党的十八大报告中也破天荒地发出了“开展全民阅读活动”的号召。

于是，2014年3月5日上午，李克强总理代表国务院在向两会代表所作的《政府工作报告》中，首次提出了“倡导全民阅读”的要求。此后数年在《政府工作报告》中的提法，依次是：“提供更多优秀文艺作品，倡导全民阅读，建设学习型社会，提高国民素质”（2015年）；“深化群众性精神文明创建活动，倡导全民阅读，普及科学知识，弘扬科学精神，提高国民素质和社会文明程度”（2016年）；“大力推动全民阅读，加强科学普及”（2017年）；“倡导全民阅读，建设学习型社会”（2018年）；“倡导全民阅读，推进学习型社会建设”（2019年）；“倡导全民健身和全民阅读，使全社会充满活力、向上向善”（2020年）；“推进城乡公共文化服务体系一体建设，创新实施文化惠民工程，倡导全民阅读”（2021年）。而今年3月，《政府工作报告》中的最新要求是“深入推进全民阅读”。

从2012年11月党中央号召“开展全民阅读活动”，到国务院提出“深入推进全民阅读”的最新要求，全民阅读走过了任重道远的关键十年。众所周知，“勤读书”“善读书”“乐读书”的行动，以及“读好书”的选择，“好读书”的情意，都是阅读文化的基本内涵。个体的阅读可以长知识、学文化、开视野，进而修素养之身、怡洒脱之情、养浩然之志，而一个有全民阅读自觉的民族，将是一个乐观向阳有希望的民族。

2020年10月22日，中共中央宣传部印发的《关于促进全民阅读工作的意见》中明确提出，要通过大力推动“全民阅读”各项工作，到2025年，显著增强“优质阅读内容供给能力”，并显著提升“国民综合阅读率”。为此，正当青春年少的在校大学生，自然成为全民阅读最值得期待的生力军。一方面，他们应借助阅读中外名著经典、古今佳作好书，提升自己参与未来生活的素养和能力；另一方面，在不久的将来，他们行将建立自己的小家庭，为人父母，成为自己孩子的领读人和首席教师。

“人生唯有读书好，学海无涯任逍遥。开卷多益气自华，谁人不夸学子骄？”那么，如何在书林学海之中，找到与自己的兴趣、爱好和生涯发展愿景相关联的好书？一书在手，怎样才能有效地汲取其中的知识、经验、学问和智慧，然后学以致用、知行合一，赋能于自己的职业、事业和志业？类此主题，正是高校阅读推广的题中应有之义。

我向来认为，校园阅读推广的文化功能之一，就是用种种创意性质的活动，去引导师生成为阅读的“行者”。而书目推荐和书评文章，无疑是一种精细推广读物的好方法。“嚼得菜根，做得大事”，是清末民初教育家、两江师范学堂监督李瑞清先生的名言，也是东南大学早年的校训。假如用此老箴言来演绎当今新学风的话，那就不妨以“啃得经典，做得大事”这样的话来做东南大学莘莘学子励志读书的座右铭吧。

大概东南大学图书馆各位同人正是有鉴于此，多年来，十分重视大学生阅读推广工作，使之始终走在省内外高校图书馆读者服务工作的前列。今年，他们又遴选出《论语》《红楼梦》《围城》《老人与海》《解忧杂货店》等27种中外好书，并组织有关人士撰文予以导读，以《书架上的指南针》为名结集出版。全书内容略分为“文学与文化”“科普与教育”“艺术与哲学”三辑。承馆长李爱国君盛邀为书作序，辞谢不得，谨书此千余言以为答卷。

“读书之乐乐何如？绿满窗前草不除。”“读书之乐乐无穷，瑶琴一曲来薰风。""读书之乐乐陶陶,起弄明月霜天高。""读书之乐何处寻?数点梅花天地心。"这是元代教育家翁森对春、夏、秋、冬四时读书的深情咏怀。千百年来,我们依然能够从中感受到华夏阅读既源远流长又芸香流芳的丰富内涵。至于其中的读书明理之乐、开卷求知之趣,则已尽在言外,再无须在此赘言和饶舌了。是为序。

壬寅年小满节后,书于金陵雁斋山居。

(作者系南京大学教授、博士生导师,兼中外阅读学研究会名誉会长)

CONTENTS

目 录

前言…… 001

“悦读”，乐观向未来！——序《书架上的指南针》…… 徐　雁 001

文学与文化 …… 001

风乎舞雩，咏而归——《论语》中的师生日常 …… 袁曦临 003

朝闻道，夕不甘死——《论语》中孔子思想一种解读…… 姜婉舒 012

荣身取进不自由，仰求依归总失时 …… 李晓鹏 022

说不尽的《红楼梦》——回归，说说文本 …… 孙莉玲 030

围城内外…… 胡曦玮 041

不能被打败的“硬汉” …… 刘珊珊 049

风雨飘摇白鹿原…… 李至楠 057

原始生命力的崇拜…… 徐文强 065

云在青天水在瓶…… 夏　圆 073

跨时空回信…… 刘珊珊 082

科普与教育 …………………………………………………… 091

通俗易懂的科普旅程…………………………………… 王旭峰 092
科学界的世纪大战…………………………………… 管　杰 104
交织于一万三千年间的历史轨迹…………………………… 杨映雪 115
推翻病王的革命…………………………………… 楚浩然 124
关于衰老与死亡，你必须知道的常识 ……………………… 杨明芳 132
赤子孤独了，会创造一个世界 ………………………… 徐文强 141
如何阅读一本书…………………………………… 王　骏 148
学会时间管理，迎接美好人生 ………………………… 李瑞瑞 158
愿我们终将如鸟，飞往自己的山 ……………………… 卢欣宇 166

艺术与哲学 …………………………………………………… 175

何妨吟啸且徐行——居庙堂与处江湖的苏东坡 …………… 孙莉玲 176
一个持续奋斗者的进阶之路………………………………… 武秀枝 184
梦想？现实？ …………………………………………… 许利杰 191
窥探艺术之美…………………………………………… 张　畅 199
美是实践的理性………………………………………… 王　梅 211
通向内在之路的独白…………………………………… 刘宇庆 221
哲学不会使我们富有，却会使我们自由 ………………… 武秀枝 229
重读米兰・昆德拉………………………………………… 吴　媚 236
勇气的心理学…………………………………………… 李瑞瑞 245

文学与文化

风乎舞雩，咏而归

——《论语》[1]中的师生日常

导读人：袁曦临

中国历史上，孔子是第一个广收门徒、兴私人讲学之风的人，“孔子以诗书礼乐教，弟子盖三千焉，身通六艺者七十有二人”。门下人才济济，这样的盛况大概持续了几十年，在当时即已产生巨大的影响。孔子去世后，“七十子之徒散游诸侯，大者为师傅卿相，小者友教士大夫，或隐而不见。故子路居卫，子张居陈，澹台子羽居楚，子夏居西河，子贡终于齐。如田子方、段干木、吴起、禽滑釐之属，皆受业于子夏之伦，为王者师”。总之，孔门学说从此开枝散叶，流传千古。

《论语》作为记录孔子及其弟子言行而编成的语录文集，全书共20篇492章，多为语录，语句、篇章形象活泼，浅近易懂，生动地呈现了师生同门之间的对话和行动，人物形象跃然纸上，呼之欲出。在我看来，《论语》的可贵之处倒不仅在于是儒学的经典，更重要的是留下了孔子与学生们的教学生活日常，这样的口述历史才是真正难能可贵的。作为老师，孔子肯定是很成功的，要不怎么会说“天不生仲尼，万古长如夜”呢？但是在先秦那个述而不作的年代，真正

① 《论语》是儒家经典之一，是一部以记言为主的语录体文集，主要以语录和对话文体的形式记录了孔子及其弟子的言行。清朝赵翼解释说：“语者，圣人之语言，论者，诸儒之讨论也。”所谓《论语》，是指将孔子及其弟子的言行记载下来编纂成书。现存《论语》20篇492章，其中记录孔子与弟子及时人谈论之语444章，记孔门弟子相互谈论之语48章。作为儒家经典的《论语》，其内容博大精深，包罗万象，主要包含三个既各自独立又紧密相依的范畴：伦理道德范畴——仁，社会政治范畴——礼，认识方法论范畴——中庸。孔子确立仁的范畴，进而将礼阐述为适应仁、表达仁的一种合理的社会关系与待人接物的规范，进而明确“中庸”的系统方法论原则。“仁”是《论语》的思想核心。

帮助老师确立学术地位、把孔门学说发扬光大的，说到底还是学生。没有学生帮着编《论语》，今天如何能知道孔子都说了点什么，教了点什么，又或怎么教的？如果不是《论语》，我们怎么会了解孔子和他的弟子们是如何学习与生活的呢？《论语》留下了孔门师生日常生活的一手资料。

一、《论语》版本及源流

公元前213年，秦始皇焚书坑儒，《论语》作为儒家经典自然也在焚毁之列。当时的儒生主要是通过口头讲授使《论语》得以延续下来。这种口传心记的形式不免产生错漏，由此出现了《鲁论》和《齐论》两个版本。此外，汉代学者王充在《论衡·正说篇》中记载："汉兴失亡，至武帝发取孔子壁中古文，得二十一篇。"即汉武帝时从孔家宅壁中又发掘出一个版本，共21篇，史称《古论》。至此，西汉之后就有三种版本并行于世。根据何晏在《论语集解·叙》中的记载，《鲁论》有20篇，为三个版本中篇数最少的；《齐论》有22篇，比前者多了《问王》《知道》2篇，且其他篇章中的字句数也有所增加；《古论》有21篇，无《问王》《知道》，而是将《尧曰》篇中"子张问"之后的文字单列为一篇，命名为《从政》。

在现行本《论语》之前，《论语》的原始文本曾经历过两次较大篇幅的改订：

第一次是西汉末年的张禹对《论语》的改订。张禹将《鲁论》《齐论》《古论》"三论"做了考订，依从《鲁论》20篇的篇次，删去《齐论》中的《问王》《知道》2篇，被后世称为《张侯论》。此后，三国魏何晏的《论语集解》、南朝皇侃的《论语义疏》、北宋邢昺的《论语注疏》、南宋朱熹的《论语集注》、清代刘宝楠的《论语正义》以及近现代程树德的《论语集释》、杨伯峻的《论语译注》等众多文本都是以《张侯论》为底本，故可将其视为现行《论语》的祖本。

第二次是东汉末年的郑玄对《论语》的改订。郑玄于晚年开始对《论语》篇章文字进行改订，并加以注释。但对郑玄所用底本的讨论至今仍未有定论。依据何晏、皇侃、陆德明、邢昺等人的观点，郑玄是以《鲁论》20篇为底本，参照了《齐论》和《古论》；后来也有观点依据《隋书·经籍志》中"以《张侯论》为本，参考《齐论》《古论》而为之注"的记载，认为由于《张侯论》出自《鲁论》，兼采《齐论》，因此郑玄应当是以《张侯论》为底本，又以《古论》为校本。

可见，后世学者主要是以《张侯论》作为校订、阐释《论语》的底本，因此该版本也成为最具权威和主流的原文版本，对后世论语的研究影响深远。

二、《论语》的主要阐释版本

秦汉以后，《论语》原文基本确定，但汉末距孔子所处的春秋时代已700余年，对《论语》的理解也发生了巨大变化，故后世出现了许多集解、注疏、注译等版本，尤以《论语集解》《论语义疏》《论语注疏》《论语集注》《论语正义》最具代表性。

其中，三国魏时何晏编撰的《论语集解》收录范围包括孔安国、包咸、周氏、马融、郑玄、陈群、王肃、周生烈等多家观点，成为当时的通行版本。该书采用"集解"方式进行导读，汇集了东汉以前对《论语》的主要研究成果，从选材和体例上都为后世集注提供了良好的范本。由于何氏《集解》之前的本子大多佚失，所以该版《集解》成为现存最古、最为完整的《论语》注本。南朝梁学者皇侃在《论语集解》的基础上，对论语原文和后世注文又做了详细的阐释，编成《论语义疏》10卷。当时玄学盛行，因而该书集述了很多释家、老庄思想。北宋时期学者邢昺对"皇疏"中的释家、老庄思想部分进行删改，并将《论语义疏》10卷拆解为20卷的《论语注疏》（又称《论语正义》或《论语注疏解经》），这堪称"朱注"之始基，后来成为"十三经"的标准注疏本。至南宋时，朱子结合集解和注疏两种方式，集毕生心血著成《四书章句集注》，其中《论语集注》是最重要的一部分。该书不仅有对前人注释和疏解等内容的辨析及二次阐释，还有对原文的个人观点。《论语集注》成为《论语》研究史上最有影响的一部著作，并从元代以后被确定为科举取士的标准教材。"元明以来以之取士，几于人人习之。清初汉学再兴，始有异议者。誉之者尊为圣经贤传，一字无敢逾越；诋之者置之源不议不论之列。"

至清代，学界思想活跃度减弱，而训诂、考据、版本等小学盛行，体现在清末经学家刘宝楠父子编撰的《论语正义》中，就是在注释时尤其注重文字训诂和史实考订，对人名地名、典章制度、风俗礼节、历史故事等考证详备，采取兼收并蓄的态度，"乃荟萃而折中之，不为专己之学，亦不分汉宋门户之见，凡以发挥圣道，证明典礼，期于实事求是而已"。列出不能定论的异说，由读者自行鉴别。《论语正义》因此成为清代之前对《论语》整理研究成果的集大成之作。

近代以来，对《论语》的阐释又出现了一个高潮，广为流传的版本有法史学家程树德的《论语集释》和杨伯峻的《论语译注》。《论语集释》由中国著名法律史学家程树德先生编撰。程树德先生一生致力于国际法、宪法、中国法制史研究，晚年对《论语》进行深入研究，撰成《论语集释》40卷。该书在立意上，以经世致用为主，兼顾训诂、考据和义理，博采古今《论语》。《论语译注》由中国著名的语言学家、古籍研究专家杨伯峻先生编撰。该版本面向的对象是普通读者。考虑到读者的古文阅读能力，该版本在结构上采用较为系统的“原文—译文（现代汉语）—注释”三个部分。比较而言，《论语集释》考据翔实，《论语译注》解释通俗，两者结合起来比较宜于现代读者阅读。

三、《论语》中的社会网络结构

如上所述，关于《论语》的阐释之作众多，对于儒学思想的论著亦汗牛充栋，在本篇中我所关注的是孔子及其弟子的教学生活日常。斯人虽已久逝，好在还有《论语》在。作为一部记录孔子及其弟子言行的语录，其中自然记录了老师和学生，以及同学、朋友之间的讨论、闲扯甚至吐槽。

为了重现孔门弟子的日常生活，故重新精读了《论语》，并按照人物的对话关系，建立了《论语》中人物关系矩阵。然后将矩阵导入UCINET中，绘制并分析《论语》中人物的社会关系网络，如下图所示。

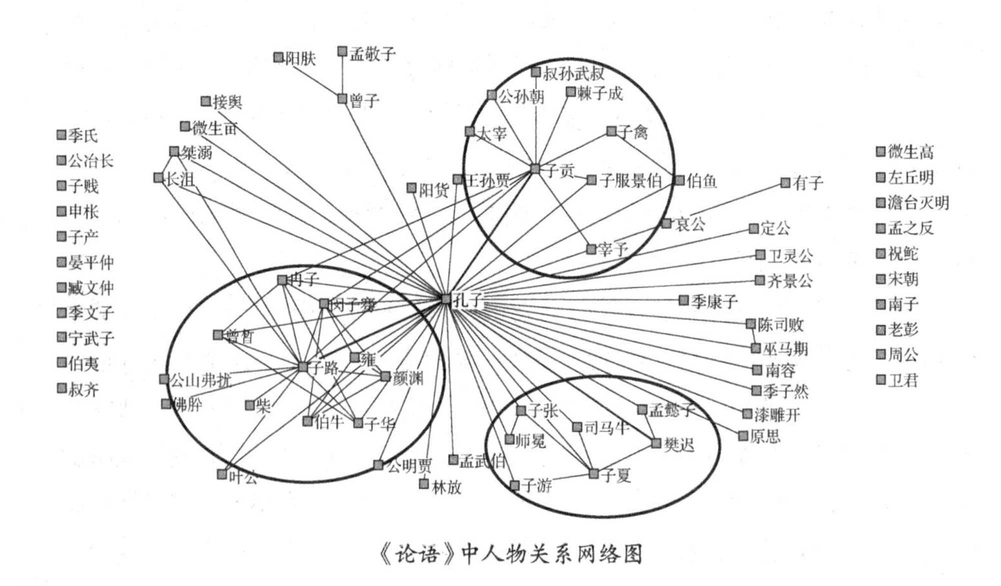

《论语》中人物关系网络图

从上图中不难看出，孔子作为老师，是绝对的中心，与孔子关系最密切的是子路、子贡，整个网络呈现出“1个核心人物”（孔子）和“2个中心集团”（子路、子贡）的特点。再仔细分辨一下，可以发现孔门里面有3个规模比较大的朋友圈，它们分别是围绕子路、子贡、子夏形成的。我们来看一下，这3个朋友圈都是怎样的人员组成：

（一）“子路朋友圈”：包括颜渊、子华、雍、伯牛、曾皙、柴、叶公、佛肸、长沮、桀溺，成员身份比较杂。这个圈子是孔子最早的一批学生；孔子年龄上和这些学生最为接近。

（二）“子贡朋友圈”：包括宰予、子服景伯、叔孙武叔、公孙朝、棘子成、太宰、子禽，成员身份主要是士大夫和贵族。

（三）“子夏朋友圈”：包括子张、樊迟、子游等人。这个圈子的规模要小一些，与孔子的关系也要远一些。主要是因为年纪相差比较大：子夏比孔子小了44岁，与子路一辈的同学差了20多岁，明显玩不到一起，有代沟。

孔子今天被尊为圣人，其实孔子少时艰苦卑微，父亲早亡，出身也不怎么清白，孤儿寡母，很受社会歧视。在这样一种境遇下，孔子靠自己的才智和审时度势的天赋，集合了几个志同道合的兄弟，在官学垄断的前提下办起了一个民间学堂。孔子当年招生的学费很低，只要能给些干肉和土特产就行。正因为当时办学艰辛，所以一开始与孔子共同创业的学生自然与孔子最为亲密，这其中子路是孔子最信任的人。

第一个朋友圈，无疑是围绕子路形成的。孔子和子路两人既是师生，又是哥们儿。《史记》中还记载说子路原本就和孔子认识。当时子路在鲁国以力大搏虎著称，时常打猎物换粮食回家供养父母，所以有子路“百里负米”之说。初次见孔子时，子路还挥着长剑，有霸凌之意。入学后，子路请问孔子：“卫君待子而为政，子将奚先？”孔子说：“必也正名乎。”子路听了，立马嘲笑说：“有是哉，子之迂也，奚其正？”孔子被怼得气急：“野哉，由也！君子于其所不知，盖阙如也。名不正则言不顺，言不顺则事不成，事不成则礼乐不兴，礼乐不兴则刑罚不中，刑罚不中则民无所措手足。”可见两人的师生关系不一般，是很亲密平等的。在卫国，子路还敢黑下脸，质问孔子为什么要见名声不好的南子。到孔子周游列国的时候，孔子54岁，子路45岁，是年龄最大的学生，子贡和冉求25岁，颜回24岁。可以想象一下，孔子会和谁最有共同语言？肯定得是子路。子路不仅是学生，似乎也担任了教务安保的职责，所以孔子会说："道不行，乘桴浮于海，从我者其由与！"

第二个朋友圈的核心是子贡。子贡复姓端木，名赐。孔子死后，子贡守了6年丧，是守丧时间最长的一位学生。仔细看《论语》，会发现里面出现次数最多的学生不是子路、颜回，也不是子思、子夏，而是子贡。颜回、子思出现20余次，子贡却出现达50余次。子贡不仅能言善辩，还善于经商，富致千金，曾任鲁、卫两国之相，"使孔子名布扬于天下"。尽管这样，从表面上看，孔子是不喜欢子贡的，老是批评他，《论语・宪问》篇有提到"子贡方人"，就是说子贡喜欢讥评别人，这性格应该是孔子不喜欢的。孔子不喜欢巧言令色，认为鲜矣仁。但是，从内心深处来讲，孔子或许恰恰是特别喜爱这个学生的，虽然在言语上不承认。因为只有在子贡面前，孔子才会说一些富有特别的感情色彩的话，比如孔子自知将不久于人世，叹息"太山坏乎！梁柱摧乎！哲人萎乎！"子贡就站在边上；孔子临死之前，子贡在外做事还没有赶回，等子贡赶回来了，孔子说："赐，尔来何迟也？"众所周知孔子对颜回有所偏爱，但情感上子贡或许更贴心吧。

在子贡的朋友圈中，宰予很特别，思维非常活跃，是孔子晚年收到的最具批判性思维的学生。有次和孔子讨论孝道的问题，宰予当面说孔子的"三年之丧"不可取："三年之丧，期已久矣。君子三年不为礼，礼必坏；三年不为乐，乐必崩。"他认为可改为"一年之丧"。孔子说：才一年的时间，你就吃上了大米饭，穿起了锦缎衣，你能心安吗？宰予说：我心安。孔子气结：你心安，你就那样去做吧！回头孔子就感慨：宰予真是不仁啊！宰予还问了孔子一个特别难搞的问题，他是这么假设的：如果告诉一个仁者，另一个仁者掉进井里了，那他救还是不救？因为跳下去救也是死，不跳下去，那就是见死不救。孔子简直没法回答，只好搪塞说："何为其然也？君子可逝也，不可陷也；可欺也，不可罔也。"像所有聪明的学生一样，宰予觉得课无聊就打瞌睡，孔子形容他"朽木不可雕也，粪土之墙不可圬也"。看样子老夫子实在是恨铁不成钢，爆粗口了。但孔子心里还是很明白宰予的聪明和过人之处的，还检讨自己"以言取人，失之宰予"。

第三个朋友圈是以子夏为核心的。孔子晚年，早期的弟子都在鲁国或其他周围各国谋事做官，比如冉求成了炙手可热的鲁国内政大臣，子贡则一边游说列国，一边生意越做越大。留在孔子身边的是一群小字辈。这时候的孔子看样子脾气温和了许多，有时候也有点力不从心。子夏是孔子后期学生中的佼佼者，为人爽直，孔子很看重他。孔子曾经比较子贡和子夏说："吾死之后，则商（子夏）也日益，赐也日损。"为什么呢？因为"商也好与贤己者处，赐也好与不若己者处。"确实，儒学的发扬光大与子夏的贡献分不开，东汉徐防说："《诗》《书》《礼》《乐》，定自孔子；发明章句，始于子夏。"另一个学生子游，在孔子死后就自己授徒讲学了。路经韶巷，就在该地一个闾巷设坛讲学。讲学之余，吹奏《韶乐》，演唱《卿云》之歌。

余生也晚，不得见孔子及其弟子，好在有《论语》，书中人物栩栩如生，恰如故人。正所谓有朋自远方来，不亦乐乎？总之，不必把《论语》当作什么"经"或"典"，高高供在神座。《论语》原本就是学生们记录老师的教诲，记录老师和自己的交往和生活的笔记。"莫春者，春服既成，冠者五六人，童子六七人，浴乎沂，风乎舞雩，咏而归。"真是意气风发的师生啊！把孔子这么一个有趣的老师，变成僵化的泥塑木偶，若夫子地下有知，怕是会跳起来大声说"是可忍也，孰不可忍也"吧！

精彩片段

子罕言利与命与仁。

达巷党人曰："大哉孔子！博学而无所成名。"子闻之，谓门弟子曰："吾何执？执御乎，执射乎？吾执御矣。"

子曰："麻冕，礼也；今也纯，俭，吾从众。拜下，礼也；今拜乎上，泰也。虽违众，吾从下。"

子绝四：毋意、毋必、毋固、毋我。

子畏于匡，曰："文王既没，文不在兹乎？天之将丧斯文也，后死者不得与于斯文也；天之未丧斯文也，匡人其如予何？"

太宰问于子贡曰："夫子圣者与，何其多能也？"子贡曰："固天纵之将圣，又多能也。"子闻之，曰："太宰知我乎？吾少也贱，故多能鄙事。君子多乎哉？不多也。"

牢曰："子云：'吾不试，故艺。'"

子曰："吾有知乎哉？无知也。有鄙夫问于我，空空如也。我叩其两端而竭焉。"

子曰:“凤鸟不至,河不出图,吾已矣夫!”

子见齐衰者、冕衣裳者与瞽者,见之,虽少,必作,过之必趋。

引自《子罕第九》

子路、曾皙、冉有、公西华侍坐。子曰:“以吾一日长乎尔,毋吾以也。居则曰:‘不吾知也。’如或知尔,则何以哉?”子路率尔而对曰:“千乘之国,摄乎大国之间,加之以师旅,因之以饥馑,由也为之,比及三年,可使有勇,且知方也。”夫子哂之。“求,尔何如?”对曰:“方六七十,如五六十,求也为之,比及三年,可使足民。如其礼乐,以俟君子。”“赤!尔何如?”对曰:“非曰能之,愿学焉。宗庙之事,如会同,端章甫,愿为小相焉。”“点,尔何如?”鼓瑟希,铿尔,舍瑟而作,对曰:“异乎三子者之撰。”子曰:“何伤乎?亦各言其志也。”曰:“莫春者,春服既成,冠者五六人,童子六七人,浴乎沂,风乎舞雩,咏而归。”夫子喟然叹曰:“吾与点也!”三子者出,曾皙后。曾皙曰:“夫三子者之言何如?”子曰:“亦各言其志也已矣。”曰:“夫子何哂由也?”曰:“为国以礼,其言不让,是故哂之。”“唯求则非邦也与?”“安见方六七十如五六十而非邦也者?”“唯赤则非邦也与?”“宗庙会同,非诸侯而何?赤也为之小,孰能为之大?”

引自《先进第十一》

参考文献

[1]黄立振.《论语》源流及其注释版本初探[J].孔子研究,1987(2):9-17.

[2]胡鸣.《张侯论》源流考辨[J].哈尔滨师范大学社会科学学报,2014,5(2):97-99.

[3]唐明贵.郑玄《论语注》探微[J].中华文化论坛,2005(2):83-89.

[4]高华平.《论语集解》的版本源流述略[J].中国典籍与文化,2008(2):5-10.

[5]唐明贵.邢昺《论语注疏》的注释特色[M]//北京大学《儒藏》编纂中心.儒家典籍与思想研究 第一辑.北京:北京大学出版社,2009:291-307.

[6]唐明贵.朱熹《论语集注》探研[J].中华文化论坛,2006(3):116-121.

[7]陆晓华.论刘宝楠《论语正义》的训诂方法及特点[J].安徽教育学院学报,2001(2):80-82.

[8]程俊英,蒋见元.程树德教授及其《论语集释》[J].古籍整理研究学刊,1988(4):8-9,37.

导读人简介

袁曦临,管理学博士,东南大学图书馆研究馆员,东南大学经济管理学院硕士生导师,致力于数字阅读、阅读文化研究。

朝闻道，夕不甘死

——《论语》中孔子思想一种解读

导读人：姜婉舒

假如要在浩如烟海的中国古代文化典籍中选出一部对中国的道德规范、思想文化乃至政治哲学影响最大的，你会选哪一本？中国古代文化典籍卷帙浩繁，大家的答案一定是不同的，理由也是不同的。但是如果让我选择一本的话，我会选择《论语》这本书。《论语》一书是对孔子及其弟子言行的记述，全书共20篇492章，约2万字，是我们今天研究孔子思想与在此基础上发展起来的儒家学派最基本的材料之一。儒家学派对中国历史产生过深远的影响，尽管中国发生了天翻地覆的变化，但这种影响至今依然存在。因此，学习中国的历史与文化，研究中华民族的精神风貌，都离不开研究孔子及其开创的儒家学派。

说到孔子其人，你的印象是什么？是师范大学中的“万世师表”塑像，又或者如同曲阜孔庙中的对联写的那样，“泗水文章昭日月，杏坛礼乐冠华夷”？孟子认为，孔子对于华夏文明的贡献如同平治洪水的大禹，以及“一年救乱，二年克殷，三年践奄，四年建侯卫，五年营成周，六年制礼乐，七年致政成王”的周公。不可否认的是，孔子是中国思想史上乃至世界思想史上一位学识渊博、思想卓越的巨人，上承三皇五帝与夏商周的文明，下开中国两千余年思想文化之正统。自从汉武帝采纳董仲舒“罢黜百家，独尊儒术”之策，将儒学立为政治意识形态后，孔子的地位变得日益重要。历代帝王把孔子尊为“文宣王”“大成至圣先师”，仿佛他是不食人间烟火的神仙偶像。但是其实他是一个有血有肉、也有七情六欲的普通人。正如李零教授所指出：“我想告诉大家，孔子并不是圣人。历代帝王褒封的孔子，不是真孔子，只是‘人造孔子’。”他认为，孔子不是圣，只是人，一个出身卑贱，却以古代贵族（真君子）为立身标准的人；一个好古敏求，传递古代文化，教人阅读经典的人；一个有道德学问，却无权无势，敢于批评当世权贵的人；一个古道热肠，梦想恢复周公之治，安定天下百姓的人。那么就让我们一起走进《论语》，走近夫子之道吧。

一、“温而厉，威而不猛，恭而安”：孔子其人

孔子是春秋时期鲁国陬邑（今山东省曲阜市尼山镇）人，据司马迁的考证，他的祖先是宋国的贵族，后来到了鲁国。据说生孔子之前，他的父亲叔梁纥曾到尼丘山祈祷，所以就给他取名丘。孔子排行第二，所以字仲尼。他的祖先是宋国的贵族，后来家世衰微，失掉了贵族的地位。由于宋国发生了内乱，孔子的曾祖父逃到鲁国避难，于是便成为鲁国人。真实的孔子早年生活困顿而多舛。孔子的父亲叔梁纥在孔子3岁那年就去世了，因此，孔子的少年时代是在贫困中度过的。贫困的生活经历使孔子广泛地接触了下层社会，增长了他各方面的知识和技能。他曾经说过：“吾少也贱，故多能鄙事。”（《论语·子罕》）据史料记载，孔子少年时曾从事“儒”业（替人办丧事当吹鼓手之类）；20岁以后，做过委吏（仓库管理员）和乘田（看管牛羊）。他勤奋好学，博学多能。30岁左右，他创办了中国历史上第一所私学，第一次让平民百姓享有了受教育的权利。47岁时，他当了鲁国的中都宰（即鲁国都城曲阜的行政长官），又任司空（主管建筑的官员）、司寇和大司寇（主管司法的最高官员）。53岁那年，他代理宰相3个月。后来，因鲁君接受齐国的女乐，荒废政事，孔子便离开了鲁国，带着学生周游列国，推广他的政治方案。此次出行，历时14年，途经卫、曹、宋、郑、陈、蔡、楚共7个诸侯国。结果，七国的国君对孔子的学说大多采取了“敬而远之”的态度，而孔子也未获重用。68岁那年，孔子回到了鲁国，专心致志地开始整理、传授古代文化，修《诗》《书》，定《礼》《乐》，序《周秋》，作《春秋》，于73岁那年逝世。

前文已经谈到，由于汉武帝采用董仲舒的建议，推行“罢黜百家，独尊儒术”的政策，儒家在当时社会的思想领域中确立了其统治地位。这一政策几乎为以后各代统治者所遵奉，长达两千年之久，对我国文化教育事业的发展和各民族共同心理的形成产生了深刻影响，儒学以及儒家经典成为封建统治者治世的圭臬，孔子也被供奉上神位，成为被后人崇拜的精神偶像。但是，后期的被统治阶级利

用的儒学并非孔子的学说的原貌。其实我们在《论语》中看到，真正的孔子既不是圣，也不是王，更谈不上“内圣外王”，只是一个有志向、有追求、有感情也有个性的有血有肉的人。他喜欢音乐，在齐国听了一场“韶”乐（相传是帝舜时的乐曲），便陶醉得“三月不知肉味”（《论语·述而》）；他对诗也很有研究，他说“诗，可以兴，可以观，可以群，可以怨”（《论语·阳货》），多次与学生讨论诗的内容和形式问题；他对礼制很感兴趣，“入太庙，每事问”（《论语·八佾》）；他讲究饮食，“食不厌精，脍不厌细”（《论语·乡党》），但又甘于淡泊，“饭疏食饮水，曲肱而枕之，乐亦在其中矣”（《论语·述而》）；他批评学生时不留情面，但又善于吸收学生的长处；他性格温和，但有时也会发急，例如，有一次他去见卫灵公的夫人南子，因为南子的名声不好，子路很不满，逼得老师对天发誓道：“予所否者（意谓：我如有邪念），天厌（厌弃）之！天厌之！”（《论语·雍也》）他同学生关系融洽，经常同学生一起平等地讨论问题。有一次他同几个学生一起谈论各自的志向，子路说：“愿意把自己的车马、衣服和朋友共同享用，用坏了也不吝惜。”颜回说：“不夸耀自己的好处，不表白自己的功劳。”最后孔子说他的志向是“老者安之，朋友信之，少者怀之”（《论语·公冶长》）。由此可见，孔子不是道貌岸然的教主，更不是天生的圣人，而是一个有志向、有个性、有感情的普通人。

“温而厉，威而不猛，恭而安。”这句话出自《论语》中的第七篇《述而》。意思是说，孔子温和但严厉，有威严但不凶猛，谦恭并且安详。这是弟子对老师的感觉，这样的形容虽只有短短几个字，却使夫子形象跃然纸上。

首先是“温而厉”，这是说孔子内心是温和的，但仪容举止又是庄重严肃的。正如子夏说：“君子有三变：望之俨然，即之也温，听其言也厉。”（《论语·子张》）孔子在外表上显得温和，很容易让人接近，但是他那稍稍显露的肃穆与严厉，又能让人从心底生出一股敬意，不敢过于随便。李零教授在《丧家狗》一书中谈到，这句话现在已经逐渐变成学生奉承老师的话，“读之使人肉麻”。这里谈到的可能确有其事，但笔者不敢苟同。假如能在学习生活中遇到一位让人尊敬和怀念的老师，这是极其幸运的事，由此生发出的真心实意的感激，如果被一概而论地当成肉麻和“套磁”，一定是一件非常令人沮丧的事情吧。

“威而不猛”反映的是孔子的内在修养，他表面蕴含着作为长者、师者和智者的威严，但是又不会让接近他的人感到凶猛，或者咄咄逼人而难以靠近，所谓“不怒自威”。大多数的人都是以“怒而令人生畏”，靠声色俱厉为自己赢来“威严”。像孔子这般不怒自威，正是他的自信和修养的体现，能够达到这一境界的人并不多。而动辄发怒，以权势压人，既让人害怕又让人厌恶。

“恭而安”则是对孔子内心状态的描述。前面说到“温而厉”，很少有人可以做到“温”与“厉”兼而有之，因为常常威严之中必然会带有刚猛之劲，谦恭之时也会掺杂些许的拘束。但孔子不然，他不但恭而有礼，还不会产生拘束感，不卑不亢，一切都显得那么安详自适。

“温而厉，威而不猛，恭而安”，体现的就是孔子对“度”的掌握，完全合乎中庸之道，从而在外貌神态上就能看出其极高的修养境界。

二、“惶惶如丧家之犬”：孔子之入世与理想主义

《史记·孔子世家》曾记载：“孔子适郑，与弟子相失，孔子独立郭东门。郑人或谓子贡曰：‘东门有人，其颡似尧，其项类皋陶，其肩类子产，然自要以下不及禹三寸。累累若丧家之狗。’子贡以实告孔子。孔子欣然笑曰：‘形状，末也。而谓似丧家之狗，然哉！然哉！’”

意思是说，孔子到郑国去，和弟子走散了，孔子一个人站在城东门外。有一个郑国的人对孔子的弟子子贡说，东门有个人，他的额头像尧，他的脖子像皋陶，他的肩像子产，不过自腰部以下和大禹差三寸，像一只走离了家的狗。子贡把这些话如实说给了孔子，孔子高兴地笑道：“人的外形像什么那是次要的，然而说像无家可归的狗，真是这样呀！真是这样呀！”在这个故事里，孔子只承认他是“丧家之狗”。

李零教授所著《丧家狗》一书的封面上，作者如此写道：“任何怀抱理想，在现实世界找不到精神家园的人，都是丧家狗。”我们都知道，孔子强调“克己复礼为仁”，他不仅以“仁”“礼”要求自己，并且还十分渴望能有机会一展所学，帮助圣主明君治国平天下。他理想中的社会是要回归三代以来的“王道”之治，以仁的精神做指导、以礼的规范为守则，治国者须要“谨权量，审法度，修废官，四方之政行焉。兴灭国，继绝世，举逸民，天下之民归心焉。所重：民、食、丧、祭。宽则得众，信则民任焉，敏则有功，公则说”。（《论语·尧曰》）孔子的一生，从在鲁国讲学为政，到周游列国，再至晚年从事编撰事业，都是紧紧围绕着实现这一理想目标展开的。可惜的是，春秋时期，东周王室衰微，各地诸侯趋强，礼崩乐坏、战乱连绵，在这样一个政治、经济、社会大变局的时代，孔子周游

列国14年，却没能遇到赏识和重用他的人。

《微子》一篇中，孔子曾发出怃然的感叹：

> 长沮、桀溺耦而耕，孔子过之，使子路问津焉。长沮曰："夫执舆者为谁？"子路曰："为孔丘。"曰："是鲁孔丘与？"曰："是也。"曰："是知津矣。"问于桀溺，桀溺曰："子为谁？"曰："为仲由。"曰："是鲁孔丘之徒与？"对曰："然。"曰："滔滔者天下皆是也，而谁以易之？且而与其从辟人之士也，岂若从辟世之士哉？"耰而不辍。子路行以告，夫子怃然曰："鸟兽不可与同群，吾非斯人之徒与而谁与？天下有道，丘不与易也。"

孔子带着学生们周游列国时，向这两位耕田的老人请教最近的渡口在哪里。子路问第一个人，也就是长沮。长沮和桀溺一样，并不是人名，而是分别指在水田中劳作的高个子和身材魁梧之人。子路问过后，对方不但不回答，反而问拉缰绳的人是谁。孔子身高一米九二，高大魁梧，他站在车上拉缰绳，一定很威武。所以，长沮大概也猜到了。子路说，是孔丘。向别人介绍老师，不能说是孔夫子、孔老师，这样对方未必知道他叫什么名字，所以只好直呼其名。长沮追问：是鲁国的孔丘吗？齐国、吴国、越国也许也有人叫孔丘呢。子路点点头，但长沮却说：他早就知道渡口在哪里了！这是反讽。长沮的意思是，孔子怎么会不知道怎么走？孔子四十而不惑，如果孔子都不知道，那他就更不知道了。这是故意给钉子碰。于是，子路只好请教另外一位先生了。这位不但不告诉他渡口在哪里，反而追问：你是谁？子路答说：我是仲由。对方说：那你就是鲁国孔丘的学生了？得到肯定答复后，桀溺劝子路改投隐居一途，不要跟着孔子了。天下这么乱，到处都一样，谁能改善？谁能拯救？

子路听了之后当然没话说，没有问到渡口在哪里，反而被两个水田中的劳作者教训了一顿。回来之后，他向老师报告刚刚发生的事情。整部《论语》里面，只有这里形容孔子"怃然"，就是怅然若失。他的心情显然受到了干扰。人生的道路本来就是各人选择，无所谓对，也无所谓错。隐士很聪明，选择隐居，独善其身，耕田过日子，无论天下多么混乱都能事不关己，没有荣华富贵，但也没有杀身之祸。以孔子的本事，想平安过日子太容易了，何苦要周游列国，到处被赶来赶去，有两次还差点儿被杀？人与人相处，就怕用不同的观念或者行为来做对照。没有参照时，会觉得自己这样做是对的，很有信心。一旦比较，才发现别人那样过也蛮好，更没什么烦恼。这乱世又不是“我”造成的，谁规定“我”就应该去拯救？而且更重要的是，“我”想改善，就能做到吗？所以孔子怅然若失。

但是，这一篇并没有到此为止。孔子说：要我与飞禽走兽为伍是不可能的。我如果不与人类相处，又能同谁相处呢？这是儒家人文主义的基点。隐居与鸟兽为伴当然没有问题。但是，与人相处的危险就大多了。可是，儒家不能离开人群。儒家所谓的善，是与别人之间建立起适当的关系。离开人群，就不可能行善。这是很简单的道理。孔子为什么决不隐居？因为隐居之后，和别人不来往，人性向善的愿望就落空了。看到天下那么乱，百姓流离失所，又帮不上忙，不是很难过吗？如果知其不可而为之，虽然一百分里只能做一分，但是这种努力精神会感动很多学生，会感召一批人，甚至后世百代。若认为天下这么乱，再努力也无济于事，还不如自己过个安定日子，这种绝不是儒家的态度。

一般来说，一个人的思想与理想能与社会的潮流同步，这是极其幸运的事。但是在很多时候往往事与愿违，这时候作为个人就会陷入痛苦之中。这样的情况并不鲜见。在《楚辞·渔父》中，屈原在失意中行吟江畔，曾向渔父发问：“安能以身之察察，受物之汶汶者乎？”他面对渔父的“何故深思高举，自令放为”的劝解，就像《卜居》一篇中郑詹尹的话那样，“用君之心，行君之意”，按照自己的心志，实行自己的主张。这其中所展示的屈原心灵，就并非是他对人生道路、处世哲学上的真正疑惑，而恰是他在世道溷浊、是非颠倒中，志士风骨之铮铮挺峙。当然孔子与屈原的刚直并不完全相同，他也曾发出“吾与点也”“道不行，乘桴浮于海”的感叹。但是我们认为，这样的感叹与他的入世思想和理想主义并不冲突。天下越是混乱，他越不会选择避世，因为他有改变这种混乱局面的责任。但是在无数次碰壁失败和心灰意冷之后，他就像我们中的一个普通人一样，发出失望的喟叹，这也是《论语》一书中孔子生动鲜活的一面，不必神话之。

三、“朝闻道，夕死可矣”：孔子之道

在《论语》中，“道”字共出现60次，按杨伯峻先生的统计，其意义可分8组。其中，第一组是作为孔子的术语，共出现44次，有时指道德，有时指学术，有时指方法，如“本立而道生”（《论语·学而》）、“吾道一以贯之”（《论语·里仁》）、“不以其道得之”（《论语·里仁》）。孔子对“道”的追求非常执着，他说：“朝闻道，夕死可矣。”（《论语·里仁》）这句话体现了孔子对真理的向往。然而，孔子

心目中的"道"在当时的时代背景之下很难付诸实行。孔子深知这一点，却知其不可而为之。他说："君子之仕也，行其义也。道之不行，已知之矣。"(《论语・微子》)这些思想中包含的尽人力、听天命的人生态度，对后世的读书人影响甚大。此外，孔子又要求学生严格遵守"道"的规范："富与贵，是人之所欲也，不以其道得之，不处也。"(《论语・里仁》)这里的"道"不仅意味着"方法"，而且含有政治道德、伦理道德规范的意思。这种宁可清贫自守也不贪慕富贵、背弃道义的道德追求，至今仍在中国的知识分子中有根深蒂固的影响。

《论语・里仁》篇载："子曰：朝闻道，夕死可矣。"这为一向温雅中和的儒家添了一笔浩荡决然之气。道重于身，想必此章激励了一代代文人去为"道"、为学、为真理而献身。汉语拼音之父周有光的文集即名为《朝闻道集》，惜时紧录、博通各家之心可鉴。著名雕塑家、文艺理论家、美学家王朝闻先生，早年改取此名，一显革命者的风范。但是，关于这句话的解读问题很大，最常见的理解其实是一种误读。这句话最常见的误读是"早晨得知真理，要我当晚死去，都可以"，此解读自古便有，朱熹《论语集注》："道者，事物当然之理。苟得闻之，则生顺死安，无复遗恨矣。"

实例上，《汉书・夏侯胜传》中曾载过这样一个感人的故事："胜、霸既久系，霸欲从胜受经，胜辞以罪死。霸曰：'朝闻道，夕死可矣。'胜贤其言，遂授之。系再更冬，讲论不怠。"两个死囚，受这种解读影响，大限将至，依旧在狱中授业讲经，知"道"面前，生死算不了什么。道重乎生，把它和海德格尔"向死而生"的思想比较，也有旁通之处。这种解读大有"所欲有甚于生者"的儒者气魄与用完美真理超越生死缺憾的生命关怀。学习知识就是抛首洒血，旦暮之间，取义成仁，在所不惜，真是痛快至极。

不过痛快归痛快，就本意而言，这是误读。孔子从来不把仅仅知晓"道"作为最高目标，或者说，仅知道"道"之后，根本不够资格去"死"，即便死了，也称不上光荣，顶多算"中道崩殂"，不可能是"杀身成仁"。孔子不是一个纯粹的理论研究者，孔子的人生最高追求是"德"而非"智"，"尊德性"与"道问学"比较，"尊德性"是第一位的，"道问学"是第二位的。孔子人生的目标不是"知道"，而是修己成仁，变天下"无道"为"有道"。耳熟能详的一句话就能看出："弟子入则孝，出则弟，谨而信，泛爱众，而亲仁，行有余力，则以学文。"(《论语・学而》)"学文"属于"知"一类，孔子将其归之为"行有余力"后之事，其态度非常明显。基于这种重德甚于求“知”的一贯性格,孔子是不可能鼓励“朝闻道”而“夕死”的。

还有,孔子向来不认为“知道”是一件难事,难的是改变世间的“无道”之局。正如前文中所说,孔子一生奔走于公卿诸侯之间,致力于“仁”“礼”的思想能够被更多人所接受,所以仅仅完成“知道”这么简单的一件事,就甘于去死,放着“行道”大业不管,斟情酌理,太亏太亏。看重实际功效的孔子是不会说这种话的。孔子曾说:“志于道,据于德,依于仁,游于艺。”(《论语·述而》)“道”是其所“志”,是靠它吃饭的饭碗,平常焉能不“知”?他又说:“齐一变,至于鲁;鲁一变,至于道。”(《论语·雍也》)既然他都知道何时“至于道”了,他显然很清楚“道”是什么。孔子不但认为自己平常是“知道”的,而且认为其他人“知道”也不难。子游曾说:“昔者偃也闻诸夫子曰:君子学道则爱人;小人学道则易使也。”(《论语·阳货》)“学道”近于“知道”。孔子认为这并不难,不但“君子学道”,“小人”也能“学道”。“士志于道,而耻恶衣恶食者,未足与议也。”(《论语·里仁》)可见“志于道”是对“士”的一般要求,是最基本的条件。对于一般士人“知道”并不难,只有“行”才难。所以孔子不视“知道”为难事,不以“知道”为人生的最高追求,他又怎么能说“早晨得知真理,就是当晚死去都可以”呢?可见这种通行的解释不能成立。

所以这句话应该如何解释呢?早晨闻道,晚上死了也无憾。若是闻道之后便死了,那闻道的意义在哪儿?孔子应该不会是告诉我们这样一个无用之理。且其间为什么要从朝到夕,然后才死去呢?这一句话,应该修正一下:一个人闻道之后,即使是死在践行自己的道的路上也是值得的。

也有学者认为,通行解释错就错在对“闻”的理解上。这里的“闻”,既非听闻,也非悟知,而当训为“达”,到达,引申之,即实现。所谓“闻道”,即到达道,实现道。因此,“子曰:朝闻道,夕死可矣”当译为:“孔子说:早晨实现了我的理想,就是当天晚上死去也心甘。”这里表现出来的,不是孔子对“知”的追求,而是孔子对“行”,对修己成仁、实现王道政治理想的孜孜以求。所以可以看出,如果把“闻道”解释为“听闻”“悟知”,那么或许对于孔子,便是“朝闻道,夕不甘死”。

鲁哀公十六年(前479),孔子病了。有一天早上,子贡来看老师,孔子已经起来了，正拄着拐杖站在门口。他看见子贡就说："赐啊，你为什么来得这么晚！"子贡听见老师在唱："泰山要崩摧了，梁柱要折断了，哲人要像草木那样枯萎了！"唱着唱着，孔子的眼泪流了下来。

孔子逝世之后，他的弟子们非常悲痛。他们把老师葬在山东曲阜北门外的泗水旁。他们在老师的墓侧盖了小屋，住在那里为老师守孝，许多人在那里住了3年。3年到了，子贡不忍离开，在那里又住了3年。

孔子的仁政学说，在诸侯纷争、战争不断的春秋战国时期，没有被统治者采用。但是在汉武帝"罢黜百家，独尊儒术"以后，却成为整个封建社会治国的圭臬。老师去世以后，弟子们聚在一起，回忆老师生前与大家在一起时的言行，把它们记下来，后来又经过孔子的再传弟子—— 一般认为是曾参的弟子们——最后编定，就是我们今天看到的《论语》。

精彩片段

子曰："学而时习之，不亦说乎？有朋自远方来，不亦乐乎？人不知而不愠，不亦君子乎？"

有子曰："其为人也孝弟而好犯上者，鲜矣；不好犯上而好作乱者，未之有也。君子务本，本立而道生。孝弟也者，其为仁之本与！"

曾子曰"吾日三省吾身：为人谋而不忠乎？与朋友交而不信乎？传不习乎？"

子曰："道千乘之国，敬事而信，节用而爱人，使民以时。"

子曰："君子不重则不威，学则不固。主忠信，无友不如己者，过则勿惮改。"

引自《学而第一》

子路曰："子行三军，则谁与？"子曰："暴虎冯河，死而无悔者，吾不与也。必也临事而惧，好谋而成者也。"

引自《述而第七》

子曰："由也，女闻六言六蔽矣乎？"对曰："未也。""居！吾语女。好仁不好学，其蔽也愚；好知不好学，其蔽也荡；好信不好学，其蔽也贼；好直不好学，其蔽也绞；好勇不好学，其蔽也乱；好刚不好学，其蔽也狂。”

引自《阳货第十七》

楚狂接舆歌而过孔子曰：“凤兮凤兮，何德之衰？往者不可谏，来者犹可追。已而已而，今之从政者殆而！”孔子下，欲与之言，趋而辟之，不得与之言。

子路从而后，遇丈人，以杖荷蓧。子路问曰：“子见夫子乎？”丈人曰：“四体不勤，五谷不分，孰为夫子？”植其杖而芸，子路拱而立。止子路宿，杀鸡为黍而食之，见其二子焉。明日，子路行以告，子曰：“隐者也。”使子路反见之，至则行矣。子路曰：“不仕无义。长幼之节不可废也，君臣之义如之何其废之？欲洁其身而乱大伦。君子之仕也，行其义也，道之不行已知之矣。”

引自《微子第十八》

参考文献

[1]傅佩荣.论语三百讲[M].北京：北京联合出版公司，2019.
[2]傅德岷.论语鉴赏辞典[M].成都：巴蜀书社，2017.
[3]杨伯峻.论语译注[M].北京：中华书局，2016.
[4]王兴康.论语：仁者的教诲[M].上海：上海古籍出版社，2008.
[5]李零.丧家狗：我读《论语》[M].太原：山西人民出版社，2007.
[6]李波，赵丽.孔子入世情怀与执著精神的现代价值：以“知其不可而为之”为中心[J].社科纵横，2014，29(9)：107-110.
[7]修建军.论孔子的入世精神[J].齐鲁学刊，1992(6)：40-44.

导读人简介

姜婉舒，东南大学生物科学与医学工程学院2019级本科生。

荣身取进不自由，仰求依归总失时

导读人：李晓鹏

《儒林外史》成书于18世纪中叶（1749年或稍前），现知最早刻本是嘉庆八年（1803年）的卧闲草堂评本。若从第一回提到的元末明初（约1367年）算起，计至第五十六回点明的明万历四十四年（1616年），历时250年，可算得是反映了整整一个朝代的社会风貌。虽然该书假托于明朝，但实际上反映的则是清朝统治下的读书人生活之真实境况。《儒林外史》是杰出的现实主义长篇小说，是我国文学史上讽刺小说的高峰。其行文叙事饱含作者的血泪与深情，熔铸了他一生的坎坷经历，是带有吴敬梓强烈个性的作品。

吴敬梓，清代滁州全椒（今安徽省全椒县）人，生于康熙四十年（1701年），乾隆十九年（1754年）病逝于扬州。他字敏轩，号粒民，晚年又号文木老人，别署秦淮寓客。他的著作，除长篇讽刺小说《儒林外史》外，今存《文木山房集》4卷和辑佚诗文30多篇。另有《文木山房诗文集》12卷、《诗说》7卷（一说8卷），尚有未成书的《史汉纪疑》，均已佚失不传。

一、揭露八股科举的弊端，讽刺失行文人的丑态

翻开《儒林外史》，随着作者的笔触所到之处，仿佛跟随着聚光灯的指引，我们能看到一幕幕大大小小的戏剧在上演，戏剧的主角是生活在封建八股科举制下的各色读书人，戏剧的背景大幕上大写着“功名富贵”四字。

《儒林外史》全书共56回（其中一些章节内容是否吴敬梓原作还有争议），

作者以写实主义手法，描绘了当时社会各阶层人士对“功名富贵”的不同心态，以及在其驱使下的选择作为。借由作者的细笔描绘，我们不仅能看到八股科举制对人性的倾轧和腐蚀，也可感受到作者行文运笔间对当时科举的弊端、吏治的腐败、礼教的虚伪等进行的深刻批判和嘲讽，还将看到作者诚挚赞颂了一些不从流俗、坚持自我、致力学问礼教的高尚灵魂。

清代统治者入主中原之后，沿袭恢复了明朝用以取士的八股科举制。吴敬梓所出身的全椒名门望族，其实是颇得益于这一制度的。他的曾祖父和祖父两代人间，共有6名进士，其中榜眼、探花各1名，他的嗣父吴霖起是康熙年间的拔贡。吴敬梓自己也在康熙六十一年（1722年）考取了秀才。这样的身世经历，让他深入地体验了科举制度下读书人的各样处境。

书中描写了在举业上用功了几十年的周进老了，仍进不去试场而只能哭死过去，待阴差阳错取得进士并被钦点了广东学道之后，他提携的也只是范进一般人物。范进怎么样？生于贫穷家庭，软弱卑微，不善劳作，一心想做个读书人，要通过科举考试改变命运，渴盼有“学而优则仕”的机会。而范进应试的文章，周学道只是由于“怜他苦志”才多看了两遍，他实是个连宋朝的苏轼都不知道的人。当范进梦想成真被钦点为山东学道后，行的是“视学报师恩”，心心念念惦记的是“人情”，把朝廷托付的职责早抛去了九霄云外。

书中还揭露了科场考试的各个过程是如何的败坏，描写了从府县试到乡院试都是一片乱糟糟的情景。向鼎主持安庆七学童生之试，考场中“也有代笔的，也有传递的，大家丢纸团，掠砖头，挤眉弄眼，无所不为”。周进主持广东院试时，试卷尚未收齐即将魏好古取为秀才第二十名。范进主持山东院试时，梅玖冒认是周进门生逃脱了该受的惩罚。南京乡试时更有各种摇旗放炮、焚纸烧钱，呼冤唤鬼地乱闹。

不仅结果上荒唐无稽，形式上混乱无序，吴敬梓还通过理想人物王冕之口否定了八股科举制的内容。在听闻“礼部议定取士之法：三年一科，用《五经》《四书》八股文”后，立刻指出：“这个法却定的不好！将来读书人既有此一条荣身之路，把那文行出处都看得轻了。”正如其所指，当时想读书求取功名的人，在这种功令之下，只将程朱理学当作“学问”，对其他任何无助于科考的知识则一概否认。学道大人周进将“诗词歌赋”批为“杂览”，“学他做甚么”；马纯上“批文章”，“总是采取《语类》《或问》上的精语”；王玉辉“要纂三部书嘉惠来学”，其中礼书拟讲“事亲”“敬长”之礼，乡约书为“添些仪制，劝醒愚民”，都不过是些宣扬维护封建秩序的程朱理学的书。

凡此种种，反映的则是，无论读书人、教书人，还是选书、著书人，他们都受到了科举考试规定的制约。这些个“做举业”的人，往往对于《毛诗》“泥定了朱注，越讲越不明白”。那些有主见、有真学问的人反倒被嘲笑和忽视：杜少卿纂《诗说》引用了一些“汉儒的说话”就被“当作新闻”；有着一肚子学问的虞华轩，遭遇却是“五河人总不许他开口”。因此，迟衡山对此予以了公开否定，说：“这举业二字原是个无凭的”。那些把“揣摩”二字当作“举业的金针”而皓首穷经的人都不过是浪费生命，清醒的读书人则与之保持了距离。

同时，漫漫举业路也扭曲了一些读书人的心性，更有那沉沦下僚、进身无望的乡绅如严贡生堕落为恶霸，而好不容易跻身官场的进士、举人如南昌太守王惠，转眼间就只是惦记着各处打秋风或算计起了“十万雪花银”。周进因进不了考场哭死过去，范进突然中举一时疯掉，王德、王仁则是说一套做一套，道貌岸然，禽兽不如。王惠刚到任，就应了蘧公子的话，忙活着使得衙门里响起了“戥子声，算盘声，板子声”。再如杜慎卿等一些出身仕宦富贵之家的人，虽有些才情、有点钱财，却只是道貌岸然、虚伪做作。

更为讽刺的是，书中写了两个“优贡”严贡生和匡超人。严贡生横行乡里，狡诈无赖，无恶不作，令人扼腕。曾经事亲至孝、心地淳朴的匡超人，得了选书的马二先生和县主老爷李本瑛的仗义帮助，进了学之后却反倒“添出一肚子里的势利见识来”，把匡太公的临终遗言“功名到底是身外之物，德行是要紧的”当作了耳旁风。在与西湖边一伙斗方名士景兰江等厮混后，堕落成忘恩负义之人。还有一位牛浦郎，窃取牛布衣的名号，冒充名士，到处招摇撞骗。

在这为求功名富贵而不顾读书人讲求文行出处之本分的社会风气下，闺阁中的女子也受到了毒害。蘧公孙的妻子鲁小姐，在其父亲的教导下，亦笃信除八股文以外都是“邪魔外道”，将科举奉为信仰，梦想着依靠丈夫得以荣显，失望之余，就每日拘着才4岁的儿子在书房里讲《四书》。再如自认迂拙做了30年秀才的王玉辉，在女儿饿死殉夫后，还声言：“他这死的好，只怕我将来不能像他这一个好题目死哩！”

可见，吴敬梓已然认识到，清朝统治者实行科举，不过是借以羁縻、笼络读书人的一种手段而已，与其时广开仕途的征聘隐逸、特开鸿博、实行捐纳等手段一样，有名无实。而当时的社会也有一些清醒之士难能可贵地洁身自好，坚持了独立思考和作为。如杜少卿认识到“走出去做不出甚么事业，……宁可不出去的好”，便辞却了征聘；庄绍光宁愿不为官也要拒绝欲收门墙的大学士太保公的邀约，认定“我道不行”，便辞爵还家；虞育德亦在看清官场难有作为后，乐于得个“闲官”，回南京与妻相伴。正是这群不从流俗的读书人还能做到不攀富结贵，看淡功名，努力坚持做些“助一助政教”的事，从而给这个社会留下了种子和希望。也因此，在一片萧条之后，还有市井四奇人季遐年、王太、盖宽和荆元鼓励着后来向学者的心。

总之，明清制定的“用《五经》《四书》八股文”的科举，已然僵化变质，它对读书人的作用，某种意义上仅只算是一种荣身取进的途径而已。至于治学之志，以专注研修学问做志向，已不是其追求的目标。“泥定”在宋儒注疏的举业学问已脱离了其真实性。吴敬梓已然深刻认识到这一些，并且抗拒着那一种追求功名富贵的道路。但他的内心是纠结的，行为也是迟疑的，他在一些诗文中常常流露出对于先祖于举业上的成就的自豪感，也为因病未曾赴鸿博廷试而懊悔，还默许和鼓励儿子于举业上求进的努力。正是这些亲身的经历和体验，既使他对于八股科举制弊端的揭露格外严厉，人物刻画也更栩栩如生、震撼人心。同时，这也让他对科举制的反叛不够坚定、有所保留。

二、采用现实主义的笔法，创造小说结构新形式

吴敬梓摆脱了明清之际多以神怪传奇为题材创作小说的一般方法，采取了描写真实生活的现实主义笔法。他所记述的人物，大多实有所据，原型则来自亲友、相识相知者，如蘧公孙原型是作者友人李本宣，赵雪斋的原型是作者友人姚莹，凤鸣岐的原型人物是甘凤池等。书中的杜少卿更被认为是作者的自况：杜少卿的行迹与作者真实人生不仅吻合，且经历顺序也相符，比如杜少卿在父亲去世后的“平居豪举”，以病推辞不参加博学鸿词的廷试、祭泰伯祠活动等，这些都和吴敬梓的实际经历相同。

作者着力描摹的读书人中，既有翰林、进士、举人、贡生、秀才和斗方名士，也有官吏、乡绅、衙役、书办和豪奴。除这之外，还有地主、盐商、艺人、医生、侠客、和尚、道士和节妇等等，林林总总，五光十色，堪称是中国18世纪一幅全景的风俗画。

《儒林外史》中找不到一个始终保持在场的主角人物：王冕仅在开篇出现；周进、范进、梅玖、荀玫一众举业志士在前7回里喧腾之后即不再被提及；自第二十四回开始，重点讲述四方士子慕往奔趋的南京城，慎卿、少卿前后脚到来，泼洒风流，笑傲丛聚，各领风骚不几年；而后众文士儒生奔走于各地——六合、扬州、苏州、杭州等，人来事起，事去人隐。作者就像摇举着聚光灯一般，用他的如椽巨笔为我们扫描记录了这些士子为立身而辛苦奔波，为求进身而趋奉逢迎，也有洁身自好者，如五河县的虞华轩。

书中也没有以记述某一个事件由起因、发展到高潮的完整叙事贯穿全书，即便是汇集了多数主要人物的祭泰伯祠一事，在前32回书里面，也未有伏笔，只在第三十三回中，很突兀地就由迟衡山提了出来，杜少卿当即附议捐银。此后的几回书中亦没有详述关于祭泰伯祠一事各方准备，祠的建造过程与装置布局全不见交代。在第三十七回详写祭礼，吴敬梓在细细列叙了种种程式仪规后，转而又惜墨如金，只讲了句“见两边百姓，扶老携幼，挨挤着来看，欢声雷动”，随即便让众名士星分云散，季萑、萧鼎、辛东之、金寓刘回扬州，马纯上、蘧駪夫回浙江，萧金铉等人回安徽，宗姬回湖广。虞育德“在南京做了六七年博士”后亦凄然离去。这些人的礼乐兵农之理想实践在喧哗一阵后陷入了寂灭，并未能多少改变一些儿社会风气。

就这样，“虽云长篇，颇同短制”的《儒林外史》采用的是一种“事与其来俱起，亦与其去俱讫”（鲁迅《中国小说史略》）的独特结构。这种没有贯穿首尾的主干故事，以分散的人物独立的事件连缀起来的形式，被袁行霈在《中国文学史》中总结为：“吴敬梓深谙古史笔法，采取了编年和纪传相结合的方法，以时间为序，写出了一代二三十个人物的行状，创造了一种长篇小说的独特结构。”

有研究者把这种结构形式比作绘画中的散点透视法，虽然每个局部中都有相应的主体，在全书的整体格局中，各局部的主体则形成了新的关系，以此来构筑整本书形制，即为在已然僵化了的八股科举制下的读书人摹写群像。可以说，这些人的种种努力与挣扎都说明了，在封建八股制度下，读书人总也避不开的现实命运就是——“荣身取进不自由，仰求依归总失时”。

另外，《儒林外史》之前的小说，如《水浒传》《三国演义》《西游记》等的内容多是经由历代累积，有集体创作基础，其完成人的身份在今天看来，都或多或少存在疑点与争论。而吴敬梓作为《儒林外史》的作者则已获学界公认，他一生的行事经历也都清晰可证。并且可确定的是，吴敬梓独立创作完成了《儒林外史》，这也是目前为止所知由可确证身份的作者独立完成的最早的一部长篇小说。

吴敬梓有高贵的家族传承，有深厚的文学修养，加上丰富的社会阅历，所以他对那个病态的社会能观察人微，认识深刻。他把民间口语加以提炼，以朴素、幽默、本色的语言，揭露八股科举的腐朽反动，讽刺腐儒和假名士的庸俗堕落，抨击贪官污吏的刻薄寡恩，让《儒林外史》的语言极具魅力。他笔下人物的那些恰如其分的话语表达，细致周到的迎来送往，读来真个令人如同身临其境，妙不可言。

三、慎勿读《儒林外史》，无往而非《儒林外史》

知识分子，也就是所谓的读书人，历来就有着较高的社会地位，在古代曾被列为“四民”之首，有着专用的“士”之称号。各朝各代都会从这“头等公民”的“士”中选拔大量人才予以授官，就是“出仕”，因此，“学而优则仕”便几乎成了历来读书人的主要人生理想。

传统的知识分子，应该讲求忠孝仁勇、礼义廉耻，需要文行兼备，学问和品行并举，还要出处清明，做到像余大先生赞叹的虞博士那样，能“难进易退”。真正的“士”，应该追求修齐治平的社会担当。

可是，《儒林外史》中，更多的则是一心渴求富贵、追逐功名利禄的“假名士”，他们的行为表现则是无文无行、欺世盗名，又凶狠残忍、横征暴敛。闲斋老人（有人认为是作者的托名）在《儒林外史·序》中云：“夫曰‘外史’，原不自居正史之列也；曰‘儒林’，迥异玄虚渺荒之谈也。其书以功名富贵为一篇之骨：有心艳功名富贵而媚人下人者，有倚仗功名富贵而骄人傲人者，有假托无意功名富贵自以为高被人看破耻笑者，终乃以辞却功名富贵，品地最上一层，为中流砥柱。篇中所载之人，不可枚举，而其人之性情、心术，一一活现纸上。读之者，无论是何人品，无不可取以自镜。”

惺园退士也在“儒林外史序”里写道：“《儒林外史》一书，摹绘世故人情，真如铸鼎象物，魑魅魍魉，毕现尺幅；而复以数贤人砥柱中流，振兴世教。其写君子也，如睹道貌，如闻格言；其写小人也，窥其肺肝，描其声态，画图所不能到者，笔乃足以达之。”

卧闲草堂本第三回后有记评曰：“慎勿读《儒林外史》，读竟乃觉日用酬酢之间，无往而非《儒林外史》。”

《儒林外史》揭露了僵化的八股科举制对人和社会的伤害，讽刺了热衷功名富贵不重文行出处的读书人，颂扬了洁身守正又致力维护礼教的清醒文士。

读罢《儒林外史》，合上书后，书中所揭露讽刺的种种，竟一律不得记忆清晰，许是因自小至今的历闻让我并不以之为怪吧。可见，古今人事亦相距无几矣。触心动情的却只是难能可贵的那一些市井凡人的单纯，他们朴实坦荡的言行，就像敬重斯文的戏子鲍文卿说出的“须是骨头里挣出来的钱才做得肉”和“公门里好修行”，还有他和“从二十岁上进学，到而今做了三十七年的秀才”的倪霜峰的贫贱之交；我记得在杜府30多年、与赣州府君结为肝胆之交的管家娄焕文，临终时语重心长对杜少卿说的话“银钱也是小事，我死之后，你父子两人事事学你令先尊的德行，德行若好，就没有饭吃也不妨”；我还记得敢作敢为、救人厄难的凤四老爹凤鸣岐，在高翰林等这一群明哲保身的士子间绽放出的耀眼光芒。

现在，每行经南京各处遗迹之际，总感觉仿佛间，我也许会遇到那些个曾于此间弹一曲高山流水、述往思来的奇人们，心中也总抹不掉两个在辛苦劳作一日之后相邀约着要“到永宁泉吃一壶水，回来再到雨花台看看落照”的身影。对我来说，从《儒林外史》领悟到的就是，虽然世间有各种求富贵功名的闹闹哄哄，但保持独立、抱朴守拙则是最长久可靠的立身之本。

精彩片段

人生南北多歧路，将相神仙，也要凡人做。百代兴亡朝复暮，江风吹倒前朝树。功名富贵无凭据，费尽心情，总把流光误。浊酒三杯沉醉去，水流花谢知何处。

这一首词，也是个老生常谈。不过说人生富贵功名，是身外之物；但世人一见了功名，便舍着性命去求他，及至到手之后，味同嚼蜡。自古及今，那一个是看得破的！

引自 第一回《说楔子敷陈大义 借名流隐括全文》

转眼长夏已过，又是新秋，清风戒寒，那秦淮河另是一番景致。满城的人都叫了船，请了大和尚在船上悬挂佛像，铺设经坛，从西水关起，一路施食到进香河。十里之内，降真香烧的有如烟雾溟濛。那鼓钹梵呗之声，不绝于耳。到晚，做的极精致的莲花灯，点起来浮在水面上。又有极大的法船，照依佛家中元地狱赦罪之说，超度这些孤魂升天，把一个南京秦淮河，变做西域天竺国。到七月二十九日，清凉山地藏胜会，——人都说地藏菩萨一年到头都把眼闭着，只有这一夜才睁开眼，若见满城都摆的香花灯烛，他就只当是一年到头都是如此，就欢喜这些人好善，就肯保佑人。所以这一夜，南京人各家门户，都搭起两张桌子来，两枝通宵风烛，一座香斗，从大中桥到清凉山，一条街有七八里路，点得像一条银龙，一夜的亮，香烟不绝，大风也吹不熄。倾城士女都出来烧香看会。

引自 第四十一回《庄濯江话旧秦淮河 沈琼枝押解江都县》

记得当时，我爱秦淮，偶离故乡。向梅根冶后，几番啸傲；杏花村里，几度徜徉。凤止高梧，虫吟小榭，也共时人较短长。今已矣！把衣冠蝉蜕，濯足沧浪。

无聊且酌霞觞，唤几个新知醉一场。共百年易过，底须愁闷；千秋事大，也费商量。江左烟霞，淮南耆旧，写入残编总断肠！从今后，伴药炉经卷，自礼空王。

引自 第五十六回《神宗帝下诏旌贤 刘尚书奉旨承祭》

参考文献

[1]吴敬梓.儒林外史[M].北京：人民文学出版社，2020.

[2]陈美林.江苏历代文化名人传·吴敬梓[M].南京：江苏人民出版社，2019.

[3]朱一玄，刘毓忱.儒林外史资料汇编[M].天津：南开大学出版社，2012.

导读人简介

李晓鹏，图书情报学本科毕业，东南大学图书馆学科服务部馆员。

说不尽的《红楼梦》

——回归，说说文本

导读人：孙莉玲

我自少年就读《红楼梦》，觉得里面那么多姐姐妹妹在一起，真有意思：每个人都有自己的天地，在那个天地里自己可以做主，想关起门来把水堵住放小鸭子也可以，在雪地里吃鹿肉更是欢喜异常。青年时我依旧喜欢读《红楼梦》，那时候《红楼梦》是一本爱情小说。我喜欢薛宝钗，不喜欢林黛玉，觉得林黛玉不健康，而且还动不动就哭，说话也是经常揶揄人，我觉得这样的女孩子除了会做诗哪有宝姐姐好。宝姐姐知书达理，家里又有钱，到底宝玉喜欢林妹妹哪一点，让他整天低首做小的？然，虽不喜黛玉但自己在爱情里行事作风又常常东施效颦。读大学期间，选修了《红楼梦》，开始接触其中的艺术价值、社会价值和美学价值，为了交作业也囫囵吞枣地读过一些红学研究和曹学研究，但终究认为只是一门功课而未能真正深入下去。后到大学任教，学校开始重视选修课的开设，既然老不读《三国》少不看《水浒》，那读读《红楼梦》应该是可以的，就开设了关于红楼梦的选修课。但对于那段时间，是值得总结和反思的，我个人好像陷进了考据之中不能自拔，觉得贾家即曹家有道理，觉得说的是反清复明的故事也有道理，甚至觉得说的是顺治帝与董鄂妃的爱情故事也有道理，课堂上往往是大讲考据，而忽略了文本本身。再后来因为从事行政工作，对文艺著作渐渐生疏，直至来图书馆工作后，好像又找到了另一种生活状态。蒋勋说："红楼梦是可以读一辈子的书，我们不只是在读红楼梦，我们在阅读自己的一生。"于是给自己定了一个目标——"五年内看遍东大图书馆的红楼梦藏书"。

也许是年龄的原因，也许是阅历的原因，如今再读《红楼梦》反是更重其文本本身。天就回归文本，从四个方面说说《红楼梦》讲了一个什么样的故事。

一、《红楼梦》中的神话

红楼梦是一部故事性很强的小说，既可以通篇看作一个故事，贾史王薛四大家族由盛而衰“陋室空堂，当年笏满床，衰草枯杨，曾为歌舞场”。亦可截取很多的片断，各为一幕。如《憨湘云醉眠芍药裀，呆香菱情解石榴裙》就是一帮十几岁的少年因着过生日，趁着家长不在家没了管束，划拳行令，满厅中红飞翠舞、玉动珠摇，直喝到醉卧石凳、香梦沉酣。但就是这样一个故事性小说，很多读者在初接触这本书时会说读起来有些吃力，我私以为，可能很大一部分来源于其中的“神话”。曹雪芹架构了一个神话，由超现实引领，进入写实。这本书最大的特点之一，或说它奇妙之处，就是神话与人间、形而上与形而下，可以来来去去，来去自如，读者不觉奇怪，好像太虚幻境、警幻仙姑、茫茫大士、渺渺真人……真有这么回事，然后一降回到人间，贾琏、王熙凤、宝玉、黛玉……也觉得是真有其人。它的神话架构笼罩全书，具有重要的象征性，也给予写作极大的支撑与自由。红楼梦的神话不仅起到了总架构的作用，而且对于这样一本残书，如能读懂其中的神话部分基本也就了解了本书的大结局。书中的神话大抵集中在这样几个章节。

你道此书从何而来？本书开头应该算是一个楔子，交代了这本书的来历。然而这并不只是作者虚构了一个故事而使“朝代年纪、地舆邦国，却反失落无考”，而是在神话和许多名字、数字的背后交代了一种文化和命运。这本书本名《石头记》。女娲氏炼石补天于大荒山无稽崖，炼成高经十二丈、方经二十四丈，顽石三万六千五百零一块。娲皇氏只用了三万六千五百块，只剩了一块未用，便弃在青埂峰下。这块石头心里有好大的忧郁，一日，有一僧一道在此石边高谈阔论，说到红尘中荣华富贵，此石听了不觉打动凡心。虽一僧一道劝诫其红尘到头只一梦而已，万境归空，然此石凡心已炽，苦求再四。僧人大施幻术，将石头变成一块鲜明晶莹的美玉。后来不知又过了几世几劫，因有个空空道人访道求仙，忽从这大荒山无稽崖青埂峰下经过，忽见一大石上字迹分明，编述历历，乃刻此石即蒙茫茫大士、渺渺真人携入红尘，历经离合悲欢、炎凉世态亲历的一段故事。细读此段，我们肯定会疑惑：何以一僧一道可以走在一起？

大士乃佛教，真人乃道教，不伦不类，风马牛不相及，然，此确为全书之思想文化，即“儒释道”实为中国三大主流之文化思想，千百年来一直是中国文化思想的源头。以贾政、贾雨村为代表所倡导的儒家文化，强调的是“入仕”哲学，读的是四书五经，要的是为官做宰，而以宝玉为代表的“逆子”追求的是人性和领悟。我们再来看看这一组数字：高经十二丈确指一年十二个月又总应十二钗；方经二十四丈确指一年的二十四个节气又照应副十二钗；娲皇氏补天用石三万六千五百块确指一年三百六十五天，合周天之数；只单单地剩了一块未用，脂砚斋批“剩了这一块，便生出这许多帮事。当日虽不以此补天，就该去补地之坑陷，使地平坦，而不得有此一部鬼话”。我认为恰恰是这一块说明每一个人都是一个独立的个体，都有属于自己的人生。这些数字我私以为还应该是作者想告诉我们这个故事实际上是来自现实之中的存在，亲历的这些女子、这些悲欢离合就在每一个刀剑春秋。再来看看一山一石取名之意，脂砚斋批：大荒山，荒唐也；无稽崖，无稽也。青埂峰三个字下虽无脂批，但确为“情根”之意，光情还不行，还加一个根字，可谓是情根深重。

假（贾）作真（甄）时真（甄）亦假（贾）。继“石头记”之后，作者在第一回里又接继了一个神话故事：这块石头沾了灵气，变成了一个神，赤瑕宫的神瑛侍者。但这个神话故事不是来自僧道真人这样的神龙见首不见尾的人物，而是来自姑苏城阊门外十里街仁清巷葫芦庙旁住着的一家乡宦，姓甄，名费，字士隐。作者真可谓煞费苦心，刚刚还在“空空”“渺渺”的不着边际的“超现实”，突然间把我们拉回一街一巷一庙的“超级现实”。甄老爷的梦是这样的：梦至一处，不辨是何地方。忽见那厢来了一僧一道，且行且谈。谈的是什么事儿呢？西方灵河岸上三生石畔有绛珠草一株，时有赤瑕宫神瑛侍者，日以甘露灌溉，这株草便得久延岁月，后来既受天地精华，复得雨露滋养，遂得脱却草胎木质，得换人形，仅修成个女体，终日游于离恨天外，饥则食蜜青果为膳，渴则饮灌愁海水为汤。因这神瑛侍者凡心偶炽，欲下凡造历，故绛珠仙子愿以一生眼泪还甘露之惠。妙，所谓三生石上旧精魂也，神瑛侍者岂非茜纱公子，绛珠仙子之绛珠岂非血泪；清，觅情，贯愁也；奇，赤瑕宫岂非曹雪芹之悼红轩、贾宝玉之怡红院也。梦里未必知是梦，梦醒未必明因果。这一僧一道在现实中再次出现，才是甄士隐真正一声霹雳，大觉之时。这一日，士隐抱女英莲即见一僧一道，“那僧则癞头跣脚，那道则跛足蓬头，疯疯癫癫”，说着“好防佳节元宵后，便是烟消火灭时”。一语成谶，倏忽又是元宵佳节，先是英莲走失，后又葫芦庙炸供火起接二连三将一条街烧成瓦砾场。这一日，甄士隐挣挫来到街前，忽见一跛足道人，疯癫落脱，麻屣鹑衣，口中念着的便是那《好了歌》，士隐心中彻悟，遂作《好了歌注》，将道人肩上褡裢抢了过来，同了疯道人飘飘而去。天上的一僧一道在现实中就是癞头和尚和跛足道人，而这二人在每个人物的大关节总是从天而降，包括宝钗的冷香丸的配方是一僧一道给的，包括黛玉的不得见哭声特别是异姓亲属是一僧一道说的，就连贾瑞的“风月宝鉴”也是一僧一道给的，最后宝玉也是随着一僧一道“落了片白茫茫大地真干净”。

千红一窟(哭)万艳同杯(悲)。大家对红楼梦是一部残书是有着比较广泛共识的，差不多都认为前八十回基本上是曹雪芹原作，后四十回是高鹗等人补的。红学的爱好者纷纷因其残而引以为憾，我也曾因不能见故事之大收束而扼腕。但近年来，反倒对此看得淡了，“天下事了犹未了，何妨以不了了之”。更何况，以作者之聪慧之大智早已将人物之命运、家族之兴衰、政治生活之走向草蛇灰线处处设巧。这也是作者的了不起之处。一部小说最害怕的是读者先知道了结局而失去了阅读的兴趣，而恰恰就是伟大的曹雪芹，竟然在主角还未尽数登场的时候，就已经在第五回《游幻境指迷十二钗 饮仙醪曲演红楼梦》中暗示了故事的大结局，至此，红楼梦整个神话架构完成。这一日，因东边宁府中花园内梅花盛开，贾珍之妻尤氏乃治酒请贾母等赏花。一时宝玉倦怠，在贾蓉之妻秦可卿房内午憩，那宝玉刚合上眼，便随着一个似秦氏之仙女到了一处所在，这便是“太虚幻境”，两边一副对联“假作真时真亦假，无为有处有还无”。这里咱其他的按下不表，单说说宝玉在薄命司见到了一排排的大柜子，打开一看，里面有很多册子，他先翻开“又副册”一册：“只见这首页上画着一幅画，又非人物，也无山水，不过是水墨滃染的满纸乌云浊雾而已。后有几行字迹，写的是：霁月难逢，彩云易散。心比天高，身为下贱。风流灵巧招人怨。寿夭多因诽谤生，多情公子空牵念。”脂砚斋在此做批注：恰极之至！“病补雀金裘”回中与此合看，不用多解释，我们也知道这里写的是晴雯。霁月乃晴，雯乃彩色之云，生为丫鬟下人实为下贱，长相似林姑娘实为一流人物之风流，病补雀金裘说明心灵手巧，终因受人诽谤被撵出大观园而寿夭，病中宝玉虽有探望但终是连最后一面都不得见，空留多情公子牵念。我觉得在这本书中晴雯是最幸运的，因为她“死”在了曹雪芹的笔下。后面的金钗们死的死、散的散，出家的出家，被掳的被掳，都没有晴雯之死写得好了。有晴雯之死印证晴雯之判词，可想后面副册、正册人物之判词与人物之命运大抵是相合的了。这一章回中不仅有判词，还有《红楼梦》的十四支曲子，第一支曲子是个引子“演出这怀金悼玉的《红楼梦》”，第二支是钗黛合一的，后面的各对应一正钗，最后一曲“飞鸟各投林”既是通部女子一总，亦是家族命运、人物命运之收尾，“好一似食尽鸟投林，落了片白茫茫大地真干净”。

二、《红楼梦》中的青春

“大观园”实际上是一个青春王国，从年龄上说，虽不能给其中的主人公准确定义几岁几岁，但大体上不过就是十二三岁的年纪。我们在书中可以找到一些关于年龄的描写。先从林黛玉说起，以黛玉为坐标做个加减法。贾雨村应聘做林府西宾时，书中写道：“今只有嫡妻贾氏生得一女，乳名黛玉，年方五岁”。后“堪堪又是一载的光阴，谁知女学生之母贾氏夫人一疾而终”，贾母因心疼这个外孙女，遣了船只来接。也就是说黛玉进贾府时也不过六七岁的光景，这也是合了情理的，因为年龄小才有了宝黛同住贾母住处之碧纱橱的安排，两人同吃同住一起长大，真真是“郎骑竹马来，绕床弄青梅”。这是第二回。时光如梭，他们渐渐长大，长到多大了呢？接着看第四回，薛宝钗的出现，因为要去“待选”，就是皇上要选妃子、女官，她哥哥薛蟠又惹了人命官司，一家上京。书中写道“这薛公子学名薛蟠，表字文起，今年方十有五岁。”薛姨妈还有一女，“比薛蟠小两岁，乳名宝钗”。也就是说这时的宝钗也就只有十三岁。也就是说这帮儿女住进大观园时也不过就是这样一个年纪，最小的迎春想来也不过就是八九岁的年纪，那帮丫头大一点的如袭人应该也就是十六七岁的样子。所以说大观园是一个青春王国从年龄上说是完全合适的。现在我们常常被电视剧里的人物带歪了，总觉得王熙凤应该是三十岁的年纪，可书中明确交代贾琏二十二岁，凤姐应该不会超过二十岁的。在这样一个青春王国里上演着故事。

小儿女之间的恋爱。宝玉与黛玉之间是典型的小儿女间的恋爱，一个耍小性，一个赔不是，一会恼了一会好了，一会你知我心我视你为唯一知己，一会又一个要死一个要化成灰。看看第二十回《王熙凤正言弹妒意 林黛玉俏语谑娇音》里的这一段，因为史湘云来了，宝玉和宝钗两个一起来至贾母这边，这边正值林黛玉在旁，因问宝玉在哪里的，宝玉便说：“在宝姐姐家的。”黛玉冷笑道：“我说呢！亏在那里绊住，不然早就飞了来了。”宝玉笑道：“只许同你顽，替你解闷儿，不过偶然去他那里一趟，就说这话。”林黛玉道：“好没意思的话！去不去管我什么事，我又没叫你替我解闷儿。可许你从此不理我呢！”说着，便赌气回房去了。宝玉忙跟了来，问道：“好好的又生气了？就是我说错了，你到底也还坐在那里，和别人说笑一会子。又来自己纳闷。”林黛玉道：“你管我呢！”宝玉笑道：“我自然不敢管你。只没有个看着你自己作践了身子呢。”林黛玉道：“我作践坏了身子，我死，与你何干！”宝玉道：“何苦来，大正月里，死了活了的。”林黛玉道：“偏说死！我这会子就死！你怕死，你长命百岁的，如何？”宝玉道：“要像只管这样闹，我还怕死呢？倒不如死了干净。”黛玉道：“正是了，要是这样闹，不如死了干净。”宝玉道：“我说我自己死了干净，别听错了话赖人。”这真真是笑到流眼泪，我们哪一个不是从小儿女的爱情里走来的，哪一个不是没事找事型的，心中总是有一个“敌人”，那个让自己异常敏感的敌人。就此下去两个人也许很快就和好了，偏偏这时候宝钗来了把宝玉推走了。唉，这不劝还好，这一劝倒是火上浇油了。黛玉越发地气闷。但是没两盏茶的工夫宝玉回来了，仍是打叠起千百样的款语温言来安慰。黛玉一张口：“你又来做什么？横竖如今有人和你顽，比我又会念，又会作，又会写，又会说笑，又怕你生气拉了你去，你又做什么来？死活凭我去罢了！”宝玉听了，忙上来悄悄的说道：“你这么个明白人，难道连亲不间疏，先不僭后，也不知道？”林黛玉啐道：“我难道为叫你疏他？我成了个什么人了呢！我为的是我的心。”宝玉道：“我也为的是我的心，难道你就知你的心，不知我的心不成？”林黛玉听了，低头一语不发，半日说道：“你只怨人行动嗔怪了你，你再不知道你自己怄人难受。就拿今日天气比，分明今儿冷的这样，你怎么倒反把个青肷披风脱了呢？……回来伤了风，又该饿着吵吃的了。”闹了恼了，哄了笑了。但总是对所有争吵的话题不了了之，当然不知道哪天可能又会被翻出来，但这时，大多是说不清楚的，总是以生活中的关心来顾左右而言他，女孩子嘛，永远不会承认自己有错，错的都是别人，也总是这样以“我是关心你”来表示自己确实有点小题大做。而男孩子呢，情窦初开之时，女孩子不管做什么都是美好的，无理取闹是小性，无事生非是娇憨，真应了因为在意才会留意。

男孩子间的拳脚。红楼梦中的青春不仅仅是女孩子与女孩子间的、女孩子与男孩子间的，也有男孩子与男孩子间的，被说得最多应该就是宝玉与秦钟间的关系。许多人认为秦钟是宝玉的第一个同性伴侣，但我却不以为然，其实青春期的孩子间很多不一定存在性，而就是单纯的好感抑或是一种依恋。今天带大家看一段典型的校园打架事件，似乎跟20世纪80年代我的中学时光里的场面没什么大不同——教室里课本、黑板擦、扫帚甚至书包都成了武器满天飞。欣赏一下这一段纯男孩子的世界。第九回《恋风流情友入家塾 起嫌疑顽童闹学堂》：可巧这日老师有事，安排了作业让大家做。想想那时的我们哪个不盼着老师出个差、开个会，或者生个小病也行啊，那种自习课就成了自由的天堂，乱哄哄闹腾腾，交头接耳的有，说谁跟谁好的有，看小说的有，一起约着上厕所的有，激动时站到桌子上手舞足蹈的有，反正就是没几个做作业的。贾宝玉学堂里是这样上演的："谁知贾菌年纪虽小，志气最大，极是淘气不怕人的。他在座上冷眼看见金荣的朋友暗助金荣，飞砚来打茗烟，偏没打着茗烟，便落在他桌上，正打在面前，将一个磁砚水壶打了个粉碎，溅了一书墨水。贾菌如何依得，便骂：'好囚攮的们，这不都动了手了么！'骂着，也便抓起砚砖来要打回去。贾兰是个省事的，忙按住砚，极口劝道：'好兄弟，不与咱们相干。'贾菌如何忍得住，便两手抱起书匣子来，照那边抡了去。终是身小力薄，却抡不到那里，刚到宝玉秦钟桌案上就落了下来。只听哗啷啷一声，砸在桌上，书本纸片等至于笔砚之物撒了一桌，又把宝玉的一碗茶也砸得碗碎茶流。贾菌便跳出来，要揪打那一个飞砚的。金荣此时随手抓了一根毛竹大板在手，地狭人多，那里经得舞动长板。茗烟早吃了一下，乱嚷：'你们还不来动手！'宝玉还有三个小厮：一名锄药，一名扫红，一名墨雨。这三个岂有不淘气的，一齐乱嚷：'小妇养的！动了兵器了！'墨雨遂掇起一根门闩，扫红锄药手中都是马鞭子，蜂拥而上。贾瑞急的拦一回这个，劝一回那个，谁听他的话，肆行大闹。众顽童也有趁势帮着打太平拳助乐的，也有胆小藏在一边的，也有直立在桌上拍着手儿乱笑，喝着声儿叫打的。登时间鼎沸起来。"好一幅男孩子打架的场面。这里不得不说的是会打架的孩子不一定是最坏的，比如贾菌，据后推测，贾家败了之后，东山再起的除了贾兰，应该还有贾菌。俗话说三岁看到老，贾兰行事稳妥，不冒进不惹祸，自有他立身之本。贾菌却热血仗义、敢作敢为，这样性格长大了绝对不会错。

三、《红楼梦》中的礼俗

红楼梦是一部大百科全书，它不仅叙述了大家族的兴衰，而且通过这个家族的生活反映了一个时代，反映了那个时代的政治、经济、文化还有礼俗。今天想跟大家从“悲”和“喜”两个角度来看看红楼梦中那个朝代的礼俗。我们就选第十四回《林如海捐馆扬州城 贾宝玉路谒北静王》来说说贵族的丧礼，选第五十三回《宁国府除夕祭宗祠 荣国府元宵开夜宴》看看贵族的仪礼。

丧礼中的面子。讲这一部分内容，我想选第十四回。要说第十三回《秦可卿死封龙禁尉 王熙凤协理宁国府》有太多的故事可说，这一章回内容最少但却是考据学者们最津津乐道的。只因秦氏死的实在是与判词中一美人自缢差距太大，又因在此处，脂砚斋批“此回只十页，因删去天香楼一节，少却四五页也”，又言“‘秦可卿淫丧天香楼’，作者用史笔也。老朽因有‘魂托凤姐’‘贾家后事’二件，嫡是安富尊荣坐享人能想得到处？其事虽未漏，其言其意则令人悲切感服，姑赦之。因命芹溪删去”。我们不去作考据，我们今天只看贵族的丧礼文化。书中第十四回这样描写秦氏的送殡场面：那时官客送殡的，有镇国公牛清之孙……不可枚数。堂客算来亦共有十来顶大轿，三四十小轿，连家下大小轿车辆不下百馀十乘。连前面各色执事、陈设、百耍，浩浩荡荡，一带摆三四里远。走不多时，路旁彩棚高搭，设席张筵，和音奏乐，俱是各家路祭：第一座是东平王府祭棚……现今北静王水溶年未弱冠，生得形容秀美……自己五更入朝，公事一毕，便换了素服，坐大轿鸣锣张伞而来，至棚前落轿，手下各官两旁拥侍，军民人众不得往还。一时只见宁府大殡浩浩荡荡、压地银山一般从北而至。就这么小小的一段，我们就可以看出人死了也是分等级的，贾珍出于对秦氏不正常的情感，他希望给秦氏一个丧礼，但我更相信这不仅仅是出于情感的需要，更是政治的需要，他需要一个与宁国府面子相称的丧礼。于是为儿子捐了个六品官，有了六品这个名分，再加上宁国府的政治勾连，国公的子孙来了，四个王爷府也来设了祭棚，尤其点出了北静王，是给足了贾府的面子，不仅亲设路祭，而且还请宝玉来见，把腕上一串圣上亲赐的念珠赠予宝玉。我们看宝玉来诣见北静王时是脱去孝服来见的，而北静王来祭是公事毕，换了素服来的，这充分说明当时什么场合、见什么人、着什么装是非常有讲究的。

仪礼中的规矩。前面说了丧礼，我们再来看看贵族的仪礼。《红楼梦》中的仪礼非常讲究。元妃省亲，即使是作为祖母的贾母也是要跪迎的，父亲是要隔着帘子叩头的；贾母吃饭时谁布菜、谁捧盅、谁奉茶是有规矩的；贾宝玉上学放学经过父亲的房门即使父亲不在也是要行礼的；贾母设宴，小姐们是坐着的，而王熙凤有再大的权势作为媳妇也是要站着的。而最集中表现贵族祭祀仪礼的还是在第五十三回《宁国府除夕祭宗祠 荣国府元宵开夜宴》：已到了腊月二十九日了，各色齐备，两府中都换了门神、联对、挂牌（这和现在的传统差不多），新油了桃符（桃符现在已经很少了，这是木制的，在老制建筑中依然可见），焕然一新。宁国府从大门、仪门、大厅、暖阁、内厅、内三门、内仪门并内塞门，直到正堂，一路正门大开，两边阶下一色朱红大烛点的两条金龙一般。次日，由贾母有诰封者，皆按品级着朝服，先坐八人大轿，带领着众人进宫朝贺，行礼领宴毕。回来，便到宁国府暖阁下轿。诸子弟有未随入朝者，皆在宁府门前，排班伺候，然后引入宗祠。只见贾府人分昭穆（即始祖居中，左为父即为昭者，右为子即为穆）排班立定：贾敬（是目前贾家文字辈最长者，也本应世袭宁国公的）主祭，贾赦（袭了荣国公之爵）陪祭，贾珍（宁府长房长孙）献爵，贾琏、贾琮献帛，宝玉捧香，贾菖贾菱展拜毯，守焚池。青衣乐奏，三献爵，拜兴毕，焚帛奠酒，礼毕，乐止，退出。众人围随着贾母至正堂上，影前锦幔高挂，彩屏张护，香烛辉煌。上面正居中悬着宁荣二祖遗像，皆是披蟒腰玉；两边还有几轴列祖遗影。贾荇贾芷等从内仪门挨次列站，直到正堂廊下。槛外方是贾敬贾赦，槛内是各女眷（男女是分开的）。众家人小厮皆在仪门之外。每一道菜至，传至仪门，贾荇贾芷等便接了，按次传至阶上贾敬手中。贾蓉系长房长孙，独他随女眷在槛内。每贾敬捧菜至，传于贾蓉，贾蓉便传于他妻子，又传于凤姐、尤氏诸人，直传至供桌前，方传于王夫人。王夫人传于贾母，贾母（现贾家辈分最高者）方捧放在桌上。邢夫人在供桌之西，东向立，同贾母供放。直至将菜饭汤点酒茶传完，贾蓉方退出下阶，归入贾芹阶位之首。凡从文旁之名者，贾敬为首；下则从玉者，贾珍为首；再下从草头者，贾蓉为首；左昭右穆，男东女西。俟贾母拈香下拜，众人方一齐跪下，将五间大厅，三间抱厦，内外廊檐，阶上阶下两丹墀内，花团锦簇，塞的无一隙空地。鸦雀无闻，只听铿锵叮当，金铃玉珮微微摇曳之声，并起跪靴履飒沓之响。至次日五鼓，贾母等又按品大妆，摆全副执事进宫朝贺，并祝元春千秋。领宴回来，又至宁府祭过列祖，方回来受礼毕，便换衣歇息。所有贺节来的亲友一概不会。只和薛姨妈李婶二人说话取便，或者同宝玉、宝琴、钗、玉等姊妹赶围棋抹牌作戏。王夫人与凤姐是天天忙着请人吃年酒，那边厅上院内皆是戏酒，亲友络绎不绝，一连忙了七八日才完了。早又元宵将近，宁荣二府皆张灯结彩，十一日是贾赦请贾母等，次日贾珍又请，贾母皆去随便领了半日。王夫人和凤姐儿连日被人请去吃年酒，不能胜记。至此，对于祭祀的仪礼说得已经够细了，无须多言，自能体会其礼仪之繁缛、之庄重以及其不可僭越性。

有统计说，如果以千年计，在欧洲最畅销的书是《圣经》。我们如果以百年计，我想最畅销的书非《红楼梦》莫属。蒋勋说："我是把红楼梦当佛经来读的，因为里面处处都是慈悲，也处处都是觉悟。"我们会在自己"最不喜欢"人的身上看到他的处境，会在喜欢的人身上看到人性里的自然；会在曾经嘲笑的人身上看到他之所以为他的无奈，会在欣赏的人身上看到美好。也许从前读《红楼梦》，我们只看到里面的主角，如宝玉如黛玉宝钗；若干年过去，我们可能会更多关注那些小人物，如夏金桂如小红龄官。儿时我们讨厌迂腐而又刻板的贾政，同情生活在大观园里的少年，若干年后，我们自己已经走出青春王国成了那个觉得孩子总是不务正业的父母。红楼梦读久了，会觉得自己也在梦中，有时候喜欢黛玉的孤傲，有时候理解宝钗的现实，有时候又放任自己恣意湘云的直率，有时候甚至能看到自己身上的王熙凤和尤三姐。因此，我需要让《红楼梦》一直在我的床头，每天睡前读一段，每次都会不同，不必搞清楚这本书到底从何而来，因何而起，也许也不需要搞清楚结局如何，因何而去，它就是说不完的《红楼梦》。

精彩片段

[红楼梦引子]开辟鸿蒙，谁为情种？都只为风月情浓。趁着这奈何天，伤怀日，寂寥时，试遣愚衷。因此上，演出这怀金悼玉的《红楼梦》。

[终身误]都道是金玉良姻，俺只念木石前盟。空对着，山中高士晶莹雪；终不忘，世外仙姝寂寞林。叹人间，美中不足今方信。纵然是齐眉举案，到底意难平。

[枉凝眉]一个是阆苑仙葩，一个是美玉无瑕。若说没奇缘，今生偏又遇着他；若说有奇缘，如何心事终虚化？一个枉自嗟呀，一个空劳牵挂。一个是水中月，一个是镜中花。想眼中能有多少泪珠儿，怎经得秋流到冬尽，春流到夏！

[收尾·飞鸟各投林]为官的，家业凋零；富贵的，金银散尽；有恩的，死里逃生；无情的，分明报应。欠命的，命已还；欠泪的，泪已尽。冤冤相

报实非轻，分离聚合皆前定。欲知命短问前生，老来富贵也真侥幸。看破的，遁入空门；痴迷的，枉送了性命。好一似食尽鸟投林，落了片白茫茫大地真干净！

引自 第五回《游幻境指迷十二钗 饮仙醪曲演红楼梦》

宝玉拉着他的手，只觉瘦如枯柴，腕上犹戴着四个银镯，因泣道："且卸下这个来，等好了再戴上罢。"因与他卸下来，塞在枕下。又说："可惜这两个指甲，好容易长了两寸长，这一病好了，又损好些。"晴雯拭泪，把伸手取了剪刀，将左手上两根葱管一般的指甲齐根铰下；又伸手向被内将贴身穿着的一件旧红绫袄脱下，并指甲都与宝玉道："这个你收了，以后就如见我一般。快把你的袄儿脱下来我穿。我将来在棺材内独自躺着，也就像还在怡红院的一样了。论理不该如此，只是担了虚名，我可也是不可如何了。"宝玉听说，忙宽衣换上，藏了指甲。晴雯又哭道："回去他们看见了要问，不必撒谎，就说是我的。既担了虚名，越性如此，也不过这样了。"

引自 第七十七回《俏丫鬟抱屈夭风流 美优伶斩情归水月》

参考文献

[1]脂砚斋.脂砚斋批评本·红楼梦[M].湖南：岳麓书社，2015.

[2]白先勇.白先勇细说红楼梦[M].广西：广西师范大学出版社，2017.

[3]蒋勋.蒋勋说红楼梦[M].上海：上海三联书店，2012.

[4]曹雪芹.无名氏续.红楼梦[M].北京：人民文学出版社，2008.

导读人简介

孙莉玲，研究员，管理学博士，东南大学图书馆党总支书记，致力于做一个文化传播者和优秀的阅读推广人。

围城内外

导读人：胡曦玮

《围城》是中国现代文学史上一部风格独特的讽刺小说。故事主要写抗战初期病态知识分子的群相。小说取名《围城》，在“围城”之内，作者借方鸿渐的生活，展示了人生在婚姻和事业等方面的围城状态。在“围城”之外，通过嘲讽在当时的社会环境中一批病态知识分子荒唐的行为和鄙陋的灵魂，对当时的社会进行了批判。小说在艺术上有着卓然不群的风格，讽刺艺术是其一大亮点。其讽刺手法灵活多样，比喻、用典、推理等处处见锋芒，被誉为“新儒林外史”。小说具有社会的广度、历史的深度和哲学的高度。

《围城》的社会意义在于让我们思考如何在围城内外更好地生活。人活着就应该不断地去追求，在追求中充实，在充实中奉献。不管在围城内还是围城外，都能保持清醒的大脑、积极乐观的心态，这样才能生活得幸福和快乐。

一、人如其名——钱锺书[①]

钱锺书，原名仰先，字哲良，后改名锺书，字默存，号槐聚，曾用笔名中书君。江苏无锡人，中国现代作家、文学研究家，与饶宗颐并称“南饶北钱”。钱家自古就是江南大户、书香门第，自五代十国发迹，代代人才辈出，记录在史册的同宗名士就有几千人。而到近现代，更可谓群星璀璨。有人总结了近现代江南钱氏所出人才：一诺奖、二外交家、三科学家、四国学大师、五全国政协副主席、十八两院院士。钱氏之辉煌，可见一斑。钱氏一宗分为好几支流脉。其中湖州

① 钱锺书对中国的史学、哲学、文学等领域有深入的研究，先后担任过西南联大外文系教授、清华大学外语系教授、中国社会科学院副院长等职，在国内外学术界都享有很高的声誉。

钱氏出了“中国原子弹之父”钱三强，杭州钱氏出了“中国导弹之父”钱学森，无锡七房桥钱氏出了国学大师钱穆和“中国力学之父”钱伟长叔侄，无锡绳武堂钱氏则出了钱基博和钱锺书两父子。

钱锺书出生那天，恰逢有人送来一部《常州先哲丛书》，伯父便给他取名为“仰先”，字“哲良”。一年后的抓周宴上，男孩在众多玩具中出人意料地抓了一本书。父亲想孩子喜欢读书是好事，便正式给他取名“锺书”，意为“钟爱读书”。钱锺书爱书，痴迷读书，大半生时间都与书为伴。他自幼聪慧过人。每逢逛街、上茶馆或听说书，伯父都会带上他，而小锺书则躲在墙角读租来的《说唐》《济公传》《七侠五义》等小说。他喜欢读各种古经典籍，在书摊上看到了《说唐》之类的书目，回家便手舞足蹈地向弟弟们“演说”一遍。正是长期的阅读积累，厚积薄发，钱锺书国文特优，英语满分，被清华破格录取。

据说，钱锺书在清华读书4年，连玉泉山、八大处都没去过，却“横扫了整个清华图书馆”。在他心里，有书的地方，就是世界上最美的地方。当时清华大学图书馆是全国藏书量最丰富的地方，来到清华，对于嗜书如命的钱锺书可谓如鱼得水。除了上课与睡觉，他几乎将整个人都埋进图书馆。当时游走在图书馆的人，都会发现一个衣着干净、戴着一副细丝眼镜的年轻人。此时，图书馆则成了他的第二宿舍。他的同班同学许振德在《水木清华四十年》中回忆道：“锺书兄，苏之无锡人，大一上课无久，即驰誉全校，中英文俱佳，且博览群书，学号为八四四号，余在校四年期间，图书馆借书之多，恐无能与钱兄相比者，课外用功之勤，恐亦乏其匹。”每次看罢，他都意犹未尽，便偷偷跑去书摊租书来看，甚至忘记回家。在清华大学读书时，钱锺书与吴晗、夏鼐一起被誉为清华“三才子”。

钱锺书说自己看书就像猪八戒吃东西，“食肠甚大，粗细不择”，不分雅俗，照看不误。留英期间，每次专业书读累了，就会抽出一本侦探小说来换换脑子。他还有个癖好是看字典，在去蓝田师范学院任教途中，漫长的行程、恶劣的环境让同行的老师个个心浮气躁，唯有钱锺书捧着本英文字典看得津津有味，怡然自得。同样爱读字典的岳父杨荫杭见了钱锺书之后，十分欣喜，拽着女儿杨绛（本名杨季康，而“杨绛”是其写作《称心如意》时首次使用）喜滋滋地说：“阿季你看，这里也有个读一个字一个字的书的人。”钱锺书不仅无书不读，还有一个阅读习惯：读书时都会做上详细的注解，并写下自己的思考。如此下来，一本书读完，上面全是他密密麻麻的笔记。每次搬家，一箱箱的书和笔记就成了一道风景。良好的阅读习惯练就了钱锺书“过目不忘”的超凡记忆力，他因此也被誉为“活百科全书”。

钱锺书与夫人杨绛都是我国著名的学者和作家。他们做到了“死生契阔，与子成说，执子之手，与子偕老”，做到了珠联璧合、相濡以沫，更重要的是做到了在平凡中品尝幸福。钱锺书说过：“我见到她之前，从未想到要结婚；我娶了她几十年，从未后悔娶她，也未想过要娶别的女人。”1932年早春，在清华大学古月堂门口，两人初次偶遇，杨绛觉得他眉宇间“蔚然而深秀”，钱锺书被她“缬眼容光忆见初，蔷薇新瓣浸醍醐”的清新脱俗吸引。1935年，两人完婚。随后，杨绛陪夫君去英国牛津就读。学习之余，杨绛和钱锺书还展开读书竞赛，比谁读的书多。通常情况下，两人所读的册数不相上下。有一次，钱锺书和杨绛交流阅读心得：“一本书，第二遍再读，总会发现读第一遍时会有许多疏忽。最精彩的句子，要读几遍之后才会发现。”杨绛不以为然，说：“这是你的读法。我倒是更随性，好书多看几遍，不感兴趣的书则浏览一番即可。”读读写写，嘻嘻闹闹，两人的婚姻生活倒充满了悠悠情趣，羡煞旁人。1942年底，杨绛创作了话剧《称心如意》。话剧在金都大戏院上演后，一鸣惊人，迅速走红。

杨绛的蹿红，使大才子钱锺书坐不住了。一天，他对杨绛说：“我想写一部长篇小说，你支持吗？”杨绛大为高兴，催他赶紧写。杨绛让他减少授课时间，为了节省开支，她还把家里的女佣辞退了，自己包揽了所有的家务活，劈柴生火做饭样样都来，经常被烟火熏得满眼是泪，也会不小心切破手指。可是杨绛并未抱怨过，她只盼着锺书的大作早日问世。看着昔日娇生惯养的富家小姐如今修炼成任劳任怨的贤内助，钱锺书心里虽有惭愧，但更多的是对爱妻的感激与珍爱。两年后，《围城》成功问世。钱锺书在《围城》序中说：“这本书整整写了两年。两年里忧世伤生，屡想中止。由于杨绛女士不断的督促，替我挡了许多事，省出时间来，得以锱铢积累地写完。照例这本书该献给她。”其实，《围城》是沦陷在上海的时期写的，艰难岁月里，夫妻两人相濡以沫，相敬如宾，这是多么难得的人间真情啊！钱锺书曾用一句话概括他与杨绛的爱情：“绝无仅有的结合了各不相容的三者：妻子、情人、朋友。”这对文坛伉俪的爱情，不仅有碧桃花下、新月如钩的浪漫，更融合了两人心有灵犀的默契与坚守。

二、围城内外——批判与反思

《围城》是钱锺书对特定的社会、人生和历史文化反思的结晶。小说通过主人公方鸿渐的人生经历，向读者展示了方鸿渐的人生困境、面对困境的态度以及人生困境产生的原因，从而揭示了人生的真谛，寄寓了作者对人生的严肃思考。作者笔下的方鸿渐，一旦面临困境，就要换一个地方，总是把换地方作为摆脱困境的策略。他一再重复这个办法，他的性格在这段人生轨迹中没有改变，既没有提升，也没有堕落，是一段人生轮回。这也意味着方鸿渐的人生旅途是一个逐渐失败以至于全部人生价值彻底破坏的过程——不仅是个人经历的失败，更重要的是精神上的彻底萎缩和人生信念的空无所有。方鸿渐的这段人生轨迹寄寓着作者对人生深刻的思考：人生处处是“围城”，城外的人总想冲进去，城内的人总想逃出来。冲进逃出，永无止境。无论冲进去，还是逃出来，人在这个怪圈里做着无谓的轮回。很显然，作者对方鸿渐的人生态度是给予否定的，告诫人们面对困境，像方鸿渐那样胆怯逃避的人生态度是无谓的，也是不可取的，更是行不通的。面对困境，只要能承受就是一种胜利。方鸿渐的人生是灰色的人生，是逐渐败坏的人生。从外因看，方鸿渐的失败固然是由于社会腐败和人心险恶造成，但归根结底还是他的性格所致。他的自以为是常使他陷入困境之中，并且重蹈覆辙；他的没有勇气常使他悲观虚无，没有意志和毅力。所以他一逃再逃，一败再败。“方鸿渐的性格中同时交织着悲与喜、美与丑、崇高与滑稽的矛盾运动。方鸿渐既是单个的讽刺对象，又是人性的讽刺载体，更是人类命运的写照。最后他成为一个一无所有、一无可去的‘流浪汉’。”这不啻象征了现代人无法摆脱的精神困境。毫无疑问，作者操持的是讽刺的两刃剑、多棱镜，当他将讽刺的利剑刺向方鸿渐时，也刺向了包括作者在内的人类自身。这也正是方鸿渐形象的深刻处，也是《围城》最深刻处之所在。

另一层面，作者写了方鸿渐以外的人和事，即关于社会的主题。小说抓取动荡的社会一角为材料，不仅清晰地交代并勾画了动荡的时代背景与具体的社会环境，而且还将之与人物事件密切关联，写了“某一部分社会”“某一类人物”，表现了一个时代的内容。因此，在“围城”之外，他又塑造了一批知识人的群像，对这些上层知识分子的灵魂进行了系统的审视，毫不留情地揭开了他们灵魂的丑陋与欠缺，淋漓尽致地嘲弄了他们的丑态，通过他们的丑恶言行对社会文化进行了严峻的批判。吴敬梓《儒林外史》之所以成为不朽的名著,就在于他塑造了一批科举时代的封建知识分子的典型,深刻地反映了那个特定时代,批判了科举制度,讽刺了科举迷。以旧时代知识分子为主要描写对象的《围城》在艺术典型的塑造上,在揭露和讽刺的尖锐性上,可以说都不亚于《儒林外史》。《围城》的讽刺重心不是社会,而是灵魂。它不在"揭露造成这类人物命运的社会环境,从而宣告一个时代的即将结束",而在于"典型地塑造了中西文化合流中所产生的蜕变人格,表现了这种人格在现实生活中与民族时代精神的龃龉"。《围城》中的人物虽也受到环境影响(如方鸿渐一行前往三闾大学途中因环境受阻而引起烦恼),但其精神和生活世界的主体部分则与时代大相径庭。从方鸿渐得到鲍小姐又失去鲍小姐,到方、唐、苏、赵四人之间的爱情纠葛,从上海苏文纨家的情场角逐,到三闾大学校园中的名利争斗,这些所谓的知识分子,他们在国难面前虽无什么烦恼忧患,但他们在情场、名利场的争战却从来没有停息过。国难当头,方鸿渐等一群知识分子的生活及思想与其所处的时代氛围形成了较大的反差。这一反差,让人物的精神世界得到深层的表现——置国难于不顾。他们徒有知识分子之名,却没有知识分子的良知;他们披着知识分子的外衣,却没有半点知识分子的责任感。他们还不如古之"士"人。古之"士"还知道"士为天下先""先天下之忧而忧,后天下之乐而乐"的道理,而这群所谓的"知识分子"在民族的生存紧急关头却没有半点救亡意识。他们或坐在宽敞雅致的客厅里,围着年轻漂亮的女主人高谈阔论、卖弄学问,或在花前月下打情骂俏、争风吃醋,或在神圣的大学殿堂弄虚作假、投机钻营。他们置民族于不顾,置国家于不顾。《围城》通过对他们言谈举止的生动描写和议论,充分地暴露了他们自我陶醉、恬不知耻、虚伪卑鄙的丑恶精神风貌,并对之进行了辛辣的讽刺和批判,寄寓了作者的忧患意识。

知识分子应该是有知识、有道德、有修养、有责任感、有使命感的人格境界高尚的人群,无论何时,他们都应是社会的脊梁、时代的先驱,应对社会、对人类保持极大的关注和热情,具有起码的良知和公正,具有批判精神。"天下兴亡,匹夫有责",何况是时代先驱之知识分子?然而,《围城》中的知识分子竟然都是如此自私自利,他们连知识分子最起码的良知都没有,更别说高尚的人格境界了。他们既没有真正受到中国传统文化的教化,也没有真正认识和吸收西方文化的精髓。

三、博大精深——成就与作品

凡是钱锺书的朋友、同事或学生，或者哪怕是仅仅与钱锺书交谈过一次的人，都会对钱锺书学问的广博、思维的深刻、反应的敏捷、悟性之高、记忆力之强叹为观止。钱锺书的天资禀赋我们很多人不具备也学不到，我们可以而且应该学习的是他那超常的勤奋。他的成就再一次雄辩地说明：勤奋，唯有勤奋，是实现和完成天才的真正必要条件。余英时说："钱锺书是中国古典文化里面最后一位风雅之士。"活跃在20世纪，钱锺书却保留了许多中古士人的习惯，他的《容安馆札记》《管锥编》犹如天书，他的考据、勤学令人惊叹，在这一点上家庭教育和牛津教育对他影响很深；他立身端正，洁身自好，有人诘其犬儒，然而比起犬儒，钱锺书又是一个锋芒毕露的人，尤其在20世纪50年代前，他的直言不讳为他惹了一身的麻烦。外人说他狂傲，钱锺书自评"狷者"。围绕钱锺书有很多复杂甚至矛盾的看法，他的前半生和后半生也展现出截然不同的面向：前半生的钱锺书狷介独行，后半生的他却遵从着父亲的忠告，小心"默存"。

无论别人如何褒贬，钱锺书却等闲视之。1989年《钱锺书研究》编委会成立，他对这事却极力反对，曾向发起人之一、学者舒展抗议："昆仑山快把我压死了。大抵学问是荒江野老屋中二三素心人商量培养之事，朝市之显学必成俗学。"又说："读书人如叫驴推磨，若累了，抬起头来嘶叫两三声，然后又老老实实低下头去，亦复踏陈迹也。"

钱锺书一生著述颇丰，学术著作主要有《谈艺录》《管锥编》《七缀集》等，文学著作主要有长篇小说《围城》、短篇小说集《人・兽・鬼》、散文集《写在人生边上》等。说到钱锺书，就不能不提他的传世之作皇皇巨著《管锥编》。《管锥编》是一部以笔记形式写成的学术著作，也是集钱锺书毕生学识之大作，共计130万字。而《谈艺录》则是中国一部集传统诗话之大成的书，也是第一部广采西方人文、社科新学，诠评中国古典诗学诗艺的书。

《围城》不是肤浅地就事论事，而是站在哲学的高度俯视人生，反映了人生的某种不可抗拒的规律，给人以深刻而丰富的人生启迪。还不仅如此，《围城》又在"围城"之外，塑造了一大批上层知识分子的群像，在客观地描写人物活动的社会环境时，揭开了动荡不安社会里种种黑暗现象的面纱，批判了形形色色灵魂堕落的现代知识者，批判了造成现代知识者精神危机及灵魂堕落的社会及社会文化。可以说，《围城》的讽刺形象包含着丰富的内涵，既渗透着作家对知识分子的自我反思、对人生的认识，也凝聚着作家的文化反思。作者审视人生，否定了丑恶的一切，表现了一个正直知识分子“忧世伤生”的情怀。所以，仅从主题来看，《围城》也应是中国现代文学史上一部艺术杰作。

精彩片段

在这本书里，我想写现代中国某一部分社会、某一类人物。写这类人，我没忘记他们是人类，只是人类，具有无毛两足动物的基本根性。角色当然是虚构的，但是有考据癖的人也当然不肯错过索隐的机会、放弃附会的权利的。

引自 序

红海早过了，船在印度洋面上开驶着，但是太阳依然不饶人地迟落早起，侵占去大部分的夜。夜仿佛纸浸了油，变成半透明体；它给太阳拥抱住了，分不出身来，也许是给太阳陶醉了，所以夕照晚霞隐褪后的夜色也带着酡红。到红消醉醒，船舱里的睡人也一身腻汗地醒来，洗了澡赶到甲板上吹海风，又是一天开始。这是七月下旬，合中国旧历的三伏，一年最热的时候。在中国热得更比常年利害，事后大家都说是兵戈之象，因为这就是民国二十六年（一九三七年）。

引自 第一章

鸿渐身心仿佛通电似的发麻，只知道唐小姐在说自己，没心思来领会她话里的意义，好比头脑里蒙上一层油纸，她的话雨点似的渗不进，可是油纸震颤着雨打的重量。他听到最后一句话，绝望地明白，抬起头来，两眼是泪，像大孩子挨了打骂，咽泪入心的脸。唐小姐鼻子忽然酸了。“你说得对。我是个骗子，我不敢再辩，以后决不来讨厌了。”站起来就走。

引自 第三章

……鸿渐不由惊奇地问，“我佩服你的精神，我不如你。你对结婚和做事，一切比我有信念。我还记得那一次褚慎明还是苏小姐讲的什么‘围城’。我近来对人生万事，都有这个感想。譬如我当初很希望到三间大学去，所以接了聘书，近来愈想愈乏味，这时候自恨没有勇气原船退回上海。我经过这一次，不知道何年何月会结婚，不过我想你真娶了苏小姐，滋味也不过尔尔。狗为着追求水里肉骨头的影子，丧失了到嘴的肉骨头！跟爱人如愿以偿结了婚，恐怕那时候肉骨头下肚，倒要对水怅惜这不可再见的影子了。”

引自 第五章

参考文献

[1]冯芝祥.钱锺书研究集刊[M].上海：上海三联书店，1999.

[2]陆文虎.钱锺书研究采辑[M].北京：生活·读书·新知三联书店，1996.

[3]朱峰.《围城》文学作品赏析[J].青年文学家，2021(9)：38-39.

导读人简介

胡曦玮，管理学博士，图书情报与档案管理专业，东南大学图书馆查新与知识产权信息服务部馆员。

不能被打败的“硬汉”

导读人：刘珊珊

老人与海的故事大家耳熟能详，从世俗胜利观的角度来说，老人不是胜利者，尽管他千辛万苦地捕获到了大鱼，但最终大鱼还是被鲨鱼吃掉了，他只带回了庞大的骨架。没有激情澎湃的独白，没有壮志踌躇的宣誓，没有阖家欢乐的结局，只有饥饿、汗水、鲜血、失败、脸上的皱纹和咸湿的海风。可在理想主义者眼中，老人就是胜利者，他始终没有向大鱼、更没有向鲨鱼妥协屈服，以顽强的意志和精神不断地挑战自我极限。

贯彻《老人与海》始终的，是肇始于文艺复兴时期对人的价值与尊严的思考。凡能够给人以触动的文艺作品，无不体现了对人性的体察与关怀。因为“人是自己本身的目的，人自身中有一种无限的价值、一种永恒的使命”。《老人与海》便是这样，也许，人生中最精彩的不是实现梦想的瞬间，而是坚持梦想的过程。

一、海明威作品的自传色彩

不得不说，海明威是一个硬汉，他当过兵，参加过第一次世界大战。他作为红十字会救伤队队员，在输送补给品时受伤，并把意大利伤兵送到安全地带，被意大利政府授予银制勇敢勋章和十字军功奖章。这一期间，海明威出版的最著名的作品是1926年发表的《太阳照常升起》，这是他第一部重要的小说。小说写的是像海明威一样流落在法国的一群美国年轻人，他们在第一次世界大战后迷失了前进的方向，战争给他们带来了生理上和心理上的巨大伤害，他们只能在沉沦中度日。这部小说是对海明威自己生活道路和世界观的真实写照，小说也开创了“迷惘的一代”的文学流派。1929年,海明威的长篇小说《永别了,武器》是“迷惘的一代”文学的最好作品。小说的主人公亨利是个美国青年,他自愿来到意大利战场参战。在负伤期间,他爱上了英籍女护士凯瑟琳。在一次撤退时亨利被误认为是德国间谍而险些被枪毙,被迫跳河逃亡。通过描述二人的爱情,作品揭示了战争荒唐和残酷的本质。

第二次世界大战期间,海明威作为记者随军行动,并参加了解放巴黎的战斗和美日两国的太平洋战争。战争结束后,他获得一枚铜质奖章。这一期间,海明威于1940年发表了以西班牙内战为背景的反法西斯主义长篇小说《丧钟为谁而鸣》。作品描写了主人公美国青年乔丹志愿参加西班牙人民的反法西斯斗争,他奉命在一支山区游击队的配合下,于指定时间炸毁一座具有战略意义的桥梁。乔顿炸毁了桥梁,在身负重伤的情况下独自狙击敌人,最终为西班牙人民献出了年轻的生命。乔顿有高度的正义感和责任心,他因自己能为反法西斯斗争捐躯而感到光荣和自豪。

之后的1952年,海明威创作了享誉全球的《老人与海》。在他多次战斗中对各种人生品质思考的基础上,他想向世界表达出的一种人生态度——永不言弃。他非常赞同尼采的观点:“适时而死。死在幸福之巅峰者最光荣。”当他的自传作品《流动的圣餐》的创作陷入困境,而电疗使他记忆衰竭时,当创作灵感真正消失时,他选择离开这个世界,在巅峰时刻离开这个世界。

《老人与海》虽然写的是渔民的故事,但是也和海明威的其他作品一样,具有浓浓的自传色彩。首先,小说根据真人真事加以创作而成。正如苏轼所说的“文如其人”,《老人与海》是明显带有作者个人自传性质的小说。海明威自小受到父亲的影响,喜欢钓鱼和打猎,具备不断追求刺激、敢为人先的冒险精神,渴望并尊敬独立与自由是其一生的写照。第二次世界大战结束后,海明威移居古巴,认识了老渔民富恩特斯。1930年,海明威乘的船在暴风雨中遇难,富恩特斯搭救了海明威。从此,海明威与富恩特斯结下了深厚的友谊,并经常一起出海捕鱼。1936年,富恩特斯出海很远捕到了一条大鱼,但由于这条鱼太大,在海上拖了很长时间,结果在归程中被鲨鱼袭击,回来时只剩下了一副骨架。《老人与海》即由此而作。

其次,小说映射着现实。老人代表作家,捕鱼代表写作,大鱼则代表杰作。作家的职业是写作,渔夫的职业是捕鱼,作家的使命是写出优秀的作品,渔夫的使命是打到足以自傲的大鱼。老人钓鱼术精湛高超，如同作家文学创作上追求严格严谨和精益求精。正如老人84天都没有收获，作家也会没有好的灵感和好的作品，但老人和作家都凭借着热爱与精神坚持出海和持续写作。所以最终有了《老人与海》，海明威本人也坚信这是自己"一辈子所能写出的最好的一部作品"。

最后，老人永不放弃的精神是作家思想和精神升华的写照。老人与海的搏斗显示了一种重压下的"优雅风度"，因为只有在"重压"的背景下才有真正意义上的"优雅风度"。1950年他发表的《过河入林》，遭到评论界的批评非议，甚至有人说他江郎才尽、才力枯竭。这些非议和质疑，也正是他创作的契机和动力。他要用作品来证明自己，回击那些怀疑他的人。作家在创作的道路上，总会遭遇源自主观、客观上的困境，但海明威以强烈的职业精神和尊严不断地超越自己。

二、小说里的文学象征意象

海明威说："我试图塑造一位真正的老人、一个真正的孩子，一片真正的海、一条真正的鱼和真正的鲨鱼。"但他也曾说过："如果我能将他们塑造得十分出色和真实，他们将意味着很多东西。"这里的意味可能就是指象征。凡能表达某种观念及事物的符号或物品就叫作"象征"，象征涉及事物的实质，含义深远且耐人寻味。它可以通过意象来诱发读者的经验与情感表现，使文学作品产生强盛的生命力和永久的艺术魅力。下面，就来具体谈谈《老人与海》小说中的重要意象。

老人是人类顽强意志力的化身。整个小说中，主人公圣地亚哥被赋予英雄的色彩。海明威说过："孤独无助躯体可许打倒，坚毅不屈灵魂难被毁灭。"圣地亚哥是个完全脱离社会而孤立存在着的"渔夫"。他身世不明，来历不清。关于他的过去，小说里仅交代了两点。一是他年轻时曾经跟一个力大无比的黑人进行过扺手（即通常所说的"掰腕子"）比赛；二是他年轻的时候曾去过非洲，在海滩上见到过狮子。这两件事跟社会生活毫无关系，而周围现实的社会生活在老人那里没有得到任何反响。他读报所要了解的、在海上捕鱼时念念不忘的，唯有城里进行垒球比赛的情况。坚持了一天一夜最终获胜的扺手比赛，使老人认定"只要自己有足够的决心，就能打败所有人"。而狮子也意有所指，在下面会详细阐述。而垒球比赛源自海明威本人，他曾不止一次地把人生比作垒球比赛：你一被"偷垒"，就要被迫退出场地。小说主要讲了老人在墨西哥湾连续捕鱼无获的第85天，独驾孤舟只身一人到茫茫大海去追寻他要捕获的鱼类。老人在精神上是绝对的强者，想凭着自己顽强的奋斗在绝望之中闯出一条生路。两昼夜后，老人终于降服一条比他的船还大的马林鱼，不料回程时鲜血吸引来鲨鱼，老人奋力与鲨鱼搏斗，渔叉被鲨鱼带走，他用刀子向鲨鱼砍去；船柄折断，他又操起一根木棍……老人身上有蔑视死亡和痛苦、勇于单身鏖战的“硬汉”精神，他这一次捕鱼不单是为了“养活自己”，更是“为了光荣”。

有研究者认为男孩是人类生存状态的象征，也有研究者认为男孩是老人青春时代的象征，而小说中的男孩具有少年老成的形象，他稚嫩的肩膀早已习惯了生活的磨砺，天不亮就要准备出海打鱼，纵然“走路还打瞌睡”，仍然说“男人该当如此”。他不仅是老人的徒弟，更是老人的同行和伙伴，更是老人表现其风度的媒介与对象。在小说的开始，男孩给老人送来了晚饭，并且要为他准备第二天捕鱼的新鲜鱼饵。对这些无偿的赠予，老人都欣然接受了。老人虽然落魄潦倒，但他并不因此就在精神上变得敏感脆弱以至于不敢接受别人的关心。相反，他非常坦然地接受男孩的照料。他并不觉得徒儿孝敬师长理所应当，而是以平等的心态看待男孩。而出海前老人是如何在清晨喊醒男孩更让我感到老人的温情：“他轻轻地握住男孩的一只脚，握着它，直到男孩醒来转身看他。”小男孩也担心老人会在这种郁郁不得志的处境下过分敏感，因此他试探性地问老人：“我可以请你在露天酒吧喝杯啤酒吗？”老人一口答应：“好得很，一个渔夫请另一个渔夫。”这些细节都表明了老人通情达理、善良可亲、心态达观，他对生活的理解已经达到了返璞归真的境界，这就是风度。

大马林鱼象征着美好理想和信仰，也象征着光荣。老人非常尊敬大马林鱼，将它看成朋友，它是作为老人的实力相当之对手而存在的。当大马林鱼真正地跃出水面的那一刻，老人惊叹不已：“我从没见过比你更庞大、更美丽、更沉着或更崇高的东西。”尽管他十分尊重他的兄弟，但他还是决心杀死它，他渴望通过杀死这位与自己实力相当的劲敌来证明自己。比自己的小船还长的大马林鱼年富力强、不肯就范，它在水下坚持了两昼夜，其间不时地用苦刑来折磨老人：它一会儿拖着老人和小船在海面上箭一般地穿行，弄得老人头昏目眩、疲惫不堪；一会儿掀起大浪，把老人脸朝下摔在船里，血从腮帮子上流下来；一会儿又拼命地冲撞，把老人的双手弄得血肉模糊、疼痛难忍。最后老人凭借着坚韧不拔的意志和坚持不懈的努力终于杀死了他。在老人心中其收获的不仅仅是一条巨大的马林鱼，而是自己对生活的追求，是自己活着的美好理想，抑或是证明自己没有老去的一份证据。

在古希腊神话中，半神半人的赫拉克勒斯杀死凶悍无比的狮子并用其利爪把狮皮剥下，表现了他的神力。在《圣经》中，耶稣常被表现为击败寓意性动物如狮子、龙、王蜥的胜利者。而小说在整个叙事过程中出现过5次狮子意象，这绝非偶然，而是借助这一意象传达主旨。狮子的意象使得老人所展示的“硬汉”形象得以拔高和升华。第一次出现狮子，是老人在84天没钓着一条鱼之后和孩子谈论大球星迪马乔时“随意”提出的：“我像你这么大的时候，当上了水手，已经在一条开往非洲的横帆大船上当水手了，还在傍晚时看见那些海滩上的狮子了。”这表明老人并没有被一时的困难所吓倒，他内心仍然蕴藏着激情与力量。紧接着老人出海前一晚，梦见少年时代的非洲和海滩上的那些狮子，这表明老人渴望拥有年轻时的力量。狮子第三、第四次出现是在老人捕捉大马林鱼的过程中，在茫茫大海中老人已感到了身心的疲惫，他急需补给的是力量和斗志。梦中的狮子唤起他的斗志，可以说狮子是老人硬汉精神的催化剂。第五次狮子出现在文章的结尾，老人上岸休息后的梦中，但在睡觉之前，老人已和孩子做好了再次出海捕鱼的计划。老人就是一头雄狮，他内心蕴藏着非凡的力量、超人的勇气、卓然的自信和顽强的意志力。这样一位老人再次驾孤舟深海捕鱼也是顺理成章的。

大海象征着人生竞技场。西方文学中海洋的意蕴十分繁多，可以是美丽的少女，也可以是残暴凶狠的魔鬼、巫师。而老人所在的海洋是一名温和、勇敢的女性。“老人一直把大海看作是女性，无论她给予极大的恩惠，或是拒绝给予，或是变得野蛮而邪恶，都是因为她身不由己。”但是“大海既仁慈又美丽，可是她也会突然就变得极其残酷”。大海不同情弱者，信奉的是“弱肉强食”的生存法则和残酷无情的“绝对平等”。老人一旦出海，就没有退路，只能尽力拼搏，这大概就像我们的人生：从出生的那一天，我们就开始步向死亡，人生没有重来的机会，因为我们终将逝去，且行且珍惜吧。

三、享誉全球的文体风格

海明威是一位具有鲜明特色的艺术家。他一再把文学创作比作漂浮在大洋上的冰山，曾说过“冰山运动之雄伟壮观，是因为它只有八分之一在水面上”。他认为作品用文字直接表现出来的部分只是看得见的“露出水面的八分之一”，而“隐藏在水下的部分则是八分之七”。《老人与海》有27 394个单词，翻译过来约4万字，刚达到中篇小说的长度，但它凝结了海明威一生的思想和艺术探求，其“冰山”原则在这里发展到登峰造极的程度。

海明威简洁的写作风格一以贯之，虽然他有着出色的语言驾驭能力，但他常以最简单的词汇表达最复杂的内容，用基本词汇、简短句式等表达具体含义，用名词、动词来揭示事物的本来面目，无丝毫矫揉造作之感。他认为没有必要用文字修饰雕琢来哗众取宠，只要将事物描述清楚就行，其他的则由读者来决定。如“他是个老人，孑然一身，驾着小船，在墨西哥湾流中钓鱼，如今已连续八十四天一无所获了”。开篇短短一句话，交代了小说的背景，无一词繁复。正如当年诺贝尔文学奖的授奖词：“奖励其大师级的叙事艺术，新近体现在《老人与海》中，以及其对当代文体的影响。”

《老人与海》一经发表就获得评论界高度赞扬，并获1953年度的美国小说普利策奖、1954年度的诺贝尔文学奖。海明威一向以文坛硬汉著称，他更是美利坚民族的精神丰碑。其对美国文学乃至文化产生了广泛且深刻的影响，他展现的个人英雄主义体现了美国人的信仰追求和美国精神的核心价值。美国前总统肯尼迪说：“几乎没有哪个美国人比欧内斯特·海明威对美国人民的感情和态度产生过更大的影响。”

在中国，海明威和《老人与海》也备受喜爱与推崇。习近平总书记很喜欢海明威的小说《老人与海》，他曾在2014年10月15日召开的文艺工作座谈会、2015年9月22日出席的美国华盛顿州当地政府和美国友好团体联合欢迎宴会等公开场合，多次提及海明威并分享自己的海明威“情结”：“我第一次去古巴，专程去了海明威当年写《老人与海》的栈桥边。第二次去古巴，我去了海明威经常去的酒吧，点了海明威爱喝的朗姆酒配薄荷叶加冰块。我想体验一下当年海明威写下那些故事时的精神世界和实地氛围。”

而张爱玲是中译《老人与海》第一人。她称：“捕鲸、猎狮，各种危险性的运动，我对于这一切也完全不感兴趣。所以我自己也觉得诧异，我会这样喜欢《老人与海》。这是我所看到的国外书籍里最挚爱的一本。”同时，在序中张爱玲说道：“书中有许多句子貌似平淡，却是充满了生命的辛酸，我不知道青年朋友们是否能够体会到。”王小波高度评价《老人与海》的价值：“《老人与海》讲了一个老渔夫的故事，但是在这个故事里却揭示了人类共同的命运。我佩服老人的勇气，佩服他不屈不挠的斗争精神，也佩服海明威。”这些发自肺腑的赞扬充分证明了海明威和他的《老人与海》独特的魅力。我爱海明威，因为他是唯实、轻描淡写、渴望幸福。

再读《老人与海》，我深深地被感动了。“路那头，在他的小屋里，老人又睡着了。他照旧是脸朝下俯卧着，男孩坐在他旁边守候。此时老人正梦见那些狮子。”人生中大概有许多这样的时刻，无人见证你的努力和付出，也无人听你的倾诉，这可能是人生常态，但你依然可以梦见狮子。好的作品必定是经典，必定经得起反复阅读、反复评论，必定能引领你成长、确定前进方向。如果你正处于迷茫时期，不如来读读这本书，相信它会给你想要的答案。

精彩片段

老人消瘦而憔悴，脖后布满深深的皱纹。热带海洋上太阳反光造成的良性皮肤癌在他的面颊上留下棕色斑点。那些斑点顺着面部两侧，一直延伸下去，他的双手布满很深的褶形伤疤，那是用鱼线拖拽大鱼时留下的，然而所有的伤疤中，没有一处是新的，它们都很陈旧，如同无鱼的沙漠里，那些遭到侵蚀的痕迹。他所有的一切都是苍老的，只有他那双眼睛除外。他的眼睛蓝得像海水，欢快而不屈。

“不过，人可不是为失败而生，”他说，“人可以被毁灭，但不能被打败。”虽然我因为杀了那条鱼而难过，他想。现在又赶上了艰难的时候了，我甚至连鱼叉都没有。那些灰鲭鲨残忍无比而又能力超群，既强壮又聪明。不过我还是比它更聪明。也许我不是比它聪明，而是武器更好。

“这条鱼也是我的朋友，”他大声说，“这样的一条鱼，我真是见所未见，闻所未闻。可我又必须杀死它。幸亏我们还不必去捕杀那些星星。”

想象一下，如果每人每天必须去杀死月亮，他想。月亮就会逃走。然而再想象一下，如果人每天都必须去杀死太阳，又会怎样？我们生来还算是幸运的，他想。

于是他为这条没有东西可吃的大鱼感到难过，然而要杀死它的决心，没有因为这种难过而减弱。这条鱼能喂饱多少人啊，他想，可是那些人配吃它吗？不配，当然不配。从它的行为举止和它那伟大的尊严来看，没有一个人配得上吃它。

我弄不明白这些事，他想。我们无须去杀死太阳，杀死月亮或者星星，这是件好事。要靠着出海打鱼为生，要杀死我们真正的兄弟，已经够糟了。

老人丢下鱼线，用脚踩住，尽可能地将鱼叉举向高处，然后使出全部的力气，加上他刚才调动出来的力气，将它扎向那鱼身体的一侧，就在胸鳍的后面，那胸鳍高高升起在空中，和老人的胸部一般高。他感觉到鱼叉的铁齿已经扎入鱼的身体，于是他依靠在鱼叉上，想扎得更深一些，然后他将全身的重量都压了下去。

参考文献

[1]欧内斯特·海明威.老人与海[M].鲁羊，译.杭州：浙江文艺出版社，2016.

[2]陈海燕.论《老人与海》的三重自传性色彩[J].文学教育(上)，2021(2)：88-89.

[3]刁绍华.试论海明威的《老人与海》：纪念作家诞生八十周年[J].外国文学研究，1979(4)：34-38，42.

[4]王枫.论小男孩在《老人与海》中的作用[J].外国文学评论，1999(2)：58-64.

[5]侯晓艳.试论海明威《老人与海》中大马林鱼形象的象征意义[J].宜宾师专学报，1998(3)：55-58.

[6]霍明杰.浅析《老人与海》中“狮子”意象的两种意义[J].广州大学学报(社会科学版)，2003(4)：27-29，37.

[7]王小波.海明威的《老人与海》[J].中国校园文学，2018(7)：82-84.

导读人简介

刘珊珊，图书情报学硕士，东南大学图书馆馆员，从事阅读推广相关工作。

风雨飘摇白鹿原

导读人：李至楠

《白鹿原》是陈忠实先生投注生活经历、生命体验、哲学思考的“垫棺之作”，获第四届茅盾文学奖，已经被改编为同名的电影、电视剧、话剧等多种形式。

这是一部20世纪初渭河平原百年变迁的雄奇史诗，这是一轴中国农村斑斓多彩、触目惊心的长幅画卷。特殊的时代背景，浓厚的关中风情，土地革命、抗日战争、解放战争，古老的土地上上演了一幕幕惊心动魄的画面。

一、白鹿原的故事结构

《白鹿原》篇幅大，人物多，结构看上去也很复杂，远近亲疏各色人等，光是辨认人物关系就要费很大功夫。其实我们可以把《白鹿原》分成三个世界，类似于大圆环套小圆环的结构。第一个世界是以白嘉轩为中心的白家，人物包括母亲白赵氏、妻子仙草、长工鹿三、黑娃、三儿一女等，讲述的是一个家族的兴衰史；第二个世界是以祠堂为中心的白鹿原，人物包括鹿子霖、田小娥、冷先生、朱先生、田福贤等，故事的主线是白、鹿两大家族的恩怨情仇；第三个世界是当时的时代背景，人物包括王政委、廖军长、张总督、方巡抚等，核心事件有大革命、日寇入侵、解放战争，讲述的是中华民族在20世纪初波澜壮阔的雄奇史诗。

先说第一个世界。小说开头就是为给白嘉轩娶亲，白家“花光了父亲（白秉德）几十年来节俭积攒的银钱，而且连着卖掉了两匹骡子”。接连的聘礼、丧仪花掉了小半个家产。后因偶然发现“白鹿”栖息地，娶回仙草，两个儿子相继出生；种植罂粟，家产重新兴旺。白嘉轩“把祖传的老式房屋进行了彻底改造”，修建成一座白家人引以为傲的完整四合院。直到长子白孝文在饥馑中染上烟瘾，变卖自己的土地和三间门房，大姐儿（白家长媳）饿死，四合院变成了三合院。最后白孝文从鹿家买回三间门房和漂亮的门楼，四合院重现昔日的风采。同时，在国民党四处抓壮丁的年代，白家仰仗白孝文的权势成为免征户，“不仅壮丁免了，各种捐税也都免了”。

在第二个世界中，白鹿两家的相爱相杀始终是白鹿原上的话题焦点，也是推动情节发展的关键节点。小的纷争，诸如白、鹿两家为半亩水地扭打，一度发展到要向县府投诉的地步。以白嘉轩和鹿子霖的家产，半亩水地不值什么，他们都认为这是对方在给自己“跷尿骚”，关乎面子问题。因此，白嘉轩手握卖地契约，认为“走到州走到县都是有理气长的官司”，鹿子霖得到父亲的默许，“倾家荡产也要打赢这场官司”。在朱先生的巧妙调停下，两家最终达成和解，土地物归原主，并且各自周济李家寡妇，帮助她渡过难关。也因为这件事，白鹿村成了县令钦定的“仁义白鹿村”。和白嘉轩明里暗里斗气几乎成了鹿子霖半生的“行动纲领”，鹿子霖因此唆使田小娥勾引白孝文，买下白家的门房并当众拆除。但在时间的洪流中，白鹿两家始终保持着某种微妙的平衡。白嘉轩是族长，鹿子霖是乡约；白孝文沉醉在田小娥和鸦片的温柔乡中，成了人人唾弃的败家子时，鹿兆鹏正处在朝不保夕的白色恐怖中，经历了无数次“被盯梢被跟踪被追捕的险恶危机”；鹿家漂亮的门楼最后立在白家院外。“交农”事件造成了白嘉轩和鹿子霖之间的芥蒂，经由冷先生的调和，不说化解，总之是被他们自觉自愿地深深地掩藏起来了。其实俩人都需要维持这种局面。白鹿两家的争端集中体现在白嘉轩和鹿子霖身上，两个人有着明显不同的特质，通篇看下来，他们就像是太极图中的黑白两半，没有绝对的正邪之分。

在第三个世界中，清政府被推翻，新政府按人按亩收印章税，白嘉轩策划“交农”反抗苛政。军阀混战时期，白鹿原驻扎了一批“白腿乌鸦”（镇嵩军）。鹿兆鹏鼓动黑娃烧粮台反抗“白腿乌鸦”的强征霸敛。国共合作期间，共产党员鹿兆鹏推荐黑娃到西安参加“农民运动讲习所”，在白鹿原掀起了翻天覆地、轰轰烈烈的乡村革命运动。国共分裂后，农协运动遭受打击，国民党追捕残害参与农协的积极分子。黑娃从白鹿原逃走，先后成为国民革命军、土匪。白鹿原成了烙锅盔的鏊子。抗日战争时，鹿兆海在战场上壮烈牺牲，朱先生发表抗击倭寇宣言。解放战争后期，黑娃带领军队起义。

二、白鹿原的神话色彩

小说中出现过三种带有神话色彩的生物，一是村民口口相传的白鹿，是一切真善美的象征；二是带来灾难的白狼；三是田小娥死后从窑洞中飘出来的白蛾。这些奇幻的画面给白鹿原蒙上了一层神秘的面纱。

朱先生似乎就是白鹿的化身。他是旧时代学问高深的知识分子，冒着生命危险劝说企图反扑已经“反正”了的清兵总督；犁地销毁罂粟，扛起白鹿原禁烟的大旗；他发表抗日宣言，并且身体力行要到抗战前线。在朱先生生命的最后一刻，妻子朱白氏看到“前院里腾起一只白鹿，掠上房檐飘过屋脊便在原坡上消失了”。在村民眼中，朱先生是掌握天机的神人，坊间流传着他各种神机妙算小故事，他根据星象推测出明年适合种豆，给丢牛的小伙儿指示牛的方位。“这个人一生留下了数不清的奇事逸闻，全都是与人为善的事，竟而找不出一件害人利己的事来。”另一个和白鹿相关的人是白灵，在白嘉轩的梦里，“我清清楚楚看见白鹿眼窝里流水水哩，哭着哩，委屈地流眼泪哩！在我眼前没停一下下，又掉头朝西飘走了。刚掉头那阵子，我看见那白鹿的脸变成灵灵的脸蛋，还委屈哭着叫了一声‘爸’。我答应了一声，就惊醒来了……”白灵的姑姑和奶奶也做了同样的梦。这被看作是白灵遇害后给家人托梦告别。

白狼是在清政府被推翻后出现的，给村民带来了最直接的威胁和恐惧。一只纯白如雪的狼，总在深夜时分跳进猪圈，吸食猪血，被害的猪皮肉完好无损。白狼代表着恶和灾难，它的出现似乎预示着白鹿原动荡不安、腥风血雨的未来。之后放火烧粮台的人和抢劫白鹿两家的土匪都以“白狼”为号。

白蛾是田小娥反抗精神的化身。最早见到白蛾的是白孝文，田小娥死后，他回到窑洞只看到一具白骨，随后“似乎听到窑顶空中有咝咝声响，看见一只雪白的蛾子在翩翩飞动，忽隐忽现，绕着油灯的火焰，飘飘闪闪”。田小娥在白鹿原上经历了两次消失，一次是被鹿三杀害后生命体征的消失，一次是灵魂的消失。蛾子最后一次出现，是在白嘉轩主持的封窑修塔仪式上，雪后枯干的蓬蒿草丛里出现了飞舞的蝴蝶，众人扑杀蝴蝶，并把蝴蝶尸体一起埋到塔底。小娥的痕迹从白鹿原彻底消失。

三、白鹿原的女性角色

在《白鹿原》中，陈忠实描写了45个女性，赵旭晨在《〈白鹿原〉中的女性角色分析》一文中将她们大致分为三种类型。一类是封建时代被伦理思想完全浸染的女性楷模，一类是在封建体系下寻求突破与反抗的“反叛者”，还有一类是在这样的伦理系统中沉默受伤甚至走向毁灭的女性。三种女性走着不同的道路，却因为同样的原因进入或许迥然不同却又同归于死亡的结局。

第一类的典型代表是白嘉轩的母亲白赵氏和妻子仙草。白赵氏谨遵丈夫的遗愿，继续变卖家产为儿子娶亲，为的是传宗接代，不能让家产落在旁人手中。她在书中的名言是“女人不过是糊窗户的纸，破了烂了揭掉了再糊一层新的”，这种物化、蔑视女性的言论从一个女性的嘴里说出来，更让人毛骨悚然。封建礼教对女性的残害从小说第一章就明确表现出来。和其他女性角色相比，仙草是幸运的。首先是她的丈夫为人正派，一辈子都没有家暴、抽大烟、赌博等恶习，在管理家族和田产方面经验丰富。其次是嫁入白家后，接连生下两个儿子，给白家扫除了阴霾，获得婆婆和丈夫的信任，家庭地位稳固。电视剧《白鹿原》更是着意突出了仙草的心灵手巧，她做的油泼面获得了白家上下的一致好评。仙草最终死于瘟疫，她在染上瘟疫时的表现也是小说中非常出彩的人物刻画。她的沉静“令白家主仆震惊慑服”，呕吐和腹泻的间隙，她做好了春夏冬三季的“老衣”(寿衣)，一天三顿地变换花样给丈夫和鹿三做饭，并且嘱咐白嘉轩:“你甭张罗抓药煎药的事了，你瞅空儿给我把枋钉起来。我跟你一场，带你一具枋走。不要厚板，二寸的薄板就够我的了。”

第二类是田小娥和白灵。田小娥是被作者偏爱的角色，姣好的面庞、玲珑有致的身材被反复提及。在那个时代，美丽是她的“原罪”，她是中国的玛莲娜(《西西里的美丽传说》的女主角)。田小娥是带着无尽的冤屈离开人世的，是小说中最让人痛惜的一个角色。陈忠实在《〈白鹿原〉创作手记》中提到，他在翻阅县志中贞妇烈女的卷本时，“首先感受到的是最基本的作为女人本性所受到的摧残，便产生了一个纯粹出于人性本能的抗争者叛逆者的人物”。悲剧就是把美好的东西毁灭给人看。小娥说自己命不好，她被贪财的父亲卖给郭举人做二房，受尽非人的虐待。在和黑娃逃离魔窟后，她满怀着对新生活的希望，即便不被鹿三接纳，不能入祠堂，她依然积极乐观。破旧的窑洞在两个人的辛勤劳作下，“显示出一股争强好胜居家过日月的气象”。黑娃卖力气打土坯、割麦子，买地修房，小娥在家养猪养鸡，两个人的日子越过越好。悲剧是从黑娃参与的农协运动失败后，黑娃抛下小娥逃离白鹿原开始的。小娥拥有强烈的反抗精神，她并不在意是否能得到宗族的认可，只在乎自己当下的感受。白灵是在蜜罐中长大的孩子，作为白嘉轩唯一的女儿，她受到了上下三代人的宠爱，活泼开朗，独具灵性。父亲白嘉轩做主让她免掉了裹脚的痛苦，并送她到学堂读书，“她十分聪敏，几乎是过目不忘，一遍成诵，尤其是那毛笔字写得极好”。姑父朱先生尤其欣赏她，认为她“习文可以治国安邦，习武则可能统领千军万马”。白灵也是最具反抗精神的，她在城里的新式学堂接受了进步思想，写信推掉家里包办的旧式婚约，积极参与革命工作，主动追求爱情。但最后却因为革命队伍中的内乱被活埋。

第三类的代表是冷先生的大女儿，鹿兆鹏名义上的妻子、鹿子霖的大儿媳。小说中从未提过她的名字，自始至终都是以某种身份来称呼，这似乎也预示她的悲剧。她是被父亲精心培养的长女，知书达理，是父亲按照封建礼教培养出来的优秀作品。如果在婚姻大事上有仙草的幸运，她或许会安稳地度过一生。但不幸的是，她的丈夫是接受了新思想却不能和旧家庭彻底决裂的鹿兆鹏。在父亲冷先生看来，他给女儿找了个好婆家，给自己的行医之路打好了基础，同时也巧妙地缓和了白、鹿两家的紧张关系，“他像调配药方一样，冷峻地设计并实施了自己的调和方案”。在公公鹿子霖看来，她是仁医冷先生的女儿，无论如何不能休，否则被骂的就会是鹿家，关于鹿家颜面的事当然是高过一切的。在鹿兆鹏看来，她是旧家族给自己戴上的一副枷锁，接受她是对信仰的背叛。这三个男性，都没有把她当作“人”来看，忽视了她作为“人”的最低层次的生理需求。从一而终的贞节观像一条绳索牢牢地把她捆住，最后让她走上死路的，不止是冷先生的一味重药，不止是鹿子霖的自私和鹿兆鹏的冷漠，更是旧时代的伦理道德。另一个代表是白孝文的第一任妻子——大姐儿，在白孝文堕落到踢地卖房并和父亲彻底决裂时，她被活活饿死了。

四、白鹿原的关中民俗

民俗文化是指由人民群众创造、传承和享用的生活文化。它是人民群众在生产生活过程中所形成的物质文化、意识形态、行为语言等各类社会习惯的总称，包括语言文学、民间艺术、吃穿住行、节庆喜丧、祭祀信仰等方面所特有的风尚、传统或禁忌。独特的地域文化和民风民俗总能让文学作品更加丰富多彩，沈从文的湘西世界、老舍的京味元素、贾平凹的陕南和路遥的陕北风情都因独特的民俗文化而大放异彩。文学与民俗是紧密相连的,文学来源于生活,生活中处处是民俗文化。陈忠实出生在西安市灞桥区,关中平原的水土养育了他,也为小说《白鹿原》的诞生提供了丰厚的土壤。

首先是浓厚的宗族祠堂制度。白鹿村主要是由白、鹿两大同宗共祖的兄弟家族组成,它具备了中国传统宗族制度的普遍特征。小说中,修祠堂、祭祀祖先、婚丧、农耕等,无一不体现关中农村以宗族为核心的社会生活形式。宗族是指具有同一血缘的、有共同祖先的人,血缘关系是基础,对祖先的崇拜又不断强化血缘关系。族产、族权、祠堂和族谱是宗族制度的四个主要因素,其中祠堂是宗族制度的外化形式,也是宗族文化最有代表性的一个意象。小说中很多重要情节都是在祠堂发生的。组织修缮祠堂是白嘉轩在族人中树立威信的重要步骤;禁止入祠堂是对黑娃和田小娥"非法"结合的惩罚;鹿兆鹏带领黑娃等农协成员闹革命时,最关键的一步就是摧毁祠堂这个最顽固的封建堡垒;田小娥在祠堂受了刺刷之刑,在鹿子霖的诱导下,开始复仇计划;白孝文在祠堂受刑后,彻底丢掉了假正经的伪装;黑娃师从朱先生,回乡祭祖,得到在祠堂披红的礼遇;白孝文"衣锦还乡"后也到祠堂祭祖。宗族是家族、村落的核心,将宗亲凝聚在一起,共同面对困难,抗击天灾人祸。受白狼威胁时,白嘉轩带领族人捐钱出工抗击白狼;瘟疫肆虐时,族人提议修庙埋葬田小娥尸体,族长召集族人齐读《乡约》,提出造塔镇邪的方法。这种宗族的集体力量,是一种以血缘关系为基础的原始集体主义,在人类社会发展过程中有着举足轻重的作用。

其次是信仰,对祖先的信仰、对神的信仰。关中地区的祭祖有两个阶段:丧祭和正常祭。丧祭主要有头七祭到七七祭、百日祭、周年祭、三周年祭。三周年之后开始正常祭祀,根据祖灵的位置不同分为庙祭、家祭、墓祭三种形式。庙祭是最隆重的祭祀形式,将祖先供奉在祠堂中,在重大节日时,聚集所有族人举行,仪式由德高望重的族长主持。家祭比较简单,无固定的祭祀仪式,被普通百姓广泛采用。墓祭即"上坟",拜谒祖坟往往带上香烛、表纸、食物等,有扫墓、烧纸钱、拜坟、哭亲等祭奠仪式。黑娃和白孝文都曾回乡祭祖,采用的就是最隆重的庙祭和墓祭。在白灵的回忆中,清明节时,白鹿原上家家户户都会提前吃了午饭上坟烧纸。《白鹿原》展示了关中民间各种形式的祭祖仪式。关中地区以农耕为主要生存方式,农业生产完全依赖大自然,因此人们通过举办各种仪式,对万物神灵进行顶礼膜拜。《白鹿原》中罕见的干旱发生后,族长白嘉轩决定“伐神取水”，这是一种对水神和雨神的崇拜。

最后是驱邪消灾。小说中常见的驱邪手法是桃木和撒豌豆。白嘉轩为驱除前五位妻子的鬼魂，用的就是撒豌豆的方式；仙草新婚时戴在身上的桃木小棒槌为的也是驱邪。鹿三被田小娥鬼魂附体时，白嘉轩找来巫师“捉鬼”。《白鹿原》再现了关中的民间信仰，这是在农耕文明的基础上，在“万物有灵、灵魂不灭”等原始信仰的基础上，广泛吸收儒、释、道思想形成的。这是人们在生产力低下、科学不发达时期，面对无法解释的现象出现的迷信思想，要客观正确地认识和分析。

《白鹿原》浓缩着深沉的民族历史内涵，有令人震撼的真实感和厚重的史诗风格。复杂的故事结构和人物关系可以用“三个世界”理清，渗入骨髓的关中民俗让小说大放异彩。奇幻生物和人物形象相互衬托，真真假假，虚虚实实。就像一千个读者眼中就有一千个哈姆雷特一样，每一位读者都会在心中构筑自己的“白鹿原”，你心中的“白鹿原”是什么样子呢？

精彩片段

很古很古的时候（传说似乎都不注重年代的准确性），这原上出现过一只白色的鹿，白毛白腿白蹄，那鹿角更是晶莹剔透的白。白鹿跳跳蹦蹦像跑着又像飘着从东原向西原跑去，倏忽之间就消失了。庄稼汉们猛然发现白鹿飘过以后麦苗忽地蹿高了，黄不拉几的弱苗子变成黑油油的绿苗子，整个原上和河川里全是一色绿的麦苗。白鹿跑过以后，有人在田坎间发现了僵死的狼，奄奄一息的狐狸，阴沟湿地里死成一堆的癞蛤蟆，一切毒虫害兽全都悄然毙命了。更使人惊奇不已的是，有人突然发现瘫痪在炕的老娘正潇洒地捉着擀杖在案上擀面片，半世瞎眼的老汉睁着光亮亮的眼睛端着筛子拣取麦子里混杂的沙粒，秃子老二的瘌痢头上长出了黑乌乌的头发，歪嘴斜眼的丑女儿变得鲜若桃花……这就是白鹿原。

引自 第二章

鹿三看着苟延残喘垂死挣扎着的白孝文的那一刻，脑子里猛然噼啪一声闪电，亮出了那把祖传的梭镖……他庆贺他出生看着他长大又看着他稳步走上白鹿村至尊的位置，成为一个既有学识又懂礼仪而且仪表堂堂的族长；又看着他一步步滑溜下来，先是踢地接着卖房随后拉上枣棍子沿门乞讨，以至今天沦落到土壕里坐待野狗分尸。鹿三亲眼目睹了一个败家子不长久的生命历程的全套儿，又一次验证了他的生活守则的不可冒犯；黑娃是第一个不听他的劝谕冒犯过他的生活信条的人，后果早在孝文之前就摆在白鹿村人眼里了。造成黑娃和孝文堕落的直接诱因是女色，而且是同一个女人，她给他和他尊敬的白嘉轩两个家庭带来的灾难不堪回味。

引自　第二十章

屋里是从未有过的静宁，白嘉轩却感觉不到孤寂。他走进院子以前，似乎耳朵里还响着上房明间里仙草搬动织布机的呱嗒声；他走进院子，看见织布机上白色和蓝色相间的经线上夹着梭子，坐板上叠摞着尚未剪下来的格子布，他仿佛感觉仙草是取纬线或是到后院茅房去了；他走进里屋，缠绕线筒子的小轮车停放在脚地上，后门的木闩插死着；他现在才感到一种可怕的寂寞和孤清。他拄着拐杖奔进厨房，往锅里添水，往灶下塞柴，想喝茶得自己动手拉风箱了。

引自　第二十五章

参考文献

[1]赵旭晨.《白鹿原》中的女性角色分析：女性话域下的再探讨[J].中华辞赋，2019(10)：290-291.

[2]李之馨.《白鹿原》与白鹿原[D].西安：陕西师范大学，2011.

导读人简介

李至楠，管理学硕士，东南大学图书馆馆员。

原始生命力的崇拜

导读人：徐文强

如很多人一样，接触《红高粱家族》是从张艺谋的电影开始。1988年电影《红高粱》在第38届柏林国际电影节上获得金熊奖，为中国文学作品《红高粱家族》走向世界起到了很大的推动作用。而随着2012年莫言成为首位中国籍诺贝尔文学奖获得者，莫言的《丰乳肥臀》《蛙》《檀香刑》等作品更加获得公众的认可。诺贝尔委员会对其评价："用魔幻现实主义的写作手法，将民间故事、历史事件与当代背景融为一体。他创作中的世界令人联想起福克纳和马尔克斯作品的融合，同时又在中国传统文学和口头文学中寻找到一个出发点。"

《红高粱家族》叙述的主要是一支民间抗日武装伏击日本人汽车队的故事，表现了一定程度的国家意识和民族意识。但这不是主要的，作为这篇小说精神主体的是强烈的生命意识：对带着原始野性、质朴强悍的生命力的赞美，对自由奔放的生命形式的渴望。正是这种生命意识使那个众口相传的抗日故事重新获得了震撼人心的力量。红高粱，就是这种生命意识的总体象征。它可以称为《红高粱家族》的"生命图腾"。

小说中的主人公余占鳌、戴凤莲在高密东北乡这个地球上最美丽最丑陋、最超脱最世俗、最圣洁最龌龊、最英雄好汉最王八蛋、最能喝酒最能爱的地方"自由茁壮"地活着。这个地方交织着神奇与梦幻、纯真与浪漫，表现着爱恨、凄婉和悲壮，但也不乏世俗、丑陋与龌龊。

一、《红高粱家族》的创作背景

1985年秋，正逢抗日战争胜利40周年，在解放军艺术学院文学系学习的莫言与其他学员一起参加了在北京西直门总政招待所举办的军事题材小说座谈会。正是这次座谈会促使莫言写出了一部脍炙人口的抗日题材小说，这便是《红高粱》。这个主题为“纪念抗日战争胜利四十周年”的军事题材小说座谈会，既为纪念我国伟大的抗日战争胜利40周年，也意在促进军事文学涌现更多优秀作品。会上，老军旅作家对我国的军事文学创作现状甚为忧虑，他们拿苏联战争文学与我国文学做比较。苏联的卫国战争虽然只打了4年，但是却涌现出一批描写卫国战争的苏联作家，如亚历山大·索尔仁尼琴、康斯坦丁·西蒙诺夫等，他们中间不少人在战争期间当过战地记者，以战争为主旋律创作作品。而我国历经30年新民主主义革命的战争历史，却鲜有战争文学作品，更没有出现《战争与和平》《静静的顿河》这样伟大的战争题材文学作品。并且随着老一辈经历过战争的作家老去，他们已经没有精力再去创作，而年轻作家虽有创作精力，却没有经历过战争，在这种情况下，年轻作家该如何去创作呢？

老一辈军旅作家的担忧不无道理，然而初生牛犊的莫言却不以为然。在后来的采访中莫言也说：“尽管我们没有经历过战争，但是我们看过你们写的作品，再去查查资料，做一些采访，再加上我们的想象力，也许也是可以写战争的。”正是这股年轻气盛的劲，让莫言一个星期就完成了《红高粱》的初稿创作。能够很快地完成一部优秀的战争文学作品，这容易让人归功于莫言天才的创造力，然而莫言在采访中却指出《红高粱》的创作是以真实历史事件为原型的。

1938年，在莫言的老家山东高密东北乡的一条河流上，发生了抗日游击队与鬼子的一场战斗。当时游击队在桥头将铁耙齿朝上埋入土中，然后埋伏于河堤两侧；鬼子汽车驶过石桥时，汽车轮胎被铁耙扎破不得前进；游击队员趁机向鬼子扔手榴弹，最后成建制地消灭了鬼子的一个小队，烧毁了3辆汽车，并且缴获了很多重武器。山东高密乡的孩子对这场辉煌的胜利耳熟能详，甚至有人在河中游泳时挖出过鬼子丢失的物资、子弹、手榴弹。这些都给山东高密乡土生土长的莫言留下了深刻印象。《红高粱》小说主线就是余占鳌带领兄弟们在墨水河大桥伏击鬼子，和真实的历史事件基本一致。

然而没有历经战争，怎样准确把握“战争的感觉”，并注入战争作品中，是现实写作中不得不面对的问题。实际上，莫言自1976年参军入伍后就一直没有上战场的机会，对于战争氛围的铺垫更无从下手。然而莫言想起了在黄县（现龙口市）当兵时一次雾中检靶差点被误伤的经历，靶场上他栽倒在地，与死神擦肩而过，“就从这次雾中打靶的经历，我进入了战争的感觉。所以《红高粱》里一开笔就是一场大雾”。

英雄的土地孕育英雄的人们，英雄故事也流传其中。作为《红高粱家族》故事发生的地点，高密东北乡孕育了无数的英雄传奇故事，也给予莫言文学创作灵感。自1985年《秋水》中出现“高密东北乡”这一文学地理概念后，莫言几十年文学创作中的故事几乎都发生在高密东北乡，后来随着文学创作的开展，将高密东北乡这一封闭概念变为开放概念。而之所以选取高粱地作为《红高粱家族》故事的发生舞台，则是由于在莫言的家乡，每到夏季雨水就特别多，在这种情况下，地里种矮秆庄稼就很难存活，所以村民就种植了大片的高粱。莫言想到，高粱植株高大，隐蔽性强，很适合作为绿林好汉的屏障。就这样，他把高粱地作为小说故事展开的“舞台”。

二、《红高粱家族》中的人物形象

《红高粱家族》中人物形象颇为丰富立体，极富电影的画面感，并有很多暴力、杀戮、血腥的场景，在那红高粱和黑土地的衬托下充满了原始的野性。对于书中抗日的描写，莫言打破了那种高高在上的英雄形象，将所有人物还原为人。余占鳌是英雄，也不是英雄，他为了自己的欲望杀了单家父子，为了国恨家仇抗日，但却也不那么坚定。冷麻子他不抗日吗？并不是，他确实和鬼子进行过许多战斗。胶高大队作为共产党的抗日游击队，也同样做过许多不那么光彩的事情。因此在莫言的《红高粱家族》中我们看到了有血有肉的英雄形象，他不像教科书中那么死板苍白，他是立体鲜明的，他具有活生生般的真实感。

男主人公余占鳌，他是一个地道的农民，是一个北国红高粱哺育的高大挺拔的刚烈的硬汉。他是一个土匪，疾恶如仇的他先后杀了与母亲通奸的和尚、单家父子、花脖子。他做过低贱的轿夫，一次偶然的抬轿经历使他不顾一切地爱上了戴凤莲。对余占鳌而言，他并没有尊重生命的意识，甚至无所畏惧，在不幸的事情发生后，他首先想到的解决方式就是暴力。他表达爱恨的方式就是杀人，他杀的人包括他的亲叔叔余大牙、对手花脖子、情敌单家父子。而这种“杀人”的行为，在传统的伦理道德中无疑是“恶”的，是不可饶恕的。这样简单粗暴的行为暴露了他相当原始的生命意识，即“顺我者昌，逆我者亡”的原始社会恩怨观。

然而国难当头，他是不怕牺牲、不怕流血，出来组建队伍、保家卫国的余占鳌。在日军侵略高密东北乡以后，他拉着酒坊的伙计和村里的百姓们成立了一支没有经验、缺衣少枪的小队伍打鬼子。余占鳌行事常常不是出于功利性和精神层次方面，也绝非出于理性的思考和分析之后的结果，而是依循着人性自然的本能与冲动。生命原力控制着他的言行，他的野性和随性而为展示出不屈不挠的品格和强大的求生意志，展示出中华民族不可摧毁的斗争力量。在这种具体的价值行为中，他杀人的行为却又是高度的“善”，是高度的英雄主义和高度的爱国主义的表现。

罗汉的人物设定是小说所设计的时代普通大众最真实的代表，他善良、忠诚、负责、坚忍，拥有了高密东北乡人所能具备的美好品德，他忠于高粱，忠于主人。他无疑是一个身份老实的老汉，但最终惨死于日本侵略者手中，不禁让人叹息。但不可否认的是，罗汉大爷同时也暴露出乡村农民的局限性，他有脾气，会和两头牲畜过不去。然而这样一个善良、忠诚并且和顺的“良民”，在日本人迫害他时，却绝不屈从，破口大骂。罗汉身体中一直被压抑、被隐藏的生命原力终于肆无忌惮地爆发出来，他毫无顾忌地叫骂，即使是在头皮被割掉以后也没有停止。这一描述最真实、最朴实，但不是每一个抗日战斗中的军民都会具有不凡的英雄气概。

对于《红高粱家族》中的女主人公戴凤莲，作者莫言给予其浓墨重彩的一笔，无论外貌还是内涵方面都具有十分鲜明的特色，给人留下深刻的印象。作者对戴凤莲的小脚花费了大量的笔墨去描写。在当时的年代背景下，拥有一双漂亮的小脚是美丽的必然标志。这双小脚是余占鳌与戴凤莲第一次互相接触的器官，也正是这双玲珑的小脚勾起了余占鳌的怜香惜玉之心，唤醒了他内心深处的缱绻柔情，使得余占鳌对戴凤莲一见钟情。这双小脚是两人爱情的红线，是不可或缺的一笔。戴凤莲充满野性，性格泼辣大胆，在她身上所展现的是一种无视礼法、挣脱束缚的力量，是一个躁动奔放、热爱力量和美、渴望自由奔放的灵魂。在得知自己嫁给麻风病人后，她怀揣尖刀，誓死不让病人近身。这是她生命意识得以彰显的第一步——强烈的斗争意识。当她被余占鳌劫持到高粱地时，她放弃了妇女所谓的贞节、操守，选择了对生命的迎合。在余占鳌投奔她后，她不顾他人眼光，遵循自己内心想法勇敢地追求爱情，与之同居。她是绝不会屈服于任何形式的不堪与束缚的。

如果按照现在的道德来看，这两个人的爱情不合法，而且要受到唾弃，但是事实却又让人理解，因为她将嫁给的是一个病鬼，因为她的父亲贪图钱财，逼着她嫁给这个病鬼。戴凤莲的这种偷情做法虽看似不合适，但却也是冲破封建的典范，是在追求爱情的自由。

恋儿首先是一个反面角色，是一个“偷情者”，她背叛了收留、照顾她的戴凤莲，这种忘恩负义之举使她永远不能在戴凤莲面前抬起头来。恋儿渴望的是安宁、夫唱妇随的小日子，然而在那个动乱的时候，这样的愿望却过于奢侈。恋儿对男人三从四德，丝毫不认为余占鳌同时拥有两个女人是过分的事情，反而期盼着戴凤莲能允许她回到大家庭中过小妾的日子。恋儿的形象更多地符合封建社会的女人，她的生命是依附于男人的，对于比她强大、比她健壮的生命充满了敬畏之情。戴凤莲和恋儿都是作者花大笔墨倾心刻画的人物，二人亦敌亦友，有相似，也有更多的不同之处。戴凤莲对于生命原欲的追求和大胆与世俗开战的行动让人佩服、赞不绝口，恋儿的小女人心理和献身精神也值得理解和敬佩。作为红高粱的女儿，她们同样继承了红高粱民族的优秀基因，她们柔软而坚韧，对待生命尊重而热诚。

《红高粱家族》中的人物形象向读者展示出原始生命力之美和野性之美。余占鳌、戴凤莲、罗汉、豆官、恋儿等这些高粱之子有着同红高粱一样昂扬不羁、不屈不挠的美好品质，诠释了中华民族“种”的内涵和隐含着民族文化内涵和民族精神的原始生命力。莫言在小说中以热烈饱满的笔触讴歌了高密东北乡的野性与那种最为原始的生命力，颠覆了几千年来压抑人性的道德人伦，以一腔饱满的激情祭奠了充满血性与热情的先辈，彰显了放浪不羁、不屈不挠、敢于斗争的生命意识。

三、《红高粱家族》的深远意义

迄今为止，《红高粱家族》在全世界范围内被翻译成20多种文字发行，创造出了独属于莫言的“高密东北乡”。同时莫言和他的《红高粱家族》也影响了很多作家。瑞典文学院在颁奖辞中说他的作品是“梦幻的现实主义”。自《百年孤独》传入中国后，作家们逐渐发现生活中充满了魔幻的素材，可以来描述和表现个人经历与中国现实。自1984年后,中国文坛逐渐地出现了马尔克斯的模仿者。莫言他自己也称,当年并非要写西方魔幻现实主义小说,而是想写出有自己特色、中国特色的小说。实际上莫言的创作风格是与拉美作家马尔克斯“搏斗”多年的结果。莫言说过:“我必须承认,在创建我的文学领地‘高密东北乡’的过程中,美国的威廉·福克纳和哥伦比亚的加西亚·马尔克斯给了我重要启发。我对他们的阅读并不认真,但他们开天辟地的豪迈精神激励了我,使我明白了一个作家必须要有一块属于自己的地方。一个人在日常生活中应该谦卑退让,但在文学创作中,必须颐指气使,独断专行。”自小说《秋水》中出现“高密东北乡”后,“就如同一个四处游荡的农民有了一片土地,我这样一个文学的流浪汉,终于有了一个可以安身立命的场所”。

他从两位作家手中借鉴了意识流小说的时空表现手法和魔幻现实主义小说的情节结构方式,在《红高粱家族》里几乎完全打破了传统的时空顺序与情节逻辑,将故事讲述得自由散漫,但这种讲述方式却是统领在自由的主体情绪之下的,与作品自由精神相合。除此之外,他还在小说的叙事语言和叙事艺术上进行了尝试和探索——通过“我”和“我父亲”讲述“我爷爷”“我奶奶”“我父亲”的故事,这是一种在当时具有强烈陌生化效果的叙述方式,并在当代文坛影响深远。

除此之外,《红高粱家族》中张扬着一种生机勃勃的自由精神,同时又表现出作者内心强烈的“种”退化的忧患意识。在作品中莫言极力赞美故乡、赞美豪气盖天的先辈,并称先辈的所作所为和他们的英勇悲壮“使我们这些活着的不肖子孙相形见绌,在进步的同时,我真切感到种的退化”。这部作品深切站在民间的立场,民间是自由自在无法无天的所在,是生机盎然热情奔放的状态,是辉煌壮阔温柔淳厚的精神,是人们憧憬自由自在的魅力之源。

1986年发布的小说《红高粱》引起了文坛的轰动,莫言在小说中以独特的视角和蓬勃的语言,描写了发生在山东高密东北乡的民间抗日故事,赞颂民族大义,弘扬民族精神,成为“新历史主义”小说的滥觞。小说中作家莫言为我们展现了作家首先应该追求的东西,即自由。最后让我们一起阅读山东高密东北乡“这地球上最善良最丑陋、最圣洁最龌龊、最超凡最世俗、最英雄好汉最王八蛋、最能喝酒最能爱的地方”发生的英雄故事吧!

精彩片段

谨以此书召唤那些游荡在我的故乡无边无际的通红的高粱地里的英魂和冤魂。我是你们的不肖子孙，我愿扒出我的被酱油腌透了的心，切碎，放在三个碗里，摆在高粱地里。伏惟尚飨！尚飨！

引自 卷首语

花轿里破破烂烂，肮脏污浊。它像个棺材，不知装过了多少个必定成为死尸的新娘。轿壁上衬里的黄缎子脏得流油，五只苍蝇有三只在奶奶头上方嗡嗡地飞翔，有两只伏在轿帘上，用棒状的黑腿擦着明亮的眼睛。

引自 第一章《红高粱》

丫头，你打算怎么着？千里姻缘一线牵。无恩不结夫妻，无仇不结夫妻。嫁鸡随鸡，嫁狗随狗。你爹我不是高官显贵，你也不是金枝玉叶，寻到这样的富主，是你的造化，也是你爹我的造化，你公公一开口就要送我一头大黑骡子呢，多大的气派……

引自 第二章《高粱酒》

由于吞吃人肉，所有的狗的白眼球上都布满密密的血丝，几个月吞腥啖膻、腾挪闪跳的生活，唤醒了它们灵魂深处的被千万年的驯顺生活麻醉掉的记忆。现在它们都对人——这种直立行走的动物——充满了刻骨的仇恨。在吞吃他们的肉体时，它们不仅仅是满足着辘辘的饥肠，更重要的是，在这个过程中，它们隐隐约约地感觉到，它们是在向人的世界挑战，是对奴役了它们漫长岁月的统治者进行疯狂报复。

引自 第三章《狗道》

参考文献

[1]李玉翠.浅析《红高粱家族》中的人物形象与生命意识[J].青年文学家，2018(18)：45.

[2]邹军.初读与重读：《红高粱家族》随想[J].四川文学，2021(9)：

172-180.

[3]孙逊.浅析《红高粱家族》之生命强力[J].今古文创,2021(16):4-5.

导读人简介

徐文强,管理学硕士,东南大学图书馆助理馆员。

云在青天水在瓶

导读人：夏圆

也许是性格使然，一直以来，对于历史题材或某一特定历史背景下创作的文学、影视作品都有比较浓厚的兴趣。4年前我第一次读《大明王朝1566》，当时刚好是该剧停播10年后重播，掀起了一股读明史的热潮。当时我也恰巧和同事被派到美国短期访学，出发前几天，为了在长途飞机上打发时间，也为倒时差用，特意把这部攒了好久却一直没有下定决心看的大部头小说下载到Kindle里。没想到，这一读便一发不可收拾，一鼓作气彻底读完。嘉靖皇帝的临终治国之道引人深思："古人称长江为江，黄河为河，长江水清，黄河水浊，长江在流，黄河也在流。古谚云'圣人出，黄河清'。可黄河什么时候清过？长江之水灌溉数省两岸之田地，黄河之水也灌溉两岸数省之田地。只能不因水清而偏用，也只能不因水浊而偏废，自古皆然。"合上Kindle的那一刻，唏嘘不已。博弈的官商以及上下级的相处之道、官场的生存法则以及商界的自保法则，书中无处不在的哲理无一不让人深思。

一切历史都是当代史。历史作品创作的目的则是以古鉴今，是对当下的关怀。作为一部反腐小说，该书成为新加坡内阁的政治参考书。此书是豆瓣高分历史剧《雍正王朝》编剧、《北平无战事》作者刘和平的经典作品，对明朝官场的刻画以"惊心动魄"来形容一点也不为过。公元1566年，已是嘉靖末年，此时的大明王朝已基本走入晚年，社会弊端重重，同时也伴随着改革。小说以明朝嘉靖四十年（1561）推出的虚拟国策"改稻为桑"填补国库亏空慢慢拉开序幕，全面展示了当时的官场民生，并生动刻画了嘉靖皇帝、海瑞、严嵩、徐阶、吕芳、胡宗宪、冯保等一系列有血有肉、个性鲜明的人物。它通过对这些历史人物错综复杂的敌友变化的刻画，以及对君臣关系的着重描写，展现出厚重的历史和复杂的人性，折射出中国古代社会政治文明的根本脉络和普遍规律。虽然书中绝大多数对话、心理描写为作者虚构，但是揭示的问题却相当深刻。作者以“扳倒严嵩”为主线，通过富有张力的描写，全面展现了从朝廷到各级官府惊心动魄的政治搏杀以及从官场到商场云谲波诡的尔虞我诈，揭开了中国历史上的另类皇帝嘉靖数十年不上朝的执政之谜，揭示了清官海瑞的为官之道，揭露了首辅严嵩权极而衰的真相，揭破了明朝特殊的政治机构宦官集团最深层的秘密，让我们窥见了中国古代政治的核心问题。

一、问题怎么来:“国库亏空”

明朝是我国历史上非常强盛的朝代。经济繁荣，工商业尤为发达，到明朝末年甚至出现了资本主义萌芽。尽管如此富庶，却长期被国库亏空所困扰，经常入不敷出，面临严重的财政危机。正如书中所说，嘉靖三十九年(1560)，大明国库超支达到1400万两以上，大约相当于永乐元年至宣德九年(1403—1434)大明王朝30年鼎盛期内中国官银矿总产量的2.1倍，相当于万历年间明朝国库岁入的3.8倍。到底是什么原因搞垮了大明的财政，致使其逐步走向灭亡?

财政部《中外财政史研究——惊心动魄的财政史(总报告)》中指出:“翻开历史长卷，因财政危机引发的政治风波和经济巨变从来没有停止过，一个社会的发展、变革，往往是从财政改革起步的。每一次财政改革都是那样的波澜壮阔和惊心动魄，深深地影响着经济社会发展的格局和进程。”许多学者通过对明朝保守的财政体制进行剖析来揭示其最终失败的原因。著名明史专家黄仁宇认为，明王朝为维持其统治的苦心孤诣在其政策设计时已经与其宗旨背道而驰，明朝末年为了应付内忧外患而加征的“三饷”又加剧了矛盾，全国四分之一的县拖欠税收，直接导致明朝灭亡。郭艳茹认为明朝政府通过对基层社会的严格管制来减少社会多样性、降低管理成本，在明朝初期对国家财政能力的积聚发挥了重要作用，但是内生运行费用却不断增加，最终导致这套制度体系的自我解体。也有学者认为，明朝由盛转衰，除了明朝独特的封闭管制体系和财政制度，也存在一些深层次的原因，需要从中国古代社会的基层结构进行探讨。吏治腐败导致脱离宗法社会的游民增加和税收减少的双重效应促使明朝走向失败和灭亡。

二、问题怎么解:“改稻为桑”

国库日益亏空，嘉靖帝不勤于政事，因此也造成了派系之间的激烈争夺。小说中，经过多方势力的较量，朝廷最终提出“改稻为桑”的策略，将浙江一省的稻田全部改为桑田。表面上看，“改稻为桑”是为了生产更多的蚕丝和丝绸卖到西洋以填补严党贪墨之下的财政亏空，实则是严党为了实行土地兼并以夺取更多财富而策划的卑劣手段。然而，浙江的地方官员、太监杨金水以及商人沈一石等人并不愿意出太多的钱改农田为桑田，于是“毁堤淹田”的阴谋又产生了。此举即是为了压低田价，贱买百姓良田而不顾百姓生存，以花最少的钱获取最大的利益。

如果单纯用商品经济的逻辑来分析，“改稻为桑”的确可以既解燃眉之急又符合经济发展规律。对于嘉靖来说，该国策既可使皇家利益不受损伤而党争局面和解，又可使百姓因为桑田增值与朝廷免税得到实实在在的利益；对于“浊浪派”严党来说，浙江省从行政、经济、司法到军务都是自己人在掌管，一旦该国策施行成功，将极大稳固严党的政治地位；对于“清流派”来说，该国策的推出缓和了与严党因为周云逸事件、财政危机而一触即发的政治危机，也将化解嘉靖与太子之间的危机；对于宦官来说，他们是经济活动的直接参与者，办好差事就可以大发横财。因此，在“改稻为桑”一事中，“浊浪派”与当地官商勾结，捞取了巨额的好处。浙江首富丝绸大户沈一石上缴了400万匹丝绸，合计上千万两白银；江南织造局兼浙江市舶司总管太监杨金水、河道监管太监李玄等人，也从中捞取了不少好处。

宦官是中国历史上的一个特殊群体，由于直接亲近君主，在一定条件下，便可以插手政治。如若君主昏庸无度，懒于朝政，宦官便可以从中行事，参与国家机要事务，以致廷臣都不得不听命于宦官。明朝是中国历史上宦官专权最严重的朝代，明中后期政治的腐败与此直接相关，这种表现在《大明王朝1566》这部小说中尽显无遗。南开大学历史学教授刘泽华评价此书“对宦官的描写真绝！将‘王权主义’写到他们骨头里去了。”吕芳、杨金水、冯保、李玄，每个人的手中都握着或大或小的权力。宦官的参权、擅权，就像催化剂一样，加速了王朝政治的黑暗和腐败。

其实历史上并没有改稻为桑。在明朝中后期，随着生产力和商品经济的发展，土地收益不断增加，直接刺激了贵族、地主、宦官等对土地和财富的觊觎和占有欲。当时的政治腐败在客观上已经不可避免地导致不法行为的发生，这就促使他们以政治权势为后盾，大肆兼并土地。由于士大夫、商人、皇室等三方利益集团的财富争夺，土地兼并的现象已经到了非常严重的地步，造成“公私庄田逾乡跨邑，小民恒产岁朘月耗”的局面。明初朱元璋实行的屯田制已经被破坏殆尽，这直接导致明朝财政收入减少，国防力量严重削弱。明朝属于低税王朝，但赋税征收主要收归朝廷，各级地方政府的存留只是小部分。这种分配原则虽然有利于中央统揽财政大权，但却是以牺牲地方利益与社会发展为代价的。

以裕王为首的“清流派”和以严党为首的“浊浪派”各派势力的博弈之下，尽显人性之贪婪丑恶与癫狂无度，这场腥风血雨怎能善终？

三、如何没有解："无为而治"

“改稻为桑”只是此时的大明王朝气数不多的挣扎之举，实则明朝已陷入内忧外患的风雨飘摇之中。频繁的倭寇入侵使百姓惨遭蹂躏、苦不堪言，多方权势的土地兼并使大批农民失去生存的基石，腐败的朝廷以及不理朝政、选择“无为而治”的嘉靖皇帝使整个大明王朝濒临崩溃的边缘，甚至此时嘉靖还要动用几百万两为自己修建万寿宫和朝天宫。面对这样一个摇摇欲坠的王朝，临危受命的“海青天”海瑞再也无法保持沉默。实际从奉旨出任浙江淳安知县的那一刻起，他便开始了对当地官僚乃至整个皇权的艰难挑战。尖锐而激烈的戏剧冲突、引人入胜的故事情节，使该部小说成为描写清官文化的一部上乘之作。

在实际操作过程中，农民不愿意配合“改稻为桑”，导致政策无法推行。因为“改稻为桑”的本质就是各方政治势力博弈后拿底层农民开刀从而达成政治系统的稳定。具体分析，从政府治理角度来看，底层农民长期受到腐败吏治的压迫，对官府的决策逐步失去信任，而官府追赶工期的急功近利又使农民更加不愿意放弃赖以生存的稻田；从经济发展角度来看，“改稻为桑”的本质就是以朝廷行政命令所推动的“蚕吃人”运动，是早期资本主义手工工场经济取代以粮食种植为主要特征的自然经济，而自然经济是注定要被消灭的，因此也必然会出现本能的反抗；从朝廷政治角度来看，小说开篇即提到了“改稻为桑”的直接原因是为了弥补巨大的国库亏空，而“清流派”“浊浪派”以及宦官、皇帝等争执僵持不下，在这种情况下，严嵩提出“改稻为桑”，以商业利润弥补亏空，但实际上，这个决策是严党等人拍脑袋想出来的，并没有做出十分周密的前期调研，之后由杭州知府马宁远粗暴执行，“改稻为桑是国策，就是全浙江的人死光了，也得改！”一语既出，完全不考虑农民的生计和死活。由此看来，农民阶级的利益被压到了最底层。

海瑞看穿“改稻为桑”的真实目的，其秉公执法、刚正不阿的性格促使他竭力抵制“严党”实行土地兼并。海瑞说：“不能谋万世者不能谋一时，不能谋全局者不能谋一隅。”“(嘉靖)二十余年不上朝美其名曰无为而治，修道设醮行其实大兴土木，设百官如家奴，视国库如私产，以一人之心夺万民之心，无一举与民休养生息。以致上奢下贪，耗尽民财，天下不治，民生困苦。”小说精彩描述其如何提审地方官员、如何彻查毁堤淹田及通倭等罪证，又如何将朝廷重臣之间千丝万缕的金钱和利益关系连根拔起。其以民为本、心系百姓、不畏权贵的个性给他的人生添上浓墨重彩的一笔。实际上，“改稻为桑”也是嘉靖用来端掉“严党”的一步杀着，然而，嘉靖帝对“严党”的势力心知肚明，并不立即“倒严”，而是玩起了忠奸并用的驭臣之术，毕竟，他还要继续依靠“严党”的力量继续敛财。导致严嵩最终的结局只是告老还乡，嘉靖始终并未动他。用严嵩对儿子严世蕃的一番话来看，便可理解：“大明朝也离不开你爹。这二十年，你爹不只是杀人关人罢人，也在用人！国库要靠我用的人去攒银子，边关要靠我用的人去打仗，跟皇上过不去的人要靠我用的人去对付！这就是我要对你说的话，用对了人，才是干大事第一要义。”最终，大明朝亏空的国库依然是让“清流派”慢慢去弥补。因此，即便海瑞呈上的是证据确凿的供状，也只能付之一炬，而由“改稻为桑”牵涉的一系列贪墨案件也只能草草结案。

老子在《道德经》中说“和其光，同其尘，是谓玄同”。此乃和光同尘，意为不露锋芒，与世无争。嘉靖选择“无为而治”，一心修道不上朝20余年，但不上朝并不代表他不理政事，相反，他洞悉朝野大小事务，玩弄大臣于股掌之中，上至内阁元老，下至七品芝麻官，无不对他心生恐惧，噤若寒蝉。既想长生不老，又对权力表现出狂热的追求，想把天下苍生命运紧紧掌握在自己手中！正是在这样矛盾的想法之下，嘉靖把权力交给严嵩之流，而自己那双敏锐、狡猾、犀利的眼睛始终聚焦在整个朝野上下。“有几人知道，他(嘉靖)已经悟到了太极政治的真谛——政不由己出，都交给下面的人去办、去争。做对了，他便认可；做错了，责任永远是下面的。万允万当，不如一默。任何一句话，你不说出来便是那句话的主人,你说了出来,便是那句话的奴隶。让内阁说去,让司礼监说去,让他们揣摩着自己的圣意去说。”小说中的这段话说明嘉靖修的“制衡之术”已炉火纯青,利用严党的力量与百官较量与牵制。

海瑞是正义和善良的典型代表,严嵩、严世蕃及其党羽是奸佞和罪恶的代表。“严党”把持朝政20年,宦官专权也从明太祖朱元璋开始。“严党”与众多官员贪墨,造成朝廷巨大亏空。善与恶、忠与奸之间的对立与冲突在这里达到高潮,海瑞与严党、海瑞与嘉靖之间形成了二元对立冲突的焦点。

四、似解又未解:“身不由己”

正如海瑞所说,颠覆的不是严党,而是天下大弊。海瑞凭借一己之力,最终也只能淹没在历史的洪流之中,亦如鲁迅的“呐喊”,依然无法去叫醒沉睡和装睡的人。当个体的命运与时代的洪流不断交织,微观的人生和宏观的历史反复对照,每个人的生活会显得更为生动。在历史的矛盾之下、人性的复杂之下、大明朝的日光之下,每个人都身不由己,当这些身不由己交织在一起,家国便是天下。

小说和改编电视剧中对诸多或正面或复杂的人物都有非常精彩的塑造,而副标题却是“嘉靖与海瑞”。编剧刘和平认为,嘉靖与海瑞,是支撑整个封建体制的两端,二者都非寻常之辈。一方是天子之尊,“雄猜之帝”“最高权力境界的孤独者”,一方是小小县令,“偏执之臣”“最高道德境界的孤独者”,任何一方的缺失,都不能支撑整个体制的维系。而夹杂在他们中间的,是以裕王为首的“清流派”和以严党为首的“浊浪派”。这两派里,每个人都有自己的政治波谱,两派也呈一种新旧交替之势。以裕王、徐阶、高拱以及张居正为首的“清流派”,在嘉靖驾崩、裕王继位以及万历当朝的几十年间,功败垂成;曾经的“浊浪派”严党又变成了“徐党”;唯有海瑞,不管什么人际关系、商业逻辑、权力制衡还是君臣立法,只有他绝不结党营私,始终坚守这个政治体系存在和运行的根基,即国法与百姓;而嘉靖皇帝,站在权力顶端自以为掌控全局,到头来却被严党玩弄、阉党蒙蔽、清流自弃,最终和同样孤独的海瑞达成和解。

如果说在与“严党”的较量中,海瑞极大地表现出清正廉洁的个性特征,那么在与嘉靖帝的对峙中,则凸显出他敢于挑战皇权、犯颜直谏的独特性格。

嘉靖四十四年(1565)十月,海瑞已被调任北京户部云南司主事,面对终日不理朝政的嘉靖帝,愤然写下了名震朝野的《治安疏》(又称《直言天下第一疏》),直接呈给嘉靖皇帝,公然指责其迷信道教、妄想长生、错聩误国的过失,并提出改革政事的具体意见希望采纳。全篇语言朴素简明、言辞恳切、义正词严,充满了忧国忧民的思想情感和刚正不阿的批判精神。此时的海瑞,已经做好了必死的准备,甚至在上奏之前已经为自己备好了棺材。嘉靖帝暗访诏狱,海瑞直言以对。虽然嘉靖帝雷霆震怒,但还是从中看懂了海瑞满腔的赤诚。《明史·海瑞传》记载嘉靖帝读完《治安疏》后评价海瑞"此人可方比干,第朕非纣耳"。因此迟迟不杀海瑞,后随着嘉靖驾崩、裕王继位,海瑞幸而免死。

历史是由人书写的。作为中国历史上最后一个由汉族建立的王朝,明朝(1368—1644)政治体制成熟,史料翔实丰富,从清朝张廷玉的官修《明史》,到黄仁宇的《万历十五年》《十六世纪明代中国之财政与税收》,再到《明朝那些事儿》《大明王朝:1566》,这些都在为我们尽力还原大明王朝的本来面目。编剧刘和平曾说:"我们在写历史题材的时候,一定要自觉地知道,我们笔下的这些人物,他们都在那个特殊的历史时期承受历史,而非创造历史。简单地写他们创造历史,反而会流于表面,没有一个人或者一群人我们在后世评价他们的时候可以说他们创造了历史,事实上只是历史已经进入那个阶段,需要有人来承受它,完成历史的转型。"书中刻画的这些人物,每个人都是那么地鲜活,虽然身不由己,但都在为整个体制的运转而努力,或维护或反抗。限于篇幅,无法把每个人物都分析透彻,留给读者自己去体会,你会喜欢哪一个呢?

精彩片段

嘉靖:"'天下兴亡多少事,悠悠。不尽长江滚滚流。'就凭你,读了一些高头讲章,学了你家乡人丘浚一些理学讲义,就来妄谈天下大事,指点江山社稷!你岂止这个比方不恰当,在奏疏里妄谈尧舜禹汤,妄谈汉文帝、汉宣帝、汉光武,还妄谈唐太宗、唐宪宗、宋仁宗、元世祖。朕问你,既然为君的是山,你说的这些圣君贤主,哪一座山还在?"

海瑞:"回陛下,在。"

嘉靖:“在哪里?”

海瑞:“在史册里,在人心里。”

嘉靖这回倒一点也没动怒,意外地说道:“朱载垕、朱翊钧,这句话你们记住了。”

“是。”裕王和世子同时答道。

“所谓江山,是名江山,而非实指江山。君既不是山,臣民便不是江。古人称长江为江,黄河为河,长江水清,黄河水浊,长江在流,黄河也在流。古谚云‘圣人出,黄河清’。可黄河什么时候清过?长江之水灌溉两岸数省之田地,黄河之水也灌溉两岸数省之田地,只能不因水清而偏用,也只能不因水浊而偏废,自古皆然。这个海瑞不懂这个道理,在奏疏里只要朕只用长江而废黄河,朕其可乎?反之,黄河一旦泛滥,便需治理,这便是朕为什么罢黜严嵩杀严世蕃等人的道理。再反之,长江一旦泛滥,朕也要治理,这就是朕为什么罢黜杨廷和夏言,杀杨继盛、沈炼等人的道理。”

这一番惊世骇俗的道理,不只裕王、世子听了懵在那里,海瑞听了也睁大了眼,陷入沉思。

“比方这个海瑞。”嘉靖落到了实处,“自以为清流,将君父比喻为山,水却淹没了山头,这便是泛滥!朕知道,你一心想朕杀了你,然后你把自己的名字留在史册里,留在人心里,却置朕一个杀清流的罪名。这样的清流便不得不杀。”

裕王和世子的心都提到了嗓子眼。

嘉靖:“本朝以孝治天下,朕不杀你,朕的儿子将来继位也必然杀你。不杀便是不孝。为了不使朕的儿子为难,朕让你活过今年。”

引自 第三十九章

参考文献

[1]刘和平.大明王朝1566[M].北京:人民文学出版社,2007.

[2]吕旺实,赵云旗,吕志胜,等.惊心动魄的财政史(总报告)[J].经济研究参考,2009(40):2-6.

[3]杨晓林.《大明王朝1566》:“雄猜之帝”治国与“偏执之臣”反腐[J].上海艺术评论,2018(1):74-75.

[4]刘和平:"无中生有"写大明[N].中华读书报,2007-01-24(009).

[5]黄仁宇.十六世纪明代中国之财政与税收[M].北京:生活·读书·新知三联书店,2001.

[6]郭艳茹.交易费用、权力控制与明代管制型制度体系的演变[J].南开经济研究,2008(2):3-21.

[7]吴艳红.明代法律领域中的游民[J].南京大学学报(哲学.人文科学.社会科学版),2012,49(2):113-125,160.

[8]刘泽华.《大明王朝》乃文学传神历史命运之笔[N].(2007-01-14)[2021-09-01]. http://ent.sina.com.cn/v/m/2007-01-14/19311409810.html.

导读人简介

夏圆,管理学硕士,东南大学图书馆馆员。

跨时空回信

导读人：刘珊珊

这是一本无须谋杀、不用警探，甚至连恶人都没有的推理小说；这是一本充满淡淡悲伤、浓浓温暖、丝丝感动的小说；这是东野圭吾创作的一本治愈系的奇幻温情小说；这是亚马逊最畅销图书之一《解忧杂货店》。

小说运用了超现实因素，但是用得非常克制，这次穿越时空的不是人而是信，杂货店没有营业，但是却有了穿越时空横跨30年的魔力。30年前的人投了信，30年后有人可以在这杂货店中回信。一个决定，一个事故，一首歌，环环相扣，让真诚的善良悄悄地温暖了你的心。

一、最畅销的推理小说家

如命运的敲打突然降临，东野圭吾在书店瞥见了江户川乱步奖的评选和投稿细则。此时作为普通工薪一族的东野圭吾，他仅是热爱看和写推理小说，尽管他在此前写就的两本推理小说都未曾得到身边亲友的正向反馈，但他想“写小说又不花钱”“运气好的话会有大笔稿费进账”“说不定能买得起房子”。他得出了最终结论：“没理由不当小说家！”1985年，东野圭吾凭借小说《放学后》摘得第31届江户川乱步奖，正式“出道”。江户川乱步奖是1954年为庆祝日本“侦探推理小说之父”江户川乱步60寿辰而设立的，获得此奖项的都是为日本推理小说做出贡献、产生影响的人。

在创作早期，东野圭吾一度沉溺于密室、童谣等古典元素，作品均以解谜—破案为主线逻辑，写作风格属于“本格派推理”。主角的情感与动机服务于案件的起承转合。本格派推理小说以逻辑至上的推理解谜为主，与注重写实的社会派流派相对，有惊险离奇的情节与耐人寻味的诡计，通过逻辑推理展开情节。并且读者与故事中的侦探尽可能站在一个平面，拥有相同数量线索，在猜测凶手中寻找阅读乐趣。

而在后期，东野圭吾渐渐舍弃刻意营造的诡谲迷局，转而专注于为读者描绘一个满目疮痍的现实社会，以及立体饱满、情绪丰富的故事角色。他开始着眼于严肃的社会议题，虐待儿童、校园霸凌、意外事故、多元性别文化……用狠辣的笔锋将人们心中的偏见和欲望逐一剖开。东野圭吾将现实文学与推理小说杂糅的行为，将文学化的推理推向市场。这一举动不仅让他本人大获成功，也进一步扩大了推理小说的受众范围以及社会意义。

2000年以后，东野圭吾的作品开始疯狂地席卷亚洲。多部小说被改编成电影登上大荧幕，在中国影视圈也格外受到欢迎。在摸清市场喜好与规律之后，东野圭吾便不局限于推理，转而让流派、技巧等形式皆服务于作品的中心主题。其写作手法并非是与本格推理划清界限，而是将主旨凌驾于形式之上。他想向读者表达的不再是精巧布置的密室谜题，而是辨别人心善恶、解开人心之谜的钥匙。正如东野圭吾曾说的一句话："世上有两样东西不能直视，一是太阳，二是人心。"他也曾在访谈中谈道："人性的独白、社会的炎凉，这些是人类永远需要关注的命题。"

作为东野圭吾的"杰作"之一，2012年出版的《解忧杂货店》不是分量最重的小说，却是最有特点也最有温度的一部作品。不是推理小说，没有罪案，没有侦探，而以人与人之间的羁绊为主题，却更扣人心弦。同时，日本版《浪矢解忧杂货店》电影和国产版《解忧杂货店》电影都于2017年上映。如果你看过电影了，也不妨来阅读本书，感受文字的魅力！

二、最奇妙的圆环式叙事

故事以倒叙的方式开头。2012年深夜，三个小偷敦也、翔太、幸平开着偷来的汽车逃跑。车子抛锚在半途，他们步行找到之前翔太偶然发现的废弃屋躲避一晚。三人在店内四处查看，突然一封信掉落到铁卷门前的纸箱内。这是来自化名"月兔"的一位女性的烦恼咨询信。"月兔"是一名有机会参加奥运会的运动员，她想放弃训练陪在身患绝症的男友身边照顾他，但教练男友希望她全力以赴备战比赛，实现他们的梦想。从店内留下的旧杂志里，三个小偷发现过去这是一家消烦解忧的杂货店，因浪矢雄治用心回复各种烦恼的咨询信而出名，定下的规则是在晚上把写了烦恼的信丢进铁卷门上的邮件投递口，隔天就可以在店后方的牛奶箱里拿到回信。敦也坚持不要理睬，而翔太、幸平觉得应该回信，细致理性的翔太则表示对有烦恼的人，倾听是最好的鼓励方式。因为迷糊冒失的幸平没有戴手套就把信放进牛奶箱，面冷心热的敦也认为信纸上搞不好会留下指纹而去检查牛奶箱，意外发现牛奶箱里面竟是空的。四野无人，一片寂静，这时有新的信来了。经过一番信件来往，通过"月兔"竟然不知道用手机与男友视频通话等细节，三人发现杂货店内外的时空割裂，这是穿越时空的信件往来。由此三人知道1980年日本抵制参与莫斯科奥运会，就直接在信中写道："既然爱他，就应该陪在他身旁直到最后一刻。"最终"月兔"没有听取三人的建议，还是坚持参与奥运选拔的训练，即使选不上也不放弃、不后悔。在最后一封回信中，"月兔"说出在第一次写信时，心里已经想要放弃奥运了，最大的原因是她陷入了瓶颈，无法超越自身的极限，想要逃避竞争的压力。"结果被'您'一眼识破了我的狡猾，是'您'的功劳让我继续梦想。"这一结果真是大大出乎小偷三人组的真实意图。这时又一封信来了。

第二个故事是立志成为职业音乐人的松冈克郎于1988年前往丸光园孤儿院作圣诞夜慰问演出，在那里遇到了擅长记歌曲的女孩水原芹。女孩认为他的原创歌曲《重生》很棒，她问："您不当专业歌手吗？"这让他回想起8年前的事。他的祖母过世，妹妹打电话让他回家参加葬礼。他有点犹豫，因为他不顾父母的反对，从大学休学毅然选择追求自己的音乐梦想，拼搏了几年无果之后，目前在一家酒吧里弹吉他。这是他休学后第一次返家——鲜鱼店，面对妹妹关于他音乐道路规划的询问，他无言以对、内心不安。守灵夜上，叔叔得知他休学的事感到不理解，并与克郎的父亲产生争执。他没想到父亲公开表达了同意独生子自由发展、不用继承鱼店的想法。但是克郎一方面在音乐道路上迷茫看不到出路，另一方面想要照顾年迈的父母，难以抉择的他正好看到"月兔"向杂货店投感谢信，于是他也投递了咨询信。致鲜鱼店的艺术家的回信写道："你现在根本没办法靠音乐养活自己，只有那些有特殊才华的人才能做到这一点，你不是那块料，不要再痴人说梦了，面对现实吧。"这样毫不留情、直言不讳的话语让克郎愤怒，后又让他感到惭愧，他在杂货店铁卷门外吹起了《重生》。父亲在市场晕倒，克郎在医院说放弃音乐回来继承鲜鱼店，父亲强烈反对并说道："你不必想太多，再搏命努力一次，再去东京打一仗。即使到时候打了败仗也无所谓，一定要留下自己的足迹。”临走去东京前，克郎最后一次来到杂货店，收到了回信：“你在音乐这条路上的努力绝对不会白费。有人会因为你的乐曲得到救赎，你创作的音乐一定会流传下来。”记忆停止了，时间回到当前。夜里孤儿院突然失火了，在火灾中克郎为了救水原芹的弟弟而身亡，稀世的天才女歌手水原芹为了感恩，一直在演绎《重生》，用自己的方式帮助松冈克郎圆了音乐梦想。

第三个故事时间跳回到1978年，浪矢贵之来到父亲浪矢雄治的杂货店，浪矢雄治正在认真回复信件，他绝对不会无视别人的心声，即使是恶作剧或特地捣蛋。这次来信的是一位女士，她和有妇之夫发生关系并怀了身孕。因为患有不孕症，在要不要生下孩子的问题上举棋不定，于是写信给了杂货店。贵之这次回来是看杂货店生意不好，问问父亲愿不愿意关店和他住在一起。转眼2年过去，雄治身体不好，不得不搬去和儿子住——后来确诊为肝癌晚期。一天雄治和儿子要求出院回杂货店待一晚，并交给儿子一封信，信中说道：在其死后33年的忌日凌晨零点零分到黎明之间，浪矢杂货店的咨商窗口复活。恳请之前收到回复信的朋友再次回复当时的回信是否有帮助，以检验雄治的建议是否正确。这封奇怪的信是源于一个新闻报道：一位母亲和孩子驾车冲入海中，母亲身亡，孩子奇迹生还。“由于现场并未发现任何刹车痕迹，警方分析死者带着婴儿自杀的可能性相当高，正展开进一步搜索。”雄治怀疑这是之前的咨询者，因此无法释怀，自责不已，并因此做梦预知33年后的事，也发现了解忧杂货店可以穿越时空通信的秘密。第二天在家的雄治收到了来自未来的回答，那个生还的婴儿长大成人也回信了。她和水原芹都在丸光园孤儿院长大，她得知母亲深爱自己，在生命的最后一刻，竭尽全力将她推出车窗。雄治感到很欣慰，就在他们准备走的时候，突然一张空白的信纸投进来了。雄治又拿起笔来，写下最后一封回信。33年后，贵之已患癌去世，他的孙子骏吾按照约定在网络上发布了杂货店“复活”的信息。

2012年和久浩介看到网络上杂货店的复活消息后回到了荒废的浪矢杂货店。他在一个路边的音乐酒吧写信，这个酒吧的披头士风格勾起了他的回忆。家境殷实的浩介曾是披头士的狂热歌迷，因此房间里配置了用来听唱片的高端音响，经常招待朋友们来家里听唱片。可从父亲公司经营陷入困境后，他的生活就被乌云笼罩了，他又得知披头士解散的消息，个人信念一点点崩塌。然而父亲因为公司经营不周，欠下巨额欠债，决定举家逃亡，他的音响也被卖掉了，唱片也卖给同学。他将自己的烦恼告诉杂货店，询问是否跟随父母外逃。这是浪矢爷爷碰到的第一个严肃的咨询问题，也促使他采用了牛奶箱的回复形式。信中建议全家人应该尽可能团结在一起相互支持。但原本听从建议跟着父母外出躲债的他在逃亡过程中选择离开父母，独自生活。在被警察找到时他已化名为藤川博，但用各种方式都查不到藤川博的信息，因为全国各地的警察分局都没有接获任何符合他特征的失踪人口报案，最后他被安排到了丸光园孤儿院，而后过着平静稳定的生活。他在孤儿院热爱雕刻，成为一名木雕师。在孤儿院失火时，他回去探望并遇到武藤晴美（汪汪事务所董事长，事务所名字由来可能是晴美非常宝贝藤川博送的木雕小狗），他们谈到了杂货店和回信。他在酒吧和老板娘的聊天中得知这个酒吧是买他唱片的同学所开，并且意外得知当年事情真相：跑路的父母选择自杀，并伪造儿子也一同身亡的假象。“他们从这个世界带走了和久浩介这个人。”“只要能够让你幸福，我们可以付出任何代价，即使奉献生命也不足惜。”原本不知道真相的他，准备写的回信是表示没有听从浪矢爷爷的意见也过得很好：“人生还是必须靠自己的双手去开拓。”但最终他感到后悔，写下了感谢信：“我听从了您的建议，决定跟父母一起走。这个判断并没有错。”

在离天亮还有一小时的时候，三人收到了新的投信。寄信人是自称为“迷途的小狗”的19岁女孩，在1980年的信中她表达想辞去公司打杂的工作转行当酒家女，因为她想成为有经济能力、独立自主的女人。三人认为她是个轻浮的女孩并回信。特别是敦也对此非常鄙夷，因为他母亲就是陪酒小姐，并常与客人一起虐待敦也，使其对陪酒职业深恶痛绝。因母亲不做饭给敦也吃导致敦也偷窃，最后被送进丸光园孤儿院。但在后续的信件往来中得知这个“迷途的小狗”就是“月兔”北泽静子的邻居武藤晴美。晴美是一个孤儿，父母因为车祸身亡，她被姨婆田村秀代所救助。但是因为家庭原因，晴美又被送到了丸光园，6年之后才被接回来。随着田村家的经济状况越来越差，晴美想通过做陪酒女这一职业快速赚钱帮助他们，但是又怕身边的人误会，因此想到向杂货店求助。三人提点她远离酒吧骗子并给予经济指导。多年以后，凭借翔太三人“精确预言”帮助的晴美在事业上取得很大成功，在得知丸光园孤儿院发生火灾之后，回去支援以回报孤儿院。听现任院长皆月良说起，孤儿院是他姐姐皆月晓子创建，并了解到晓子和浪矢雄治曾是恋人的故事。皆月院长去世后，丸光园经营不善，晴美决意买下丸光园重建，但是遭到了以此谋私利的副园长的拒绝。翔太三人从小在丸光园长大，误以为晴美买下丸光园是为了拆掉建酒店，生活窘迫的三人决定要进入晴美家行窃，不料被武藤晴美发现，遂将其绑住。但三人在离开时发现了晴美写给杂货店的感谢信，三人决定相信晴美。在天亮要离开杂货店时，他们收到了来自浪矢雄治爷爷对于白纸的回信，看完信后他们决定自首进行自我救赎。

三、拼图式的跨时空故事

作品的五个章节采用了截然不同的角度来讲述五个故事，这五个看似独立的故事，通过一系列穿越时间的来信与回信，围绕着“浪矢杂货店”与“丸光园孤儿院”两个实体空间产生横向和纵向上的联系。纵向方面，构建了一个联结过去和未来的虚幻空间，这里的时空割裂首先体现为店内和店外的时间割裂，小偷三人组进入这一空间后，收到来自过去人的信并且感受到时间流逝的异常；其次体现为店内时间与空间的融合，后门的开关是与过去、未来世界连接的开关。横向方面，小说记述着“浪矢杂货店”与“丸光园孤儿院”的紧密联系，却又没有一口气地、从头到脚地叙述，而是一点一点地让读者发现两者之间的深层联系，使得浪矢杂货店和丸光园孤儿院之间的关系显得错综复杂、藕断丝连。而当读者整合横向和纵向的故事情节，用立体的眼光来看待整个故事情节时，才会恍然大悟，发现一切情节得以展开的契机，都是浪矢老爷爷与丸光园孤儿院的创办人之间无形的羁绊。丸光园孤儿院的创始人皆月晓子是浪矢雄治的初恋，当年两人私奔未果，浪矢雄治最终淡然放手，而皆月晓子终生未嫁并创建了丸光园。之后的数十年，浪矢杂货店像一个保护者，在不远处默默地守护着孤儿院。

东野圭吾在叙事时空的编排上精雕细琢，将互为线索、相互补充的故事通过割裂重组、虚实转换等多个角度改变了发生的时空顺序，使小说呈现出“拼图式”“碎片化”的故事，使读者产生“断层式”的阅读体验。时间上，对于小偷三人组来说，藏匿在废弃的浪矢杂货店里的时间是他们的当下，而对于来信者来说，将信件投递给浪矢杂货店是他们的当下，只是浪矢杂货店这个特殊的地点让“过去的当下”与“未来的当下”交汇起来，将过去、现在与未来放在了平行的层面，让读者接受文本时将过去误以为是当下。空间上，叙事不断割裂与重组，将完整的故事整体分解、分散到不同章节中，一切割裂过的碎片片段在后文的复现中都为读者提供了复原的可能性，将各种碎片连接起来便是完整的故事。每个人不经意间的选择和行为，都像投入水面的石子，造成了持续不断的涟漪，渐渐地这些涟漪不断扩大，形成了牢不可破的羁绊，过去、未来终于交汇。所以说东野圭吾最擅长的就是从不可能中找出可能，从不合理中找出合理。

最后向没有看过电影的读者们，再次推荐下改编自本书的电影。日版电影充满了温暖的色调，简约的日式风以及极富年代感的服化道原汁原味地展现出了小说里描述的模样。而中版电影采用了“本土化”的改编策略，让影片的时空背景与国内现实结合，都值得一赏。《解忧杂货店》带来了众多思考：关于人生的梦想，关于选择的无悔……解忧不是真正的解忧，而是让别人更确信自己的想法。面对人生的众多十字路口，要努力成长为自己的解忧者！一切遇见，都是最好的安排！

精彩片段

“我比任何人更爱你，随时都想和你在一起。如果我放弃比赛，就可以救你一命，我会毫不犹豫地放弃，但事实并不是这样，所以，我不想放弃自己的梦想。正因为我一直在追求梦想，所以才活得像自己，你也才会喜欢我。我时时刻刻想着你，但请你让我继续追求梦想。”

他躺在病床上流着泪。他对我说，他一直在等我说这句话，看到我为他的事担心，内心感到很不舍。他说，看到自己深爱的人放弃梦想，比死更痛苦。即使分隔两地，我们的心也会永远在一起，叫我不需要担心。他希望我继续追求梦想，不要留下任何遗憾。

——引自 第一章《回答在牛奶箱里》

不管是骚扰还是恶作剧，写这些信给浪矢杂货店的人，和普通的咨询者在本质上是一样的。他们都是内心破了个洞，重要的东西正从那个破洞逐渐流失。证据就是，这样的人也一定会来拿回信，他会来查看牛奶箱。

因为他很想知道，浪矢爷爷会怎样回复自己的信。你想想看，就算是瞎编的烦恼，要一口气想出三十个也不简单。既然费了那么多心思，怎么可能不想知道答案？所以我不但要写回信，而且要好好思考后再写。人的心声是绝对不能无视的。

这么多年咨询信看下来，让我逐渐明白了一件事。很多时候，咨询的人心里已经有了答案，来咨询只是想确认自己的决定是对的。所以有些人读过回信后，会再次写信过来，大概就是因为回答的内容和他的想法不一样吧！

——引自 第三章《在思域车上等到天亮》

如果把来找我咨询的人比喻成迷途的羔羊，通常他们手上都有地图，却没有去看，或是不知道自己目前的位置。但我相信你不属于这两种情况。你的地图是一张白纸，所以即使想决定目的地，也不知道路在哪里。地图是一张白纸，这当然很伤脑筋。任何人都会不知所措。可是换个角度来看，正因为是一张白纸，才可以随心所欲地描绘地图。一切全在你自己。对你来说，一切都是自由的，在你面前是无限的可能。这可是很棒的事啊。我衷心祈祷你可以相信自己，无悔地燃烧自己的人生。

——引自 第五章《来自天上的祈祷》

参考文献

[1]东野圭吾.解忧杂货店[M].李盈春，译.海口：南海出版公司，2014.

[2]李奕锦.拼图式叙事与跨时空共鸣：谈《解忧杂货店》中的叙事割裂[J].名作欣赏，2021(30)：76-78.

[3]熊瑞仪.浅析东野圭吾《解忧杂货店》[J].名作欣赏，2021(24)：63-64.

导读人简介

刘珊珊，图书情报学硕士，东南大学图书馆馆员，从事阅读推广相关工作。

科普与教育

通俗易懂的科普旅程

导读人：王旭峰

人类学家麦克斯曾经说过："科学是一种学问，它能使这一代的傻瓜超越上一代的天才。"而科普作品在推广科学知识、培养人们的科学素养方面发挥着无可替代的作用。不幸的是，在如今这个信息爆炸、绝大多数人对快餐低俗文化趋之若鹜的时代，创作一本引人入胜并且简单明了使受众读懂的"经典"已经变得窒碍难行。人文著作如此，科普作品更是如此。在人们的刻板印象中，"科普"这件事情是一个非常严肃的话题，如何把一个自然道理、一条复杂的定理、一个与现实生活不着边的科学猜想向科学基础并不扎实的普通大众讲清楚，也是一件颇费周折的事情。霍金的图书编辑曾说过：书中每多一个公式，书的销量就将减少一半。因而，避免过多的公式叙述与理论抽象现如今已经被大多数科普作家奉为圭臬，大多数科普作品也往往单纯聚焦于某个领域，甚至某个大众感兴趣的话题，以免读者阅读时出现"大而虚"的芜杂与艰涩之感。从这方面来说，美国科学家伽莫夫所写的《从一到无穷大》[①]恰恰严重违反了这些科普的"行规"。该书以数学的发展和公式的演进为线索，从数学的诞生写到生命的诞生与宇宙的诞生，将数学、物理学、生物学甚至哲学融会贯通，涵盖了科学发展的诸多领域。按理说这本书最应该由于科学受众的狭窄而被束之高阁，然而现实情况却恰恰相反，无论对科学家还是对普通读者进行调查，《从一到无穷大》都高居阅读与推荐榜首，甚至被誉为"20世纪最经典的科普著作"。这看似

① 《从一到无穷大》是一本"通才教育"的科普书，内容涉及自然科学的方方面面，是当今世界最有影响的科普经典名著之一，1970年代末由科学出版社引进出版后，在国内引起很大反响，直接影响了众多的科学工作者。历经70多年，该书却还远未过时，并依然畅销于世。

荒谬但理固当然——该书通俗易懂。“书中有些章节简单得连小孩也能读懂，而另一些章节却要多费点劲、集中精力去阅读才能完全理解。不过我希望，就是那些还没有跨进科学大门的读者在阅读本书时也不会碰到太大的困难。”

该书主要介绍了20世纪以来科学中的一些重大进展。首先漫谈了一些基本的数学知识，然后利用数学知识中的虚数为跳板，通过一些有趣的比喻阐述了爱因斯坦的相对论和四维时空结构，并讨论了人类在认识微观世界（如基本粒子、能量交换）和宏观世界（如太阳系、星系等）方面的成就。

一、大数游戏

在旅程的开始，伽莫夫导游带领我们来到了旅程的第一站——数字森林。首先跟随伽莫夫做个略幼稚的小游戏：说大数游戏，谁说出的数字大谁赢。在这个游戏中，匈牙利不学无术的贵族会说是“3”，非洲原始部族“无所不能”的“智者”会摆出5根木棍，恺撒大帝衙门里精明强干的办事员会竭尽所能写出1000个“M”（一百万），大哲学家阿基米德会用计沙法得出一千万个第八阶单位（10^{63}），而对科学略有涉猎的我们则会用宇宙已知的原子数量3×10^{74}表示，然而这就代表稳操胜券了吗？再来做个小游戏：棋盘麦粒游戏。在国际象棋棋盘的第一个小格内放1粒麦子，在第二个小格内放2粒，第三格内放4粒，照这样下去，摆满棋盘上所有64格，这需要多少麦粒？答案是64项比值为2的等比数列之和：$2^{64}-1$。这个数字确实很大，但依旧不如原子总数量大。要取得更大的数需要再看一个小游戏：汉诺塔移片游戏。当其片数达到64片时所需移动次数便堪比拟棋盘麦粒游戏，这个游戏原理在现代计算机编程中应用颇多，它被称作递归。后两个小游戏中包含的便是指数爆炸的数学原理，利用这个原理我们就可以得出一个很大的数$10^{10^{10\cdots}}$，然而这还不是最大的数。

仔细思考，我们发现上述游戏中的数虽然大得令人难以置信，但毕竟还是有限的，也就是说，只要有足够的时间，人们总能把它们从头到尾写出来。然而，书中提到确实存在一些无穷大的数，它们比我们所能写出的无论多长的数都还要大。例如“所有整数的个数”和“一条线上所有几何点的个数”，这些显然都是无穷大的，而且大到我们写都写不下来。另一个问题来了，这些无穷大就是最大了吗？还有比无穷大更大的数字吗？首先我们要明确一点，无穷大的数也是可以比较大小的，虽然这些数既不能读出来，也无法写出来。这里涉及的理论叫做等价比较法。这个方法理解起来也很简单：在比较两个数大小时我们只需要把它们一一配对就好，如果最后完全达到一一配对，那么两个数就相等；如若一个数在一一配对后仍有多余的部分没法配对，那么这个数就比另一个数大。对于这个方法我们也可以用天平比重的原理类比。利用这个方法我们不难发现：奇数的数目等于偶数的数目，而整数数目大于单个奇数或偶数的数目。接着向下推，我们会发现：一条线上所有点的数目大于线上整数与分数点的数目（实数大于有理数），不同长度线上所有点的数目都相等（符合极坐标一一对应），平面上所有点的数目和线段上所有点的数目相等（二元坐标组合一一对应），立方体内所有点的数目和平面或线段上所有点的数目相等。继续将其推衍到各种曲线，包括任意奇形怪状的样式在内，它们样式的数目比所有单纯几何点的数目还要更大。因此，书中提到数字的无穷量级也根据大小分为了三种：$\aleph_0$，$\aleph_1$，$\aleph_2$。

就和俄罗斯套娃一样，上述的无穷量级还不是数字无穷性的终点。伽莫夫又举了一个例子：和为4的两个数的最大乘积是多少？相信许多人会异口同声地回答：$2\times2=4$。传统意义上来说这个答案是正确的，但是引入虚数与复数概念后，这个并不是正确答案——$(2-\sqrt{-1})\times(2+\sqrt{-1})=5$就明显比4大。引起这个悖论的原因就在于传统认知里负数并没有平方根（不管正负数的平方都为正数），也就是说$\sqrt{-1}$并不存在，正如欧拉所说："这些根式都是不可能有的、想象的数，因为它们所表示的是负数的平方根。对于这类数，我们只能断言，它们既不是什么都不是，也不比什么都不是多些什么，更不比什么都不是少些什么。它们纯属虚幻。"表面看上去这些虚复数在现实中百无一用，只会在佶屈聱牙的数学家论著里被其"自娱自乐"般的提及。然而，事实恰恰相反，虚数的一个特性使得它在20世纪后的物理学中大放异彩，应用颇多，这个特性就是量化虚数的虚数轴可以由实数轴逆时针旋转90°得到。这恰恰与相对论四维空间中的时间轴特性相吻合，它们同样与实轴保持相互垂直，而且对于我们这种三维生物来说，同样地不可捉摸只存在于想象之中。因而，虚数对于构建四维时空至关重要。

二、四维时空

在无穷数字森林头晕目眩后，很快就进入了游览的第二站：迷幻时空。什么是空间？学术一点的解释是：空间是与时间相对的一种物质客观存在形式，它是物体存在、运动的（有限或无限的）场所，其包含万物，可供万物在其中上下、前后、左右运动。通俗点的解释就是长、宽、高与运动。这两种解释其实在作者看来都存在同一个局限——都是基于三维空间观所构建。这里就涉及我们时常听到别人提起或自己提起的名词：维或维度。维度又是什么东西呢？很简单，维度就是度量数，也可以称作坐标数。因而，我们不难理解我们所在的空间并不是一个单纯的三维空间，三维空间中也存在着二维空间（包含长、宽两个坐标尺度）与一维空间（包含长一个尺度），甚至存在没有维度的空间（点）。另外，我们日常生活中也并不是只用物体长宽高就可以描述一切的现象，比如速度、加速度、日升日落与生死轮回，这就涉及我们世界中的另一重要维度——时间。因此，本书指出我们的世界是一个四维时空世界。

对于生活在四维时空中的我们来说，理解三维空间、二维空间、一维空间、零维空间是轻而易举的事情，但是要理解四维空间却显得相当困难。原因在于对于三维及三维以下的空间我们可以站在更高的维度（外面）去观察与测量，而对于四维时空我们却只能发出“不识庐山真面目，只缘身在此山中”的哀叹。就像书中提到的二维空间中纸片人无法理解三维空间中的高度一样，我们其实也无法完全理解四维时空中时间的维度，也想象不出在三维空间背景上的四维物体是什么样子。万幸的是，我们虽然无法直接对四维时空进行观察，但是我们却可以通过对四维时空物体在三维空间上的投影来进行一定程度的类比推论（在二维空间的画布上也可以画出三维物体的图像）。而这种盲人摸象般的推论也往往存在很多的问题，最大的问题就是无法准确以低维坐标单位对高维坐标进行度量。这个问题在四维时空中的具体表现就是“时间这个维度与其他三维很不相同。时间间隔是用钟表量度的：嘀嗒声表示秒，当当声表示小时；而空间间隔则是用尺子量度的。在空间里你能向前、向后、向上走，然后再返回来；而在时间上却只能从过去到将来，是退不回来的。不过，即使有上述区别，我们仍然可以将时间作为物理世界的第四个方向要素。”由于虚数与上述时间特性的相似性，现实中我们将时间维度等价于虚数轴，并将真空中的光在对应时间间隔内走过的距离等价作为时间间隔。因此，四维时空中的距离便可以参照三维距离计算方法，表示为三个空间坐标的平方和加上时间坐标的平方（虚数坐标的平方为负数），然后开平方（$\sqrt{(\text{三维距离})^2-(\text{光速等价时间间隔})^2}$）。

当三维距离小于等价时间间隔时，根号下计算结果为负数，四维距离结果包含虚数，称为类时间隔，反之则称为类空间隔。在现实生活中，我们的三维距离相对光速等价时间间隔来说过于微小，空间移动对四维距离的影响几乎为零，所以我们对四维空间的变化毫无感觉。

对四维距离有了相应概念后，我们不难推论出“各个事件之间的空间距离和时间间隔，应该被认为仅仅是这些事件之间的基本四维距离在空间轴和时间轴上的投影，因此，旋转四维坐标系，便可以使距离部分地转变为时间，或使时间转变为距离”。这个结论看似不可思议，但是将其类比到三维空间中就很好理解了：假设三维空间中有一条线，在选取不同的坐标参考系时，这条线在长宽高上的投影长度（即x、y、z值）就会发生相应改变，而其三维距离一直没有发生变化，这就是相对论中的时空转换。基于上述想法，再进行推演，就又会得出另一个令人震惊的结论：“从运动着的系统上观察事件时，一定要用空间和时间轴都旋转一定角度的坐标系来描述；旋转角度的大小取决于运动速度。因此，如果说在静止系统中，四维距离是百分之百地投影在空间轴上的，那么，在新的坐标轴上，空间投影就总是要变短一些。”该书基于此举了个形象的例子——假定你打算到天狼星距离我们9光年的行星上去，你坐上了几乎有光速那么快的飞船。当飞船的速度达到光速的99.999 999 99%时，你的手表、心脏、呼吸、消化和思维就都将减慢为原来的七万分之一，从地球到天狼星往返一趟所花费的18年（在留在地球上的人看来）在你看来只不过是几小时。那么既然接近光速可以使时间减缓，是不是超过光速就可以使时间倒流了呢？不巧的是，作者否定了现实中这种异想天开的想法，因为爱因斯坦提出相对论时便规定了用作参考的真空中光速就是这个宇宙中最快的速度，“没有任何物体能以光速或超光速运动。光速是宇宙中一切运动速度的上限”。但是正如前文中提到的那样，我们现在对四维时空一切的认知都来源于对其三维世界投影的研究，没有谁能真正跳出“外界”去真实地感受这个时空，因而，相对论中的四维世界时空观并不是完美无瑕的，正如相对论打破了曾经在几百年间颠扑不破的真理——牛顿力学一样，未来相对论也一定会被更“真理”的宇宙理论所替代。作者对四维时空科普的目的也从来不是利用科学家的权威对其盖棺定论，他在介绍四维时空时更多的还是趋于扮演好自己“导游”的角色，他更喜欢让“游客”去进行独立思考。

三、微观世界

在对四维时空这个梦幻般的时空与相对论有了一定的了解后,我们在第二站的时空隧道中不断缩小尺度,来到了游览的第三站:宇宙中的“小人国”——微观世界。在前面跟随作者的游览中我们的关注点大部分集中在“无穷大”的世界上,那么“无穷小”的世界是什么样子的,真的存在无穷小的物质吗(小到不可再被拆分)?现实中,不只我们会有这个疑问,古往今来的所有人类先辈也和我们存在同样的问题。书中提到为了追寻这个问题的答案,人类进行了一系列的实验与摸索:从初始的肉眼分辨与利用包含多重放大镜的显微镜观察,发展到了油膜极限伸展厚度的计算测量,乃至发展到了斯特恩的分子束观察实验、布拉格的晶体X光留影、汤姆孙的电子测重、卢瑟福的阿尔法粒子轰击散射实验与门捷列夫的元素周期性原理。我们终于找到了那个构成宇宙万物的“无穷小物质”(基本粒子)——原子(在作者那个时代)。不仅如此,我们还深入剖析了原子的结构、组成、电荷性、外在表现(化学特性)等等。然而就在我们兴致勃勃想要进一步观察分析原子量级的各项运动特性与力学特性时,事件发生了惊人的转折:所有的宏观力学规律都在原子那微小的结构中失灵了!著名的电子双缝实验与薛定谔猫的故事很好地表现了这个荒谬的现象。“这是怎么回事呢?为什么过去很正确的力学定律,一旦用到电子头上,就与观测到的事实如此矛盾呢?”是经典力学理论发生错误了吗?事实并非如此。还记得书中上一部分提到的我们对四维时空的了解只是盲人摸象吗?这些不管是微观的还是宏观的不可思议其实都是由我们观察得不全面引起的,这种不全面也可以被称作观察界限。就和那句名言一样,“高度决定了视野,而视野决定了人的成就,你看到的并不是全部,而是你认为你看到了全部”。宏观物理规律的基础是质点与轨迹,即忽略物体的大小只把其当做一个有质量的点,而运动中的这个点各个相继位置形成的一条连续的线就是轨迹。这个抽象标准在宏观世界中确实很适用,因为轨迹相对于宏观物体的尺寸量级来说确实过于微小以至于可以忽略不计。但在微观世界中,运动物体的连续轨迹和任意时刻的准确速度这两个运动学概念,对原子内的小微粒来说未免有些太过粗糙了,当原子量级已经近似于轨迹时,那轨迹就不能再被当成是一条遵循精确数学形式的线,“而是应变成一条模糊的宽带”。另外,依据牛顿第三定律,任何观察行为其实都会对物体本身的运动产生影响。只不过在宏观世界中，这个观察行为引起的反作用相对于宏观物体过于微小使其被忽略了而已。在微观世界中，这个观察影响就无法再被忽略了。这就很好地解释了双缝实验和薛定谔猫故事中微小粒子所展现的波粒二象性现象。由此，人类提出了适用这个观察界限（微观世界）的物理学规律——量子力学。这个规律将粒子状态的不确定性与观察作用的影响加入传统的原子量级运动分析中，使得微观世界能够再次被人们所认知。该书也基于此给出了很形象的例子：原子中电子的概率云（传统认知里电子由于带电，其运动会发生电磁辐射使得能量减少，其传统认知里的轨道会随着能量的逸散而逐步趋于向原子核运动，最终湮灭于原子核上）与天空中光的散射（按传统认知光只有一个状态，其只会按直线运动，因而其很少会与空气分子发生碰撞而改变方向，我们白天应该看不到蓝色的天，白天的天空应该也是和夜晚的星空一样的）都证明了量子力学的有效性。而正是由于粒子在宏观观察界限与微观观察界限所表现的截然不同的物理特性，量子纠缠与从其衍生出的量子通信成为现如今最炙手可热的现代物理研究方向之一。

原子、分子等微观粒子除了会遵循量子力学所描述的物理规律那样去运动外，它们还存在一种自发的无序运动——热运动，有时也被根据其外在表现而叫作布朗运动（布朗运动≠热运动，它是热运动影响外界的一种表现）。之所以这种运动方式被称作热运动，是由于热现象就是这种运动的直接结果。“因此，我们通常所说的温度不是别的，而正是粒子运动激烈程度的量度。”基于上述概念，我们便不难理解为什么温度只有下限而没有上限了，毕竟粒子运动激烈程度的下限只能是静止且不可能达到（热力学第三定律）。当粒子运动全部停止时，得到的就是最低的温度：绝对零度（-273℃）。“一切物质的分子在接近绝对零度这个温度时，能量都是很小的。”另外，以此为基础，我们还能对宏观世界中物质的存在形态进行解释。当构成物质的分子内聚力远远大于热运动产生的脱离力时，物质就会保持固态，“这些分子只能在凝结状态下作轻微的颤动。如果温度升高，这种颤动就会越来越强烈；到了一定程度，这些分子就可以获得一定程度的运动自由，从而能够滑动。这时，原先在凝结状态下所具有的硬度消失了，物质就变成了液体。”当进一步提高温度，分子间的内聚力就会对分子越来越剧烈的热运动束手无策，再也约束不了物质的固定形态，物质也就从液体变成了气体。那么问题来了，这种热运动真的是完全无序的吗，若是完全无序的，那为什么做无序热运动的气体分子会均匀地分布在一个密闭空间里？这个问题的答案就和第一部分中“有比无穷大还大的数字吗”问题的答案一样，伽莫夫指出部分与整体并不能相互代表，单个分子的无序运动并不影响整体均匀分布的规律性，这与整数这个整体是无穷大但其中的单个数字仍具有整数规律同理。如果还不能理解，其实还可以描述得更通俗一些：美国总统是整体选民选出来的，但你能说每个选民都支持拜登吗？明白了部分与整体的关系，我们就可以将气体分子整体表现等价于单个气体分子热运动表现的无穷大次重复独立试验（伯努利试验），最后结果就是：不论在任何空间里，气体分布都会趋于各50%，也就是均匀分布。由此本书得出一个结论：“一个物理系统中任何自发的变化，都朝着使熵（系统内在混乱程度）增加的方向发展，而最后的平衡状态，则对应于熵的最大可能值。”这就是大名鼎鼎的热力学第二定律，也叫熵增定律。它对所有关于在有限空间和时间内一切和热运动有关的物理、化学过程具有不可逆性的规律进行了总结，和热力学第一定律（能量守恒定律）、热力学第三定律一起，影响了下一个游览部分宏观宇宙中的所有能量变换。

四、宏观世界

在微观世界里摆弄了一大堆看不见的粒子后，我们到了这场旅程的终点——浩瀚宇宙。关于宇宙的概念，伽莫夫于书中进行了详细的阐述。在古代，人类便对宇宙这个事物有了笼统的认知，认识到所谓宇宙就是所有空间和时间的集合与其内涵。但是古人由于受到视野的限制，其对宇宙的理解依然很片面。同时，人类对宇宙的理解也逐步随着视野的变化发生着日新月异的改变。在人类文明的初期，所谓的宇宙真是小得可怜。“人们认为，大地是一个大扁盘，四面环绕着海洋，大地就在这洋面上漂浮。大地的下面是深不可测的海水，上面是天神的住所——天空。”这便是早期的天圆地方说。随着大航海时代的来临，哥伦布、麦哲伦等航海家一次次的航海旅行打破了人们传统的宇宙观念，人们最终认识到自己所处的世界是一个球体，由此形成了地心说。时间进一步发展，天文学家哥白尼在对地心说仔细分析并对天体进行长期观察后，针对地心说无法完美解释天体运行忽前忽后、时快时慢的漏洞，提出了划时代的日心说，彻底打破了人们的传统认知，从此天文学走上了高速发展的道路。随着光学望远镜、射电望远镜、航天技术的突破发展，人类的视野逐步从地球、太阳、太阳系、银河扩大到了整个宇宙。现如今，我们甚至能大概估算出银河系的恒星数量、大小与质量，并在太阳系中做有限的空间旅行——这在古人看来无异于天方夜谭。但是，这就是人类视野的极限了吗？作者认为并不是。随着人类科技继续发展，作者相信总有一天，人类必会达到“心之所向即目之所及”的程度。到时候也许我们的宇宙观也会像天圆地方说被地圆说替代、地心说被日心说取代一样发生天翻地覆的转变。

那么，我们视野中的宇宙是如何形成的呢？让我们和作者一起从行星这个基本的宇宙构成开始追溯。17世纪，法国博物学家布丰首次试图用科学办法来阐述太阳系内行星的起源。布丰在他44卷的巨著《自然史》中提出，行星系统是由星际空间闯来的一颗彗星和太阳相撞的结果（外来碰撞说）。几十年后，德国哲学家康德提出了一个截然不同的观点。他认为各行星是太阳自己创造的，与其他天体无关。康德设想，早期的太阳是一个较冷的巨大气体团，它占据了目前的整个行星系空间，并绕自己的轴心缓慢转动。随着旋转速度的加快，气体团向各个轨道抛出了气体团碎片，这些气体团冷却后就变成了行星（气体环说）。这两个学说都有极大的缺陷，因而作者更青睐近代出现的综合两个学说的星云学说。星云学说认为太阳系是由一块初始星云演变形成，演变初期占据星云绝大部分质量的轻元素（氢、氦等）首先富集形成了太阳，接着在太阳强大的引力下剩余重元素开始富集形成尘埃，并进一步相互碰撞最终形成了我们目前太阳系中存在的各个行星。这个学说很好地对恒星——即太阳——与行星的形成做出了解释。基于此，行星和恒星的形成过程如今已被我们了解，那恒星的热和光是怎么来的呢？书中也对其进行了详细叙述：在恒星的形成过程中，随着轻元素的不断富集与向中心坍缩，初始恒星外部对中心的压力变得越来越大，中心的温度也越来越高，直到其突破了引发核聚变的阈值，引力势能的增大引起原子能的激发，而核聚变产生的各种对外辐射压又会渐渐平衡掉由引力引起的外部压力，最终使恒星变成我们现在看到的发光发热的动态平衡状态。而恒星形成后的演变就是这种动态平衡状态变化所引起，当核聚变燃料（氢元素）不足时，引力便会再次大于辐射压力，从而出现恒星的再次坍缩，直到再次引发另一个重一点的元素氦元素的核聚变，使辐射压与引力再次平衡。这个循环会一直持续到坍缩的压力和温度无法再次引发重元素核聚变为止。这之后恒星就会慢慢萎缩成白矮星（电子简并斥力和引力平衡）直至黑矮星。白矮星的质量极限是1.44个太阳质量（钱德拉塞卡极限），当形成的白矮星超过这个钱德拉塞卡极限时，电子简并斥力就不再与引力平衡，白矮星会进一步坍缩最终引起超新星爆发，其内核在爆发的强烈反作用力与引力的作用下把原子中的电子压入原子核中，演化成为中子星（中子间强相互作用与量子简并压力和引力平衡）。同样的，中子星也存在一个质量极限——3.2倍太阳质量（奥本海默极限），超过质量极限的中子星会无限坍缩形成黑洞。同理，既然行星与恒星都有演化过程，其组成的宇宙理所应当也有一样的经历，“我们这个宇宙是在不断变化的”。宇宙就像一个被压缩到极限后放开的弹簧一样，它无休止地重复着宇宙大爆炸—宇宙膨胀—宇宙收缩—宇宙大爆炸这一循环过程。

有人说，一本好书，可以让不同层次的读者都能从中受益良多。在这本书首版的扉页上，有着这样一段话：“献给我的儿子伊戈尔，他是个想当牛仔的小伙子。”那一年，他的儿子12岁。2018年，清华大学将《从一到无穷大》一书和录取通知书一起，作为开学礼物赠送给每位新生。清华大学校长邱勇在给新生的致信中说：“在书中他用生动的语言将数学、物理和生物学等内容巧妙融合，并以一种通俗易懂、充满趣味的方式呈现给读者。”因此，无论您是初高中生、大学生，甚至物理工作者，当跟随伽莫夫进行这一阅读旅程时，相信您都能从现代科学所呈现的“宇宙图景”中欣赏到各自的风景，有新的认识和收获甚至惊喜。

精彩片段

这个数字不像宇宙间的原子总数那样大，不过也已经够可观了。1蒲式耳小麦约有5 000 000颗，照这个数，那就得给西萨·班·达依尔拿来4万亿蒲式耳才行。这位宰相所要求的，竟是全世界在2000年内所生产的全部小麦！这么一来，舍罕王发觉自己欠了宰相好大一笔债。怎么办？要么是忍受西萨·班·达依尔没完没了的讨债，要么是干脆砍掉他的脑袋。据我猜想，国王大概选择了后面这个办法。

引自 第一章《你能数到多少？》

如果你不喜欢用虫子作例子，不妨设想一种类似纽约的世界博览会大厦这座巨大球形建筑里的那种双过道双楼梯系统。设想每一套楼道系统都盘过整个球体，但要从其中一套的一个地点到达邻近一套的一个地点，只能先走到球面上两套楼道会合处，再往里走。我们说这两个球体互相交错而不相妨碍。你和你的朋友可能离得很近，但要见见面、握握手，却非得兜一个好大的圈子不可！必须注意，两套楼道系统的连接点实际上与球内的各点并没有什么不同之处，因为你总是可以把整个结构变变形，把连接点弄到里面去，把原先在里面的点弄到外面来。还要注意，在这个模型中，尽管两套隧道的总长度是确定的，却没有"死胡同"。你可以在楼道中走来走去，决不会被墙壁或栅栏挡住；只要你走得足够远，你一定会在某个时候重新走到你的出发点。如果从外面观察整个结构，你可以说，在这迷宫里行走的人总会回到出发点，只不过是由于楼道逐渐弯曲成球形。但是对于处在内部、而且不知"外面"为何物的人来说，这个空间就表现为具有确定大小而无明确边界的东西。

引自 第三章《把空间翻过来》

但把液体，如水面上的一层薄油膜，展成一张单原子"地毯"却是很容易的。在这种情况下，分子"个体"和"个体"之间只在水平方向相连，而不能在竖直方向相叠。读者们只要耐心加小心，自己就能够做这项实验，测出几个简单的数据，求出油分子的大小来。

引自 第六章《下降的阶梯》

对于这种现象，最自然不过的解释莫过于假设一切星系都在离开我们，离开的速度随距离的增大而增大。这个解释建立在所谓"多普勒效应"上。这就是说，当光源向我们接近时，光的颜色会向光谱的紫端移动；当光源离我们而去时，光的颜色会向红端变化。当然，要想获得明显的谱线移动，光源与观察者之间的相对速度一定要很大才行。伍德教授曾因在巴尔的摩闯红灯行车而被拘捕。他对法官说，由于我们上面所说的现象，他在驶向信号灯的汽车内把信号灯射出的红光看成绿色了。这位教授纯粹是在愚弄法官。如果法官的物理学学得不错，他就会问伍德教授说，要把红光看成绿光，汽车得以多高的速度行驶才行，然后再以超速行车的理由课以罚金!

引自 第十一章《创世的年代》

参考文献

[1]乔治·伽莫夫. 从一到无穷大[M].暴永宁,译.北京:科学出版社,2007.

导读人简介

王旭峰,管理学硕士,东南大学助理馆员。

科学界的世纪大战

导读人：管杰

如果要评选20世纪最为深刻地影响了人类社会的事件，那么可以毫不夸张地说，这既不是两次世界大战，也不是联合国的成立，或者殖民主义的没落、人类探索太空等等，它应该被授予这一事件——量子力学及其相关理论的创立和发展。作为20世纪与相对论齐名的两大物理发现之一，量子论更加深入我们生活的每一个角落。它的出现彻底地改变了世界的面貌，它比史上任何一种理论都引发了更多的技术革命。核能、计算机技术、新材料、能源技术、信息技术……这些在根本上都和量子论密切相关。而量子力学作为本科阶段物理学科最重要的“四大力学”课程之一，由于其与经典物理学强烈冲突的世界观，也通常被认为是学起来难度最大、接受过程最为折磨人的课程。记得我本科时有位老师曾说过：“如果有同学第一次学习量子力学时就说他学懂了，那他一定是在瞎说。”时隔多年，直到我博士毕业走上工作岗位，对这句话依然印象深刻，每每想起都深以为然。前两年我在进行“物理学史”这门课的备课工作时，寻找相关资料时偶然读到了这本《上帝掷骰子吗？——量子物理史话》(后文简称《史话》)，当时就觉得甚为惊艳，连着几个晚上一口气读完，惊讶于原来科普可以写得这么精彩，原来量子物理可以解释得这么通俗生动。在喜悦于自己有幸读到这么一本好书的同时，又遗憾自己没能在更年轻的时候读它。阅读《史话》并不需要很深的专业背景，事实上作者曹天元假定它的读者只需要具有初中的数学水平和一点点高中物理知识。再加上此书偏向网络文学的语言风格，使其读起来更加轻松，可读性很强。即使你对数理完全不通，也一定能从此书中感受到那个科学大变革时代的风云变幻，以及身处其中的乱世英雄们的彷徨与坚定。正如作者在后记中所说，如果科学是一种产品，那么科普就好比是它的广告。广告的作用并不在于让人了解这个产品的技术细节，而只是激发人们对这个产品的购买兴趣。现在我们就从不同的角度来领略一下《史话》的精彩内容。读完此书，也许你会爱上物理学。

一、命运的安排

从书名中便很容易看出，《史话》写的是历史。对于量子论这样一个史上最颠覆三观和难以理解的理论，要想给非专业的读者解释明白着实不容易。而本书从历史的角度出发，在描述量子论如何在种种的迹象中慢慢露出真面目，如何在顷刻间掀翻屹立了几百年的经典物理大厦，以及如何在世人的质疑中坎坷地前进的同时，也让读者跟随着当年众多物理学家的脚步逐步揭开了量子物理神秘的面纱。

量子论发展的历史是极具戏剧性的，这在其诞生之初便可见一斑。在《史话》的开头，作者将他的故事从1887年的德国小城卡尔斯鲁厄讲起。当时，新婚不久的赫兹刚满30岁，在远离城市喧嚣的卡尔斯鲁厄大学实验室中成功地验证了电磁波的存在。他的成功标志着物理学的一个新高峰——电磁理论终于被建立起来。法拉第为它打下了地基，麦克斯韦建造了它的主体，而赫兹为这座大厦封了顶。古老的光学也终于可以被完全包容于新兴的电磁学里面，而“光是电磁波的一种”的论断，也终于为争论已久的光本性问题下了一个似乎是不可推翻的定论。

在19世纪末，物理学征服了世界，它的力量控制着一切人们所知的现象。经典力学、经典电动力学和经典热力学（加上统计力学）形成了物理世界的三大支柱。它们彼此相符且互相包容，紧紧地结合在一块儿，构筑起了一座华丽而雄伟的经典物理殿堂。人们开始倾向于认为：物理学已经终结，所有的问题都可以用这个集大成的体系来解决，而不会再有任何真正激动人心的发现了。一位著名的科学家（据说就是伟大的开尔文勋爵）说：“物理学的未来，将只有在小数点第六位后面去寻找。”这样的伟大时期在科学史上是空前的，或许也将是绝后的。然而，这个统一的强大帝国却注定只能昙花一现。喧嚣一时的繁盛，终究要像泡沫那样破灭凋零。

1887年的电磁波实验的意义远比当时的赫兹所以为的还要复杂而深远。

因为他在观测电磁波的同时无意间发现了一个很奇怪的现象，那就是在光照下电极产生的电火花明显更加强烈。被喜悦占据满心的赫兹当时并没有对此十分在意，在他关于电磁波实验的论文中也只是简单带过了这个发现。然而，后人进一步研究发现这是由于光照到金属表面会使得有电子逸出，这也就是著名的光电效应。对光电效应现象的解释折磨了众多物理学家近30年，给光的波动学说带来了前所未有的困难，直到1905年爱因斯坦提出了光量子的假说。赫兹的实验彻底完成了电磁场论，为经典物理的繁荣添加了浓墨重彩的一笔；同时也埋藏下了促使经典物理自身毁灭的武器，孕育出革命的种子。

1887年10月，基尔霍夫在柏林去世，赫兹的老师亥姆霍兹强烈地推荐他为该教授职位的继任者。可是淡泊名利的赫兹也许并不喜欢柏林的喧嚣，婉拒了这一邀请。他后来去了贝多芬的故乡波恩，不久之后病逝在那里。连赫兹自己都不知道，他已经亲手触摸到了"量子"这个还在沉睡的幽灵，虽然还没能将其唤醒，却已经给刚刚到达繁盛的电磁场论安排了一个可怕的诅咒。而顶替他去柏林任教的那个人，则会在一个命中注定的时刻把这个幽灵从沉睡中唤醒，他就是"量子之父"普朗克。也许量子的概念太过爆炸性，太过革命性，命运在冥冥中安排了它必须在新的世纪中才可以出现，把怀旧和经典留给了旧世纪。只是可惜赫兹走得太早，没能亲眼看到它的诞生，没能目睹它究竟将要给这个世界带来什么样的变化。

由于赫兹的拒绝，幸运之神降临到普朗克的头上，他来到柏林大学，接替了基尔霍夫的职位，成为理论物理研究所的主任。正是在此期间，普朗克接触到了当时被称作"物理学晴朗天空中的一朵乌云"的黑体辐射问题。当时关于黑体辐射的能量与频率关系的实验与理论不符，普朗克在前人的公式基础上利用数学插值的方法得到了一个自己的公式。1900年，就在他把新公式公之于众的当晚，普朗克的朋友鲁本斯就仔细比较了这个公式与实验的结果。让他又惊又喜的是，普朗克的公式大获全胜，在每一个波段里，这个公式给出的数据都十分精确地与实验值相符合。第二天，鲁本斯便把这个结果告知了普朗克本人，在这个彻底的成功面前，普朗克自己都不由得一愣。他没有想到，这个完全是侥幸拼凑出来的经验公式居然有着这样强大的威力。然而，它究竟代表了什么样的物理意义呢？他发现自己处在一个相当尴尬的位置，知其然而不知其所以然。普朗克当时做梦也没有想到，他的工作绝不仅仅是改变物理学的一些面貌而已。事实上，整个物理学和化学都将被彻底摧毁和重建，一个新的时代即将到来。

普朗克最终发现，要想他的公式成立，“必须假定，能量在发射和吸收的时候，不是连续不断，而是分成一份一份的”。正是这个假定，推翻了自牛顿以来200多年里曾经被认为是坚固不可摧毁的经典物理世界。这个假定以及它所衍生出的意义，彻底改变了自古以来人们对世界最根本的认识。能量的释放是连续的，它总可以在某个时刻达到一定范围内任何可能的值。这个观念是如此直接地扎根于人们的内心深处，天经地义一般。这种连续性、平滑性的假设，是微积分的根本基础。牛顿、麦克斯韦那庞大的体系，便建筑在这个地基之上，度过了百年的风雨。当物理遇到困难的时候，人们纵有怀疑的目光，也最多是盯着那巍巍大厦，追问它是不是在建筑结构上有问题，却从未怀疑过它脚下的土地是否坚实。而现在，普朗克的假设引发了一场大地震，物理学所赖以建立的根本基础开始动摇了。

二、绵延300年的“波粒战争”

在叙述量子论诞生到发展的进程时，《史话》从人们熟悉的光的本性问题出发，针对人们关于光的大战，为读者描绘了一幅波澜壮阔、跨越千百年的历史画卷。光究竟是一种什么东西？古希腊人基于光的直线传播现象，倾向于把光看成是一种非常细小的粒子流，这便是早期的“微粒说”。而17世纪初，意大利的格里马第观察到了光的小孔衍射现象，第一次将光与波联系了起来，这就是早期的“波动说”。第一次“波粒战争”爆发于17世纪中期，其导火索为光的颜色问题的解释。波动说的主力军为罗伯特·胡克与惠更斯。他们认为光的颜色是由于波动频率不同导致的，惠更斯更是推导出了光的反射与折射定律。而他们的对手则是大名鼎鼎的牛顿。牛顿一开始便信奉“微粒说”，他认为光是不同颜色的微粒的混合。历史上牛顿和胡克的不合正是起源于关于光的争论。而当牛顿成为那个出版了《数学原理》的牛顿之后，他已经成为科学史上神话般的人物，本次交锋也毫无悬念地以“微粒说”的胜利而告终。

时过境迁，一个世纪过去后，英国天才物理学家托马斯·杨横空出世。1807年，杨出版的《自然哲学讲义》中整理了他在光学方面的工作，并第一次描述了他那个名扬四海的实验：光的双缝干涉。正是这个如今出现在每一本中学物理教科书上的实验燃起了第二次“波粒战争”的硝烟。当时仍有很多著名物理学家相信牛顿的“微粒说”，其中包括马吕斯、拉普拉斯、泊松等。马吕斯发现的光的偏振现象给杨的理论带来了困难。然而很快，名不见经传的法国工程师菲涅耳用波动的理论圆满地解释了光的衍射问题。他还革命性地认为光是一种横波，这解决了一直以来困扰“波动说”的偏振问题，就此奠定了“波动说”的胜利。1865年，麦克斯韦完成了他开天辟地的电磁理论的系列论文，他的理论预言：光其实只是电磁波的一种。直到这个预言由赫兹在1887年用实验证实，光的“波动说”的统治地位再无人可撼动半分。

20世纪注定是个动荡的世纪，除了人类历史上的两次世界大战之外，普朗克的量子假说已经开始撼动屹立百年的经典物理大厦。而此时，赫兹当年种下的种子——光电效应——也终于破土而出。科学家们很快发现，麦克斯韦的理论无法解释光电效应实验中电子获得能量由光的频率决定的现象以及过程的瞬时性。然而麦克斯韦的方程组又是那样优美，人们连一个字母都不愿意去动它，更遑论接受其错误。凑巧的是，那个时代刚好生活着科学史上最天才最大胆的传奇人物，他就是爱因斯坦。1905年，爱因斯坦大胆地从普朗克的量子假说出发，认为光也不是连续的，而是由一个个分立的“光量子”组成，从而在理论上完美地解释了光电效应现象。一时间，世界轰动，人们纷纷质疑爱因斯坦的大胆。美国人密立根想用实验来证实光量子图像是错误的，但讽刺的是，多次实验之后，他却反而证实了爱因斯坦方程的正确性。直到1923年康普顿研究X射线被电子散射的时候，发现光甚至满足粒子的动量守恒定律，至此，“微粒说”卷土重来，掀起了第三次“波粒战争”。

而来到量子时代的“波动说”也拿起了新的武器，法国贵族路易斯·德布罗意正是受了爱因斯坦的启发。他认为，既然光是一种粒子，为何粒子不能反过来是一种波呢？他在自己的博士论文中证明了电子也是一种波，并且给出了计算所有粒子所对应的波的波长公式。很快，实验物理学家就给出了证据。1927年，戴维逊和他的助手革末以及G.P.汤姆逊均发现了电子的衍射现象。“德布罗意波”的提出将第三次“波粒战争”推向了高潮。电子乃至整个物质世界都被卷了进来。这场波粒战争已经远远超出了光的范围，整个物理体系如今都陷于这个争论中，从而形成了一次名副其实的世界大战。

在此期间，量子的概念也在飞速地发展着。1913年，尼尔斯·玻尔提出了他的原子分立能级理论,认为电子在围绕原子核旋转的时候所处的轨道不是连续的,而是只能处于一些不连续的特定能量的轨道中。玻尔的原子模型成功地解释了困扰科学家们多年的原子分立光谱问题,正是电子在分立轨道之间跳跃所释放的能量产生了不连续的光谱。然而玻尔的理论却和麦克斯韦理论有着重大的冲突:根据电磁理论,旋转的电子会不断地辐射电磁波而损失能量,它不可能稳定在一个固定的轨道。玻尔理论没法解释为什么电子有着离散的能级和量子化的行为,他只知其然而不知其所以然。玻尔在量子论和经典理论之间采取了折中主义路线,这使得他的原子模型总是带着一种半新不旧的色彩,最终因为无法克服的困难而崩溃。

在量子论发展的瓶颈时期扮演救世主角色的是玻尔的学生沃尔纳·海森堡。他认为物理学所研究的对象应该只是能够被观察到的事物,而玻尔理论的问题正是出在了这里。电子的轨道是人们想象出来的图像,根本没有办法观测到,而只有可以被观测到的物理量才有资格进入物理学。而实验中原子光谱所能测量的只是电子跃迁时产生的"能级差"。1925年,海森堡以能级差为基础,将电子的能量重新定义为一张由不同能级差组成的表格,据此创立了他的"矩阵力学"。另一边,埃尔文·薛定谔从波的角度出发,将电子看成德布罗意波,写出了名震20世纪物理史的薛定谔波动方程。1926年,薛定谔发表的系列论文建立了另一种全新的"波动力学"。尽管1930年保罗·狄拉克出版的那本经典量子力学教材中将两种力学完美地统一成为量子论的不同表达形式,两大力学创始人之间的分歧却越来越大,数学上的一致并不能阻止人们对它进行不同的诠释。就矩阵方面来说,它的本意是粒子性和不连续性,而波动方面却始终在谈论波动性和连续性。"波粒战争"到达了最高潮,双方分别找到了各自可以依赖的"政府",并把这场战争再次升级到对整个物理规律的解释这一层面上去。

是粒子还是波,硝烟弥漫了300年,正当双方僵持不下的时候,还是玻尔站了出来。玻尔认为电子可以展现出粒子的一面,也可以展现出波的一面,这完全取决于我们如何去观察它。如果采用光电效应的观察方式,那么它无疑是个粒子;要是用双缝来观察,那么它无疑是个波。波和粒子在同一时刻是互斥的,但它们却在一个更高的层次上统一在一起,作为电子的两面被纳入一个整体概念中。这就是玻尔的"互补原理",它连同波恩的概率解释、海森堡的不确定性,三者共同构成了量子论"哥本哈根解释"的核心,至今仍然深刻地影响我们对于整个宇宙的终极认识。第三次“波粒战争”便以这样一种戏剧化的方式收场。而量子世界的这种奇妙结合,就是大名鼎鼎的“波粒二象性”。

三、颠覆认知的“结局”

1926年,薛定谔的波动方程提出后,方程中与波的振幅对应的物理量“波函数”所对应的物理意义却始终不明,而薛定谔本人也说不清楚。直到不久后,马克斯·波恩提出了著名的“概率解释”。他认为,波函数的大小代表了粒子在某处出现的概率。关于概率解释,《史话》中详细描述了电子的双缝干涉实验。当一束电子流经过一个双缝时,它们会像波一样产生干涉现象,在双缝后面放置的光屏上产生明暗相间的干涉条纹。这正是由于电子经过双缝后在亮纹处出现的概率大、在暗纹处出现的概率小。这个解释在单电子的双缝实验中体现得更加淋漓尽致,当电子一个一个地经过双缝时,它在光屏上出现的位置似乎是随机的。然而当经过的电子越来越多时,我们会神奇地发现在某些地方出现的电子会变多,而另一些地方较少,于是再次出现了明暗相间的条纹。概率解释认为,电子像波一样同时经过了双缝并产生了干涉,当人们放置光屏企图观测电子的位置时,它将会按照波函数决定的概率出现在某一个地方。而此时电子的波函数也就“坍缩”了,电子如粒子一般以百分之百的概率出现在确定的位置。更加神奇的是,人们试图在双缝处放置仪器观察电子究竟通过哪一条缝,当我们看清了电子确切地通过了某一条缝时,干涉条纹便消失了。这是由于我们在双缝处观测电子时,它的波函数就“坍缩”了,电子如粒子般百分之百地通过其中一条缝,自然没有了干涉现象。

令人困惑的结果接踵而至。1927年,海森堡根据他的“矩阵力学”,发表了“不确定性原理”。他认为如电子般的微观粒子是如此小而轻,以至于当我们发射光子去“看”它的位置的时候,电子也被狠狠地撞了一下。于是我们测量其位置的同时再也无法准确地了解它的速度,也就是动量。如位置和动量般无法同时确定的物理量还有很多,比如能量和时间。海森堡经过缜密的论证发现不确定性原理并不是实验导致的误差,而是理论限制了我们能够观测到的东西。同时测量到准确的动量和位置在原则上都是不可能的,不管科技多发达也是不可能的。

概率解释、不确定性原理加上玻尔的互补原理一起成为量子论的三大核心原理,被称为量子论的“哥本哈根解释”。这个解释一直被当作是量子论的正统，被写进各种教科书中。然而量子论的故事到此还远远没有结束。三大核心原理能够解释量子世界一切不可思议的现象，如此奇特，难以想象，和人们的日常生活格格不入，甚至违背我们的理性本身。它摧毁了经典世界的因果性，更是捣毁了世界的客观性和实在性，展现出一个前所未有的世界。而这一切的根源，就是测量！在经典理论看来，石头是处在一个绝对的、客观的外部世界中，而"我"——观测者——对这个世界是没有影响的，至少，这种影响是微小到可以忽略不计的。你测得的数据是多少，石头的"客观重量"就是多少。但量子世界就不同了，我们本身的扰动使得我们的测量充满了不确定性，从原则上都无法克服。在量子世界中，一个电子并没有什么"客观动量"，我们能谈论的，只有它的"测量动量"。只有可观测的量才是存在的！不存在一个客观的、绝对的世界。唯一存在的，就是我们能够观测到的世界。

量子革命牵涉到我们世界观的根本变革，以及我们对于宇宙的认识方法。量子论的背后有一些非常形而上的东西，它使得我们的理性战战兢兢，汗不敢出。玻尔有句名言："如果谁不为量子论而感到困惑，那他就是没有理解量子论。"实在是量子论的思想太惊人，太过于革命。从量子论的成长历史来看，有着这样一个怪圈：科学巨人们参与了推动它的工作，却最终有一些因为不能接受它惊世骇俗的解释而纷纷站到了保守的一方去。这个名单包括了普朗克、瑞利、汤姆逊、爱因斯坦、德布罗意，乃至薛定谔。这些不仅是物理史上最伟大的名字，好多还是量子论本身的开创者和关键人物。量子论就在同与它自身的创建者的斗争中成长起来，每一步都迈得艰难而痛苦。

虽然爱因斯坦本人提出了光量子假设，在量子论的发展历程中做出过不可磨灭的贡献，但后来他却完全转向了这个新生理论的对立面，成为量子论的主要反对者。玻尔后来回忆说，爱因斯坦有一次嘲弄般地问他，难道亲爱的上帝真的掷骰子不成？1927年的索尔维会议上，爱因斯坦提出他著名的"光箱实验"，声称同时准确地测量出了能量与时间，惊得玻尔一时哑口无言。1935年，他和同事一起提出的"EPR佯谬"更是成为20世纪中后期量子论完备与否的主要争论话题。虽然爱因斯坦的质疑最终都被玻尔和后人化解，他的思想却代表了经典世界观与量子世界观的尖锐冲突，至今还引发着人们关于科学与哲学的深刻思考。

除爱因斯坦之外，薛定谔在1935年提出的猫实验更让哥本哈根学派感到棘手。他想象了一个黑箱中放置了一个放射性原子，当它衰变时将触发开关打翻一瓶毒药，从而毒死黑箱中的猫。于是诡异的结果出现了：当黑箱没有被观察时，放射性原子衰变与否是不确定的，猫的生死也是不确定的。直到人们打开黑箱观察时，原子会以一定的概率产生衰变或者不衰变，而此时的猫也相应地死掉或是没死。也就是说在被观测之前，原子处于衰变/不衰变的叠加态，猫也处于一个“生死混合态”。薛定谔的实验把量子效应放大到了我们的日常世界，带给人们巨大的冲击。“薛定谔的猫”也成为如今物理学最为“出圈”的概念之一。不了解历史的人也许不知道，这并不是薛定谔为了宣传和解释量子论而提出的，相反，它代表着薛定谔对“哥本哈根解释”的质疑与讽刺。不仅仅是猫，这世界的一切，当我们不去观察的时候，都是处在不确定的叠加状态的。而只有当我们去观察它时，这世界才成为眼前实实在在的世界。这样的论断无疑给量子论扣上了一个主观唯心论的帽子。

量子论太过奇特，太令常人困惑，近百年来，它没有一天不受到来自各方面的质疑、指责甚至攻击。当然，也有一些别的解释被纷纷提出，这里面包括隐变量理论、多宇宙解释、系综解释、自发定域、退相干历史等等。《史话》的后半部分逐一地讨论了这些理论，但是公平地说，至今没有一个理论能取代“哥本哈根解释”的地位，也没有人能证明“哥本哈根解释”实际上“错了”。正是这些激烈的思想冲击和观念碰撞使得一部量子史话如此波澜壮阔，激动人心，也使得量子论本身更加显示出不朽的光辉来。量子论不像牛顿力学或者爱因斯坦相对论，它身上没有天才的个人标签，相反，整整一代精英共同促成了它的光荣。

精彩片段

许多昆虫，比如蜜蜂，它的复眼所感受的光谱是大大不同的。蜜蜂看不见波长比黄光还长的光，却对紫外线很敏感。在它看来，这匹马大概是一种蓝紫色，甚至它可能绘声绘色地向你描绘一种难以想象的“紫外色”。现在你和蜜蜂吵起来了，你坚持这马是白色的，而蜜蜂一口咬定是蓝紫色。你和蜜蜂谁对谁错呢？其实都对。那么，马怎么可能又是白色又是紫色呢？其实是你们的观测手段不同罢了。对于蜜蜂来说，它也是“亲眼”见到，人并不比蜜蜂拥有更多的正确性，离“真相”更近一点。话说回来，色盲只是对于某些频段的光有盲点，眼镜只不过加上一个滤镜而已，本质上也是一样的，也没理由说它们看到的就是“虚假”。

事实上，没有什么“客观真相”。讨论马“本质上”到底是什么颜色，正如我们已经指出过的，是很无聊的行为。每一个关于颜色的论断，都是结合某种观测方式而作出的，如果脱离了观测手段，就根本不存在一个绝对的所谓“本色”。

引自 第七章《不确定性》

可惜的是，一直到爱因斯坦去世，玻尔也未能说服他，让他认为量子论的解释是正确而完备的，这一定是玻尔人生中最为遗憾和念念不忘的一件事。玻尔本人也一直在同爱因斯坦的思想作斗争，每当他有了一个新想法，他首先就会问自己：如果爱因斯坦尚在，他会对此发表什么意见？1962年，就在玻尔去世的前一天，他还在黑板上画了当年爱因斯坦光箱实验的草图，解释给前来的采访者听。这幅图成了玻尔留下的最后手迹。

引自 第八章《决战》

现在关键问题来了，当一个光子到达半镀镜的时候，根据哥本哈根派，你有一半可能听到“咔”一声然后安然无恙，另一半就不太美妙，你听到“砰”一声然后什么都不知道了。而根据多宇宙，必定有一个你听到“咔”，另一个你在另一个世界里听到“砰”。但问题是，听到“砰”的那位随即就死掉了，什么感觉都没有了，这个世界对“你”来说就已经没有意义了。对你来说，唯一有意义的世界就是你活着的那个世界。

所以，从人择原理（我们在前面已经讨论过人择原理）的角度上来讲，对你唯一有意义的“存在”就是那些你活着的世界。你永远只会听到“咔”而继续活着！因为多宇宙和哥本哈根不同，永远都会有一个你活在某个世界！

引自 第十章《回归经典》

参考文献

[1]曹天元.上帝掷骰子吗？：量子物理史话[M].北京：北京联合出

版公司,2019.

导读人简介

管杰,博士,东南大学物理学院教授,博士生导师,江苏省双创博士,东南大学仲英青年学者。

交织于一万三千年间的历史轨迹

导读人：杨映雪

在信息烦冗的时代，互联网将整个地球连接在了一起，我们即使不切实地踏出国门，也能或主动地或被动地不断接触到有关世界各国的信息。我们目睹过不同国家的千姿百态，感受过不同国家间的文化冲击，也不可避免地见识过国与国之间的差距。在我们不得不感叹太平洋彼岸的国家科技水平高超的同时，在远跨印度洋的赤道附近还有原住民在草原上过着游牧的生活。我们寻遍数百年间的世界史，或许能找到一些似是而非的理由——可是追根溯源，究竟是什么造成了这些国家、社会或民族之间如此显著的差异？希望这本《枪炮、病菌与钢铁：人类社会的命运》能给你一种启迪。

一、文字、科学与历史——交叉学科的著作

《枪炮、病菌与钢铁：人类社会的命运》(以下简称为《枪炮、病菌与钢铁》)首次出版于1997年，是一部跨学科的科普性著作。它主要以人类的历史为脉络，同时涵盖了地理学、生物学、人类学、社会学等多个领域的相应内容。1998年，这本书获得了普利策奖以及最负盛名的科普类图书奖项——英国皇家学会科学图书奖。2005年，美国国家地理学会制作了基于该书的同名纪录片，向读者提供了另一种了解这"人类社会的命运"的方式。

本书作者贾雷德·戴蒙德是美国地理学家、历史学家、人类学家、鸟类学家和作家，现任加州大学洛杉矶分校地理学教授。1991年，戴蒙德出版了他的第一部畅销书《第三种猩猩——人类的身世和未来》，阐述了人类的进化及其与现代社会的关联。之后的1997年，他的第二本也是最负盛名的著作《枪炮、病

菌与钢铁》出版。往后的20多年间，戴蒙德陆续出版了《性的进化》《崩溃：社会如何选择成败兴亡》《昨日之前的世界》《剧变：人类社会与国家危机的转折点》等作品，且这些作品均被翻译为中文版本。

用戴蒙德自己的话来说，他的科学生涯始于生理学，继而扩展到进化生物学和生物地理学。1964年夏天，当时在哈佛大学生物物理实验室从事生理学研究的戴蒙德远赴位于太平洋上的热带岛屿——新几内亚旅行。新几内亚岛的各种鸟类为戴蒙德提供了理想的研究素材，是以他能够在此开启他生态学和进化生物学的第二职业生涯。然而除此以外，这个无论自然环境还是人文环境都与欧美国家截然不同的太平洋岛屿令戴蒙德大开眼界。当时的新几内亚人还被称为“原始人”，他们仍在使用石制的工具，没有衣服，没有文字，也没有国王或酋长。本以为他们方方面面都还很“原始”的戴蒙德很快就发现，这些新几内亚土著其实是非常聪明的人，这也引发了戴蒙德的思考——为什么新几内亚人没有文字或钢铁工具，而他这个在丛林中找不着路、点不着火的笨蛋却有文字和钢铁工具？可以说，这次新几内亚之旅改变了戴蒙德的人生，他此后多次往返新几内亚进行考察，而他自1964年起就萦绕在脑中的这个问题，也就此成为《枪炮、病菌与钢铁》一书写成的契机。

二、枪炮、病菌与钢铁——人类社会的命运

旧版《枪炮、病菌与钢铁》曾使用的副标题为《过去13 000年间关于所有人的简短历史》，一言以蔽之，这本书正是用以解释在上一次冰期结束后的13 000年间，世界上的各个地区是如何发展成不同的、有差异的人类社会的。作为一本科普性质的跨学科历史书，整本书的语言风格是自然而风趣的。作者常以“我”“我们”自述，结合自身经历对复杂的内容进行通俗的解释，更以各种举例和类比，不时询问“你”的看法，拉近了与读者之间的距离。

全书的开头也是起于作者1972年于新几内亚与一名当地知名政治家——耶利的谈话。身为新几内亚黑人的耶利向身为美国白人的戴蒙德提出了这样一个问题：“为什么你们白人制造了那么多的货物并将它们运到新几内亚来，而我们黑人却几乎没有属于我们自己的货物呢？”以这个问题为引，作者用19个正文章节逐一探究不同地区的人类以不同速度发展的原因，进而说明为什么现代社会间仍然存在着广泛的差异。而作者也用一句话对倾尽一本书做出的回

答进行了总结:“不同民族的历史遵循不同的道路前进,其原因是民族环境的差异,而不是民族自身在生物学上的差异。”

作者明确地将全书分为四个部分:《从伊甸园到卡哈马卡》《粮食生产的出现和传播》《从粮食到枪炮、病菌与钢铁》《在五章中环游世界》。第一部分包括前三个章节,第一章是对人类的起源、文明的兴起的简要概览,而后两章则是取几个有代表性的事例正式提出了本书的主要论点:各种环境因素促成了人类民族发展的差异,而这些差异往往体现在粮食生产、动物驯化、病菌、文化、政治组织和技术上。第二部分包括第四章至第十章,作者聚焦于人类开始从事粮食生产和动物驯化的原因、方式及其传播的过程与速度,并从地理上分析了不同大陆粮食生产传播速度不同的原因。第三部分包括第十一章至第十四章,分别探讨了病菌、文字、技术以及征服和宗教在不同环境下具有差异的演变。第四部分包括第十五至第十九章,把第二部分和第三部分讨论的内容分别应用于每个大陆和一些重要的岛屿,用更多的细节充实全书的理论。

人类起源于非洲,由类人猿分化进化成人,又在漫长的百万年间依次迁徙至欧亚大陆、大洋洲和美洲。然而从近代世界的各种情况来看,这些大陆的发达程度似乎并不是由人类定居其上的先后决定的。作者随即以迁移到太平洋岛屿上的波利尼西亚人祖先为例,这些人分布到环境各不相同的诸多岛屿上,并在几千年中各自发展形成不同形态的社会,不仅有狩猎采集的部落、刀耕火种的农业社会,甚至还有初显雏形的原始帝国。这些气候、地质类型、海洋资源、面积、地形的破碎和隔离程度各异的波利尼西亚岛屿就仿佛是整个世界的一个缩影——世界上不同的民族,大略也是因为其环境不同而产生差异的。

说到这些差异,值得一提人类历史上最富戏剧性的一次冲突——卡哈马卡战役,这是欧洲人征服美洲新大陆过程中极其重要的一场战役。西班牙文盲征服者皮萨罗率领着他仅仅168名士兵会见印加帝国皇帝阿塔瓦尔帕,凭借印第安人从未见过的枪炮、马匹以及钢制盔甲和武器,杀死了6000多名印第安人,并俘虏了原本带领着8万人军队的印加皇帝。而在此之前,被入侵者从欧洲带给没有免疫力的新大陆民族的各类疾病病毒,就已经把哥伦布到来以前的美洲土著人杀死了95%,致使整个印加帝国摇摇欲坠。这是一次典型的具有差异的两个民族间的冲突,作者将战役成功更甚是欧洲人能够征服许多大陆的民族的直接原因总结为:“以枪炮、钢铁武器和马匹为基础的军事技术;欧亚大陆的传染性流行病;欧洲的航海技术、欧洲国家集中统一的行政组织和文字。”该书的书名《枪炮、病菌与钢铁》正是取自此。而该书之后的两个部分,正是聚焦于这些差异背后的终极因果关系。

本书整个第二部分都关乎人类的粮食生产。作者把粮食生产摆在如此重要的地位上讨论,则是因为它可以说是枪炮、病菌与钢铁发展的一个先决条件。最早的人类以狩猎采集为生,为获取资源而需要不断地迁移流浪,直到早期农业和畜牧业的出现使人们开始相对稳定地定居生活。有了粮食的贮藏,简单的族群社会才能逐渐发展为规模更大的、人口更稠密的、有阶级和分工的复杂社会,发展出枪炮、病菌与钢铁。

在这些不同地区的民族之中,有的族群自行发展出了粮食的生产,而有的族群是从别处学会了粮食生产,这就分别涉及野生动植物的驯化和粮食生产的传播。野生植物的驯化往往始于祖先们有意无意的选择,在粮食生产的早期阶段,他们在采集野生食物的同时培育着转变为非野生的食物,并逐渐将重心偏转向能够带来更大好处的作物上,不再将采集作为获取食物的首要途径。被作为野生食物的许多植物自身为了令动物来帮自己撒播种子,会通过自然选择将果实演化得更能吸引动物来食用,这种早期无意识的演化方式便吸引了早期农民发现潜在的作物。不过,也有一些野生植物之所以能成为作物,是因为它们发生了违背自己本意的突变——譬如,正常的野豌豆为了让种子落地发芽生产,其豆荚会破裂而使豌豆弹射而出,然而人类能采集到的偏偏只有那些留在植株上仍然包裹着种子的豆荚,这些突变种就成了食用豌豆的前身。除了自然选择和祖先们无意的选择之外,人们还会在驯化过程中通过有意识的选种保留植物突变的有利性状。

虽然野生植物的驯化是人类发展粮食生产进而促进社会进步的积极行为,但一个地区到底能否驯化出适合粮食生产的作物、能驯化出多少品种的作物,终究还是要看这个地区的环境本身,包括其气候条件、高度和地形的多样性等因素。如曾经的新月沃地是不少重要作物和得到驯化的大型哺乳动物的祖先们的聚集地,其野生动植物品种繁多,地中海气候也有利于植物群中特别众多的一年生植物的演化。尽管自然界中能被人类驯服的动物种类十分有限,但是被驯化的牲畜不仅提高了作物生产的效率、提供了另外一种稳定的食物来源,还为人类的迁移、货物运输甚至是战争提供了便利。

在粮食生产的传播方面，即便是发自同一个独立粮食生产中心，其向不同地区的传播速度也可能有极大的差异。造成这个差异的一大重要因素就是大陆的轴线走向：欧亚大陆的主轴线是东西向，而美洲、非洲则主要是南北向。在不同地区纬度相似的情况下，其昼夜长度和季节变化也是相近的，其温度、雨量和生物群落情况也往往是类似的，因而传播而来的作物所受到的生长阻力也更小，粮食生产的传播自然也更加容易和迅速。

之后从粮食到了枪炮、病菌与钢铁，所涉及的影响人类社会发展的因素也更为复杂。首先是病菌。可以说，农业的出现成为人群传染病形成的开端：人口密度的上升有利于病菌在人群中流窜，而人类定居后排泄和为作物施肥的行为都会影响到居住地的水源。事实上人类身上的许多疾病都来源于家畜和宠物，比如麻疹、肺结核、天花都来自牛，而流行性感冒来自猪和鸭。在人类驯化动物的过程中，原先动物的病原体感染于人，甚至逐渐演化到可以在人群中传播流行，最后更甚是变为只有人类能感染。当然，在双方的拉锯战当中，病菌也会给对应人群多少带来相应的免疫能力，又或是人们研发出了抵御这些疾病的方法，使其致死性多少有所降低。然而对于从未接触过这些病菌的人群——比如被欧洲人传染的印第安人——来说，既没有免疫能力，也没有遗传抵抗能力，最终死于病毒之下的人数比死于枪炮下的人数要多得多。

另一种因素是文字。作为人类过去几千年来最重要的发明之一，文字对于信息、文化、技术的有效传递是不可或缺的。再以先前说过的卡哈马卡战役为例，当时的印加人没有文字，口耳相传的传播不仅范围有限，也让他们的文化修养不足以判断西班牙人的多端诡计，自然也比不过学习过前人谋略的西班牙征服者。文字书写系统的传播有两种形式，一种是将现有一种文字的整体蓝图复制和修改，另一种是仅传承其中思想，具体细节再重新创造。同样，地理环境也会影响文字的传播，这些适用于文字的情况也适用于技术发明。只不过，技术还有其自我催化的能力：技术的进步与对其背后一些基本问题的掌握是密不可分的，而新技术和新材料的重新结合也可能催生更新的技术。因此，由于大陆面积、人口、技术传播的难易程度和粮食生产的开始时间等方面的差异所导致的各地区技术发展方面的差异，便因为技术的自我催化而越发显著了起来。

最后是政府和宗教的演变。多数的人类社会都随着集约化粮食生产的出现,从最初以亲属关系为基础的族群和部落发展为有阶级和分工的复杂社会,余粮的储备使重新分配和经济专门化成为可能,也为技术的发展提供了基础。作者将这种政府制度称为"盗贼统治",但不可否认的是,当社会发展到了一定的规模,亲属关系的复杂程度早已超出了族群组织的限度,已经只能靠这样的盗贼统治来运作。而人类社会间总是存在着征服与被征服以及在外力威胁下合并的关系,更加复杂的社会便应运而生了。

第四部分中,作者将目光投射到具体的几个地区,结合前文内容加以探讨。其中,澳大利亚在某种程度上是发展最为缓慢,也是近现代唯一还存在着非文明的土著族群社会的大陆。它的环境较之其他大陆而言最贫瘠,不仅人口稀少,其土著居民族群仍以狩猎采集为生,相互之间还过着与世隔绝的生活,以至于整块大陆的发展甚至还不如其周边的诸如新几内亚一类的太平洋岛屿。之后的第十六章《中国是怎样成为中国人的中国的》指出中国在历史上长期的统一——包括政治、文化和语言方面——在整个世界史上其实是十分独特的,并对这种现象的成因和影响进行了探究和推理。中国幅员辽阔,而其南北走向上也不像非洲、中美洲那样受到地理条件的严重限制,东西走向上又有长江和黄河的滋养,很大程度上促进了东西南北的交流。而已经掌握了粮食生产技术的中国南部人曾两次向东南亚及太平洋诸岛方向迁移扩张,取代了以狩猎采集为生的本地人,带去了冲突的同时也带动了当地社会的发展。

当论题重又回到美洲新大陆时,作者强调:欧洲对美洲的征服只不过是两条漫长的通常互不相干历史轨迹的顶点,而两条轨迹的差异表现在这两个大陆可驯化的动植物、病菌、定居年代、大陆轴线走向以及生态障碍方面。非洲虽然在环境和历史上也与美洲有极大的差异,但它同样遭受了欧洲的侵略殖民,归根结底也是因为两个大陆在那些固有的方面存在着差异。

最后,作者在尾声中再次提到了耶利的问题,而历经了一整本书的讨论过后,他已经对耶利的问题有了答案:首先是因为各大陆原生的可供驯化的野生动植物种类不同,再则是因为文化和技术在大陆内的传播速度受到各种环境影响而不同,在大陆间传播的速度也各有差异,进而有各大陆之间在面积和人口总数方面的差异,种种差异累积在一起,最终就有了现在呈在我们眼前的差异。

说到底，各大陆民族长期历史之间的显著差异，不是源自这些民族本身的天生差异，而是源自他们环境的差异。

三、讨论、赞扬与批判——遍及世界的成就

该书甫一问世，就在国际学术界引起了广泛而积极的讨论。许多学者尽管提出了他们与戴蒙德或一致或相左的某些观点，也并不吝惜他们对整本书的高度评价。西北大学经济史学家乔尔·莫基尔对书中的一些观点提出了异议，但他仍然认为，《枪炮、病菌与钢铁》是对长期经济史研究的最重要的贡献之一，充满了关于写作、语言、路径依赖性等等的巧妙论证。埃默里大学历史学家欧阳泰写道：戴蒙德的书可能不会在所有方面都让所有的专业历史学家满意，但它确实为旧世界和新世界的不同发展提供了大胆而令人信服的说明。

当然，也有一部分人对这本书表示批判。人类学家杰森·安特罗西奥认为戴蒙德在叙述欧洲的统治地位时忽略了人的作用——人类有能力做出决定并影响结果。他指责戴蒙德极大地扭曲了驯化和农业在这段历史中的作用，将欧洲人描述成无心的征服者，而原住民是被动地屈服于他们的命运。人类学家和地理学家詹姆斯·布劳特批评《枪炮、病菌与钢铁》又恢复了环境决定论，并称戴蒙德是现代欧洲中心主义历史学家的典范。

无论是否接受作者的理论、赞同作者的观点，该书作为一本广受好评的跨学科著作，极其生动地向读者展示了一种视角下人类文明进化的生态历史和人类社会间巨大差异的成因，足以令读者产生冲击、引发读者思考，是值得一读的科普性佳作。作者在后续更新的版本中增添了额外的章节，对正文中未过多提及的日本情况做了补足，对读者提出的问题作出了回应，添加了不少有趣的细节，并且新版将当时的国际背景结合到书中再作讨论，使书中的观点更具时代性了。

正如作者在书的尾声中所言：要把各个大陆13 000年的历史全部压缩进一本400多页的书里，等于大约每150年每个大陆平均分摊到一页，因此精炼、简化也是在所难免的。而将400多页的书中内容再压缩进一篇数千字的文章，自然只是九牛一毛。亲自读一读《枪炮、病菌与钢铁》，才能更好地开阔对于人

类社会命运的视野。

精彩片段

一种反对意见如下。如果我们成功地说明了某个民族怎么会统治另一民族的,那么这会不会就是为这种统治辩护呢?这会不会就是说这种结果是无可避免的,因此在今天试图改变这种结果可能是徒劳无益的呢?这种反对意见的根据是一种把对原因的说明同为结果辩护或承认结果混为一谈的普遍倾向。怎样利用历史的阐述是一个和阐述本身完全不同的问题。为了努力改变某个结果,了解是比再现或保持这种结果更经常使用的方法。这就是为什么心理学家要努力去了解杀人犯和强奸犯的心理,为什么社会历史学家要努力去了解灭绝种族的大屠杀,为什么精神病学家要努力去了解人类疾病的起因。这些人之所以去调查研究,并不是想要为谋杀、强奸、灭绝种族的大屠杀进行辩护,相反,他们是想要利用他们对因果链的了解来打断这个锁链。

引自 前言《耶利的问题》

从北美大西洋岸到太平洋岸,从加拿大到巴塔哥尼亚高原,或者从埃及到南非,看不见本地绵延不断的谷浪,而琥珀色的麦浪倒是在欧亚大陆辽阔的天空下从大西洋一直延伸到太平洋。同美洲本地和撒哈拉沙漠以南非洲的农业传播速度相比,欧亚大陆农业的更快的传播速度在对欧亚大陆的文字、冶金、技术和帝国的更快传播方面发挥了作用。

引自 第十章《辽阔的天空与偏斜的轴线》

文字同武器、病菌和集中统一的行政组织并驾齐驱,成为一种现代征服手段。组织开拓殖民地的舰队的君主和商人的命令是用文字传达的。舰队确定航线要靠以前历次探险所准备的海图和书面的航海说明。以前探险的书面记录描写了等待着征服者的财富和沃土,从而激起了对以后探险的兴趣。这些记录告诉后来的探险者可能会碰到什么情况,并帮助他们作出准备。由此产生的帝国借助文字来进行管理。虽然所有这些信息在文字出现以前的社会里也可以用其他手段来传播,但文字使传播变得更容易、更详尽、更能取信于人。

引自《第十二章 蓝图和借用字母》

参考文献

[1]戴蒙德.枪炮、病菌与钢铁：人类社会的命运[M].谢延光，译.上海：上海译文出版社，2016.

导读人简介

杨映雪，图书馆与信息研究专业硕士，东南大学图书馆助理馆员。

推翻病王的革命

导读者：楚浩然

癌症，其英文名cancer形象生动地刻画了这种疾病在人体内的发展趋势——像螃蟹一样有着坚硬的外壳、充满破坏力的钳子，在无辜的肉体中横行霸道，无法阻拦。癌症影响巨大，正不断腐蚀着当代人类的健康状况，它也成为当代人类的公敌。要击溃敌人，仰仗着全人类的团结、勇气和力量。知己知彼才能百战不殆。如何理解癌症，如何认识癌症，当代医学又对这样的敌人做到了怎样针对性的打击？悉达多·穆克吉历时6年，凭借翔实的文献资料、专访报道等信息，向读者阐述了癌症的起源与发展，人类对抗癌症、预防癌症的斗争史。

一、人类健康信息的信使——悉达多·穆克吉

悉达多·穆克吉是印度裔美国医生、生物学家、肿瘤学家和作家。他最出名的作品是2010年出版的著作《众病之王：癌症传》，该书获得了包括2011年普利策非小说类普通文学奖和卫报第一本书奖等著名文学奖项，于2011年被《时代》杂志列入“All-Time 100 Nonfiction Books”（上世纪至今最具影响力的100本书）。2016年，他的著作《基因：亲密的历史》在《纽约时报》畅销书排行榜上名列第一，并入选《纽约时报》当年100部最佳书籍之一，入围Wellcome Trust Prize和皇家学会科学图书奖。

穆克吉之前隶属于哈佛干细胞研究所和波士顿的马萨诸塞州总医院。2009年，穆克吉加入哥伦比亚大学医学中心血液学/肿瘤学系的医学系，担任助理教授。该医疗中心附属于纽约市的纽约长老会医院。他曾担任明尼苏达州

罗彻斯特梅奥诊所的Plummer客座教授、马萨诸塞州医学会的Joseph Garland讲师以及约翰·霍普金斯医学院的名誉客座教授。他的实验室位于哥伦比亚大学赫伯特·欧文综合癌症中心。

悉达多·穆克吉是一位训练有素的血液学家和肿瘤学家,他的研究重点是正常干细胞和癌细胞之间的联系,向人们展示了细胞在癌症治疗中的作用。他一直在研究干细胞的微环境(“利基”),特别是造血干细胞。造血干细胞存在于非常特殊的微环境中的骨髓中。成骨细胞是形成骨骼的细胞,是该环境中的主要成分之一。这些细胞通过向血细胞提供分裂、保持静止或维持其干细胞特性的信号来调节血细胞的形成和发育过程。这些细胞发育的扭曲导致严重的血癌,如骨髓增生异常综合征和白血病。悉达多·穆克吉的研究得到了美国国立卫生研究院和私人基金会的许多资助。他和他的同事已经确定了几种可以改变微环境或生态位从而改变正常干细胞和癌细胞的行为的基因和化学物质。两种这样的化学物质——蛋白酶体抑制剂和激活素抑制剂——正在临床试验中。悉达多·穆克吉的实验室还在骨髓增生异常和急性髓性白血病中发现了新的基因突变,并在寻找这些疾病的治疗方法方面发挥了主导作用。

二、当代人类健康最大公敌——众病之王癌症

为一种疾病写传记的两个核心问题是“它是什么”以及“我们如何治疗它”。该书一开始就把重点放在治疗上,在回顾各种医疗方法并描述其进化起源时,逐渐介绍一些关于癌症的基本生物学知识。随着医学史从早期不可思议和令人恐惧的蒙昧中走出来,随着医生和研究人员逐渐取得惊人的成果,以及作者引入越来越多关于癌症本质的深刻讨论,该书的重点开始倾向于对癌症的基本科学认识。在我看来,这样的布局和顺序并非偶然,而是作者精心安排的结果。也许是为了刻意反映科学史,在人类与癌症斗争和发展的历史中,治疗和认识这两条线索不断交织在一起,相得益彰。早期的治疗方法在现在看来是荒谬可怕的,但也代表了我们的祖先为了解世界所做的勇敢而迷茫的尝试,正是在漫长而黑暗的探索中,人类积累了关于自然和自身的知识,最终将历史的车轮带入现代科学的晨光中。从那时起,我们不仅创造了更多的病理、对症和有效的癌症治疗方法,而且在基础科学研究方面也得到了繁荣发展,在广度和深度上进一步扩大了我们对生命的理解。作者的艰辛努力有助于加深我们对

癌症研究历史的认识和理解。

悉达多·穆克吉在他的癌症“传记”进行了四分之三的时候，描绘了一个充满神秘与令人难以理解的场景。如果是由一般的作者来处理，这样的段落会让非专业读者感到困惑和无聊。但他以最简单的科学方式描述了自己在显微镜下看到的场景：他所注视的是人类生命中最险恶的奥秘之一——他正在检查的白血病细胞来自一位已经死亡30年的女性。与它们被抛弃的宿主不同，这些细胞是“不死的”。

在这个微小但十分典型的情节中，穆克吉不仅成功地传达了他所看到的法医学的精确图片，而且还传达了他最真切的感受——“这些细胞看起来臃肿而怪异，细胞核扩张，细胞质边缘薄，它的灵魂已经瓦解，并继续以病态的、偏执的状态不断分裂着。”将科学专业知识与巧妙叙事才能相结合的情况已经很少见了，但众多读者对《众病之王》的反响表明，人们渴望更进一步，而不是精细易懂的解释。

“正常细胞大多相同，而恶性细胞却总能以独特的方式变成更恶性的细胞。”比起被称作为“人类与癌症相对抗的历史”，穆克吉更愿意称这本伟大而美丽的书为传记，因为他想让读者理解他的主题不仅仅是一种疾病、一个科学问题或一种社会状况，而且是一个角色——一个与广泛于生物和动物世界之间存在着怪异联系的人类的对手。尽管癌症在现代医学出现之前就已经横行霸道了，但真正了解和治疗癌症的医学探索只是在它作为现代性定义的一种疾病出现时才真正形成。这种情况不仅暗示了工业化对人身健康摧残的恐怖程度，而且还直接点明了癌症在人类的寿命逐渐增长的情况下将会变成人类的主要死因之一。在医疗水平尚不发达的过去，人们在年纪相当年轻的时候往往死于其他疾病，在今天较贫穷的国家情况依然如此。而在美国，癌症现在作为死亡原因的排名略低于心脏病，但在预期寿命较短的低收入国家，它甚至没有进入前10名。20世纪初，美国人口出生时的预期寿命为47.3岁。而现在，确诊乳腺癌的中位年龄是61岁，前列腺癌则是67岁。穆克吉写道，随着我们寿命的延长，“我们不可避免地会引发恶性生长”。一场不朽的涉及科学、政治和人类的斗争已经悄然而至。

书中穆克吉汇集了众多真实案例，从古人——例如从公元前500年第一次有记录的自行乳房切除的波斯女王阿托萨——到穆克吉自己的病人，有关于隐秘的外科手术技术和惊人医学发现的故事不胜枚举。但是，与任何史诗般的叙事一样，中心剧情走向是斗争。

全面的抗癌运动始于20世纪40年代美国社会名流玛丽·拉斯克（Mary Lasker）和积极推动癌症研究的癌症研究人员西德尼·法伯（Sidney Farber）的会面，后者是化疗技术的创造者之一。穆克吉将其描述为两个旅行者的相遇——"每个人都携带半张地图"。地图中间的战场是华盛顿特区，他们最终与理查德·尼克松结成同盟。1971年美国通过的《国家癌症法案》中将癌症认定为拥有最高致死率的疾病之一和全世界都应共同奋力抗争的敌人。

随着两位中心人物的出现，以及人们越来越了解癌症的深度和负责性，战争的概念变得越来越稀松平常。医疗人员不断寻找并配制各种不同的药剂来对抗不同的癌症。然而，穆克吉观察到，科学的故事不是一个成功的发现，而是一个失败的发现。例如从事手术、放疗和化疗的医者大都在不了解其基本机制的情况下就开始治疗癌症。包括西德尼·法伯在内的灵丹妙药的倡导者，对等待基因研究的发展、强调预防或护理和"治疗"一样重要的呼吁嗤之以鼻。对许多在前线工作的人来说，为了拯救病人，他们无情地将病人推向死亡的边缘，这样看似是学术性的做法后来被叫停了。

1986年，在《新英格兰医学杂志》上，约翰·巴莱尔（John Bailar）和伊莱·斯密斯（Elaine Smith）分析了多年来的癌症死亡率比较趋势。这揭示了他们所谓的早先的医疗同事们强调的为医治癌症而导致的"合格的失败"。1962年至1985年，虽然某些地区的癌症患者的生存时间有所改善，但抗癌战争不仅没有取得全面进展，癌症死亡人数实际上增加了8.7%。穆克吉写道，即使考虑到战后吸烟现象盛行导致的肺癌高发现象，这也"从根源上震撼了肿瘤学世界"。

在该书最后一章，穆克吉所做的不仅仅是提供医学发展、科学发现和人类苦难的描述，还剖析了抗癌战争之所以能不断推进的谜团，以及人类的理性在混乱和疾病中取得的作用——抗癌，这一现代性超级战役，即使它取得了太多成就而不能被称为失败，但永远不可能最终成功。但当他谈及研究癌细胞的基本生物学问题时，穆克吉改变了他对抗癌战役的看法——从合格的失败到合格的成功。或许死亡是癌症的最终结果，但人们战胜癌症的目标可以改变，从"根除死亡"这一不切实际的观念到"延长生命"的更温和的野心，如此一来医学科学的结果应该是"动态"平衡的，而不是一个"静态"的红线。

研究癌症细胞的组成是穆克吉的专业领域，但他并不认可新时代的发展能把人类抗癌历史抛在脑后，也不寄希望于基于基因的疗法会带领我们走出癌症时代。援引哈罗德·瓦穆斯（Harold Varmus）在1989年因发现逆转录病毒致癌基因的细胞起源而获得诺贝尔奖的获奖感言："我们只是更清楚地看到了这个怪物，并以新的方式描述了它的鳞片和獠牙——癌细胞是我们正常自我的扭曲版本。"

三、谋求人类健康的希望——从未停止

癌症，就其本质而言，是一种恶性疾病，即生物体的某一部分的生长失去控制。考虑到这一点，便很容易理解为什么人类历史上第一个治疗癌症的方法是手术切除这一直观、简单和合乎逻辑的解决办法。随着麻醉和抗生素的出现，复杂的外科手术不再是禁区，极端的切除手术已经成为常态。然而，癌症不是六指畸形，恶性肿瘤和良性肿瘤之间存在着巨大的生物学差异。因此，无论实施切除术的外科医生在技术上多么完美，对许多病人，特别是晚期癌症病人来说，都不是治愈性的，因为它没有触及癌症的深层本质。

当被诊断出患有癌症时，保持积极的态度可能很困难。癌症患者必须面对许多障碍，包括疾病和治疗的副作用，以及恐惧、愤怒、抑郁和孤独感。所有这些都会影响甚至最活泼的个体。保持积极态度的一种方法是设定合理的、可实现的目标；另一个有用的方法则是将精力投入能带来满足感的活动中。尽力保持积极的态度有助于应对疾病。

对于癌症患者来说，未来往往是未知的。他们希望得到医疗团队积极态度的支持，但也深知这一希望可能非常渺茫。任何使一个人士气低落的事情都可以导致失望的感觉，如果当前治疗失败，这可能会影响下一组治疗。希望的感觉和活着的渴望每天都在变化，这取决于一个人目前的身体状况、心理状况（抑郁或兴高采烈）以及治疗的成功或失败。希望通常是患者与家人朋友们共同构筑的一种感受。希望让一个人活着，为新的一天、新的一个月、新的一年而奋斗，并恢复更好的健康。

在基因研究之前，医生并不了解细胞突变的病理，因此很难发明有针对性的治疗方法。传统的肿瘤治疗方法是手术、放疗和化疗，即切除、烧灼和毒杀癌细胞和周围的正常细胞。这种不分青红皂白的治疗往往给病人带来生不如

死的痛苦，甚至使他们死于治疗的并发症。另外，即使治疗有效，也经常重复进行。躲过手术刀、X射线和各种毒药的癌细胞可以在另一个地方开始新的事业。医生们的反应是切除更多的癌变部位或使用更大剂量的毒药。

发现基因后，科学家进一步了解到，细胞突变是由基因突变引起的，而那些引起癌症的突变被称为癌症基因。与癌症有关的基因分为两类，即刺激细胞增殖的基因和抑制细胞增殖的基因。当前者不能被关闭，或后者不能发挥作用时，恶性细胞增殖的风险就会增加。在过去的十年中，人类对基因的研究和认识有了突飞猛进的发展，大量的癌症基因被发现。科学家们还证实，癌症的出现不是单一基因突变的结果，而是涉及多个环节。当控制细胞表达的几个核心途径的基因发生突变时，癌细胞的疯狂生长就变得不可阻挡了。目前，科学家已经初步发现了癌症途径的突变模式。

靶向药物开发：随着致病基因及其表达过程的发现，人们终于可以开发出只作用于癌症表达途径的药物，切断这些途径以治愈癌症。在可预见的未来，人类将发现越来越多的低毒高疗效的抗癌药物，癌症的死亡率和癌症治疗的痛苦将越来越少。

癌症产生于我们自己的一些负责调控细胞生长的基本基因的突变。而这种突变的基因导致的癌细胞有时会表现出永不停息的分裂。在适当的情况下，癌细胞可以不断分裂而没有衰老的迹象，这显示了不朽的含义。但这种带有不朽之意的分裂会破坏我们的身体，带来不可避免的死亡。

穆克吉强调，癌细胞是另一个“我们”。“若要想摆脱癌症，除非我们可以摆脱依赖于生长的生理过程——衰老、再生、愈合、繁殖。”因此，他对癌症形成的生理过程极其生动和精确的描述使得癌症在他的笔下幻化成了一个有血有肉的角色——它是如此地成熟，成熟到令人毛骨悚然。正视它、面对它，接受失败并继续挑战，是人类在这场战役中所拥有的最强武器。

精彩片段

癌症，相比而言，则充满了更多的当代形象。正像外科医生兼作家许尔文·努兰（Sherwin Nuland）所写的：癌细胞是一种不顾一切的“个人主义者”，“无论从哪一种意义上说都是一位不守规矩者”。“转移”

(metastasis)这个词,被用来描述癌症从一个部位迁移到另一个部位。这个词是“meta”和“stasis”的奇特组合,拉丁语的意思是“超越平静”,这是一种脱缰的、部分不稳定的状态,很好地抓住了现代所特有的不稳定性。如果说痨病曾经通过病理性地掏空内脏来杀死患者(结核杆菌逐渐地蚀空肺部),那么癌症则是通过让体内充斥太多的细胞,而令患者窒闷而死;其意义恰与痨病的消耗互补,是一种“过度”的变态。癌症是扩张主义者的疾病;它侵入组织,在敌对的环境下,建立领地,在某一器官中寻觅“庇护所”,然后转移到其他器官。它疯狂地求生存、充满创意;它手段残酷、精明狡诈;它寸土必争,还具有防御意识。有时候,它似乎是在教我们要怎样才能生存下来。面对癌症就是面对一个同类物种,这一物种甚至比我们更适于生存。

引自 第一部分《“黑色体液,淤积不化”》

那个晚上,杰曼似乎已经捕获到抗癌斗争一些最原本的东西:为了能追上这种疾病的步伐,需要一而再、再而三地创造,学习新知识,扬弃旧策略。杰曼不断变换姿势,执着地与癌症进行抗争,时而精明、时而绝望、时而夸张、时而猛烈、时而疯狂、时而凛然,仿佛将过去和未来对癌作战的世世代代的男男女女集于一身,宣泄他们猛烈的、创新性的能量。她对治疗的追求,通过网络博客、教学医院、化学疗法和横跨半个国家的临床试验,也通过比她曾经想象过的更荒凉、更绝望和更令人不安的景象,带她走上了一段陌生和无边无界的旅程。为了这个追求,她已经不遗余力地调动了每一分力量,同时动员再动员她勇气里最后的沉淀,并召唤着她的意愿、智慧和想象力,直到最后那个晚上,她凝视着自己储藏的智谋和反抗力,发现里面已经空无一物。在那心神不安的最后一夜,她靠着脆弱的一丝细线紧紧握住生命,拿出全部的力量与尊严,转动轮椅前去洗手间,似乎她已将这长达四千年的战争浓缩于此。

引自 第六部分《长期努力的硕果》

参考文献

[1]穆克吉.众病之王:癌症传[M].北京:中信出版社,2013.

[2]李影.我被那些承诺用“精神疗法”治疗癌症的庸医吓坏了:《众病之王:癌症传》的作者悉达多·穆克吉谈癌症[J].健康管理,2014(2):118-120.

[3]ROSENBAUM E,GAUTIER H,FOBAIR P,et al. Cancer supportive care, improving the quality of life for cancer patients: A program evaluation report[J]. Supportive Care in Cancer,2004,12(5):293-301.

[4]张齐,甄橙.众病之王的真相:癌症的迷与惑[J].中国卫生人才,2016(6):90-91.

[5]ROSENBAUM E H, ROSENBAUM I R, KNEIER A W, et al. The will to live[M]//Everyone's Guide to Cancer Supportive Care. Kansas City,MO: Andrews McMeel,2005: 136-148.

[6]FRIES C J. Book Review: Siddhartha Mukherjee, The Emperor of All Maladies: A Biography of Cancer[J]. Health, 2019, 23(5). doi:10.1177/1363459316656309b.

导读人简介

楚浩然,东南大学艺术设计专业在读研究生。

关于衰老与死亡，你必须知道的常识

导读人：杨明芳

在这个世界上，除了生死，其他的事都是小事。2020年，我失去了三位亲人：我公公和两位叔叔。2021年，大舅也去世了。他们的去世都是疾病使然，除了公公，其他的亲人最后都进了重症监护室。然而，他们都没能留下什么遗言。他们对衰老与死亡了解得不多，并且没来得及准备或是想要做点什么，换言之，他们都没有与世界和周围的人做最好的告别。我们的文化是忌讳谈及死亡的，大家对衰老与死亡都很恐惧，所以，一般人对衰老与死亡知之甚少。我也不例外，对衰老与死亡了解得很少，更没有想过如何应对衰老与死亡的事，几位亲人的离世，悲伤之余让我对衰老与死亡有所感触和思考。

当父母及亲人无法维续独立自主的生活时，我们该怎么办？在生命临近终点的时刻，我们该和医生谈些什么，和父母及亲人说些什么？在死亡来临时，如何坦然地面对生命的终结？对于这些问题，我们大多数人缺少清晰的观念，且觉得别无他法，只能把命运交由医学、技术和陌生人来掌控。

阿图·葛文德著的《最好的告别》，以一位著名的医生的视角，带着作者和医者的悲悯心，用准确并且通俗易懂的文笔，穿插一个个亲身经历的真实案例，专业地展示出关于衰老与死亡的相关常识，给大家带来面对生命衰退和死亡的深刻启示。该书通俗易懂，即使没有医学知识背景的人都能读懂。既然推荐了阿图·葛文德的这本书，那么葛文德是何许人也？他写的书是否具有可读性和权威性，是否具有阅读的价值？大家一定很想知道吧。阿图·葛文德是美国哈佛医学院教授，世界卫生组织全球病患安全挑战项目负责人，《纽约客》等杂志的医学专栏作家。2010年入选《时代周刊》全球“100位最具影响力人物”，2014年入选《展望》杂志年度“全球十大思想家”。他是影响了世界的医生，同时被誉为美国医学界的人文新星。

事关生死这件大事，这么好的一本书推荐给大家，它可能会改变你对衰老和死亡的认知和对待方式，改变你对待亲人养老及临终时的方式。通读该书会发现，该书有一条贯穿始终的主旨，就是在不断论述“现代医学的局限性”。并且在此基础上，进一步讨论了如何在有限的条件下，给老年人和临终患者以更好的照护，关切他们真正的需求，避免他们被现代医学发展所形成的惯性所“误伤”。诚然，只有充分认识到现代医学的局限性，以及人类必将衰老与死亡的事实，我们才能够更清晰地看到如何在生命最后的阶段做出最好的选择，给人生以最好的告别。该书梳理了美国社会养老的发展历程，以及医学界对癌症晚期病人的不当处置，并以一个个鲜活的案例作为支撑，让读者身临其境，并为书中案例人物伤感，同时发人深省。该书主要讨论了三大话题：衰老、养老及护理、临终医疗。

一、衰老

临床医学和公共卫生的发展改变了我们的生命轨迹。以前，医学和公共卫生还不发达，死亡还是稀松平常的事，随时都可能发生，不管你是5岁还是50岁，每一天都在碰运气，可能因为普通的疾病或是意外死亡。这些年来，随着医学技术水平的不断提高，卫生环境和其他公共卫生措施极大地降低了传染病的死亡风险（尤其是儿童时期的死亡风险），临床医学的进步则极大地减少了分娩和外伤的死亡率。

医学不断推迟着许多疾病的致命时刻。即使到最后人们即将死亡的那一刻，还可以被推进重症监护室，通过各种设备来维持生理上的存续。然而，现代医学无论再怎样进步，都只能够延缓而无法阻止人们衰老与死亡的进程。无论如何，所有人都会面临的一个基本事实就是不断地老去。

生命老化的故事就是身体器官走向衰竭的故事。正如书中所说：30岁开始，心脏的泵血峰值稳步下降。40岁左右，肌肉的质量和力量开始走下坡路。大脑记忆力和收集、衡量各种想法（即多任务处理）的能力在中年时期达到顶峰，然后就逐渐下降，处理速度早在40岁之前就开始降低（所以数学家和物理学家通常在年轻时取得最大的成就）。眼睛晶状体弹性降低，因此许多人都有的远视（老花眼）往往始于40岁。从50岁开始，骨头以每年约1%的速度丢失骨密度，一般人会有约一半的头发变白。一多半的人到了65岁时形成了高血压。到80岁时，我们丢失了25% ~ 50%的肌肉。85岁以后，大约有40%的人已经一颗牙齿都没有了。30岁的时候，脑是一个1400克的器官，颅骨刚好容纳得下；到我们70岁的时候，大脑灰质的丢失使头颅空出了差不多2.5厘米的空间，老年人头部受到撞击后容易发生颅内出血。因此，到了85岁，工作记忆力和判断力受到严重损伤，40%的人都患有教科书所定义的老年失智（痴呆症）。

到了老年，疾病治疗显得并不容易。老年病学专家菲利克斯·西尔弗斯通说：主流的医生会避开已过生命之巅的老年人，因为他们没有对付"老废物"的设施。"老废物"要么耳背，要么视力差，要么记忆力有所缺损。为他们看病，你得放慢速度，因为他会让你重说一遍或者再问一次。而且，"老废物"不是只有一个主要问题，他有15个主要问题，医生对处理这些问题不知所措。其中，有些病都已经得了50年。然而，对付老年病有一套发达的专业技能，医生没有办法修复这些问题，但是可以进行干预与关怀。

然而书中提醒老年人尤其要注意，脚才是老年人真正的危险。跌倒是一切麻烦的开始。每年有35万美国人因为跌倒导致髋关节骨折。其中有40%的人最终进了疗养院，20%的人再也不能行走。导致跌倒的三大主要危险因素是平衡能力差、服用超过4种处方药和肌肉乏力。没有这些风险因素的老年人一年有12%的机会跌倒，三个风险因素都占齐的老年人几乎100%会跌倒。

老年人应该关注身体的变化，警惕营养、药物及生活状况，思考生活中不可治愈的情况，即我们将面对不可避免的衰老，做出必要的改变来重塑衰老。老年人在心理上要做出调整，只有承认自己"年纪大了"，才能坦然面对生活，从而活得自然。

二、养老及护理

老年是一系列连续不断的丧失。高龄老人告诉葛文德，他们最害怕的并不是死亡，而是死亡之前的种种状况，如丧失听力、记忆力，失去最好的朋友和固有的生活方式。老年人如果凭着运气和严格的自我控制（注意饮食、坚持锻炼、控制血压、在需要的时候积极治疗），他们可以在很长一段时间内掌控自己的生活。但最终所有的丧失累积到一个点时，就会在身体上或精神上没有能力独自应付生活的日常要求。由于突然死亡的人减少，大多数人会有相当长的一段时间由于身体太衰老、太虚弱而无法独立生活。

在发展中国家，如果年事已高、需要帮助，但是又没有子女或者独立的财富可以依靠，救济院就是唯一的庇护所。而在工业化国家，经济繁荣使得即便穷人也能够指望入住提供一日三餐、专业健康服务、理疗和宾戈游戏的疗养院，这使几百万人缓解了衰弱和老年之苦。但葛文德批评美国疗养院的创办从来不是为了帮助人们面对高龄的依赖问题，而是为了给医院腾床位。这些机构唯一的目标，就是为了实现老年人的生存。而为了确保老年人的绝对安全，只有将所有的服务都完全“机构化”，包括给老人制订严格的作息安排和行动计划，老人的日常起居、饮食、娱乐、洗浴等，甚至连穿衣服这样的小事，都被严谨地安排起来，由专人进行照护（或者说是监督）。老人就像被投进了监狱，唯一的任务就是“活着”。几乎没有一所疗养院的工作人员会跟你一起坐下来，努力理解在这种情况下生活对你到底意味着什么，更不用说帮你建立一个家、一个使得真正的生活变得可能的地方。

但是，老人对生活的要求不仅仅是安全，而是有没有一个真正像家的“老年之家”。美国人进行了探索，书中提到威尔逊建立了“辅助生活”的机构，这里的服务同疗养院提供的服务一样，但这里的住户可以控制日程、基本规则以及他们愿意承受和不愿意承受的风险，老人有一定的自主权。这里的老人有居家感、自由感和生活目标。“辅助生活”的目标就是任何人都不必觉得被机构化了。

人除了生存活着，心理还有更高的需求。人生的动力不是恒定的，是随着时间变化的，并与马斯洛经典的需求层次理论不十分吻合。在成年早期，人们追求成长和自我实现的人生。然而在成年的后半期，大多数人削减了追求成就和社会关系的时间及努力，缩小了活动范围。老年人交往的对象主要是家人和老朋友，他们把注意力放在存在上，关注当下，而不是未来。尤其当生命的脆弱性凸显出来时，人们的日常生活目标和动机会彻底改变。辅助生活给这些老年人带来了除了疗养院外的另一个选择。

在美国，老人们大多进入疗养院养老。但书中提到疗养院存在三大“瘟疫”：厌倦感、孤独感和无助感。为对抗这三大“瘟疫”，大通疗养院的医疗主任比尔·托马斯尝试发起了一场2条狗、4只猫和100只鸟的革命，疗养院首次开始允许老年人饲养动物，将人工植物换掉并植入了数百株室内植物，并且还允许员工的孩子放学后到疗养院玩耍，和老人作伴。这一切都表明，此类养老机构不再以老年人的绝对安全为首要目标，而是更加重视帮助老年人获得生活目标与价值。其变革的成果也是显著的，正如书中所述，“之前完全孤僻、不走动的人开始造访护士站了。所有的鸟都被老年人收养了起来，每只鸟都被起了名字。人们的眼里有了光亮”。而研究者通过两年间的效果对比发现：“大通疗养院的老人需要处方药的数量下降了一半，针对痛苦的精神类药物下降得尤其明显，总的药品开销下降了38%，而死亡率下降了15%。”这个案例背后所揭示的道理更加令人印象深刻，那就是人们对于衰老的恐惧不仅仅是被迫忍受种种生理能力丧失的恐惧，同样也是对孤独的恐惧。因此，当人们意识到自己生命已经走向尾声之际，人们将更加在意自身与亲密家人、朋友的连接，更加在意自身存在对社会的意义。而医学的范畴其实很狭隘，医学人士更加专注于健康的修复和维护，而不是心灵的滋养。其实，老人们需要修复健康，也需要滋养心灵。长期以来人们都将生病、衰老和死亡的问题归结为医学问题，应该由医生来决定我们如何度过生命的衰退期。但恰恰相反，这其实是一个更加广泛的社会学问题。

看到书中关于疗养院的描述，我们不禁会反思，子女把老人送进疗养院，希望的是老人的安全、自己的心安，却很少会想或去问：这是老人想要的，喜欢的，需要的地方吗？然而对于社会而言，我国正在进入老龄化社会，养老问题逐渐凸显出来，我们可以借鉴书中美国的养老模式和经验，探索适合我们本国的养老方式。而对于个人，我们要懂得如何护理和关心老人，让老人老有所养、老有所依，幸福安度晚年。

三、临终医疗

探讨完养老后，作者的讨论转向了一个更加严肃的问题，那就是当人们罹患绝症，大限来临的时候，什么时候应该选择努力医治，什么时候应该选择放弃治疗。而在临终之时，无论父母还是子女，我们都要经历一场考验。是认同生死、顺应生死，还是全力抵抗、永不言弃？

无论是由于年龄增长还是健康不佳，随着能力的衰退，要使老人们的生活变得更好，往往需要警惕认为医学干预必不可少的想法，抵制干预、修复和控制的冲动。尽全力抢救也许不是最正确的做法。

如今，迅疾的、灾难性的疾病已成例外。对大多数人而言，死亡是在经历了漫长的医疗斗争，由于最终无可阻止的状况——晚期癌症、老年痴呆症、帕金森综合征、慢性器官衰竭（最常见的是心脏衰竭，其后依次是肺衰竭、肾衰竭和肝衰竭）或是只是高龄积累的衰弱，才缓慢而来的。死亡对每个人来说是确定的，但是死亡的时间不确定。于是每个人都与这个不确定性、与接受战斗失败到来的时间进行抗争。对大多数人来说，因为不治之症而在监护室度过生命的最后日子，完全是一种错误。你躺在那里，戴着呼吸机，每一个器官都已停止运转，你的心智摇摆于谵妄之间，大限到来之时，你没有机会说"再见""别难过""我很抱歉"或者"我爱你"。当人们无法准确知道还有多少时日时，会想象自己拥有的时间比当下拥有的时间多得多的时候，我们的每一个冲动都是战斗。于是，死的时候，血管里留着化疗药物，喉头插着管子，肉里还有新的缝线。这样的临终医疗场景，相信大多数人都会感到不寒而栗，不想要这样的临终方式。所以，作者介绍了"善终护理"。善终服务有时在特定机构，但现今通常在家里，专门为晚期病人提供"安慰护理"。书中提到，美国全国抗癌协会研究表明，加入善终服务的人经受的痛苦更少，身体能力更强，能在更长时间内与他人进行更好的沟通。此外，这些病人在去世半年后，他们的家人患持久的严重抑郁的概率非常小。换句话说，同医生就临终偏好进行实质交谈的病人在死的时候更平静，对自己的状况有更好的控制，也免除了家人的痛苦。

此外，作者还介绍了"姑息治疗"。如果一个人患有严重的、复杂的疾病，可以选择姑息治疗。对癌症而言，在该书所举的案例中，绝大部分患者都不想要化疗带来的痛苦，想要缓解癌痛，想要更有尊严、更有质量地度过为时不多的余生，想要在亲人和朋友的陪伴下与这个世界告别。而在这方面，书中所列举的姑息治疗和临终关怀帮助患者及其家属实现了巨大的价值，作者也给予了高度的评价。查找姑息治疗的相关资料，姑息治疗的英文全称是"palliative care"，在我国台湾地区翻译为"舒缓医学"。姑息治疗起源于hospice运动，其最早起源于公元4世纪。从20世纪60年的hospice开始，经过几十年的发展，姑息治疗目前在世界范围内已成为肿瘤防控体系的重要环节和方面。如今，世界卫生组织已经将姑息治疗列入了肿瘤工作的综合规划中，确定了预防、早期诊断、根治治疗和姑息治疗四项重点。与人们所通常误解的姑息治疗即消极治疗不同，姑息治疗实际上贯穿了肿瘤治疗的全过程，包括在早期治疗阶段，帮助癌症患者缓解癌症及抗癌治疗所致的症状和不良反应，保障治疗期间的生活质量；对于晚期患者，帮助患者缓解症状，减轻痛苦，改善生活质量；为预期生存时间仅几天至几周的终末期癌症患者提供临终关怀治疗、善终服务和患者去世后对家属的哀伤辅导服务。从以上可以看出，其目的是为病人和家属赢得最好的生活质量和有尊严的生活方式。

2010年麻省总医院的癌症研究中，专家们会同病人讨论病情恶化时病人的目标和优先考虑事项。结果显示，看姑息治疗专家的病人更早停止化疗，更早开始善终服务，在生命末期受到的痛苦更少，并且寿命增加了1/4。

而在临终医疗中，在需要面对医患关系中，医生对病人而言影响重大。但在实践中，要在人的必死性方面谋求共识，并以生命尊严和保持有意义生活作为生存追求，医患双方都面临着学习的任务。作者提出了三种典型的医患关系：第一种是传统的家长式医患关系，一切由医生说了算，半句都不愿意多向患者去解释。当然，这种模式已经逐渐被摒弃。第二种是解释型的医患关系，医生将所有的信息、所有可能发生的情况都向患者进行解释，然后由患者自己进行决定。现在越来越多的医生正在采用这种方法。第三种是咨询型的医患关系，也是作者认为的最理想的医患关系。这种模式要求医生能够向患者进行详细的解释和阐述，同时也要耐心地倾听，充分了解患者的需求、愿望和恐惧，并在此基础上，提供最合适的方案和建议。当然，咨询型的医患关系是作者认为的理想模式，这种模式要求医生不能单纯站在医疗和技术的角度上考虑问题。

书中列举了作者父亲的案例，在父亲重症时，作者变成了咨询型医生，他与父亲谈话：这是事实和数据，你想怎么办？你最大的恐惧和关心有哪些？你最重要的目标有哪些？你愿意做哪些交换、不愿意做哪些交换？最后，作者尊重了父亲的选择，他的父亲在安宁祥和中去世。同样，当我们身边的亲人在生命垂危的临终阶段，我们可以用这些问题来和他们交谈，以了解他们最重要的需求和选择。

正如书中所说，善终不是好死而是好好活到终点。“我们在对待病人和老人方面最残酷的失败是没有认识到，除了安全和长寿，他们还有优先考虑事项，建构个人故事的机会是维持人生意义的根本；通过改变每个人生命最后阶段的可能性这一方式，我们有机会重塑我们的养老机构、我们的文化和我们的对话。”

读完该书，面对衰老，我们需要清楚地认识生命演进的自然过程，认识生命和医疗的局限性，需要更加关注自身健康。而对于衰老，我们能更加理解老年人，在对待病人和老人时，应该考虑除安全、健康、长寿外，他们也有自己的精神需求。善待这些需求，对老人重要，对子女而言，内心则安。同时，我对临终医疗的态度也发生了变化，以前和很多人一样，认为应该依靠医疗技术尽力抢救。但看过此书后，对临终医疗有了更为清醒和人文关怀方面的认识。我们可以选择自主、快乐、拥有尊严地活到生命的终点，成为明智的患者家属或病人。

精彩片段

他也把自己的老年生活管理得很好。他的目标很收敛：在医学知识和身体局限允许的范围内，过尽可能体面的生活。所以，他存钱，没有早早退休，因此没有财务困难。他保持社会联系，避免了孤独。他监测自己的骨骼、牙齿和体重的变化。他确保自己有一位具有老年病医疗技术的医生，能够帮助他维持独立生活。

引自 第二章《崩溃》

我们如何使用时间可能取决于我们觉得自己还有多少时间。当你年轻、身体健康的时候，你相信自己会长生不老，从不担心失去自己的任何能力，周围的一切都在提示你“一切皆有可能”。你愿意延迟享受，比方说，花几年的时间，为更明媚的未来获取技能和资源。你努力吸收更多的知识和更大的信息流，扩大自己的朋友圈和关系网，而不是和妈妈黏在一起。当未来以几十年计算（对人类而言这几乎就等于永远）的时候，你最想要的是马斯洛金字塔顶端的那些东西——成就、创造力以及“自我实现”的那些特质。但随着你的视野收缩，当你开始觉得未来是有限的、不确定的时候，你的关注点开始转向此时此地，放在了日常生活的愉悦和最亲近的人身上。

引自 第四章《帮助》

对于医学工作者的任务究竟是什么,我们一直都搞错了。我们认为我们的工作是保证健康和生存,但是其实应该有更远大的目标——我们的工作是助人幸福。幸福关乎一个人希望活着的理由。那些理由不仅仅是在生命的尽头或者是身体衰弱时才变得紧要,而是在人的整个生命过程中都紧要。无论什么时候身患重病或是受伤,身体或者心智因此垮掉,最重要的问题都是同样的:你怎么理解当前情况及潜在后果?你有哪些恐惧,哪些希望?你愿意做哪些交易,不愿意做哪些妥协?最有助于实现这一想法的行动方案是什么?

引自 尾声《三杯恒河水》

参考文献

[1]阿图·葛文德.最好的告别[M].王一方,主编.彭小华,译.杭州:浙江人民出版社,2015.

导读人简介

杨明芳,图书馆学硕士,东南大学图书馆资深学科馆员,长期从事生物医学领域信息素养及学科咨询服务。

赤子孤独了，会创造一个世界

导读人：徐文强

时间带来很多遗憾，《傅雷家书》其实在中学时就出现在我们的推荐阅读书目之中，那时候听语文老师讲过傅雷的伟大——“没有傅雷，就没有巴尔扎克在中国”，那时的傅雷于我而言，可能只是中学语文课文的某一章目，是老师、父母说教的例子。十多年过去，当我重拾《傅雷家书》，回头再去看傅雷夫妇、傅聪，去看自己的父母、老师时不禁感到唏嘘。时间真的带走了很多，也就是在2020年的12月28日，新冠病毒带走了本书的主人公之一——伟大的钢琴诗人傅聪先生，很遗憾没有在傅聪先生在世时好好去欣赏他的作品，也很遗憾在先生去世后才开始去了解傅雷、傅聪，更让我们感到遗憾的是这样才华横溢的一家生活在了那一个特殊的年代，没有享受到安稳年代普通人的生活。但在书的结尾，当我看到傅敏的“献给一切‘又热烈又恬静，又深刻又朴素，又温柔又高傲，又微妙又率直’的人们时”，不禁潸然泪下。

《傅雷家书》绝不是简单的父爱如山那么简单，本书收集的家书，由于缺少了许多傅聪的信与回信，看起来更像是单方面来自父母的对生活各方面大小事连篇累牍的絮叨，但读后细细品味不难发现，《傅雷家书》向我们全面展示了具有现代精神的中国传统书香门第的精神世界。书中所有篇幅中，傅雷都以慈父兼挚友的身份，以促膝交心的方式娓娓道来，其中囊括了亲情浓淡、道德理想、艺术感悟和生活琐事，载满了脉脉温情和谆谆教导的人生指南。金庸说：“傅雷先生的家书，是一位中国君子教他的孩子如何做一个真正的中国君子。”这个评价真是中肯贴切。家书中处处体现作为一个父亲的他对儿子的用心良苦和浓浓父爱，但与此同时，也不忘对他进行音乐、美术、哲学、历史、文学、健康、情感等全方面的教育。我相信不同年龄阶段的读者都能在书中得到启发。

一、《傅雷家书》的写作背景

傅雷一生严谨，往来书信整理得有条不紊，每次给傅聪的书信都会编号，并记下发信日期，同时由妻子朱梅馥抄录留底；而对于儿子傅聪的来信，也都会编号，并按内容分门别类，由朱梅馥整理成册。可惜十年浩劫使得傅雷的书信所剩无几，因此《傅雷家书》自1981年由傅雷先生次子傅敏辑集成书、公之于众至今40年间，不断有书信增加、内容调整，又经出版社变换——从三联到辽宁教育再到译林，从十几万字的小册变为一本傅家大书。我选的版本是2016年这个极具纪念意义的年份译林出版社出版的《傅雷家书》，这一年是傅敏纪念父母逝世50周年，同时也是《傅雷家书》初版刊行的第35年。以邮寄日期计算，傅雷夫妇给傅聪的信函应有346通（中文255通，英文91通），尚存307通（中文信230通，英法文信77通）；加上仅存的父母给傅敏信3通，及傅敏父母最后的遗书，尚存家书311通。英法文信主要是写给儿媳妇弥拉看的，大部分内容与中文信相重，完整版本的《傅雷家书》共辑录家书255通。而2016年译林出版社出版的《傅雷家书》中，傅敏精选摘编傅雷夫妇给儿子傅聪及儿媳弥拉家信159通（外文24通），其中父亲傅雷信123通、母亲朱梅馥信36通，同时与之呼应傅聪家信37通，共计196通。家书较中学课本所摘选"傅雷家书两则"更为立体，全面展示傅雷家风，再现傅聪与傅敏成长的家教背景，底色为东西方文化的融合，底线是"先做人"。

家书内容傅雷夫妇分工各有不同，母亲朱梅馥侧重生活琐事，父亲侧重启发教育。虽然书信多为父亲所写，但却不能忽视母亲在此作出的贡献。母亲朱梅馥是傅雷生活中默默无闻的好助手，傅雷一生的业绩也离不开朱梅馥的辛劳，书信中无不体现一个母亲对儿子毫无保留的爱。朱梅馥是傅雷的表妹，两人相差5岁，打小一起长大。这个面容清秀、个性腼腆的小姑娘特别喜欢和表哥一起玩。青梅竹马的爱情，成为傅雷年少时难得的美好记忆。1932年，24岁的傅雷学成归国，如愿以偿地与朱梅馥举行了婚礼。2年后，长子傅聪出生。朱梅馥温柔如水，给了傅雷体贴入微的照料。她事事以丈夫为先，似乎没有个人喜好。傅雷文稿多，总是杂乱无章，她就帮忙把文稿排序，又一笔一画地誊抄一遍；傅雷喜欢咖啡，她得空就在家煮咖啡；傅雷喜欢鲜花，她就在院子里种满玫瑰、月季，每到花期，满园芬芳四溢，好友刘海粟、黄宾虹、钱锺书、杨绛、施蛰存都会来傅家围坐赏花。每每家里高朋满座，朱梅馥就为大家准备各种精致小点，忙里忙外。大事小情中无不体现着她温柔、慈爱的夫人和母亲的形象。杨绛说："梅馥不仅是温柔的妻子、慈爱的母亲、沙龙里的漂亮夫人，不仅是非常能干的主妇，她还是傅雷的秘书。傅雷如果没有这样的好后勤、好助手，他的工作至少也得打三四成的折扣吧。"傅雷也不得不承认："自从我圆满的婚姻缔结以来，因为梅馥那么温婉，那么暖和的空气，一向把我养在花房里。"

与普通人的成长环境不同，傅雷的童年过得非常凄苦。4岁时，父亲遭人陷害，含冤而死。母亲因为四处奔走申冤，忽略了对孩子的照顾，两个儿子和一个女儿相继夭折。母亲只能把所有的希望都寄托在了傅雷的身上。母亲期望极高，自然也极为严苛。傅雷小时候贪玩，不好好念书，恨铁不成钢的母亲趁他熟睡用布把他重重包裹起来，准备扔到水里淹死，幸好邻居们前来解围。还有一次，因为读书打盹，心狠的母亲竟然拿滚热的蜡烛油烫他的肚子。小时的教育背景成就了傅雷，塑造了傅雷的一丝不苟，同时也深刻地影响着他的教育观。傅聪3岁开始就表现出极其敏锐的音乐天赋，7岁半时一个偶然的机会学起了钢琴，从此钢琴琴键和古典音乐就成了他的全部生活。傅雷一生苛求完美，有着德国人一般的严谨作风，用儿子傅聪的话来说，"他这个人做事，极其顶真"，比如家里开水瓶，把手一律朝右，空瓶要放置排尾，灌水从排尾开始，规矩和顺序必须一丝不错；日历每天由保姆撕，偶尔朱梅馥撕了一张，傅雷就用糨糊粘好，再等保姆来撕。这样一个缜密到刻板的人，可想而知，教子自然也是严厉的，傅聪小时候因为不好好练琴，挨打罚跪成了家常便饭。1955年，21岁的傅聪在肖邦国际钢琴比赛中获奖，成为世界上少数几个能够深刻演绎肖邦作品的艺术家，也由此得到波兰政府的邀请，到肖邦的故乡深造。年轻的傅聪远离故土，从此以后，父子俩天各一方，直到傅雷去世，也只有短短的两次相聚。

二、傅雷的一丝不苟

悠悠岁月，茫茫大海，遥遥万里两地，唯有书信将父子的心紧紧联系在一起。傅雷艺术造诣极深，对古今中外文学、绘画、音乐的各个领域都有渊博的知识，他青年时代就在法国学习专科艺术理论，回国后也曾在上海美专从事美术考古和美术教学工作，但时间短促，总与流俗的气氛格格不入，无法与人共事，每次都在半途中绝裾而去，看似不懂人间世故，但却体现着他的风骨，杨绛说傅雷这个人“满头棱角，动不动就会触犯人，又加脾气急躁，止不住要冲撞人，他知道自己不善在世途上圆转周旋，他可以安身的‘洞穴’，只是自己的书斋”。离开美专后，不能展其所长，于是选择了在自己的书斋闭门译述的事业。虽为自由职业，但工作越自由越需要自律，不自律难以出成绩，也不配享有长时间的自由。对待译述工作更是严谨至极，他自己订下规矩，每日翻译进度不超过千字，“这样的一千字，不说字字珠玑，至少每个字都站得住”。译完之后，他要逐字逐句爬梳，以达精益求精。一句话译得不好，十年乃至几十年都会耿耿于怀。在留存的作品之中《约翰·克利斯朵夫》算是其中的代表作。翻译过这部作品的人很多，但唯有傅雷的译文“既展现了原作之神，又展现了中文之美”，连法国人都不得不承认，“再也没人能把我们的名著翻译得如此传神了”。在抗战最艰难的时期，傅译《约翰·克利斯朵夫》的问世，给身处黑暗与沮丧的中国民众无限的光明与鼓舞。中华人民共和国成立后，傅雷又花了两年的时间重译，还把初译手稿烧掉了——他觉得早年的四卷初译本是他人生的“污点”，到晚年他对重译本竟又感到“不忍再读”了。

他的作品之中虽然处处体现他的才知与学养，但在美学与艺术方面却没有实现他的天赋。尽管如此，在傅雷给傅聪的家属书信之中我们依然可以看出他在音乐方面的学养和深入的探索。他自己没有从事过音乐方面的实践，却对于一位音乐家在艺术生活中所遭到的心灵历程，体验得多么细致与深刻。儿子远隔万里，爸爸好似亲临现场般，殷切注视着孩子的每一次心脏律动，无微不至地预料儿子所走道路上可能遇到的各种可能场景，并为其设计如何对待。对孩子的施教上，早年由于日本侵略的原因，上海成为一座孤岛，他就把孩子关在家中，并细致地发现在孩子幼小的身心之中有着成为音乐工作者的潜质，于是便亲自担任起教育的责任，并围绕音乐教育为中心。正如他对人、对待工作认真、严肃、一丝不苟的精神一样，他对孩子的教育也是极为严格的，他亲自编制教材，给孩子制定课程，以身作则，亲自督促，严格执行，孩子在他面前更是小心翼翼，不敢有所任性。而对于孩子成长中的每一点却又极为关注，有时孩子弹琴入神，心头有所感，忽然离开琴谱，弹出自己的调子，在楼上工作的父亲总能从琴声中觉出异样，并不制止，而是亲自用空白线谱将曲子记录下来。

三、傅雷夫妇的爱子情深

人爱其子是一种天然的本性，人的生命是有限的，而人的事业是永无止境的，通过子女延续自己的生命，也为人类、为祖国贡献力量。而这样一份对社会、对祖国的责任与义务，在傅雷爱儿子、严格教育儿子之上形成了高度的统一。傅聪从父亲身上汲取了丰富的精神养料，使他孤身于海外仍能像父母在身边一样，时时鼓励、鞭策自己，让他有勇气去战胜魔障与阻力，踏上正当的成长之路。通过书信建立的纽带牢牢将傅聪与亲人、傅聪与祖国联系在一起。不管国内家庭所受的残酷遭遇，不管他自己所受的恶名，他始终没有背弃他的祖国，没有有损祖国的言行，对于和祖国持敌对态度的国家邀请一律拒绝。虽然这些家书的背景是处于复杂的政治背景中写下的，但是这些磨难更让一些人在特殊的环境中受到锻炼，像钢铁一样，更凸显其坚毅锐利的品质。

虽然傅雷家书以傅聪留学打拼、情感婚姻之路为线索，通过日常琐事为主题，但其深处无不体现傅雷夫妇对于做人、对于艺术、对待生活的态度。

书信中无处不在地表现着一位父亲对儿子的爱。不同于中国父亲深沉内敛的爱，傅雷在面对儿子时，不像朱自清所写的父亲一般，他在书信之中直接深刻地表现着自己的爱。在儿子即将离别祖国、留学深造时，时时在梦中惊醒，夜夜难眠，回想起自己对儿子犯下的错更是久久不忘，并敢于承认。（1953年就贝多芬小提琴曲哪一首最为重要，父子二人产生了激烈的争论，傅聪根据自己的音乐感受，不同于父亲认为第九首《“克勒策”奏鸣曲》最为重要的观点，认为《第十小提琴奏鸣曲》最为重要。双方争论不下，父亲认为傅聪太过狂妄，“才看过多少书”，而当时国外音乐界都认为第九首最为重要。但傅雷坚持己见，双方产生冲突，在父亲勃然大怒的情况下，傅聪离家出走。）在书信中更是引用巴尔扎克的话：“有些罪过只能补赎，不能洗刷！”

如果说父亲傅雷能在艺术上给予儿子指导，在做人上给予儿子教导，那么母亲朱梅馥更多的是在生活与情感上给予儿子支持。母亲总是在儿子最细微之处给予儿子感情支持。她会在儿子出国留学时无时无刻不思念着儿子，牵肠挂肚，放怀不开。她会在儿子回家时最为兴奋、最为愉快、最为幸福，而又会在儿子即将离别时惆怅，忍不住流下眼泪。她需要维持一个家的日常琐碎，而在深夜才有空思念着远方的儿子，她的爱是无条件的，是毫无保留的。在父子关系融洽，互相倾诉，毫无顾忌时也会幸福欣慰。在她的身上我看见了传统母亲所具备的一切品格。

傅聪在20岁时便出国留学，从此便和家人聚少离多，一位正在成长的年轻艺术家能够独立成长，这和傅雷的鼓励与嘱托是离不开的。在傅雷的教育思想中，对孩子独立能力的培养是不容忽视的。傅雷在教育实践中就非常注意对他们独立自主能力的培养，在傅雷看来“只有独立思考，才有艺术个性、才有艺术灵魂”，他在教育傅聪时也是要将傅聪培养成独立思考和注重逻辑的人。傅聪在这方面也如他父亲期望的一样，虽然在国内的时候，求学音乐的过程中有时缺乏指导老师，但是他没有放弃学习音乐，凭着自己的独立意识完成音乐学习。傅雷在教育孩子的时候要求他们对待生活和人生都不要随波逐流，应该有自己的想法、自己的建议，更是要在学习和事业方面养成独立思考和自主独立的个性。对于艺术家来说，独立思考是音乐创作的根本，无法独立思考的后果就是没有属于自己的音乐特色，这样也不能称之为音乐家。

很难想象一位并不从事艺术的翻译家能将一位艺术家成长的心路历程分析得如此透彻，我想这与傅雷对于艺术的独到见解分不开。在谈及艺术之于个人应占据怎样的地位时，傅雷在给傅聪的信中常常强调整体修养的问题。他并未视艺术为独立的一技，而是突出为人为学的根基与修养，只有基底牢固，才能立稳艺术之高山。傅雷曾坦言自己在任何时候，甚至恋爱最热烈的时候，也没有忘却对学问的忠诚。他认为，艺术家应当始终视艺术与真理为第一，其他的事情要排在其次。艺术就是生命本身，艺术是没有尽头的，对艺术的追求也是无穷无尽的，凡是真诚并且努力的艺术家，都会毕其一生诚心艺术，每隔几年自己也会获得一种突破。傅雷说，艺术表现的动人都是从纯洁而来，只有自己的纯洁才能体会前人的高洁，也只有自己的纯真才可以向听众传达出天籁之音。可以看出，傅雷教导傅聪的是对艺术的赤子之心，要把艺术当作生命最核心的追求。

有人评论《傅雷家书》，“这是一本充满着父爱的苦心孤诣、呕心沥血的教子篇；也是最好的艺术学徒修养读物；更是既平凡又典型的‘不聪明’的近代中国知识分子的深刻写照”。该书以傅聪留学打拼经历、情感婚姻之路为纬度，偏重“人伦日用”，突出傅雷“真诚待人、认真做事”的“做人”准则，少了文化艺术的长篇论述，多了日常生活的小事。我相信身处不同年龄阶段的人读《傅雷家书》都会有不同的感触。

精彩片段

亲爱的孩子，你走后第二天，就想写信，怕你嫌烦，也就罢了。可是没一天不想着你，每天清早六七点钟就醒，翻来覆去的睡不着，也说不出为什么。好像克利斯朵夫的母亲独自守在家里，想起孩子童年一幕幕的形象一样，我和你妈妈老是想着你二三岁到六七岁间的小故事。

引自《一九五四年（39通）一月三十日晚》

孩子，我虐待了你，我永远对不起你，我永远补赎不了这种罪过！这些念头整整一天没离开过我的头脑，只是不敢向妈妈说。人生做错了一件事，良心就永久不得安宁！真的，巴尔扎克说得好：有些罪过只能补赎，不能洗刷！

引自《一九五四年（39通）一月十八日晚—十九日晚》

望你把全部精力放在研究学问上，多用理智，少用感情，当然那是要靠你坚强的信心，克制一切的烦恼，不是件容易的事，但是非克服不可。对于你的感情问题，我向来不掺加任何意见，觉得你各方面都在进步，你是聪明人，自会觉悟的。我既是你妈妈，我们是休戚相关的骨肉，不得不要唠叨几句，加以规劝。

引自《一九五四年（39通）七月十五日》

赤子之心这句话，我也一直记住的。赤子便是不知道孤独。赤子孤独了，会创造一个世界，创造许多心灵的朋友！永远保持赤子之心，到老也不会落伍，永远能够与普天下的赤子之心相接相契相抱！

引自《一九五五年（28通）一月二十六日》

参考文献

[1]傅雷，朱梅馥，傅聪.傅雷家书：新课标本[M].南京：译林出版社，2016.

导读人简介

徐文强，管理学硕士，东南大学图书馆助理馆员。

如何阅读一本书

导读人：王骏

《如何阅读一本书》告诉我们在现在这样一个信息爆炸的年代如何去选择一本书，阅读一本书，从而智慧和高效地吸取其中的养分。这本书教会我们找出每本书封面之下的"骨架"。作为一个分析阅读的读者，你的责任就是要找出这个"骨架"。用作者的话说，一本书出现在你面前时，肌肉包着骨头，衣服包裹着肌肉，可说是盛装而来。你用不着揭开它的外衣或是撕去它的肌肉，才能得到在柔软表皮下的那套骨架。但是你一定要用一双X光般的透视眼来看这本书，因为那是你了解一本书、掌握其骨架的基础。

不懂阅读的人、初探阅读的人，读这本书可以少走冤枉路。对于阅读有所体会的人，读这本书可以有更深的印证和领悟。这是一本有关阅读的永不褪色的经典。

一、阅读伴随人的一生

对于阅读这件事情每个人都有发言权，也都没有发言权。我们有时候面对阅读这件事情可以侃侃而谈，有时候却感觉词穷和语塞。正如"一千个读者心里有一千个阿姆雷特"，不同读者对阅读的理解也不尽相同。

《如何阅读一本书》自1940年问世以来闻名于世，在1970年进行了大幅增补改写并再次出版，再版的署名作者是师徒关系。范多伦作为艾德勒的弟子，在后来的无数次修订中也很好地延续了其老师的精神，该书至今在阅读学以及阅读实践方面占有无法替代的地位。随着该经典的不断传播，有关轻阅读与泛阅读、深阅读与浅阅读、阅读心理与阅读疗法、主题阅读与分析阅读、碎片化阅读、经典阅读、分级阅读、亲子阅读、读图时代、全民阅读、群体阅读、性别阅读、书香校园等相关的理论研究与实践活动也都在世界范围内不断发展和深入。

法国著名数学家、哲学家、散文家帕斯卡曾经说过:“当我们读书太快或太慢时,我们什么也不能理解。”而《如何阅读一本书》中则详细讲述了书应当怎么阅读,用什么样的速度来阅读。阅读完全书不得不叹服作者对于阅读这件事的用心。

该书作为一本专业而科学的阅读指南,对于各种阅读方法、规则的诠释,对于怎么样帮助我们发现一本好书,又如何阅读这本好书有着很大的帮助。当然掌握这些阅读技巧需要我们像《刻意练习》中提到的“一万小时天才定律”,从最开始需要一个个刻意地对照着思考,然后到了然于胸成为一种自然的反应,这都需要一个循序渐进的过程。

二、通过分层次的阅读透视一本书

这本书的全框架、观点及价值就是向我们展示和介绍了阅读的四个阶段:基础阅读、检视阅读、分析阅读、主题阅读。其中属主题阅读最难以掌握。

(1)基础阅读也被称为初级阅读或者初步阅读,在熟练这个层次的阅读后,就摆脱了文盲的状态。在熟练掌握这个层次的过程中,一个人可以学习到阅读的基本艺术,接受基础的阅读训练,获得初步的阅读技巧。

(2)检视阅读特点在于强调时间,在这个阅读层次上,学生必须在规定时间内完成一项阅读的功课,也可以表述成在一定的时间之内,抓出一本书的重点。这个层次的阅读也可称为略读或者预读——不能将其简单理解为随意浏览一本书。检视阅读是系统化略读的一门艺术。其目标是从表面去观察这本书,学习到书的表面教给你的一切,作者认为这是非常值得的。用检视阅读读完一本书以后,无论耗时多久,都该回答得出这样的问题:这是哪一类的书?检视阅读有助于读者筛选读物。

(3)分析阅读是全盘的阅读、完整的阅读,也被称为优质阅读,它是在无限时间里完成的。分析阅读永远是一种专注的活动,读者会紧抓住一本书,一直要读到这本书成为他自己的为止。分析阅读的特别在于追求理解。分析阅读强调基于宏观视角的框架结构。

全书着墨最多的分析阅读有这样三个阶段：

第一阶段是给书拟一个大纲，了解全书的大致内容以及所需要谈及的问题，当对于书中内容有一个大概的框架时再进行后续阅读。构建框架，其重要性不仅体现在我们的阅读上，还体现在生活中的方方面面。它就像是设计一座建筑，“框架”既体现了支撑性，又具有约束性的意义，“框架”也不再仅仅满足于使用性和功能性，更是具有了符合艺术审美要求的宏观结构。在这样一个宏观结构下，每一个空间的营造和实现、空间与空间的互动与交融、光环境的设计和光文化的表达、不同建筑架构中内容的充实等都要考虑。一个框架的形成对于后续的影响是巨大的。从这个切入点说，阅读本身也就具有了艺术性和美感。

第二个阶段则是去理解书中内容，抓住书中的关键、作者的主旨。全书的前因后果就如一张思维导图一般清晰可见，在一个模拟的思维树状图中，每一个关键词、关键句展开后都能有一个完整而又逻辑自洽的故事、观点、主旨。而这可以帮助我们更好地进行思考。我们的人脑根本就不擅长记忆，思考才是它的主要功能。詹姆斯·H.奥斯汀的《预见——沉思与冥想的力量》中提到大脑“储存”记忆的方式主要是立即记忆、短期记忆、长期记忆。而在“一口气”的阅读过程中，更多会运用到前两个，立即记忆只会是感知刺激一下，而后由短期记忆组成“意元集组”。然而短期记忆相当于电脑“内存”，所能记忆的内容大概只有7~10个诗篇，而要变为长期记忆——类似于存储到电脑的“硬盘”，那就需要不断的重复刺激。那么在有限的阅读时间中快速在书中抓住重点就显得十分关键；反复复习，从而形成“记忆沟壑”也尤为重要。这与德国心理学家艾宾浩斯的记忆曲线（遗忘曲线）是一致的。

第三阶段则是对于书中内容的评价。古语云“尽信书不如无书”，评价一本书的基础，就是对全书有自己的理解。书中的内容可以用自己的语言表述出来时，也就是“我读懂了”，等读懂后再进行评价：认同与不认同。对于评价为不认同的观点，同样需要列举出不认同的点、角度以及原因。不能因为自己的喜好和偏见进行不客观的争论，更不能下定论。“人是情绪与偏见的动物”，而理性地阅读以及认真地去评价这本书中自己所不认同的观点使得我们可以更好地发现某一个问题的盲点，或者是误解之处，所谓“话不说不清，理越辩越明”。

在看书过程中当有观点冲突时，我们需要的不是去思考如何打败对方——

因为知识的获取没有输赢一说，我们要做的更多的是去分享、尊重和理解。当我们理性地面对自己所不认同的观点，而非用情绪化的方式去宣泄个性和自我，我们就在知识的土壤里成熟了，在阅读的国度里成长了。每个人都有自己的喜好，同样每个人的喜好又因为所处的环境、经历的事情有所不同，会有很多不同的见解和认识。所以当信息不对称时，我们不妨将书作为我们与作者对话的窗口，让我们与书中的人物进行心灵的对话，让我们深入人物内心，换位思考，审视在书中发生的一切，包括言行和选择等。经典便是在这样一遍遍的探索中形成的，真是不打不相识，最后与剧中人成了知己。经典的就是深入人心的，得到共识的，也是流行的，具有持续生命力的。

也就是说，阅读一是需要实事求是，二是必须设身处地，三是可以透过作者的眼睛去看他眼中的世界。阅读仿佛是与不同的人进行交谈，我们需要带着一分虔诚，多虚心聆听，多角度地思考问题。我们可以喜欢或者不喜欢，但需要尊重每一种观点，这并不影响我们去理解、去活用。就像每一个哲学家都是其他哲学家非常优秀的读者，因为足够了解，所以才能为自己回答问题、解决问题。

《如何阅读一本书》中举了萧伯纳的例子。萧伯纳不但希望自己所有的剧本都能够走上舞台，也十分希望所有读者能够读懂自己的心血。他有一本剧本叫《心碎之家》，在演出之前就已经出版了，他为了读者能够理解自己，在剧本中写了很长的序言，详细解释了剧本的意义，并且告诉读者应该如何去理解自己的这部作品，他甚至还附上了详尽的舞台指导技巧。所以，如果我们阅读萧伯纳的作品，但是却跳过萧伯纳所写的序言，就等同于拒绝了作者用心的帮助，从而拒绝了与他的交流。所以这也提醒了我们在阅读前一定要做好关于作者生平、写作背景年代、发生重大事件等相关阅读信息的掌握，这将有利于我们进行阅读。

（4）主题阅读，也被称为“比较阅读”，是最高层次的阅读。这是阅读中最复杂也是最系统化的阶段。在做主题阅读时，阅读者会读很多书，而不是一本书，并列举出这些书之间的相关之处，提出一个所有书都谈到的主题。这更需要读者的自身主动性，就像是做学术研究，其间遇到问题需要求助于书时，我们可以将需要的相关书籍列举书目，然后寻找到我们问题中所涉及的相关章节，在其中进行阅读，寻找到我们所需要的答案，而这使得主题阅读更偏向于实用性阅读方式。

主题阅读有五个步骤:(1) 找到相关章节(在主题阅读中,你及你关心的主题才是基本的重点,而不是你阅读的书);(2) 带引作者与你达成共识(在这时候就是由你来建立起共识,带引你的作者们与你达成共识,而不是你跟着他们走);(3) 厘清问题(我们也得建立起一组不偏不倚的主旨);(4) 界定议题(许多议题围绕一组相互关联紧密的问题打转,就会形成这个主题的争议,这样的争议可能很复杂,这时候需要读者整理出来);(5) 分析讨论(动用一切可以运用的手段,包括主题工具书,弄清楚:这些书在说什么?是如何说明的?这是真实的吗?这与我何干?)。

主题阅读中作者提到在阅读寻找答案的过程中,对于一个问题总会有不同的答案出现,这时应当在其中寻找其间的关联,毕竟每个人对于同一主题的理解各不相同,可以将其进行整理并进行后续的分析讨论。这个过程很复杂,很花气力。这不禁让我联想到在看书时我们常会记读书笔记——阅读时对于某一段的联想、感触、灵感,以及联系到的之前某本书的内容,这些都能让我们对于书籍的理解更上一层楼。在主题阅读中,这一点显得尤为重要,就像常用的创新技法中的头脑风暴法:大家集思广益,畅所欲言,将所有的想法先汇聚一起,不评论好坏,一切等所有想法都说出后,再进行集中讨论,解决问题又或是寻找到新的思路。

我曾经在哈佛推荐的经典书籍《整合思维》这本书中阅读到四季酒店的创始者夏普的故事:夏普在不断的市场摸索过程中得到"需要将小型旅馆的优势和大型酒店的优势结合起来"的办法,而后不断地在不同中寻找关键点以及相同之处,成就了现在的酒店之父。主题阅读,看似只是为了解决我们面对的实际问题,但更多的时候是在锻炼我们的思维方式,使得我们在生活中的方方面面受益无穷。换句话说,主题阅读所真正锻炼我们的是阅读社会、阅读人生,并采取行之有效解决问题办法的能力。

三、阅读不同读物的方法

首先,该书介绍了如何阅读实用型的书。作者提醒大家,任何实用性的书都不能解决该书所关心的实际问题,只有行动才能解决问题,从另一个角度看可以理解为:理论性的原则会归纳出来出色的行事规则。我们在阅读任何一种实用书的时候,一定要问自己两个主要问题:第一,作者的目的是什么?第二，他建议用什么方法达到这个目的？我们在评判一本实用性的书时，所有的事都与结果及目标有关。我们需要明确自己是否接受它的结论，与它提议的方法。如果赞同它的结论，我们还需要知道内容真实吗？这本书与自己又有哪些关系？

然后，该书介绍了如何阅读想象文学。想象文学是在阐述一个经验本身，那是读者只能借着阅读才能拥有或者分享的经验，如果成功了，就会带给读者一种享受。有关想象文学的事实，带给我们的建议就是不要抗拒想象文学带给我们的影响力。在想象文学中，不要去找共识、主旨或论述。不要用适用于传递知识的、与真理一致的标准来批评小说。阅读想象文学时我们必须将想象文学作品分类；要能在情节中抓住整本书的大意；我们不仅要能将整本书简化为大意，还要能发现整本书各个部分是如何构架起来的。在你衷心感激作者试着为你创造的经验之前，不要批判一本想象的作品。

接着，作者继续在阅读故事、戏剧与诗方面给了自己的建议。在阅读故事书时，作者建议快读，并且全心全意读，一个故事应该一口气读完，让角色进入你的心灵之中，相信其中发生的事情，就算有疑惑也不要怀疑。在阅读戏剧时，由于我们缺乏的就是身体语言实际的演出，所以读者必须自己提供那样的演出，唯一的方法就是假装看到演出的实景，把剧本读出来是很不错的方法。阅读抒情诗时作者建议大家不论觉得自己懂不懂，都要一口气读完，不要停。接着，重读一遍，大声读出来。作者建议读者一定要多知道一点关于作者及背景的资料，即使也许用不上。

作者又介绍了如何阅读历史书。作者认为如果真想要了解一个事件或时期的历史，就很有必要多看一些相关的论著。无论如何，每一种历史的写作都必定是从某个观点出发的，为了追求真相，我们必须从更多不同的角度来观察才行。作者强调阅读历史有两个重点：第一，对你感兴趣的事件或时期，尽可能阅读一种以上的历史书。第二，阅读历史时，不只是关心在过去某个时间、地点真正发生了什么事，还要读懂在任何时空之中，尤其是现在，人们为什么会有如此这般行动的原因。

在阅读科学与数学这章中，作者建议大家关注最初的假设，放在心上，然后把他的假设与经过论证之后的结论做个区别。此外，科学作品中主要的词汇通常都是一些不常见的或者科技用语，这些词很容易找出来，再由这些用语找到主旨。我们要先看定理的说明,再看看结论,掌握一下这是如何证明出来的。我们不是要成为这个主题的专家,而是要去了解相关的问题。

在如何阅读哲学书中,作者阐述了读者需要很清楚最重要的就是发现问题,或者是找到书中想要回答的问题。阅读哲学作品需要遵循把握中心思想的原则。读者最要花气力的就是了解作者的词义与基本主旨。换句话说,在阅读哲学书时要用的方法,就跟作者在写作时用的方法是一样的。哲学家在面对问题时要用的方法,除了思考以外,什么也不能做。读者在面对一本哲学书时,除了阅读以外,什么也不能做,也就是说要运用你的思考。除了思考本身,没有任何其他的帮助。作者建议找一些周详探讨过这个问题的其他伟大的哲学家的作品来读,因为这些哲学家彼此之间已经进行了长久的对话。

最后,作者介绍了如何阅读社会科学。由于社会科学并不能数字化,且说明用语比较晦涩,因此给读者阅读上带来困难;太多社会科学作品中混杂了科学、哲学和历史的相关知识,甚至为了加强效果,通常还会带点虚构的色彩,读者阅读时难上加难。作者建议大家必须先确定混杂了哪些因素,用分析阅读与主题阅读的方式进行阅读;在读这类书籍时,需要同时阅读许多相关书籍,而不是只读一本书。

四、阅读源于兴趣而发于使命

阅读完《如何阅读一本书》之后,十分认同阅读始于兴趣,但是当完全掌握阅读技能后,那又将是一片新的天地。阅读的方式方法也不是一本书就可以穷尽和诠释的,因人而异、因时而异、因地制宜。

当有了孩子后,我也在培养孩子的阅读兴趣,伴随孩子的成长,选择适龄的读物给孩子阅读,也与孩子一起阅读。我会努力让自己成为孩子的好朋友,以一种探索发现的方式引领着孩子去看书,在孩子遇到不理解的内容问我为什么的同时,我也会随着情节的发展明知故问孩子为什么,并且进行最简单的讨论,插入一些题外话,让我们真正沉浸在书中,成为书中人。我会选择无字书,或者插图较多的动植物科普书籍,还有有趣或者奇幻的故事等容易使孩子愿意持续阅读的读物,寓教于乐,与孩子在书里成为无话不说的好朋友。我也从不去考虑孩子应该读什么,不强迫孩子看他们不愿意看的,因为在孩子的世界里只有"我想读什么",而没有"我应该读什么"。在阅读中,由于全身心投人，我也可以感受出孩子的情绪变化；孩子在表达不一样看法时，我也惊喜和始终欢迎。

阅读是一个很神奇的体验，你会发现当你阅读得越多，你反而会觉得懂得越少。如果知识是个圈，里面是知道的，外面是不知道，那么不断地阅读就可以不断扩大这个圈，但是你会越发觉得圈子外面不知道的更多了。我们需要做的是不能灰心，坚持阅读，翻阅一张张我们需要的知识篇章，从而翻越一座座横在我们面前的知识大山，我们的心智、认识在阅读活动中不断增长。“纸上得来终觉浅，绝知此事要躬行”，阅读之后同样需要我们回归到实践中去，从认识到实践，在其间不断发展，这才能使得我们成长得更快。时间不停、学习不断，致力于终身学习，这样的我们永远在路上。同时，阅读后所学的知识在实践之后可以更好地融入我们自身，直到知识真正成为我们自身，庖丁解牛目无全牛，就像一个优秀的表演者无论在什么样的场景下都可以带来熟练之外的灵气，沉浸于其中而又融于环境。阅读的新天地，还是那句老话：“书中自有黄金屋，书中自有颜如玉。”

宋代著名书法家黄庭坚说：“读书欲精不欲博，用心欲专不欲杂。”阅读一本好书，花费时间所得到的一定比很多娱乐所收获的要多。同时一本好书更值得我们用心去慢慢研读，就像欣赏一场昆曲，要静心地伴随着水磨调徐徐地进行故事。虽然有时候听不懂方言，但是为了更好地看懂舞台呈现，会仔细地对照台词，揣摩演员的每一个表情和动作的潜台词。一旦融入了思考，戒骄戒躁，慢下来仔细研究，很多问题都将不再成为问题。阅读也是如此，一段需要理解的文字，一个具有实用价值的章节，一本好书，读得越慢吸收到的功力自然也就越多。

《如何阅读一本书》中也提到一本好书可以和我们共同成长。我曾经阅读过的很多书籍都具备这样的特征，相信大家也有同样的阅读感受。很多书时隔几十年，甚至百年千年，其中的每一个观点到如今来看都极具可读性，并且影响了一代代人，形成了一种特有的思想积淀、处事方式和文化继承。

阅读帮助我们成长，不仅是在阅读书籍中。从“无形的老师”中学到新的知识，就像从好奇心出发，但决不满足于好奇心，更多的是阅读方法中有很多可以启发我们心智的成长，在其间不断提高自身的理解力。

精彩片段

乍看之下，我们前面讨论的两个阅读规则，看起来就跟写作规则一样。的确没错。写作与阅读是一体两面的事，就像教书与被教一样。如果作者跟老师无法将自己要传达的东西整理出架构，不能整合出要讲的各个部分的顺序，他们就无法指导读者和学生去找出他们要讲的重点，也没法发现全书的整体架构。

尽管这些规则是一体两面，但实行起来却不相同。读者是要"发现"书中隐藏着的骨架。而作者则是以制造骨架为开始，但却想办法把骨架"隐藏"起来。他的目的是，用艺术的手法将骨架隐藏起来，或是说，在骨架上添加血肉。如果他是个好作者，就不会将一个发育不良的骨架埋藏在一堆肥肉里，同样的，也不会瘦得皮包骨，让人一眼就看穿。如果血肉匀称，也没有松弛的赘肉，那就可以看到关节，可以从身体各个部位的活动中看出其中透露的言语。

引自 第七章《透视一本书》

事实上，读者才是最后一个说话的人。作者要说的已经说完了，现在该读者开口了。一本书的作者与读者之间的对话，就跟平常的对话没有两样，每个人都有机会开口说话，也不会受到干扰。如果读者没受过训练又没礼貌，这样的对话可能会发生任何事，却绝不会井井有条。可怜的作者根本没法为自己辩护。他没法说："喂！等我说完，你再表示不同的意见可以吗？"读者误解他，或错过重点时，他也没法抗议。

在一般的交谈中，必须双方都很有礼貌才能进行得很好。我们所想的礼貌却并不是一般社交礼仪上的礼貌。那样的礼貌其实并不重要。真正重要的是遵守思维的礼节。如果没有这样的礼节，谈话会变成争吵，而不是有益的沟通。当然，我们的假设是这样的谈话跟严肃的问题有关，一个人可以表达相同或不同的意见。他们能不能把自己表达得很好就变得很重要了，否则这个活动就毫无利益而言了。善意的对话最大的益处就是能学到些什么。

引自 第十章《公正地评断一本书》

电视、收音机及其他天天围绕在我们身边的娱乐或资讯，也都是些人为的支撑物。它们会让我们觉得自己在动脑，因为我们要对外界的刺激作出反应。但是这些外界刺激我们的力量毕竟是有限的。像药品一样，一旦习惯了之后，需要的量就会越来越大。到最后，这些力量就只剩下一点点，甚或毫无作用了。这时，如果我们没有内在的生命力量，我们的智力、品德与心灵就会停止成长。当我们停止成长时，也就迈向了死亡。

引自 第二十一章《阅读与心智的成长》

参考文献

[1]莫提默·J.艾德勒，查尔斯·范多伦. 如何阅读一本书[M]. 郝明义，朱衣，译. 北京：商务印书馆，2014.

导读人简介

王骏，硕士，中国古代汉语专业，东南大学图书馆馆员，在图书馆从事资源建设和阅读推广等方面的工作。

学会时间管理，迎接美好人生

导读人：李瑞瑞

时间管理并不是一个新鲜的词，然而第一次系统接触时间管理，却是工作原因。当时要办一场关于时间管理的读书会，跟着读书会团队一起读了几本有关时间管理的书，《从高效能人士的七个习惯》到《搞定》，从《番茄工作法图解》到《奇特的一生》，印象最深的、也是今天要推荐给大家的书是《小强升职记》。

一、关于时间管理的研究与探索

我们总是希望能管理好时间，却不小心反被时间控制，成为日夜追赶时间、疲于奔命的人。其实时间最不偏私，一天给任何人的都是二十四小时，但对于知道如何欣赏和使用时间的人来说，一天是无限的。

人类从未停止对时间的探索，对时间管理的研究也已有相当历史。犹如人类社会从农业革命演进到工业革命，再到信息革命，时间管理理论也经历了几代更迭。第一代理论着重利用便条与备忘录，在忙碌中调配时间与精力。第二代理论强调行事历与日程表，反映出时间管理已注意到规划未来的重要性。第三代是目前正流行、讲求优先顺序的观念，也就是依据轻重缓急设定短、中、长期目标，再逐日制订实现目标的计划，将有限的时间、精力加以分配，争取最高的效率。第三代时间管理法有它可取的地方。但也有人发现，过分强调效率，把时间绷得死死的，反而会产生反效果，使人失去增进感情、满足个人需要以及享受意外惊喜的机会。于是许多人放弃了这种过于死板拘束的时间管理法，回复到前两代的做法，以维护生活的品质。现在，又有第四代理论出现。与以往截然不同之处在于，它根本否定"时间管理"这个名词，主张关键不在于时间管理，而在于个人管理。与其着重于时间与事务的安排，不如把重心放在维持产出与产能的平衡上。

这次推荐的《小强升职记》，它不是一本对时间进行管理的理论书籍。从其书名就可以看出它很接地气，主人公之一是“打不倒的小强”，而要解决的问题就是“怎样完成升职问题”。小强是一名“码农”，经常忙得不可开交；老付是项目经理，工作井井有条效率高。老付要将小强培养成他的接班人，于是开始了针对小强的时间管理特训。从记录和分析时间日志开始，小强找到了自己的时间黑洞以及高效时段；通过交流，老付循序渐进地传授了小强一系列时间管理法宝：四象限法则、衣柜整理法（GTD）、如何应对拖延、如何养成好习惯、如何让想法落地等。正能量小强也一步步战胜压力，学会管理时间，实现成长。因为书名的关系，这本书被大家称为“最容易被错过的时间管理入门经典”。大家不必受到书名影响，看到“升职”这个词就以为是写给职场人的，学生群体同样适用。总而言之，这是一本简单、实用的时间管理入门书，借着职场青年成长故事，从系统化的视角来帮助我们重新审视和管理时间，并以最快的速度帮助我们养成好习惯，战胜拖延症，掌握时间管理的技巧，从而实现高效地工作、慢节奏地享受生活。

二、时间都去哪儿了？

如同学习理财的人首先要了解收支情况、知道钱都花在哪儿了一样，学习时间管理同样要先知道时间都花在哪儿了。很多时候，我们以为自己很忙，但我们在抱怨忙碌的时候，也需要想想：我们真的把握好时间了吗？不知大家是否想过一个问题：每天有多少时间是花在“无意义的事情上”的？ 20%，40%，还是50%？书中，觉得自己很忙的主人公小强，也在老付的指引下做了一份时间统计表，测试自己花费在“集中精力工作”“无意义浪费时间”和“真正的休息”的时间占比，结果“无意义浪费时间”占比竟然高达70%。

这些无意义浪费的时间，就像时间黑洞一样，被永无止境地吞噬着。所谓时间黑洞，就是在我们每天无意识的情况下，吃掉我们宝贵时间和精力的黑洞，最常见的就是网络时间黑洞。比如本打算只看一集电视剧，却一口气追了十集。比如早晨精神饱满地来到图书馆，打开电脑准备写课程小论文，却习惯性地拿出手机先刷一下朋友圈，看到朋友分享了一篇有趣的推文，顺手点开看看，又看到一个朋友分享了一家美食店，点开美食APP标记一下……等再次想起小论文的时候，一个小时已经过去了。相信大多数人都遇到过时间黑洞，不信的话打开手机看一下屏幕的使用时间，每天刷手机的时间有多少，最常使用的APP是哪些。

到底有多少个这样的时间黑洞，我们的时间是如何被浪费掉的？结果不能靠感觉去猜测，需要结合数据进行分析。通过记录时间收支情况，可以大致了解自己时间的投入产出及浪费情况；通过时间日志，则可以了解自己使用时间的习惯和高效时段，发现问题然后修正行为，进而提高自己的时间管理效率；通过职业价值观自测表，根据自己的职业价值观将最重要的事情安排在最高效的时间段，通过合理安排任务来提高自己的效率。

书中，老付教给了小强很多时间管理方法和工具。其实每个时间管理方法都只适合解决某一类问题。明确自己当下想要解决的问题，才能更好地选择对应的方法。

三、必须懂得将事情分类和排序——四象限法则

不知大家是否有这种感觉：觉得自己每天都在处理重要又紧急的事情，疲于奔命。书中小强也曾是这样，直到他接触了四象限法则。时间管理的四象限法则是由著名的管理学家史蒂芬·科维提出的。该理论从重要和紧急两个维度去考虑事情，将事情划分为重要而且紧急、重要但不紧急、不重要但紧急、不重要且不紧急四个象限。说到底，四象限法则其实是让我们分清楚事情的轻重缓急。确定事情的重要紧急程度有两个关键点：评估一件事情的重要程度的标准取决于职业价值观，而紧急程度则取决于任务的时间底线。我们应该将所有的日常事务放到四象限中分析，且对每个象限内的事务采取不同的处理方法和原则。

第一象限“重要而且紧急”的事情优先级最高，需要立即去做。这也通常是大多数人的首选，有一类人就是每天都在应付这样的问题，结果疲于奔命，最终只能借助第四类“不重要且不紧急”的事务来逃避现实，稍微放松一下。在这些人的时间管理象限中，他们把90%的时间花在第一类事务上，而把余下的10%时间中的大部分用在第四类事务上，用在第二类和第三类事务上的时间则少之又少，几乎可以忽略不计。这是大部分时间精力都用于处理危机或问题的

人所过的生活。但第一象限永远都不是我们工作的重点！第一象限就是一片雷区，我们学习、工作、生活中的主要压力和危机来自第一象限，进入这个象限的次数越少越好。第一象限中80%的事务是由第二象限“重要但不紧急”的事情转化而来，因此我们要减少进入第一象限这片雷区的机会，尽可能提前解决第二象限的事情。

第二象限“重要但不紧急”的事情需要有计划地去做！四象限法则的核心就是集中精力处理第二象限的事，包括建立人际关系、撰写使命宣言、规划长期目标、防患于未然等。人人都知道这些事很重要，却因尚未迫在眉睫，反而避重就轻。其实不论大学生、打工人还是家庭主妇，抑或是管理者，只要能确定自己的第二象限事务，而且即知即行，就可以事半功倍。时间管理领域称之为帕累托原则，即以20%的活动取得80%的效果。高效能人士能够平衡产出和产能的关系，将时间和精力集中在重要但不紧急的事务，即第二象限的事务上，也就是要事第一，尽量避免陷入第三和第四象限的事务！当第二象限的事务比较复杂时，可以对其进行任务分解和目标描述，如此便可以消除时间管理的三大“杀手”——信息不够、拖延、预期结果不明确。

第三象限“不重要但紧急”的事情可以交给别人去做。这一象限的事务是我们忙碌且盲目的源头，最好能放权交给别人去做，如果自己就是基层执行者可以委婉地拒绝。有一些人将大部分时间花在第三象限事务上，却自以为在致力于第一象限事务，殊不知紧急之事只是别人的要事——对别人重要，对自己就不一定了。书中老付提到应用“猴子法则”走出第三象限。“猴子法则”是比尔·翁肯提出的一个时间管理理论。翁肯教授偶然发现，自己在忙于加班的时候，下属竟然在优哉游哉地打高尔夫，这让他突然领悟到，主管人员之所以时间不够用，一个很重要的原因在于没有做好授权分责，将太多本该下属去做的工作招揽到了自己身上。他把工作比喻成活蹦乱跳、随时可以跳到你身上的“猴子”。应用猴子法则有两个重点：一是明确自己的责任边界，确定这只猴子不是自己的。一味好说话只会成为猴子的收容站，我们收得愈多，其他人给得愈多，到最后我们被堆积如山的别人的问题所困扰，甚至没有时间照顾自己的猴子。二是为甩掉身上的猴子而和原主人沟通时，要注意沟通方式——明确、坚决、不生硬；如果甩不掉猴子，要沟通清楚对方对这件事的想法和预期结果，不要不明不白地接下来。

第四象限“不重要且不紧急”的事情尽量别去做！这是一个用于缓冲调整的象限。当我们疲惫的时候，可以通过做一些不重要也不紧急的事情来调整心态和身体，但不能在这个象限里投入太多精力，否则就是在浪费生命！高效能人士总是避免陷入第三和第四象限事务，因为不论是否紧急，这些事情都是不重要的。

当我们采取四象限法则来分析处理日常事务时，应该将主要精力集中在解决第二象限内的事务。但是当要处理的事项众多或事情比较复杂时，一般人都会感觉到压力大，此时可以考虑下无压工作术，即GTD系统。

四、做事靠系统，不是靠感觉——搞定

不知大家是怎样整理衣橱的，是把衣服全部拿出来，按照类别重新放进衣橱，还是想到哪儿就整理到哪儿，毫无头绪？大家是否知道，时间管理也有一个绝招——衣柜整理法？衣柜整理法是中国版GTD，GTD就是“Getting Things Done”的缩写，翻译过来就是“把事情处理完”，这是戴维·艾伦提出的管理时间的方法。GTD要求必须记录下来要做的事，然后整理安排并使自己一一去执行，其核心理念在于只有将你心中所想的所有的事情都写下来并且安排好下一步的计划，你才能够心无挂碍、全力以赴地做好眼前的工作，提高效率。做事靠系统，不是靠感觉。GTD的具体做法包括收集、整理、组织、回顾、执行五个步骤。GTD其实是帮助我们建立做事和管理事情的系统，这个系统能够让我们在工作时产生“心静如水”的状态，呈现最好的自我状态。每天遇到的任何事情都可以放入这个循环系统，我们不需要关心每天有多少事或者什么事，只需要考虑接下来做什么，脑袋里只装一件事，完成一件再做下一件。为便于读者理解，作者以整理衣柜为例对GTD进行了说明，并将其称为“衣柜整理法”，也就是中国版的GTD，操作原理就如同我们整理衣柜里面衣服的步骤。

收集这个环节是“衣柜整理法”的第一步，即将所有衣物收集到一块儿，它要我们收集“一切引起我们注意的事情”，把所有要做的事件放到收集篮，统一在一个地方，在清空大脑的同时可以达到“心如止水”的境界。

处理即将散落的衣服进行分类，按照流程图进行分类。要先将收集篮中的任务进行种类划分，打上“可以执行”或“不可以执行”的标签。“不可以执行”的标签任务包括三类：垃圾（扔掉）、将来某时/也许、参考资料（进行分类归档，

确保以后可以找到)。“可以执行”标签的任务分为六类:2分钟内可以搞定的事情立刻执行;需要多个步骤并且需要多个部门协调搞定的项目;由多个行动组成的任务;可以直接去做的行动;指派给别人完成的事;特定时间做的事(写入日程)。值得一提的是,2分钟内可以搞定的事情立刻执行是非常好用的原则,比如发一封邮件、给某人一个电话等等,“2分钟原则”就是专门针对这些烦琐小事的。因为一般情况下2分钟可以使人放松,又不会丢失思路。但如果是超过2分钟的事情,则先放在收集篮中稍后处理。当然处理收集篮的时候不是随意处理的,应该遵循以下几个原则:从最上面一项开始处理,每一件事情都必须获得均等机会的处理;一次只处理一件事情;永远不要再放回收集篮(被迫中断的事情除外)。

组织即规划空间,将分类的衣物重新储存,选择合适的摆放位置,把所有事件依次放至对应的位置。我们的收集篮里装满了杂事;我们明确了每一件杂事的意义,知道不同类型的事情,决定下一步行动方式。经过二次处理我们可以将事情组织到三个清单当中,它们分别是“将来清单”“行动清单”“项目清单”。“将来清单”上的内容可能需要很长时间才会执行,放在最后的位置,每周回顾的时候翻开看看,有没有什么事情可以孵化成行动了。“行动清单”是每天的主要清单,排在最前面,当行动完成之后可以随时从上面画掉。“项目清单”比较复杂,有时还需要随时补充资料,可以用专门的区域来存放和项目相关的一切。

回顾即对衣物做到心中有数。经过之前的组织整理,做事就会有条理,相应地压力就会变小。但是做到这一步还没有结束。良好的收集习惯还有“3+1”清单系统,基本上已经可以解决日常工作中的忙碌问题,但是要解决盲目问题,我们还需要深思,深思可以孵化杂事、产生灵感、提升高度。选择恰当的深思或者回顾时间很重要,作者推荐每天下班的时候可以对一天的工作进行总结;同时可以根据自己的实际情况安排时间,每周做一次回顾。

行动即选择最佳方案执行每一个任务。在执行时可以采用番茄工作法,提升做事的专注度和单位时间内的效率。番茄工作法由意大利的奇列洛创造,是一种更加微观的时间管理方法:选择一个待完成的任务,将番茄时间设为25分钟,专注工作,中途不允许做任何与该任务无关的事,直到番茄时钟响起,然后短暂休息一下(5分钟就行),结束后再开始下一个番茄时间。这个方法适合解决：不想做但又必须做的一些枯燥无聊的事情，或者由于长时间连续工作造成的身体不适如腰疼、肩膀疼的问题。

有人说，时间管理不是一种技能，而是一种态度，是对你所有选择的管理。选择当日事当日毕，就不会拖延；选择有的放矢，就不会眉毛胡子一把抓；选择做事专注，就不会轻易被手机抓住眼球……在时间面前，我们永远都有选择！实践书中的方法可以帮我们构建时间管理的核心系统。如果把时间管理比喻成一棵大树，那么找到时间黑洞和职业价值观是种子，四象限法则、衣柜整理法等时间管理方法则是树苗，战胜拖延、做到要事优先是枝叶，养成一个好习惯、并让想法落地则是开花结果，最终收获高效率、慢生活。

精彩片段

价值观……没有对错之分，每个人在自己的人生路上都有自己的走法。第一种人，拿着地图走路，这样的人喜欢在做一件事情之前先做好详细的计划，然后按照自己的计划去办事。第二种人，看着路牌走路，这样的人喜欢走一步看一步，每到一个十字路口，都要选择一次方向，最终走向哪里，自己都不知道。第三种人，顺着方向走路，这样的人只选择一个大方向，然后就朝着这个方向努力，架桥过河，披荆斩棘，靠一个信念坚定地走下去。你能说哪一种走法是错的吗？建筑设计师是第一种人，科研人员是第二种人，创业者是第三种人。问题是，你是哪种人？你愿意做哪种人？

引自 第一章《你的时间去哪儿了？》

我们应该在工作时尽量追求一种“心静如水”的境界。空手道中用“心静如水”来形容一切就绪的状态，我们可以想象把一粒石子投入沉寂的池塘中，池塘中的水会有何种反应呢？答案是：依照所投入物体的质量和力度做出相应的反应，然后又归于平静。池水既不会反应过激，也不会听之任之。我们在进入这种状态的时候会发现时间过得很快，感觉自己能控制一切，完全没有紧张的感觉，要达到这种“心静如水”的境界，需要不断地练习和优化“衣柜整理法”。记住，收集的关键是将“一切引起我们注意的东西”放在“收集篮”里，在清空大脑的同时达到“心静如水”的境界。

引自 第二章《无压工作术》

拖延就像发烧一样，是对你的提醒，你应该感谢它，发烧提醒你体内有病毒感染，拖延提醒你要用正确的方式和自己沟通。所以，更进一步讲，战胜拖延的方法不是对抗，而是臣服！就像河水一样，明明被河道上的石头挡住了去路，但它没有必须把石头冲走才往下流的意思，它会尝试冲击，但更多的是绕道而行，毕竟河水的目标是奔向大海而不是冲走石头，可结果怎么样呢？在不断的冲击之下，石头最终会被河水带走，这就是臣服但不放弃的结果。

引自 第三章《行动时遇到问题怎么办？》

参考文献

[1]邹鑫.小强升职记：时间管理故事书[M].北京：电子工业出版社，2014.

[2]史蒂芬·柯维.高效能人士的七个习惯[M].北京：中国青年出版社，2015.

导读人简介

李瑞瑞，图书情报硕士，东南大学图书馆馆员，从事阅读推广相关工作。

愿我们终将如鸟，飞往自己的山

导读人：卢欣宇

对于这本书的兴趣来源于书名——《你当像鸟飞往你的山》。第一次在推荐书单中看到这本书时，觉得书名奇怪而拗口，但也极具吸引力。拿到这本书之后，更觉得奇怪，因为原版英文书的标题是“Educated”。“Educated”这样一个简单的词，为何会翻译为“你当像鸟飞往你的山”？两者看起来似乎毫无关联，而读完整本书之后，我才明白了中文译名背后的深意。“你当像鸟飞往你的山”，出自《圣经·诗篇》，原文为“Flee as a bird to your mountain”，有双重解释，一种是“逃离”，一种是“找到新的信仰”。这句话完美诠释了作者的亲身经历。

《你当像鸟飞往你的山》这本书是美国作家、历史学家塔拉·韦斯特弗所写的一本自传，讲述了她由一个17岁之前从未踏入教室的大山女孩成长为剑桥大学博士的亲身经历。作者按照时间顺序回忆了自己的教育之路以及成长蜕变，或者说是通过教育从而实现自我救赎的心路历程。比尔·盖茨评价此书时说道：“一个惊人的故事，真正鼓舞人心。我在阅读她极端的童年故事时，也开始反思起自己的生活。《你当像鸟飞往你的山》每个人都会喜欢。它甚至比你听说的还要好。”

作者塔拉·韦斯特弗，1986年生于爱达荷州的山区。17岁前从未上过学，通过自学考取杨百翰大学，2008年获文学学士学位。随后获得盖茨剑桥奖学金，2009年获剑桥大学哲学硕士学位。2010年获得奖学金赴哈佛大学访学。2014年获剑桥大学历史学博士学位。2018年出版处女作《你当像鸟飞往你的山》。2019年因此书被《时代周刊》评为“年度影响力人物”。

一、原生家庭——伤痕与束缚

奥地利精神病学家阿尔弗雷德·阿德勒在《自卑与超越》中说道:"幸福的人用童年治愈一生,不幸的人用一生治愈童年。"家庭是一个人一生中最初接触并生长的环境,一个人性格的塑造、自我意识的培养、人生观价值观的形成,以及与他人交往时的情感、态度表现等,都与其原生家庭有着错综复杂的联系。

塔拉家生活在爱达荷州的巴克峰山脚下,家里有7个孩子,塔拉是最小的一个,她还有5个哥哥和1个姐姐。父亲经营着一个汽车废料场,性格偏执狂躁而且强势;母亲是非法的助产士,帮人接生,也会自制草药和精油。塔拉和哥哥们从小就在父亲的废料场帮忙干活,一家人过着与现代社会截然不同的生活。

父亲吉恩是家里绝对的统治者,他是虔诚的摩门教徒,并且举全家之力践行着自己的信仰。他不相信政府和学校,认为学校会给孩子洗脑,所有的孩子都不上学,甚至塔拉在17岁之前都没接受过学校教育;他不相信医院,认为去医院治病是接受毒药的侵害,将把自己推向死亡之路,所以家人生病都不允许去医院。有4个孩子是在家里出生的,没有任何出生证明,哥哥卢克因参与驾驶培训需要开具出生证明的时候,翻遍整个家里也找不到任何的证明文件,甚至没有人知道塔拉确切的生日。父亲坚信世界末日将到来,全家一直在为"末日降临"做准备,一年四季不间断地囤积罐头、草药、枪支、子弹、汽油等物资。而且他有极强的控制欲,任何人不能违背他的命令。父亲两次要求连夜开车回家,因四哥泰勒极度疲劳发生了严重车祸,导致泰勒门牙错位、母亲严重脑损伤。塔拉被钉子扯出大口子、三哥卢克左腿被严重烧坏,他都只让母亲用草药治疗。甚至后来油箱爆炸,他自己被大火吞噬、严重烧伤,也不愿去医院。直到多年后,塔拉学了心理学,才意识到她的父亲患有"双相情感障碍"。

母亲法耶在城镇长大。外婆因为自己的父亲酗酒几乎无法嫁人,所以在自己结婚以后,就拼命致力于打造一个完美的家庭。外婆过于严谨的生活方式让母亲感到厌倦,恰好这时父亲吉恩闯进了她的生活。当年的父亲活力四射,爱闹爱笑,神气十足,开着一辆淡蓝色的大众甲壳虫,身着五颜六色的面料做成的奇装异服,蓄着浓密的胡子,非常时尚。父亲自由的农场生活与母亲的成长环境截然不同，也深深吸引了母亲，于是母亲不顾家里人的反对，嫁给了父亲。而作为妻子，她深受丈夫的影响，性格十分懦弱。二哥肖恩对塔拉施暴时，她装作不知道；塔拉与肖恩当面对质时，她毫不犹豫地背叛了女儿，认为是塔拉的记忆出现了错误；当塔拉想邀请她来参加毕业典礼时，她也坚持如果父亲不参加她就永远不会去见塔拉。但不可否认的是，母亲法耶也很有天赋，她会教孩子们认字，也是一个成功的助产士，会给人看病，能制作精油，最后靠着给父亲吉恩治病的经历，事业发展得如日中天。

大哥托尼和三哥卢克在整个篇幅当中介绍得比较少。二哥肖恩与父亲的性格最为相似，是一个十分矛盾的人。他很爱塔拉，会送塔拉去唱诗班；在自己受伤最严重的时候，希望能见塔拉；为了保护塔拉还跟父亲产生争执。但他的爱是固执且偏激的，所以当塔拉化妆后，他勃然大怒地骂她；因为塔拉违背了自己的想法，就在大庭广众之下，不顾塔拉的求饶，将她从车里拖到地下；甚至在最后塔拉与他对质，说出他的暴行之后，他动了要杀死塔拉的念头。肖恩也是原生家庭的受害者，但他选择继承父亲的意志，最终也成了施暴人。

四哥泰勒是对塔拉影响最大的一个哥哥。泰勒是一个与众不同的孩子，从小就喜欢音乐和学习，塔拉唱歌的天赋也是受到泰勒的启发。在疲劳驾驶出车祸而导致母亲脑损伤后，泰勒毅然决定违抗父亲的命令，离家独自一人开始上大学。当他自考成功后，他鼓励塔拉去考试，走出大山去学习。五哥理查德从小不怎么讲话，只喜欢在地下室读书，最后也是成功地读到了化学博士。在最后塔拉与家庭决裂时，泰勒和理查德一直站在塔拉背后支持她。姐姐奥黛丽与塔拉性格完全不同，奥黛丽一直深受父亲的压迫，听从父母的教导。甚至在最后塔拉揭露肖恩的罪行时，选择站在父母和肖恩那一边，背叛了塔拉的信任。

17岁前，塔拉一直在这样的家庭中成长，她的童年由垃圾场的废铜烂铁铸成，那里没有读书声，只有起重机的轰鸣。不上学，不就医，不允许拥有自己的声音。在这种原生家庭环境下成长，塔拉存在着很多问题。在上大学前，她和父亲有着一样的想法，相信世界末日会来临，认为女孩穿着暴露就是罪恶，生病了拒绝去医院，不信任政府和学校……

二、自我重塑——探索与疑难

乍看之下，会认为这本书是一个单纯的励志故事，其实并不然，作者表达的重点并不在教育给自己带来的成功，而是教育促就的自我觉醒。这本自传中，作者17岁之前的经历占了将近一半的篇幅，而她所取得的学历和成就大多一带而过，更多的是在展示作者的个人认知与自我成长。全书能清晰地看到塔拉的自我重塑并不是一蹴而就的，而是循序渐进的过程，充满了探索与疑难。

17岁之前的塔拉，一直生活在巴克峰，接受的都是父母灌输的理念。家里的孩子不仅不去上学，还要去父亲的废料场帮忙处理废料，帮助母亲制作酊剂或是精油，甚至一直为末日来临而准备各种食物补给……塔拉一度屈服于父亲的理念，认为医院和学校都是政府的阴谋，当山下的奶奶问塔拉想不想去上学时，塔拉虽不理解上学的含义，但脱口而出的就是，她不喜欢上学。如果一直顺从父亲的想法，那么塔拉之后人生的走向会是：早早结婚成家生孩子，在父亲的农场盖个房子，学习母亲的草药和助产知识，成为一名助产士。而这时，哥哥泰勒外出求学，这一行为让塔拉看到了另一种人生可能性，她虽不理解泰勒，却也在心中种下了好奇的种子。

哥哥泰勒留下的唱片意外发掘了塔拉的音乐天赋，在母亲的支持下，塔拉参与了教堂的唱诗班，还成了《安妮》音乐剧的主唱。她开始走向外面的世界，与同龄的、正在上学的孩子接触，想要脱掉肥大的衬衫和牛仔裤，开始涂睫毛膏和口红，希望吸引心仪男孩的注意……这一切都被二哥肖恩当作她开始堕落的证据，还不断以言语羞辱塔拉，甚至掐住她的脖子，将她的头塞进马桶，逼迫塔拉道歉并且承认自己是个妓女。母亲对女儿遭受的暴力视若无睹，塔拉只能安慰自己这是意外，可同样的暴力事件一再上演。她本能地想逃离这一切，却又不知如何做。当她以为自己终其一生都将这样生活下去时，回家的泰勒撞见了肖恩的暴行，泰勒的一番话唤醒了塔拉改变现状的渴望。“是时候离开了，塔拉，你待得越久，离开的可能性就越小。”摆在塔拉面前的有两种选择，若一味顺从，那么遭受的这些痛苦会一遍又一遍重复；但自学去考大学，无疑又很冒险，结局如何也不得而知。最终，17岁的塔拉第一次有了方向，为了走向外面的世界，她在工作的间歇偷偷自学，准备大学入学考试。几个月的努力之后，她成功收获了入学通知书。从此，塔拉开始了长达10年的自我救赎之路。

17岁的塔拉第一次走进教室，外面的一切对于塔拉来说都是陌生的。原生家庭的影响比想象中更大，她认为室友穿低领上衣、超短裙，在礼拜日出门买东西是不尊重上帝的行为，是异教徒，所以很少与室友交流。她不爱收拾宿舍，总是任由食物腐烂在冰箱，脏盘子堆在水槽，不怎么洗澡，也不用香皂，甚至上完厕所也不洗手。而正式进入大学学习，也让塔拉意识到短期的自学没办法弥补基础知识的匮乏，第一天上课她甚至都不知道“大屠杀”这个词，新生英语课上老师提到的“论文形式”等理所当然的东西她都一无所知，参与阅读测验一个题目都没答对，甚至都不知道要阅读课本。除了学业上的压力，还要考虑学费和生活费的问题，因没办法获得奖学金，假期想找兼职挣学费，却在父亲的命令下，被迫辞掉工作回到废料厂。肖恩依旧不放过羞辱她的机会，似乎每一次假期回家，一切就会回到原点。

但有些事情开始变得有些不同了。生活中，她牙痛却拒绝去医院，几次之后才意识到寻求帮助不可耻；在主教的帮助下，成功申请了政府补助，不再为学费和生活费奔波。在基础心理学的课堂上，她知道了父亲一系列行为的原因，他患有“双相情感障碍”，需要接受治疗。也因为一个同学提到的爱达荷州“鲁比山”事件，她知道了父亲津津乐道的政府围杀普通民众兰迪·韦弗事件的真相。塔拉开始重新思考父亲对她的教育，以及原生家庭根植在她内心的人生观和价值观，她的自我认知遭到了极大的颠覆。去上大学是正确的吗？自己是否配上大学？为了上大学而与家人产生裂痕甚至被当成叛徒，值得吗？要不要重回大山，皈依原来的信仰以获得父亲的原谅？塔拉与自己的思想斗争从未间断。

庆幸的是，虽然新环境让塔拉的观念遭到一次次冲击，但每次也会有新的收获。她的思想不断开化、重建，开始融入校园生活，也意识到要摆脱家庭对她个人意志的操控，开始有信心重塑自我。但这些新观念显然无法被守旧的家庭接受，父母认为女儿翅膀硬了，看不起自己家里人，把她的求学之路视为对家庭的背叛。当她揭露二哥肖恩的暴行，想要寻求父母的保护时，矛盾激化到顶点：父母认为女儿在说谎，被魔鬼附身。观念的差异，在她和家人之间划开难以填补的裂痕。她一次次回到家乡的山峰，试图与家人和解，但都徒劳而返。最后写下这本书时，她已然摆脱了背叛家庭的负罪感，追寻独立思考的自由。

三、教育的力量——救赎与解放

自我意识的觉醒需要个体不断地从外界汲取知识，不断地丰富和发展自我，才能打破自己原有的认知，逐渐地认识自己、了解自己，而教育在这一过程中就起到了至关重要的作用。正如英文书名"Educated",教育改变了塔拉的生活,让一个17岁前没有踏入过教室的女孩成长为剑桥的博士,让她能用客观理性的眼光审视并认识自己。教育对于塔拉来说,带来的不仅仅是知识的增长和世俗层面的成功,最重要的是让她的精神得到救赎,思想得以重塑。

教育究竟是什么?约翰·杜威曾说:"教育必须被视为一种对经验的不断重建;教育的过程和目标合而为一,是一回事。"经历了转变之后,塔拉也开始考虑教育的问题,书本最后有这样一段话:"你可以用很多说法来称呼这个全新的自我:转变,蜕变,虚伪,背叛。但我称之为:教育。"在受教育的整个过程中,塔拉并不是很快就接受了新的思想观念,而是一度在现代文明与家庭传统观念的矛盾中痛苦挣扎,之后才慢慢接受全新的自己。塔拉的挣扎与斗争,一直是为了让自己能够超越父亲的权威,见证和体验更多的真理,并用这些真理构建自己的思想。这正是教育带给她的一个全新看待自我的视角,从而实现自我审视与内在救赎,重塑新的自我。

对于我们大多数人来说,教育可能不会像塔拉这样彻底改变人生轨迹,但也会让自己变得更包容、更坚定,也更自由。教育带给我们最重要的财富可能并不是知识储备的增长,也不是专业技能的精进,而是一个看待身边世界全新的角度。这个视角,决定了我们怎么思考、怎么感受、怎么选择,决定了生活中哪些重要、哪些只是过眼云烟,决定了我们可以想要什么、不想要什么,给了我们更大的自由。

当我们提及教育,总是最先想到成绩数据和名校标签,而塔拉在接受《福布斯杂志》访谈时提到,"教育不是狭义上的职业培训,而是广义上的自我创造。教育应该是思想的拓展,同理心的深化,视野的开阔。如果人们受过教育,他们应该变得不那么确定,而不是更确定。他们应该多听,少说。他们应该对差异满怀激情,热爱那些不同于他们的想法。"在她看来,教育的核心应是自我创造,发现自己内心的声音。学习不是被某种权威教导和规训,而是一个主动探索的过程,以此不断用知识扩充自己,丰富人生。

但不得不说的是,教育改变了她的人生,也在她和家人之间划出难以修复的深深裂痕。她已不是当初那个被父亲养大的孩子,但父亲依然是那个养育了她的父亲。家庭终究是我们心中一块难以厘清是非对错的所在,有时它给你温暖,有时它令你刺痛。尽管观念不同,立场相左,爱却始终存在,无法割舍。塔拉在奥普拉的节目上说:“你可以爱一个人,但仍然选择和他说再见;你可以想念一个人,但仍然庆幸他不在你的生命中。”获得的和失去的同等重要,她感激这个教育打开的新世界,却也还在努力寻找一条回家的路。

不同的人读这本书,会有不一样的感受与思考。关于人生选择,关于原生家庭,关于个人成长,关于得到与失去……但贯穿全书始终的一个主题是教育对个人的意义、教育对人生的影响。

读完这本书之后,我脑海里面冒出了马克·吐温说的一句话:“有时候真实比小说更加荒诞,因为虚构是在一定逻辑下进行的,而现实往往毫无逻辑可言。”我同情塔拉童年扭曲的经历,气愤她父亲的所作所为,庆幸塔拉最终逃离了家庭,也叹服于塔拉的自我重塑。

就像她书中所说的那只猫头鹰一样,“受伤后的猫头鹰得救后被关在厨房,却不断扑腾着翅膀想要飞出去,即使它的伤还没好,飞向大山会使它耗尽生命,但它注定去往大山,因为它不会囿于那狭小的空间”。塔拉也是一样,她就是那只猫头鹰,是一只飞鸟,带着自由飞翔的意识,飞往自己的山峰。

精彩片段

她把目光转向我。我已多年未感受到她目光的力量了,为此我惊呆了。“在我所有的孩子中,”她说,“我原以为你才是那个穿越熊熊大火冲出这里的人。我从没料到会是泰勒——那令人意外——而不是你。你不要留下。走吧。不要让任何事阻止你走。”

引自 第一部分《不再是孩子》

多年来,我和父亲一直冲突不断,进行着永无休止的意志的较量。我以为我已经接受这一点,接受了我们那样的关系。但那一刻,我意识到我多么期望能结束我们之间的冲突,多么坚信将来我们会成为一对和平相处的父女。

引自 第二部分《硫黄的作用》

你不是愚人金,只在特定的光线下才发光。无论你成为谁,无论你把自己变成了什么，那就是你本来的样子。它一直在你心中。不是在剑桥，而是在于你自己。你就是黄金。回到杨百翰大学，甚至回到你家乡的那座山，都不会改变你是谁。那可能会改变别人对你的看法，甚至也会改变你对自己的看法——即便是黄金，在某些光线下也会显得晦暗——但那只是错觉。金子一直是金子。

引自 第二部分《卖花女》

我所有的奋斗，我多年来的学习，一直为了让自己得到这样一种特权：见证和体验超越父亲所给予我的更多的真理，并用这些真理构建我自己的思想。我开始相信，评价多种思想、多种历史和多种观点的能力是自我创造力的核心。如果现在让步，我失去的将不仅仅是一次争论。我会失去对自己思想的掌控权。这就是要求我付出的代价，我现在明白了这一点。父亲想从我身上驱逐的不是恶魔，而是我自己。

引自 第三部分《两双挥舞的手臂》

小时候，我等待思想成熟，等待经验积累，等待抉择坚定，等待成为一个成年人的样子。那个人，或者那个化身，曾经有所归属。我属于那座山，是那座山塑造了我。只是随着年龄的增长，我开始思考，我的起点是否就是我的终点——一个人初具的雏形是否就是他唯一真实的样貌。

引自 第三部分《教育》

参考文献

[1]塔拉·韦斯特弗.你当像鸟飞往你的山[M].任爱红，译.海南：南海出版公司，2019.

[2]董航.浅析《你当像鸟飞往你的山》中塔拉的自我意识觉醒[J].散文百家(理论)，2020(9)：24-25.

[3]伍荣华.对《你当像鸟飞往你的山》中主人公成长的解读[J].今古文创，2020(5)：43-44.

[4]吴雨薇.论原生家庭对个体发展的影响：从家庭系统理论出发[J].泉州师范学院学报，2017，35(3)：88-92.

[5]刘畅,伍新春,陈玲玲,等.幼儿父母的原生家庭对其协同教养的影响:人际间变量及性别一致性的调节作用[J].华南师范大学学报(社会科学版),2013(6):74-80,162.

导读人简介

卢欣宇,图书情报学硕士,东南大学图书馆馆员,从事阅读推广相关工作。

艺术与哲学

何妨吟啸且徐行

——居庙堂与处江湖的苏东坡

导读人：孙莉玲

喜欢苏东坡是没有理由的，因为说不出为什么，而这种说不出又应该是因为喜欢得太多了。喜欢他竹杖芒鞋、吟啸徐行于风雨中的洒脱，喜欢他酒酣胸胆、西北望射天狼的豪迈，喜欢他小轩窗、正梳妆的多情，喜欢他欲有所立为先、而后论所以为立的哲思。他的人生哪里是“也无风雨也无晴”，分明是“大江东去，浪淘尽”。这就是苏东坡，文学家的苏东坡，思想家的苏东坡，政治家、文艺批评家的苏东坡。他留下的除了脍炙人口的诗词，除了面对人生困境时的豁达，还有西湖“苏堤”的水利工程，还有可以大快朵颐的“东坡肉”，一个会断案也会酿酒、会种田也会练兵、会养生也会做瑜伽的苏东坡。人们现在标榜斜杠，又能有谁的斜杠会多于苏东坡。

一、一个乐天派写乐天派

写苏东坡的人太多，可以研究他的生平、他的宦海生涯、他的词、他的情感世界、他的人生哲学等等，林林总总数不胜数，但我觉得如果要走近苏东坡，不可不读的就是林语堂先生的《苏东坡传》，这本书也被誉为20世纪四大传记之一（其他三本是吴晗的《朱元璋传》、朱东润的《张居正传》和梁启超的《李鸿章传》）。沈松勤先生为这本书写有一个导言，导言的题目是“一个乐天派写另一个乐天派”，这个题目甚好。所谓的“乐天”并不是说一个人的一生没有磨难，相反，这个乐天派可能自始至终都在经历着动荡、忧患和处世的艰难，他可能也会卷入党争的旋涡，要经历赤壁矶头的贬居，经受沧海鲸波的放逐，但敢于追求真理的人不会停止思考，这种“乐天”是一种秉性、一种人生的态度，或者说是一种思想和精神的欢乐。在这一点上林语堂先生应该是最懂苏东坡的（随着阅历的增长，似乎我也开始有所感悟，但我也只是明白了一点点）。

乐天派也有惆怅，也会有寂寞。苏东坡作《洗儿》“人皆养子望聪明，我被聪明误一生。惟愿孩儿愚且鲁，无灾无难到公卿”；他有“人生识字忧患始，姓名粗记可以休”的感慨；有“元嘉旧事无人记，故垒摧颓今在不”的叹息；有“觉来俯仰失千劫，回视此水殊委蛇”的棒喝，也有对“圣主如天万物春，小臣愚暗自亡身”荒诞的体认；有“畏人默坐成痴钝”的自嘲；也有“逐客不妨员外置，诗人例作水曹郎”的调侃；有“明朝酒醒还独来，雪落纷纷那忍触”的幽咽；也有“拣尽寒枝不肯栖，寂寞沙洲冷”的清高；有“人有悲欢离合，月有阴晴圆缺”的无奈；也有“嗟予与子久离群，耳冷心灰百不闻。若对青山谈世事，当须举白便浮君”的傲岸不屈。

苏东坡应该不算是一个花样美男。书中这样介绍苏东坡的长相：“健壮结实骨肉匀停，大概是五尺七八寸身高，脸大，颧骨高，前额高大，眼睛很长而闪闪发光，下巴端正，胡须长而末端尖细，最能透露他特性的，就是他那敏感活动、强而有力的嘴唇。”在这本书的结尾，林语堂指出：“苏东坡已死，他的名字只是一个记忆。但是他留给我们的，是他那心灵的喜悦，是他那思想的快乐，这才是万古不朽的。”我们无法走进苏东坡的人生，而我只是希望通过林语堂先生的这本书离他的人生、他的世界更近一点。

二、苏东坡为杭州代言

人无百日好，花无百日红，对于居庙堂之高和处江湖之远这个问题，其实苏东坡早在《贾谊论》中就有足够的表达。贾谊有“王者之佐，而不能自用其才”。意思是说，贾谊是有执政大臣之才但是却不能自用，为什么呢？“非汉文之不能用生，生之不能用汉文也”，意思是说贾生之所以遭贬谪不是汉文帝的问题而是贾谊本人有很大的问题。贾谊有什么问题呢？一是“安有立谈之间，而遽为人痛哭哉”，也就是说得势之时不能一上来就指责这也不好那也不好，好像就自己好；二是志大量小“不善处穷者也”，所谓“处穷”，白话就是应付人生的逆境，也就是说失势之时安知“一不见用，则安知终不复用也”？天生我材必有用，应该默默以待其变。苏东坡自己又何尝不是宦海沉浮一波三折呢？

苏东坡的沉浮以及苏东坡的创作可以说与王安石变法密切相关。小时候历史书上王安石是改革派而以司马光为首的是保守党，那时候似乎觉得北宋的灭亡就是因为司马光这一派的保守党反对变法所招致的，细读林语堂先生的《苏东坡传》大略对那一段变法给北宋带来的社会问题有了更客观的了解。一个大改革家王安石的形象在林语堂先生的笔下被揭示出来。王安石是个怪人，思想人品都异乎寻常，语言学极糟糕，衣裳肮脏，须发纷乱，仪表邋遢。而且从21岁中进士到他46岁得势时一直谢绝任命，他越是谢绝声望越高。中国古代应该有四次变法，都没有取得最后的成功，王安石的这次变法应该也是以失败而告终。林语觉先生在书中介绍了青苗法、免役法、均输法等之害。苏轼在《山村五绝》中描写了当时王安石变法带来的社会之弊端："老翁七十自腰镰，惭愧春山笋蕨甜。岂是闻《韶》解忘味，迩来三月食无盐。"（盐法为害）"杖藜裹饭去匆匆，过眼青钱转手空。"（谓青苗法之害）苏东坡恰恰就是王安石变法的反对派，甚至被冠为"蜀党"领袖。苏东坡走上政治舞台的第一幕就扮演了一个失败者的角色，为反对王安石取消诗赋而代为经义、策论的科举改革主张，苏东坡上奏《议学校贡举状》，熙宁二年（1069）写出万言书给神宗，其中包括他自己的政治哲学，也表示其个人之气质与风格，其机智学问与大无畏的精神都显然可见。他也作《拟进士对御试策》攻击新法。但最终被王安石以苏东坡往返四川和京城时挟带私货动用兵卒进行调查，虽最后查无实据，但本着"先搞臭你再说"的精神终于在熙宁四年（1071）被外派任杭州通判，自此也开始了他与杭州的第一次结缘。如果说杭州有代言人或形象大使，应该非苏东坡莫属，他不负杭州的山水，留下了许多家喻户晓的名句，从此杭州成了艺术与美的栖息地，神韵流溢，风月无边。"这一时期，他作诗甚多，所写的诗很美，或感伤或诙谐或愤怒。以天真快活的心情，几乎赤子般的狂放不羁，将心中之所感，心情歌唱出来。"让我们欣赏一下西湖的美吧：

饮湖上初晴后雨

水光潋滟晴方好，山色空蒙雨亦奇。

欲把西湖比西子，淡妆浓抹总相宜。

三、苏东坡为赤壁代言

从杭州到湖州再到徐州，虽然苏东坡几经转任政绩斐然，但更大的暴风雨已经在等着他了，就是那场震惊朝野的文字狱"乌台诗案"（苏轼被拘捕至京后被关押在御史台，因御史台又称为乌台，所以称其为乌台诗案）。多年之后，苏轼的政敌刘安世说:"东坡何罪? 独以名太高,与朝廷争胜耳。"这句话切中了多少朝多少代的残酷啊,这种残酷永远不是几个小人的嫉恨与陷害,而是"当朝"对这位声名籍甚的异议者的惩罚。苏辙呼天抢地的哀痛震撼着所有人的良知,经过亲朋好友和旧党臣僚的营救,苏轼历时130天后终于结案出狱,可谓诟辱备至,命如悬丝。虽出狱,但被贬为黄州团练副使。如果说上一次杭州赴任是外放的话,那这一次应该算苏轼的第一次贬谪。

"东坡居士"的雅号就得于黄州。穷书生马正卿替苏轼向官府请得一块数十亩的荒地,苏轼亲自耕种以济困窘。这块地在州城的东面,故为"东坡",从此"苏东坡"似乎比"苏轼"更加家喻户晓。一个种田的苏东坡又成了修道养气、参悟佛理的苏东坡,无论东山再起的希望多么渺茫,也必须要有一个健康的身体和乐观的精神来等待。

也正是在黄州期间,作为文学家的苏轼取得了前所未有的成就,他的散文转以随笔、小传、题跋、书简等文学性为主,他的诗歌走向写出厚重的人生,那最有名的前后《前后赤壁赋》就得于黄州。少时读此二赋,颇感江上之美景"白露横江,水光接天。纵一苇之所如,凌万顷之茫然",以及赤壁之战的悲壮"固一世之雄也,而今安在哉?",如今再读却增加了对人生的理解"逝者如斯,而未尝往也;盈虚者如彼,而卒莫消长也"。水流走了但长江还在,月亮时盈时亏,但月亮始终是那个月亮。这不是消极的逃避,这是超越了得失。"惟江上之清风,与山间之明月,耳得之而为声,目遇之而成色,取之无禁,用之不竭",不必为期待未来而忍耐今天,一个欲望满足后还会生出新的欲望,只有超越到把自己与自然融为一体的境界,自由才能永恒。"江山风月,本无常主,闲者便是主人。"(此处哈哈大笑)继杭州之后,苏轼又成了"赤壁"的形象代言人。耕种自济、养生自保、著书自见、文学自适、韬晦自存——这就是苏轼在黄州。让我们领略一下那大江东去的豪迈吧:

念奴娇·赤壁怀古

大江东去,浪淘尽,千古风流人物。故垒西边,人道是,三国周郎赤壁。乱石穿空,惊涛拍岸,卷起千堆雪。江山如画,一时多少豪杰。

遥想公瑾当年,小乔初嫁了,雄姿英发。羽扇纶巾,谈笑间,樯橹灰飞烟灭。故国神游,多情应笑我,早生华发。人生如梦,一尊还酹江月。

元丰七年(1084),苏东坡离开黄州奉诏赴较近的汝州就任,这是因为神宗皇帝觉得他改造得还不错。离开黄州苏东坡并未认为这是再登庙堂的转机，相反是恋恋不舍百结柔肠，有《满庭芳》为证："好在堂前细柳，应念我、莫剪柔柯。仍传语，江南父老，时与晒渔蓑。"但去与留苏东坡自己没有选择的权利，他也只好自慰："待闲看，秋风洛水清波。"苏轼的转机出现在元丰八年（1085）三月，宋神宗死了，高太皇太后听政起用"旧党"人物，苏轼真可以说是飞黄腾达了，是年六月被任命为登州知州，十月奉调进京，十二月升为起居舍人，次年三月被委任为中书舍人，九月升为翰林学士，还做了小皇帝的老师，北宋政治局面彻底改观，史称"元祐更化"。苏东坡就是苏东坡，新党执政时他被列入"旧党"，旧党执政时他又因维护部分新政与旧党直接顶撞，于是苏东坡又陷入了"洛蜀党争"（苏氏兄弟为四川人，程颐兄弟为洛阳人）。有些人似乎以攻击苏轼为政治使命，苏轼对此充满了无可奈何的厌倦之感，于是元祐四年（1089）请求外任，再赴杭州。这一次，他以自己出色的管理才能，给后人留下一个人间天堂。他率人开挖疏浚建长堤于里湖、外湖之间，这就是著名的"苏堤"；设计在湖上建小石塔，这就是今天的"三潭印月"。在其后调任的颍州也有一个西湖，再后调任扬州也有一个瘦西湖，"一生与宰相无缘，到处有西湖作伴"。元祐七年（1092）九月，苏轼又被召回京师参与郊祀大典，做到礼部尚书，这是他一生中最高官职。

四、苏东坡为海南岛代言

然，暴风雨已经来了。元祐八年（1093），对苏轼而言两个重要的女子去世，一个是他的妻子王闰之，另一个就是高太皇太后。尽管苏轼已请外任定州（定州练兵充分体现了苏轼的军事才能），但接下来的打击之残酷远远超过之前。当时的交通又不便利，对苏轼贬谪的这一道令还没收到，新的贬谪令已发出，谪命五改。东坡被贬至惠州，苏轼的学说被明确宣布为"邪说"，处境之凶险不言而喻。除无所不在的政治压力外，年老多病、物质生活困乏、岭南地区的人文落后以及瘴疠等都在威胁着他，他的侍妾朝云又因病去世。然，东坡留给后人的不正是他"善处逆境"吗？他自己种菜，种药材，自创酿酒法，名为"真一酒"。"仿佛曾游岂梦中，欣然鸡犬识新丰。吏民惊怪坐何事，父老相携迎此翁。"虽处忧患但却从容不迫。惠州4年间当他终于建了一所宅子，家人也由宜兴前来团聚时，他又被贬琼州，他只好在长子苏迈的陪同下再次走上贬途。所幸竟在雷州与同时遭贬的苏辙得见，此后竟至死不能再见，伤哉！伤哉！到了海南岛就远无可远了……但也因此，苏轼天骨迥出、气节凛然。黎族学生帮他在林下筑土房，他也赤脚穿林，自酿“天门冬”酒，而且还有一些读书人不远万里来向他请教学问文章。在海南岛的3年，他除了写诗作歌和创作了不少小品题跋外，还对自己一生的学术思想作了总结。他对人生的感悟也更上了一重境界：“此间有甚么歇不得处！由是如挂钩之鱼，忽得解脱。”我们总是为自己设定目标，总是为达不到那里而不胜其苦，其实等于给自己上了枷锁，困死其中也不自知。就眼前这个样子有什么不好呢？从此，岭南的风情、岭南的荔枝被苏东坡带入了诗歌史，他又成了海南岛的形象代言人。

行琼儋间肩舆坐睡梦中得句云千山动鳞甲万谷
酣笙钟觉而遇清风急雨戏作此数句

四州环一岛，百洞蟠其中。我行西北隅，如度月半弓。登高望中原，但见积水空。此生当安归，四顾真途穷。眇观大瀛海，坐咏谈天翁。茫茫太仓中，一米谁雌雄。幽怀忽破散，永啸来天风。千山动鳞甲，万谷酣笙钟。安知非群仙，钧天宴未终。喜我归有期，举酒属青童。急雨岂无意，催诗走群龙。梦云忽变色，笑电亦改容。应怪东坡老，颜衰语徒工。久矣此妙声，不闻蓬莱宫。

元符三年(1100)六月，也就是那个浪子皇帝宋徽宗继位后，苏轼告别谪居3年的海南岛，到他最后的归宿地常州。最后在这样一幕中落下：

七月二十八日，他迅速衰弱下去，呼吸已觉气短。根据风俗，家人要在他鼻尖上放一块棉花，好容易看他的呼吸。这时全家都在屋里。方丈走得靠他很近，向他耳朵里说：“现在，要想来生！”

苏东坡轻声说：“西天也许有；空想前往，又有何用？”钱世雄这时站在一旁，对苏东坡说：“现在，你最好还是要做如是想。”苏东坡最后的话是：“勉强想就错了。”这是他的道教道理。解脱之道在于自然，在不知善而善。

想用那首《水调歌头》作本文的结尾，因为我更乐于他在天上做着神仙，在人间失去的就由老天来补偿吧！这首词开头两句“明月几时有，把酒问青天。不知天上宫阙，今夕是何年”仿佛一个离家的游子在叩问家的消息。“我欲乘风归去”一个归字用得好，非谪仙不能有。

水调歌头(明月几时有)

明月几时有?把酒问青天。

不知天上宫阙,今夕是何年。

我欲乘风归去,又恐琼楼玉宇,高处不胜寒。

起舞弄清影,何似在人间。

转朱阁,低绮户,照无眠。

不应有恨,何事长向别时圆?

人有悲欢离合,月有阴晴圆缺,此事古难全。

但愿人长久,千里共婵娟。

精彩片段

杭州像是苏东坡的第二故乡,不只是杭州的山林湖海之美,也非只是由于杭州繁华的街道,闳壮的庙宇,也是由于他和杭州人的感情融洽,由于他一生最快活的日子是在杭州度过的。杭州人有南方的轻松愉快,有诗歌,有美女,他们喜爱苏东坡这位年轻的名诗人,喜爱他的朝气冲力,他那潇洒的神韵,他那不拘小节的胸襟。杭州的美丽赋予他灵感,杭州温柔的魅力浸润他的心神。杭州赢取了苏东坡的心,苏东坡赢取了杭州人的心。在他任杭州通判任期中,也无权多为地方人建设,但是他之身为诗人,地方人已经深感满足。他一遭逮捕,地方人沿街设立香案,为他祷告上苍早日获释。他离开杭州之后,南方的秀美与温情,仍然使他梦寐难忘。他知道他还会故地重归。等十八年之后,他又回去任太守之职。他对地方建树良多,遗爱难忘,杭州人爱之不舍,以为与杭州不可分割。今天,去此伟大诗人居住于杭州,歌咏于杭州,已经一千余年,在你泛舟于西湖之上,或攀登上孤山岛或凤凰山上,或品茗于湖滨酒馆中,你会听到杭州本地的主人嘴边常挂着"苏东坡,苏东坡"。你若指出苏东坡是四川人,他会不高兴听。他心里认为苏东坡生于杭州,除去到京都之外,何尝离开过杭州!

引自 第十一章《诗人、名妓、高僧》

不管在什么情况之下,幸福都是一种秘密。但是凭苏东坡的作品而研究其内在的本性,借此以窥探他那幸福的秘密,便不是难事了。苏东坡这位天纵大才，所给予这个世界者多，而所取自这个世界者少，他不管身在何处，总是把稍纵即逝的诗的感受，赋予不朽的艺术形式，而使之长留人间，在这方面，他丰裕了我们每个人的生活。他现在所过的流浪汉式的生活，我们很难看做是一种惩处，或是官方的监禁。他享受这种生活时，他给天下写出了四篇他笔下最精的作品。一首词《赤壁怀古》，调寄《浪淘沙》，也以《大江东去》著称；两篇月夜泛舟的《前后赤壁赋》；一篇《承天寺夜游》。单以能写出这些绝世妙文，仇家因羡生妒，把他关入监狱也不无道理。赤壁夜游是用赋体写的，也可以说是描写性的散文诗，有固定的节奏与较为宽泛的音韵。苏东坡完全是运用语调和气氛。这两篇赋之出名不无缘故，绝非别人的文章可比，因为只用寥寥数百字，就把人在宇宙中之渺小的感觉道出，同时把人在这个红尘生活里可享受的大自然丰厚的赐与表明。在这两篇赋里，即便不押韵，即便只凭文字巧妙的运用，诗人已经确立了一种情调，不管以前已然读过十遍百遍，对读者还会产生催眠的作用。人生在宇宙中之渺小，表现得正像中国的山水画。在山水画里，山水的细微处不易看出，因为已消失在水天的空白中，这时两个微小的人物，坐在月光下闪亮的江流上的小舟里。由那一刹那起，读者就失落在那种气氛中了。

引自 第十六章《赤壁赋》

参考文献

[1]林语堂.苏东坡传[M].张振玉，译.杭州：浙江文艺出版社，2014.

[2]王水照，朱刚.苏轼诗词文选评[M].上海：上海古籍出版社，2019.

[3]夏华，等.东坡集[M].沈阳：万卷出版公司，2012.

导读人简介

孙莉玲，研究员，管理学博士，东南大学图书馆党总支书记，致力于做一个文化传播者和优秀的阅读推广人。

一个持续奋斗者的进阶之路

导读人：武秀枝

曾国藩，晚清“中兴第一名臣”，被誉为中国传统文化的最后一个偶像。他没有显赫的家世，也没有卓越的天资，却能官至两江总督、直隶总督、武英殿大学士，在复杂的时代变局中超越众人，且最后全身而退。他的一生起起落落，富有传奇色彩。之所以对曾国藩产生兴趣，是由于他的独特的奋斗和成长经历，对大多数的普通人都有借鉴意义。曾国藩不是一个天赋型选手，资质平平，一个秀才就考了7次，年轻的时候自身性格也有很多缺陷，但他通过不懈的努力，完成了脱胎换骨、超凡入圣的变化，这一过程本身就富有启发意义。可能也是出于这个原因，市面上研究曾国藩的书籍很多，如朱东安、萧一山、唐浩明都曾写过曾国藩的传记。朱东安老师的《曾国藩传》虽然写得很扎实，但主要是从政治斗争的角度出发的，还有很多《曾国藩传》是从成功学的角度去解读的，也有人会把大量的野史放在里面，而张宏杰的这本《曾国藩传》则是从别人着墨较少的地方入手，特别强调曾国藩对于中国传统文化的正面价值，也分析了争议较多的“天津教案”。该书既没有故作高深地讲政治斗争，也没有刻意逢迎地讲成功学，而是对曾国藩的心路历程做了细致的分析，特别适合作为了解曾国藩的入门书籍，对非学术研究的普通读者十分友好。

该书作者张宏杰是一位知名的历史学者，对曾国藩颇有研究。他的博士论文与博士后论文写的都是曾国藩的经济生活，后来在中华书局出版时改名为《给曾国藩算算账》。张宏杰还出版了《曾国藩的正面与侧面》。在阅读、写作曾国藩将近20年之后，张宏杰将以前关于曾国藩的拼图式写作和研究整合起来，补足了其中的空白部分，形成一本简明的《曾国藩传》。作家莫言评论道：

“张宏杰以冷静细致的笔法，把人性的复杂、深奥、奇特、匪夷所思、出人意料而又情理之中表达得淋漓尽致，原本熟悉的历史事实在他笔下呈现出完全不同的面貌，新鲜而又迷人。”下面我们就一起来看看曾国藩这位持续奋斗者的进阶之路吧。

一、大道至拙：7次科举

曾国藩是一个出身平凡的小镇青年，家族五六百年都没有出过一个秀才。众所周知，中国古代科举制分三步：秀才、举人、进士。“秀才”是最低一级的功名。从曾国藩的爷爷辈开始，有了科举梦。爷爷曾玉屏不惜重金培养曾国藩的爸爸曾麟书，可惜曾父屡试不中，怎么也中不了秀才。眼看着儿子没有希望，爷爷就把希望放到了长孙曾国藩身上，于是父子双双踏上了科考之路。曾父参加科考十几年，到40多岁还没中举，已是众人的笑柄；现在又带着十几岁的儿子一起考，更是成了一众考生中的“奇闻”。谁知儿子也跟父亲一样，连考5次，场场落榜。对于一般的读书人来说，三五次考不中就放弃了，但曾父一直坚持，直到第17次，才终于中了秀才。父亲激动得比范进中举还要高兴，老曾家五六百年了，总算出了一个秀才。然而，这一次却也是曾国藩第6次落榜。这次落榜后，曾国藩痛定思痛，反思自己多年读书考试的经历，找出失败的原因。道光十三年（1833），又是一个科举年，经过苦苦琢磨的他，似打通了任督二脉，在考场上肆意发挥，终于成了“秀才”。此后，曾国藩的科考之路就比较顺利了，第二年就中了举人，4年后中了进士。那年，他28岁，而当时进士的平均年龄为38，在当时那个背景下，曾国藩已经算得上“早售”了。

曾父科考17次中秀才，曾国藩科考7次中秀才，他们身上都有一股不达目的誓不罢休的“倔劲”。在当时很多读书人眼里，他们是“笨拙”的，甚至一些人把他们科考的事当作茶余饭后的谈资笑料，但他们听不到这些外界的杂音，一如既往地努力。曾国藩的人生哲学是“尚拙”，既然天生钝拙，曾国藩就充分发挥钝拙的长处。他一生做事从来不绕弯子、走捷径，总是按照最笨拙、最踏实的方式去做。确实，曾国藩可以说是同时代大人物当中最“笨”的一个。左宗棠14岁第一次县试便名列第一；胡林翼秀才、举人、进士一考即中；李鸿章17岁中秀才。但在同时代的这些人当中，曾国藩的成就最大，达到了立功、立德、立言这“三不朽”境界，左宗棠、李鸿章也远不如他。这让我想到了电视剧《士兵突击》里面的许三多,他比起身边的人都要笨拙,最后却在军旅道路中比身边人走得更远,连长高城评价他:"他每做一件小事儿的时候都像救命稻草一样抓着,有一天我一看,嚯!好家伙!他抱着的是已经让我仰望的参天大树了。"

从小到大,我们不知听了多少关于坚持就是胜利的格言:"绳锯木断,水滴石穿""不积跬步,无以至千里;不积小流,无以成江海""日拱一卒,功不唐捐"……但有多少人真正把这简单的道理用到生活中?随着年龄越长,很多人开始信"命",所有生活境遇中无法解决、无法解释的问题皆是"命"。这一个字仿佛是一个万能借口,有了它,所有的懒惰、自欺欺人都变得顺理成章。我们害怕环境的改变、害怕失败、害怕被嘲笑、害怕被质疑,自己给自己编织了一个巨大网,网在一个舒适区里面,不愿踏出一步。自以为是的聪明在逃避掉很多责任、困难的同时,也错失了许多的机会和可能。"努力就能成功"这句话,我是不信的,但这不是我们停止去尝试、停止去折腾的理由。

二、功不唐捐:学做圣人

高中进士的曾国藩衣锦还乡之后,终于进京为官了。本还因科举的胜利在沾沾自喜,却在新环境中被泼了冷水。原来到京不久之后,看到气宇不凡的全国精英,曾国藩感到了深深的差距。他发现自己"说着一口难懂的湘乡话,长得土头土脑,穿的也土里土气",更为要命的是,他觉得自己读的书太少了。虽然科考多年,但看的书都是"应试教材",真正经典的作品读得非常少,文学修养基本为零。因为没读过几本书,这时候的曾国藩从气质、观念、外形上都非常土气、庸俗。他意识到自己不但见识狭窄、观念粗鄙,性格上也有很多的缺陷。据考证,曾国藩是射手座,性格是"像风一样爱自由",活泼外向,坐不住。曾国藩在青年时代就是这样,爱交朋友、爱聊天、爱开玩笑,性格急躁多有傲气。

每个人都有完善自我的欲望,而立之年的曾国藩也不例外。他把自己的人生目标定位为"圣人"。道光二十二年(1842),曾国藩在写给弟弟的信中说:"君子之立志也,有民胞物与之较量,有内圣外王之业,而后不忝于父母之所生,不愧为天地之完人。"曾国藩迈上脱胎换骨的圣人之路,开始于"写日记"。刚开始他也是三天打鱼两天晒网,要不就是写流水账,日记起不到作用。到后来他请教唐鉴,发现日记不是这样的写法。写日记,首先是要用恭楷,也就是字迹工整,当作是生活中的一件大事来做,日记中规定的就一定要做到。然后就是要抓住细节，通过每一个细节来改变自己，着重于自我反省。圣人的标准对一个人来说是太苛刻了，它要求人每一分钟都与自己的自然本性进行对抗，能坚持下来异常艰难，但曾国藩却做到了。因为倭仁给了曾国藩一个很好的建议，就是把日记送给朋友们传阅，以此来监督自己。后来，即使在外带兵，他也一直坚持这个习惯，经常把日记定期抄写给家里的兄弟子侄看，一是给他们做榜样，二是监督自己。就这样，通过写日记的方式，曾国藩的修养、气质一天天发生着改变。

曾国藩晚年总结自己的人生体会说，人的一生，就如同一个果子成熟的过程，不能着急，也不可懈怠。人的努力与天的栽培，会让一棵树静静长高，也会让一个人慢慢成熟："勿忘勿助，看平地长得万丈高。"其实从曾国藩的经历我们可以看出，立志对一个人的人格完善和发展是至关重要的。他在而立之年，就将自己的人生目标锁定了，在后来的人生中，即使在困难面前，都不苟且、不退缩，毅然前行。

三、心胸开阔：交友广泛

曾国藩惊人的进阶之路上，除了考试成绩好外，广交朋友也是很大的一个助力。曾国藩初到北京之时，做事不够周到，经常得罪朋友。而在立志做"圣人"以后，曾国藩不断反省自己的缺点，与人相处越来越注意替他人着想，朋友也就越来越多。择友是曾国藩人生中非常重要的一件事。他广泛结交、肯付出、急公好义，名望日高，受到了同乡的推重、同僚的信任。这为他后续的仕途升迁、创立湘军打下了坚实的基础。

曾国藩与胡林翼的友谊就是一段佳话。两人出身门第悬殊，生活方式和生活水平大不相同。曾国藩眼中的胡林翼是骄奢淫逸的公子哥，胡林翼眼中的曾国藩则是土里土气的乡下人。除此之外，两个人的性格也差别很大：胡林翼是少年天才，天资聪慧，成年后更是一表人才；而曾国藩则是天资平平。因此，早期的他们只是有一些礼节性往来，但没有过多的私下接触。但这样的两个人，却在抵抗太平军的途中，变成了非常默契的战友。两人都是非常优秀的湘军首领，在局势紧张的时候多次互相增援。后咸丰皇帝屡次提拔胡林翼，故意冷落曾国藩，也没有让二人心生嫌隙。

而曾国藩与左宗棠的友谊就没那么牢固了。两个人可以说是一对"冤家”。曾国藩与左宗棠的渊源也很深，他们是湖南老乡，年龄只差一岁。左宗棠3次会试都不能中进士，因此无法以正常的方式进入仕途。在左宗棠的早期仕途中，曾国藩多次出手相助，也多次保举，应该说左宗棠一生的事业都受到曾国藩的提携助力。但两人的关系却在后期恶化。左宗棠心里有着“瑜亮情结”，他觉得曾国藩在平定太平天国的过程中占据了本该属于他的主角地位，于是在公务上为难他，在私底下辱骂他。曾国藩闻言，却从未评价过左宗棠。两人晚年的最后一次交集，左宗棠出兵新疆，当他面临筹饷的重大难题时，曾国藩成了稳定可靠的来源。曾国藩还选用了手下的得力干将援助左宗棠。这一次的确感动了左宗棠，他也终于承认自己不如曾国藩。

曾国藩喜欢听好话，也能听坏话。做事能决断有霸气，但都是凭情理。用人处事，从大的格局到小的细节，都值得学习。他的挚友郭嵩焘认为，曾国藩是圣贤，而左宗棠仅止于豪杰，这就是二人的根本区别。

四、屡败屡战：创建湘军

曾国藩本是一介书生，天下大乱之际，他决定出山。1853年，43岁的曾国藩接帮办湖南团练旨，出山练兵，却得罪湖南官场，还差点儿被兵痞杀害。为此，他远走衡阳，开始赤手空拳创建湘军。湘军的出现，既是曾国藩人生中的一件大事，也是中国近代史上的一件大事。因为它不但改变了曾国藩的个人命运走向，也改变了整个国家的走向。在对抗太平天国的过程中，曾国藩屡遭挫折，两次因兵败想投水自尽。直到1864年，54岁的曾国藩带领湘军攻克南京，平定太平天国。

在该书中，作者为我们分析了湘军战斗力强的原因，主要得益于曾国藩对军队组织方式的把控。一是高薪养廉，为军官、士兵提供较高的收入，帮助他们解决后顾之忧，让他们能专注于技能、体能的训练；二是“将必亲选，兵必自募”，让上下级之间有选用提拔之恩，更加团结；三是选人原则不同，曾国藩主张“选士人领山农”。清代的军官将领多是武人出身，大字不识几个，文化素质很低，但湘军的将领多是知识分子。事实上，太平天国起义不同于别的农民起义，这是一次对中国传统文化的全盘否定，太平军所到之处，对中国传统文化中的雕塑、典籍进行了灭绝式的焚毁和破坏。曾国藩相信信仰程朱理学的湖南书生，在坚定的信仰下，能够迸发出惊人的勇气和力量。

以上分析的是湘军的组织原则和用人原则，湘军的战斗力强很大程度还得益于他们的作战原则。湘军的作战原则也最能体现曾国藩的性格特点，那就是"结硬寨、打呆仗"。太平军作战比较灵活，善打游击战，而曾国藩对付他们"从未用一奇谋，施一方略就制敌于意计之外"。李鸿章曾到曾国藩大营学习军事技能，但发现湘军每天做的不过是挖沟砌墙站墙这一套，很不以为然。然而就是这一策略，让曾国藩一点一点战胜了太平军。

曾国藩做事、打仗都没有什么特别的地方，就是做得扎实、牢靠。他不贪图小利，不用奇谋，也不求快进，踏踏实实，稳扎稳打。他一生从不打无准备之战，每每作战都要花大量的心思研究敌我双方状况、战斗部署、后勤供应，把一切都掌握了，才下定决心打仗。湘军在他的带领下，最终战胜了太平军。

曾国藩的一生是跌宕起伏的，他经历过许多挫折，也创造了不朽的功绩，成为传统文化的最后一个偶像。张宏杰的这本《曾国藩传》为我们展现了一个真实、立体、多面而又充满矛盾的曾国藩形象，也为我们解释了很多关于曾国藩的疑惑：他与左宗棠的关系、他的家族观念、他在晚清时期对待洋人的态度……他的人生经历，不论过去还是现在都给人以特别的启示。他成功地证明了中国传统文化的价值，也用他不懈的努力证明了人的意志力所能达到的极限，为后人树立起了一座不朽的精神丰碑。

精彩片段

艰难的科举经历对曾国藩是一次极好的自我教育，强化了他"愈挫愈勇"的性格特点。虽然自己比较笨，但是也能走通百分之九十九的人走不通的科举路。可见只要努力，天底下没有任何事是做不成的。

引自 第一章《曾国藩的七次科举之痛》

正如同佛教修行的最高目标是不生不灭成为"佛"，道教修炼的最高目标是解脱生死成为"仙"一样，儒家学说给它的信徒们规定的最高目标是成"圣"。理学的一个根本路径是，每个人都有圣人之质。"人皆可以成为圣贤。"

引自 第二章《为什么要"学做圣人"》

做事平心静气，更多地考虑他人的心理，站在他人角度立场想问题；更多地揄扬他人，表扬他人的长处；做事有始有终，越到后来越慎重；接人待物要更诚更敬。

引自 第八章《江西困境与“大悔大悟”》

天下无易境，天下无难境；终身有乐处，终身有忧处。

引自 第十一章《太平天国最后的战役》

人这辈子，最难去除的是嫉妒和贪求。所谓“不忮”，就是克制自己的嫉妒心。“不求”，就是克制自己的贪求心。这两点听起来似乎是老生常谈，事实上很多人，特别是很多当世明公，都处理不好。嫉妒经常出现在功名事业差不多的人之间，贪求常出现在升官发财之际。连左宗棠、郭嵩焘这样的大人物事实上都常在这两点上犯错误。所以他专门强调，这两点不去除，则既难立品，又妨造福。希望曾氏后人能克掉这两点，做到“心地干净”。

引自 第十六章《天津教案：曾国藩是怎么成为“卖国贼”的》

参考文献

[1]张宏杰.曾国藩传[M].北京：民主与建设出版社，2018.

导读人简介

武秀枝，硕士，东南大学图书馆助理馆员，从事阅读推广相关工作。

梦想？现实？

导读人：许利杰

《月亮和六便士》是英国小说家威廉·萨默赛特·毛姆（William Somerset Maugham，1874—1965）于1919年发表的长篇小说。第一次看到这本书，我就被书名所吸引，以为是寓言故事，但初始内容并没有吸引到我，前面还有些没看懂：月亮是什么？六便士又是什么？后来慢慢沉浸在毛姆描绘的故事中，那些对现实的叩问、对理想的追寻，不由地让人陷入沉思，在书中看到了理想与现实的矛盾、艺术与生活的冲突、精神与物质的抉择！

在我们的眼里，月亮是崇高的理想和精神境界，但也喻示着将要面对的清贫生活；六便士代表了世俗的得失与利益、当下的社会地位和财富。月亮和六便士是一个选择题：我们选择梦想还是现实，是否可以兼得？该如何取舍？《月亮和六便士》这本书也许会带给你更多的思考。

一、毛姆其人其文

威廉·萨默赛特·毛姆是英国著名剧作家和小说家。他一生著作颇多，对除诗歌以外的许多文学领域都有所涉及，著有长篇小说20部、剧本30个、短篇小说100多篇，此外还有游记、回忆录、文艺评论等。他的主要成就是在小说方面，其中《人性的枷锁》《月亮和六便士》《寻欢作乐》《刀锋》这四部是其长篇小说的代表作，至今仍深受各国读者喜爱。

毛姆一生经历丰富，当过医生，写过剧本，上过前线，做过情报工作。毛姆出生在巴黎的一个律师家庭，未满10岁时，父母先后去世，被寄养在伯父家。不幸的寄养生活和孤寂凄冷的成长经历使他养成了胆怯、内向和敏感的性格，这些经历对他的世界观和文学创作产生了深深的影响。毛姆5年习医的经历使他有机会接触底层民众的生活，创作出第一部小说《兰贝斯的丽莎》。这部小说表现出对弱者的同情、关爱和欣赏，在其中他能以解剖刀似的目光冷静、客观、犀利地看待人生和社会。一战期间，他当过战场救护员，后入英国情报部门工作，多次到远东旅行，细心体察异域风土人情。这些特殊的经历为他后来的写作提供了素材。1920年毛姆到了中国，写了关于中国的游记《在中国屏风上》。

毛姆对资本主义社会尔虞我诈的炎凉世态、人们精神上的空虚苦闷和彷徨有着入木三分的洞察力并敢于淋漓尽致地揭露。如他的长篇小说《刀锋》对两次世界大战期间西方世界的青年人在精神上的迷茫和空虚做了较为深刻的挖掘，还有反映现代西方文明束缚、扼杀艺术家个性及创作的《月亮和六便士》、刻画当时文坛上可笑可鄙的现象的《寻欢作乐》等。

毛姆的短篇小说在英国短篇小说史上也占有重要位置，风格接近莫泊桑，他也享有"英国莫泊桑"和"短篇小说大师"的崇高声誉。代表作有以他多年从事情报工作所见所闻为素材创作的间谍小说《英国特工》，以及对形形色色的殖民者进行了辛辣的讽刺和无情的鞭笞，在信仰缺失的时代寻求人性本身的价值的《患难之交》，以南太平洋诸岛为背景、充满异国情调的短篇集《叶之震颤》等作品。

毛姆还创作了一系列揭露上流社会尔虞我诈、钩心斗角、道德堕落、辛辣讽刺的剧本，如《周而复始》《比我们高贵的人们》《忠贞的妻子》等，而这三个剧本被公认为毛姆剧作中的佳品。

毛姆晚年享有很高的声誉，英国牛津大学和法国图鲁兹大学分别授予他颇为显赫的"荣誉团骑士"称号，他的母校德国海德堡大学授予他名誉校董称号。1965年12月16日毛姆去世，美国的耶鲁大学建立了毛姆档案馆以作纪念。

二、梦想与现实的矛盾

《月亮和六便士》是毛姆最受欢迎的作品之一。书中描述了一个事业有成、沉默寡言的中年证券交易所经纪人，本已有稳定的职业和地位、美满的家庭，但却迷恋上绘画，像"被魔鬼附了体"，突然弃家出走，到巴黎去追求绘画的理想。他的做法没有人能够理解。他在异国不仅身体忍受着贫穷和饥饿煎熬，而且精神也备受痛苦折磨。经过一番离奇的遭遇后，主人公最后离开文明世界，远遁到与世隔绝的塔希提岛上。在那里他终于找到灵魂的宁静和适合自己艺术气质的氛围，创作出一幅幅震惊后人的杰作。在不幸染上麻风病双目失明之前，他在自己住房的四壁上画了一幅表现伊甸园的伟大作品。但在逝世之前，他让和他同居的土著女子在他死后把这幅画作付之一炬。从伦敦到巴黎，从巴黎到塔希提岛，思特里克兰德的一生结束了。在他生前，没有多少人欣赏他的画作；死后，却成为名垂画史的天才。

在小说中，毛姆用第一人称，采用叙事者的见证和访谈串联起来的方式讲述整个故事。主人公查理斯·思特里克兰德的生活部分来自叙事者亲历，其余大部分是小说中其他人物的讲述。书中按照时间顺序及他人在主人公死后追述的形式叙述，情节大致可分为：主人公在伦敦和巴黎的生活，在马赛的生活，在塔希提的生活。主人公不断摒弃现实，走向理想，轻视社会约束而走向完全的自我，远离社会文明，回归艺术追寻的精神自然，在这种不断的选择中拥抱了艺术，最终在人生最后时期完成了惊世之作。

小说是在不断的矛盾冲突中展现主人公性格和作者要表达的意图的。通过思特里克兰德一个40岁的男人，从中产阶级走向画画的理想，表现现实与理想的矛盾；亲情，恩情和爱情等社会上的情感在思特里克兰德那里都不被重视，他表现得特别冷漠、残忍，特别自我，从性格性情方面突显社会与自我的冲突；从巴黎到马赛，从马赛到塔希提岛，主人公一点点远离人类文明，回归到原始生态中，去寻找艺术的灵感，这展现了文明与艺术的矛盾。

月亮是美好的，是不被物质世俗所羁绊的生活，是诗和远方；六便士是残酷的现实和世俗的物质。主人公查理斯·思特里克兰德在不惑之年，为了追求自己的绘画梦想，放弃优渥的生活，跑到南太平洋的一座孤岛——塔希提岛，忍饥挨饿，备受精神折磨，创作出惊世杰作，完成了自己对"月亮"的追逐。

有人认为《月亮和六便士》是以法国后印象派大师保罗·高更(Paul Gauguin, 1848—1903)为原型创作的。高更在从事绘画前也做过股票经纪人，一生坎坷，最后也到了塔希提岛。但《月亮和六便士》中主人公除了生活的大致经历和高更相同外，完全是另外一个人物。《月亮和六便士》是虚构作品，并非高更传记。如毛姆所说："我只是借用了我所听到的他生活的主要事实，其余的都是凭借我碰巧所具有的才能凭空构想的。"这篇小说是毛姆在游历塔希提岛后，回到欧洲后写成的。

作者毛姆通过描写一心追求艺术、不通人性世故的这样一个怪才的经历，探索艺术与社会、个性与天才等引人深思的问题。同时这本书也引发了人们对于摆脱世俗束缚、逃离世俗社会，寻找心的家园以及梦想与现实这一话题的更深思考。

三、“小人物”的选择

小说的主人公查理斯·思特里克兰德在成为画家之前是一名普通的证券经纪人，长得也不讨喜，严肃冷漠的面容总是给人一种无形的距离感。他不善交际，对文学或者其他艺术没有半点兴趣，生活除了工作别无其他，是一个特别无趣的人。他有一个看似幸福的家庭，但是他内心深处却暗藏着一颗不安的心。虽然他早已人至中年，除了证券公司经纪人，还肩负着丈夫、父亲的责任，即便自己的太太高贵矜持，儿女聪明健康，但是，思特里克兰德还是为了艺术舍弃了自己的家庭。即便未来也很迷茫，他却依旧勇敢追寻，冲出世俗的樊篱，走向了艺术的至境，并在孤独中实现了灵魂的自由。

生活中他性情冷漠自私，喜怒无常，不计较别人如何看待他，跟朋友说话极尽讽刺，不通人情，不懂感恩，不负责任，孤独傲慢，对任何人都只有敌意和戏谑。然而在追求艺术的道路上他拥有极大的热情，尽管遇到的困难是难以想象的，但不管他处于什么样的生活环境，他也从来没有忘记自己的初心，努力工作，把辛苦挣来的钱用于买绘画的纸和笔，有时一天只吃一顿饭，仍忘我地绘画创作，沉浸在自己的艺术世界里。

小说的第一句话是：“说实话，初识查理斯·思特里克兰德时，我从未意识到这个人有何异于他人之处。”从一开始，作者就没有赋予主人公鲜明的个性特征，又借助他人视角，将主人公的存在弱化，给读者最初的印象是：主人公确实是走在街上混在人群里不起眼的那类人，平凡无奇。但同时，他少年时有一个梦想，想当画家，可是画得并不怎么好。后来，成了一个证券经纪人，时年已经40岁了。

也许生活中也有这样的人，不惑之年，工作稳定，家庭美满，一度忽略了心中的梦想，有朝一日想起最初的梦想，才发现生活早就给他们设置了一个牢笼，很少有人有勇气放下一切，挣脱束缚。可思特里克兰德做到了，他放下了一切去了巴黎，去画画！当思特里克兰德终于踏上开往大溪地的航船，“孤独的灵魂怀揣着不为人知的幻想，终于向他梦寐中的岛屿进发”。对思特里克兰德来说，月亮或许是那值得追求一生的绘画梦想，六便士则是除了绘画之外的一切身外之物。

书中描绘了一个主要人物戴尔克·施特略夫，是胖乎乎的小个子，长着一双小短腿。他还很年轻，可能还不到30岁，但已经秃顶了。施特略夫以作画卖画为生。尽管他已经画了多年，但还是个蹩脚画家。他的画很平庸，没有个性，还有些过时，可自己却把这些作品当成宝，渴望自己的画作得到别人的赞赏和认可。施特略夫对艺术很真诚、很热情，也很敏锐。在艺术馆里，他总能滔滔不绝地讲解每一幅画作的创作内涵，并对其进行深刻和客观的评价。

施特略夫是一个无比善良、有极高同情心的人，对谁都是一副好心肠。他救下了曾因被抛弃而自杀的布兰奇，并与其结为夫妻。结婚后，他非常宠爱妻子，不管妻子是否真的爱他，都把她当成掌中宝。他觉得只要他努力爱妻子，只要妻子每天陪在他身边就足够了。面对妻子的背叛，他不仅不怨恨妻子，选择包容和忍让，还认为是自己没做好，配不上妻子的爱，盼望妻子回到他身边，能和妻子和好如初。

施特略夫一直把思特里克兰德当作高攀不起的画家，当作自己的偶像。施特略夫相信思特里克兰德是百年一遇的天才，处处帮他推画，即使和思特里克兰德大吵一架，气得决定和他绝交，但一到圣诞节，想到思特里克兰德独自一个人过节太可怜了，心就软了，没骨气地决定和他和解。当发现思特里克兰德病倒时，施特略夫却又善心大发，明知道妻子布兰奇讨厌他，仍然毫无尊严地恳求妻子把他接到家里来养病，毫不吝惜昂贵的药材和食物，甚至让出自己的画室。当布兰奇爱上思特里克兰德后，他更是毫无怨言，把家和财产都让给他们。但最终思特里克兰德却又抛弃了布兰奇，导致布兰奇自杀而死，这让他非常非常痛苦，最后无奈中选择放下，决定回到故乡和家人重新开始新的生活。

艾米是和思特里克兰德生活了十多年的妻子，是个很称职的家庭主妇，将家里布置得井井有条、整洁大方。她的性格和思特里克兰德相反，和蔼可亲，善于社交，热情好客。她热衷阅读，很有修养，喜欢和作家来往，经常邀请一些作家到家里聚会。艾米总能让大家围绕着一个话题聊天，哪怕偶尔冷场，她也能轻松地圆场。作者也是在聚会中认识的艾米，逐渐成了朋友，后又认识了思特里克兰德。艾米是一位典型的传统女性，内心坚强，很会隐藏情绪，有些爱慕虚荣，在家庭中十分能干，是甘愿为家庭付出的好妻子、好母亲，但是却并不懂得如何维持自己的婚姻。一直以来她深信丈夫忠实于他们的小家庭，也以为和丈夫有着共同的人生目标，但是实际上她却并不了解丈夫的真实想法，尤其是对丈夫的出走更是百思不解、伤心欲绝。当她了解真相后，不但没有给予丈夫足够的理解和同情，反而是站在社会舆论的角度，立马写信责难丈夫，直至最后断绝来往。

布兰奇是施特略夫的太太。她原本在罗马的一个贵族家庭当家庭教师，长得端庄秀美，和雇主的少爷有了一段私情，可是那位少爷抛弃了怀有身孕的她。施特略夫救了将要自杀的布兰奇，这促成了施特略夫和布兰奇的结合。施特略夫对布兰奇倾其所有，非常宠爱，可布兰奇对施特略夫的感情更多是一种依赖、一种愧疚，施特略夫对她越好，她就越想逃离他。她知道自己不爱施特略夫，所以当思特里克兰德最开始出现在她生命之中时，她选择了自我保护性的抗拒，但最终还是抛弃了施特略夫，奋不顾身地扑向思特里克兰德，期望这个男人能带给她真正的幸福。可思特里克兰德仅仅是把她当作满足自己的工具和模特，在完成画作之后，就转身离去，只留下布兰奇悲伤的背影，而这最终导致了布兰奇用自杀来作为解脱方式。书中描绘的施特略夫对于布兰奇的爱是单方面的，而布兰奇对于思特里克兰德也是一样不平等的爱，这样的爱只能以悲剧收场。

爱塔是塔希提岛当地的土著居民，是思特里克兰德生命中最后一位女性。在世外桃源的塔希提，爱塔陪伴思特里克兰德度过了生命中最后的时光。不同于思特里克兰德的太太艾米和情人布兰奇，爱塔对于思特里克兰德是那种纯粹的不求回报的爱。她照顾思特里克兰德的生活起居，并为他生育后代。即使思特里克兰德一无所有，后来又患上了可怕的麻风病，她也始终陪伴在他身边。在思特里克兰德因病去世之后，她遵照思特里克兰德的遗愿，不顾别人的阻止，烧毁了被认为是思特里克兰德艺术生涯最伟大的创作。

《月亮和六便士》百年来畅销多个国家，小说所探讨的理想与现实之间的矛盾，没有时代的局限性，不管何时都能引发人们的共鸣和深思。无论初入社会还是历经沧桑，都会面临理想与现实的抉择，都可能会在月亮和六便士之间徘徊。此时，我们是否有勇气改变现有的生活？是否有勇气去为了自己的诗和远方而舍弃一切？

我们仰望崇高的月光，追求心中的理想，在这条路上不顾一切地追求和努力，任何时候开始都不迟，就像小说中的思特里克兰德。但我们也要保持理性，选择六便士就是失败吗？月亮和六便士伴随我们一生，不管做出哪种选择，仅仅是一种选择而已。

精彩片段

这种简单的生活模式给人以安心。它使人想到一条平静的溪流，蜿蜒流过绿草如茵的牧场和郁郁的树荫，直到最后汇入烟波浩渺的大海中。但是大海却总是那么平静，总是沉默无言、声色不动，你会突然感到一种莫名的不安。也许只是我想法比较怪异，这种想法也常萦绕在我心头。我总觉得大多数人这样度过一生好像欠缺一点什么。我承认这种生活的社会价值，我也看到了这种有条不紊所带来的幸福。但是我的血液里却有一种强烈的渴望，寻求一种更加狂放不羁的旅途。这种安逸的快乐好像有一种令我惴惴不安的感觉。我的心渴望一种冒险的生活。我愿意踏上怪石嶙峋的山崖，奔赴暗礁满布的海滩，只要我的生活有所变化，改变和无法预见的刺激。

引自 第七章

我觉得良知是一个人心灵的卫士，社会赖以存续发展而制定出的种种规则必须靠它来守护。良知是驻扎于每个人内心的卫士，监视着我们每日做合乎礼规的事情。良知也是埋伏在我们内心的卧底。因为人们太在意别人对自己的意见，太害怕会遭到舆论的指责，结果把敌人引来了；于是卧底就在那里执行着自己的任务，十分警觉地保护其主人的利益，如果一个人稍微有一点儿逾规的想法，它就会马上严厉苛责之，迫使他把个人利益置于社会利益之外。它用一条坚固的链条，牢牢地将个人拘束系于整体之中。人们说明自己相信有一种在个人利益之上的东西，心甘情愿地为它效力，最终沦为它的奴隶。

引自 第十四章

为什么你认为美——世界上最宝贵的财富——会同沙滩上的石头一

样，一个漫不经心的过路人随随便便地就能够捡起来？美是一种美妙、奇异的东西，艺术家只有通过灵魂的痛苦折磨才能从宇宙的混沌中塑造出来。在美被创造出以后，它也不是为了叫每个人都能认出来的。要想认识它，一个人必须重复艺术家经历过的一番冒险。他在作品中演绎的是一个美的旋律，要是想在自己心里重新听一遍就必须有知识、有敏锐的感觉和想象力。

引自 第十九章

参考文献

[1]朱宾忠.毛姆和他的《月亮与六便士》[J].博览群书，2018(4)：69-73.

[2]毛姆.月亮和六便士[M].傅惟慈，译.上海：上海译文出版社，2009.

[3]毛姆.月亮和六便士[M].詹森，译.沈阳：万卷出版公司，2017.

[4]毛姆.月亮和六便士[M].王然，译.石家庄：花山文艺出版社，2017.

[5]毛姆.月亮和六便士[M].盛世教育西方名著翻译委员会，译.上海：上海世界图书出版公司，2017.

[6]摩根.毛姆传[M].奚瑞森，张安丽，译.杭州：浙江文艺出版社，1993.

[7]刘豆.对《月亮和六便士》里主要人物的性格分析[J].青年文学家，2016(30)：150.

导读人简介

许利杰，工科硕士，东南大学图书馆馆员。

窥探艺术之美

导读人：张畅

《艺术的故事》一书的导论开头即为“实际上没有艺术这种东西，只有艺术家而已……艺术这个名称用于不同时期和不同地方，所指的事物会大不相同”这样一句震撼的告白。作者贡布里希似是告诫读者：不要以为该书是机械排布的艺术展览或史话拼图，也不要只记下各种艺术技法、抽象的“主义”而脑袋空转着来阅读。

多年前我因选修课学习跟本书结缘，见所列举绘画、雕刻、建筑等皆对应着特定地域的人类文明发展时期，便如查字典一般翻阅书中各页彩图。那会儿挑出“希腊和希腊化世界”这样的精彩篇章，以爱奥尼亚柱式神庙的优雅精巧，《赫尔墨斯与小酒神》《拉奥孔群雕》的舒展生动着笔，稍稍对比古埃及墓穴壁画“完整而非好看”“规整但不必创新”的风格，便能拼凑出一篇一知半解的论文来应付课程作业。

之后有时间静心细读各章节，方察觉这些“艺术的故事”不是延着“史前文明—埃及、希腊、罗马—中世纪—大航海时代、欧洲资产阶级革命—现代科技革命”这样单线条的历史脉络平铺开展的。其间各个艺术故事如有各自的灵魂支撑，映射出特定时期艺术家所处群体的内心形态：纷乱征战中追求力量、宗教集权下向往自由、资本积累后恬淡平和等等。各类艺术创作承载发扬诸如“短缩法”“透视法”等表现技法的同时，铭刻着人们过往的不同境遇和生命轨迹。此外，艺术作品与技法的流传，如同无形的力场，隐藏着人类故事未来的可能方向。无论读到哪里，都叫人由衷赞叹：这是一本关于艺术“各种传统不断迂回、不断改变的故事”。

贯穿了人类历史的《艺术的故事》，其中的绘画、雕塑、建筑、装饰，哪里只有“艺术”一个主角？恍惚中我仿佛理解了物理学家李政道所说的“科学与艺术是一枚硬币的两面”——因为这是一个关于人类追求“美”的故事，而美学、科学的根源，同属追求“真”的自然哲学。我想，无论当下处于哪个人生阶段，无论被贴上格子衫“码农”或是文艺青年的标签，无论擅长逻辑思辨或形象思维，大家都有相同的权利感知艺术，为艺术的美而感动！

一、贡布里希：传授艺术之美

《艺术的故事》作为艺术类书籍中最负盛名、流传最广的著作之一，将艺术从最早的洞窟绘画到20世纪实验艺术的发展历程娓娓道来。全书以人文广角镜般的全局视角阐明：艺术史是“各种传统不断迂回、不断改变的历史”，“每一件作品在这历史中都既回顾过去又导向未来”。

本书作者恩斯特·贡布里希爵士（Sir. Ernst Gombrich，1909—2001）生于维也纳，早年受教于维也纳大学，先修人类史，后专攻艺术史。1936年移居英国，入职伦敦大学的瓦尔堡研究院，并于1972年被英王授封勋爵。贡布里希作为艺术史、艺术心理学、艺术哲学领域的大师级人物，在欧美诸多学术机构获得了荣誉博士、客座教授、会员、院士等头衔；与此同时，他是有深厚人文素养的人道主义者。除《艺术的故事》一书外，贡布里希还有《艺术与人文科学》《理想与偶像》《图像与眼睛——图画再现心理学的再研究》《秩序感——装饰艺术的心理学研究》《艺术与错觉》《木马沉思录》等著作。他在著述中善以深入浅出的方式来叙述严肃的话题，以便初学者能轻松入门。

译制该书是范景中、杨成凯两位学者美术史工作的共同起点。应该说，中文翻译较好地还原了贡布里希简明晓畅的写作语言，使得这本艺术普及类著作在国内让广大艺术爱好者受到了美学教育与艺术欣赏的洗礼。虽说该书“特别适合十五六岁少年作入门读物”，但对艺术感兴趣的人在任何年龄读都不晚。

二、艺术承载的文明之美

导演姜文曾对自己的电影作品《太阳照常升起》如是评说：“《太阳》不是一个懂不懂的东西，它不是一个故事，它是一种感受……大量的感动是建立在你其实不懂得的事情上。”很多时候，我们像看不懂《太阳照常升起》那样，不懂一幅画、一件雕塑美在哪里——不晓得创作者的初衷，不理解其中的表现技法，看不见其照应的历史进程，更察觉不到其蕴含的人类文明发展。

当我们面对传世的艺术品，未经几何造型、色彩搭配、光影明暗等各方面的解构分析，只觉内心深受触动，该怎么办？依照《艺术的故事》的建议，“我们想欣赏那些作品，就必须具有一颗赤子之心，敏于捕捉每一个暗示，感受每一种内在的和谐，特别是要排除冗长的浮华辞令和现成套语的干扰”。再稍稍借助历史知识，了解“一个民族的全部创造物都服从一个法则”即所谓“风格”，而不是“搜肠刮肚去寻找合适的标签”（如掉书袋一般）。联想“整个艺术发展史不是技术熟练程度的历史，而是观念和要求的变化史”这一惯常的创作背景。这样三个步骤过后，如同解梦一般，一件艺术品所承载的群体意识形态、社会文明发展脉络便可以呈现出来。

要理解上述干巴巴的“三步解读法”，实在不如快速翻看下整本书里丰富的高清艺术图片，就像咱们小时候翻看大部头小说里的插图一样。

那就从史前时期位于欧洲山洞里的牛开始吧，那时的人类多少有些像你我幼儿园时一样懵懂；到了后面的原始部族，无论工艺如何，似乎将这些面具按它们给人的第一印象来理解即可。视线切换到公元前3000年至前1000年间的尼罗河三角洲，吉萨金字塔群、克努姆赫特普墓室壁画连同象形文字一起，规整、严谨、有序，不够生动却代表了人们对永恒的追求。向北越过地中海，自公元前7世纪至前1世纪，我们目光所及可以看到大理石雕《克利俄比斯和拜吞兄弟》、黑像花瓶上的《阿喀琉斯和埃阿斯对弈》，应该是师承古埃及人。但到了红像花瓶上《辞行出征的战士》，战士左脚向前经透视缩短以完全不同于古埃及壁画的方式呈现出来（图1）。在画家宣告“征服了空间”后，雕刻家米龙以“剧照板”还原运动员掷出铁饼的作品《掷铁饼者》“征服了运动”。将视线锁定雅典卫城帕特农神庙和厄瑞克特翁神庙，希腊人把立柱从粗壮强劲的多立安式转化为优雅轻松的爱奥尼亚式，再后来，柱头叠加旋涡纹与花叶饰样的科林斯式又出现了——这一转变不得不让人联想到2000多年后欧洲建筑、家具、服装、绘画等艺术形式从巴洛克风格到洛可可风格的过渡。

A. 赫亚尔墓室门上的赫亚尔肖像（约公元前2778—前2723）
B. 黑像式花瓶“阿喀琉斯和埃阿斯对弈”（约公元前540）
C. 红像式花瓶“辞行出征的战士”（约公元前510—前500）
图1

从第二次希波战争的胜利，历经雅典民主制与提洛同盟的辉煌、伯罗奔尼撒战争、斯巴达称霸，告败于古代马其顿铁蹄之下的希腊城邦进入希腊化时代。古罗马文明作为希腊文明的继任者，出现在大家眼前。务实的罗马人并不热衷于传承希腊化时期和谐、优美、纯粹的艺术，他们追求实际与灵活运用。细看他们的圆形竞技场：底层是多立安式的变体，第二层是爱奥尼亚式，第三层和第四层则是科林斯式；罗马建筑发扬了“拱”结构的使用，众多建筑中最奇妙的莫过于穹顶有圆形开口的万神庙（图2）。东罗马人借助征战各处的凯旋门、图拉真纪功柱等形式来宣扬自己的胜利，终于在东方基督教与北方日耳曼蛮族的夹击下，丢掉了古典、精巧的艺术技艺与盛极一时的国家。

A. 罗马圆形大剧院（约80） B. 罗马万神庙内部（约130）
图2

公元311年,基督教会在罗马帝国中权力的确立,使得艺术发展出现重大转折。宗教相关建筑从巴西利卡式、罗马式/诺曼底式到哥特式教堂,它们的主体则都是主祭坛、中殿和侧廊,顶部从水平木制、交叉圆拱形石制到高耸的尖拱;特别的,哥特式教堂进一步将建筑内部立柱间的墙壁替换为布满花式窗格的大玻璃,而建筑顶部则多了不同的扶垛(图3)。我们看到:在漫长的中世纪中,艺术家们只能将《圣经》里的故事可视化为“圣马太像”“圣母领报”“圣婴”“基督”等,忠实地向教徒表述宗教故事的内容和要旨,形式实在乏善可陈。至13、14世纪交界,佛罗伦萨画派的创始人乔托在湿壁画中以短缩法描绘人物手臂,将明感阴影赋予人物脸部、衣服,在平面上创造深度错觉(图4)。“艺术不仅可以生动地叙述宗教故事,还可以真实地反映现实世界的样貌”这一崭新的艺术理念的产生标志着中世纪艺术的逐渐消亡。自此,以意大利为中心,人们致力于复兴希腊罗马时代的艺术、文学与科学。到中世纪末,平民和商人生活的城市建设愈加胜过诸侯的领地。画家们愈发关心现实生活,“他们用透视法搭建舞台,表达一瞬间的意义和事件”。15世纪后期艺术三杰——达·芬奇、米开朗琪罗、拉斐尔,还有提香、丢勒等众多伟大艺术家登上历史舞台,这标志着艺术变革的顶峰。他们“求助于数学去研究透视法则,求助于解剖学去研究人体结构,艺术家的视野扩大了”。

“翻看插图”活动先告一段落,从上述艺术发展历程不难发现,艺术随人类文明(主要为西方艺术/文明)的进展,经历了“萌芽→觉醒→变革→繁盛→退化→沉寂→复苏→兴起”这一完整周期。正如人类文明发展,起伏跌宕,亦生生不息;盘旋上升,也继承发扬;忧患常在,又保持希望。

A. 基督教初期的巴西利卡式教堂(约530)
B. 诺曼底式主教堂(1093—1128)
C. 哥特式教堂内饰(1248)
D. 巴黎圣母院及其上扶垛(约1163—1250)
图3

A. 圣母领报（约1150） B.《哀悼基督》(乔托)(约1305)
图4

三、艺术映射的人性之美

达·芬奇在有关绘画的札记中写下:“有的人是自然与人类之间的发明家与阐释者,有的人却只晓得靠别人的劳动来夸夸其谈。两相对照,就像镜前物体与镜中影像一样,只有物体本身才是实在的、必要的,其影像则什么也不是。”以《艺术的故事》导论来揣摩,作者贡布里希应当是认同“艺术无法脱离创作的人而独立存在”的。换言之,2018年那幅借助“生成式对抗网络”算法识别了15 000张14至20世纪之间的艺术画像最终生成的肖像作品《埃德蒙·贝拉米》(图5)只能算作Obvious团队创作的作品。而依照达·芬奇的标准,因为无论Obvious团队还是计算机都没有运用个体意识,所以这幅肖像只能算作镜中的影像,什么也不是。

图5 埃德蒙·贝拉米肖像(Obvious团队)(2018)

世上没有相同的两件艺术作品，因为每件作品都倒映着创作者的内心世界——这是个人独有的意识形貌，不同于群体意识，而这份独特便构成了从创作者到作品的独一性。“一个人为鲜花、为衣服或者为食物这样费心推敲，我们会说他琐碎不堪，因为我们可能觉得那些事情不值得这么操心。但是，有些在日常生活中也许是坏习惯而常常遭到压制或掩盖的事情，在艺术世界里却恢复了应有的地位。”在《艺术的故事》中，对很多精巧的艺术作品的鉴赏会通过先考察创作者的创作目的、创作心境、表现手法来逐层推进。

不同于上一节的“翻看插图”，这一次咱们需要定位到具体每一幅图，不落下图中可供咂摸的每一处细节。不如就从最了不起的达·芬奇开始吧，有谁不喜欢达·芬奇呢？

达·芬奇自来到佛罗伦萨韦罗基奥的作坊做学徒后，不仅全面吸收作坊所教导的技能，亦不断对自然界的动植物、水流、风雨以及尸体等各种能激起自己兴趣的事物进行探索，并随手记下札记。他不迷信权威与理论，而乐于实践与实验；在无穷的好奇心支配下，他细致敏锐又富有精力；无论在佛罗伦萨、米兰或是威尼斯，无论服务于谁，他并不特别显露自己的才华。这样的性情和做派使他在纷乱中保全了自己，一直有充分的时间专心于自己的科技研究/创作；同时后人也在翻阅他的人体解剖、机械设计手稿时会赞叹这样的全才世所罕有。当我们带着对达·芬奇的大概了解再来观摩他创作的《蒙娜丽莎》(图6)：女主角整体面部轮廓、触发表情的眼睛与嘴角以“渐隐法”融入阴影中，消减了清晰线条带给画面上肌肤的生硬感，又增加了人物表情间的神秘感；画面中人物背后右侧的视平线显著高于左侧，使得凝视时会产生空间上的跳跃感，同时保证了整体构图的动态平衡感；更不用说达·芬奇对衣褶、手部的形态、光影非比寻常的描摹。不必提《达·芬奇密码》中对画作的过度解读，也不必想为何画家本人在生命后10年一直将它带在身边，只要联系达·芬奇本人乐于钻研又“闷声干大事”的性情，便能窥探到《蒙娜丽莎》所裹挟的神秘感。

图6 《蒙娜丽莎》(达·芬奇)(约1502)

图7 西斯廷礼拜堂天顶画“创世记”（米开朗琪罗）(1508—1512)

跟达·芬奇并驾齐驱的米开朗琪罗，同样是以学徒身份进入作坊，习得本职湿壁画、素描技法之余，他会去研究乔托、马萨乔、多纳泰罗等大师的作品，并刻苦钻研古代雕刻家对运动、肌肉、躯体的表现。但不同于内敛却随性的达·芬奇，米开朗琪罗耿直果敢、野心勃勃，会以极致的专一精神研究与掌握某一技法。至30岁时，米开朗琪罗已成为当时公认最杰出的大师之一。且不提他和达·芬奇被委托用佛罗伦萨历史故事在市议会厅的墙上各画一幅大作的故事，只说他在罗马教皇的礼拜堂脚手架上独自一人奋战4年完成的《创世记》壁画（图7），多达300多人的宏大场面，以9幅图景均衡地分布在整个36.54 m × 13.14 m的长方形天花板的屋顶。且不说4年里每日仰面对着礼拜堂巨大的天花板；联想米开朗琪罗刚烈的性格，无论教皇这次指派的任务是荣誉还是阴谋，他都会仔细勾勒出最巧妙的场面，准确无误地画到墙壁上。最终作品场面宏大不拥挤，人物刻画细致又生动，用色活泼鲜明。西斯廷礼拜堂天花板上的举世创品刚竣工，米开朗琪罗就急不可待地奔向他的大理石雕——所有认为此时他创造力枯竭的人都错得离谱，当心爱的材料摆在米开朗琪罗眼前时，他的精力和才能无穷无尽！

介绍完两位时代巨匠，再来看一位去世近两个世纪才被艺术评论家和人们重新发现并热爱的荷兰画家——维米尔。《艺术的故事》选取了他的《倒牛奶的女仆》（图8），他的另一幅作品《戴珍珠耳环的少女》更为著名。但这位专注于描述市井生活、偏好观摩家庭妇女/女仆举手投足的质朴画家，正是跟伦勃朗齐名的荷兰最伟大画家之一。维米尔成长于荷兰黄金时代，子承父业从事绘画创作，婚后生活恬淡，坚持绘画。但不同于同时代名气大噪的伦勃朗，维米尔宁愿贴近日常的风俗画，舍弃宗教、历史等严肃题材。即便两次被推选为画家工会领导，维米尔还是因为子女众多而生活日益拮据，最终在贫困交加中去世。再看其作品，维米尔力求精准描绘自然光照下物体各处的质地、色彩和形状，又保证画面看起来没有任何刻意或突兀。“像一位摄影师有意要缓和画面的强烈对比却不使形状模糊一样，弗美尔使轮廓线柔和了，然而却无损其坚实、稳定的效果——这让我们对一处简单场景的静谧之美有了全新体验。”换言之，维米尔所绘画面中的光线来自其内心，无论身处何种境地，他在创作时都会保持心绪宁静、心境平和。

图8 《倒牛奶的女仆》（维米尔）（约1660）

四、艺术背面的科学之美

哥白尼在《天体运行论》开头写道：“在哺育人天赋才智的各种科学和艺术中，我认为首先应该用全副精力来研究那些与最美的事物有关的东西。”艺术与科学是硬币的两面，我们在翻阅众多艺术作品时，就只察觉到了艺术的气息？

古希腊罗马时期，自然科学、艺术没有明确的界限，对科学和美的朴素理解被称为自然哲学。古希腊艺术家通过绘画、雕塑、建筑来模拟自然的和谐之美，其中短缩法的应用与发展对应着人们对光学、透视现象的了解；雕塑中对人体肌肉的塑造照应着该时期外科医学以及解剖学的初期发展；古希腊三大柱式、拱顶设计沿用至今,尽管其间蕴含的力学理论在当时并未被完整地探索。

到了文艺复兴时期,人本主义的绘画、雕塑全面兴起,这也意味着人们对透视现象及其所属的几何光学理论自希腊欧几里得以来有了进一步理解,而各处手工作坊中私下进行的尸体解剖进一步促进了少数人对身体运动系统、循环系统以及眼球、内脏等不同器官的认知;同时,尽管诸如达·芬奇、米开朗琪罗等人的手稿中并未记下任何数学方程式,但他们的绘画、雕塑作品中已经融入了诸如几何、比例等数学应用。

再到19—20世纪初,印象主义绘画中色彩与形体的结合呈现出符合一定规律的数字阶梯型变化;而立体主义中解构重组的碎片形式则依据几何形体构建,追求形式的排列组合所产生的美感。来到现代艺术的实验性美术,从蒙德里安以《红、黑、蓝、黄、灰的构图》为代表的风格派作品,到弗兰克·劳埃德·赖特设计的"没有'风格'的建筑",再到格罗皮乌斯建造的包豪斯校舍(图9),"功能主义"在现代人的艺术设计中逐渐深入人心。其宗旨是,只要设计的东西符合它的目的,美的问题就可以随它去,不必操心。艺术发展至此,正历经一场由工业化与科技化掀起的大变革。

A. 红、黑、蓝、黄、灰的构图(蒙德里安)(1920)
B. 没有"风格"的建筑(弗兰克·劳埃德·赖特)(1902)
C. 德绍的包豪斯学校(格罗皮乌斯)(1926)
图9

步入21世纪已有21年之久,你我生活之中,绘画、雕塑、建筑等传统艺术形式的生命力依旧强健,而来自电子、信息科技的冲击让这些传统艺术的创作方式日新月异。照应上述哥白尼的话,为了让先行的传统艺术能在科技的辅助下更好地展现美,我想不妨试试上文提到的包豪斯设计理念。除却"功能主义"理念外,还有设计以人为本,关注群体生活;注重艺术与技术的融合;遵循自然与客观的原则。

结语就直接套前面引用的两句话吧。“大量的感动是建立在你其实不懂得的事情上。”比如艺术，有很多美的东西可以循序渐进地懂得。“在哺育人天赋才智的各种科学和艺术中，我认为首先应该用全副精力来研究那些与最美的事物有关的东西。”这时候既可以像达·芬奇那样发散性学习，也可以像米开朗琪罗那样专注死磕。

精彩片段

无论哪一个事物，他们都得从它最具有特性的角度去表现。头部在侧面图中最容易看清楚，他们就从侧面看。但是，如果我们想起人的眼睛来，就想到它从正面看见的样子。因此，一只正面的眼睛就被放到侧面的脸上。躯体上半部是肩膀和胸膛，从前面看最好，那样我们就能看见胳膊怎样跟躯体接合。而一旦活动起来，胳膊和腿从侧面看要清楚得多。那些画里的埃及人之所以看起来那么奇特地扁平而扭曲，原因就在这里……艺术家在画中所体现的不只是他对形式和外貌的知识，还有他对那些东西的意义的知识。埃及人所画的老板就比他的仆役大，甚至也比他的妻子大。

引自《2 追求永恒的艺术》

意大利和佛兰德斯艺术家在15世纪开始时的新发现已经震动了整个欧洲。画家和赞助人一样，都被那种新观念吸引住了：艺术不仅可以用来动人地叙述宗教故事，还可以用来反映出现实世界的一个侧面。这一伟大的艺术革命的最直接的后果大概就是各地的艺术家都开始试验和追求新颖、惊人的效果。这种勇于探索的精神支配着15世纪的艺术，标志着跟中世纪艺术的真正决裂。

引自《13 传统和创新(一)》

实际上根本没有艺术其物。只有艺术家，他们是男男女女，具有绝佳的天资，善于平衡形状和色彩以达到“合适”的效果；更难得的是，他们是具有正直性格的人，绝不肯在半途止步，时刻准备放弃所有省事的效果，放弃所有表面上的成功，去经历诚实的工作中的辛劳和痛苦。

引自《27 实验性美术》

参考文献

[1]贡布里希.艺术的故事[M].南宁：广西美术出版社,2008.

[2]达·芬奇.达·芬奇笔记[M].周莉,译.南京：译林出版社,2015.

[3]罗曼·罗兰.名人传[M].陈筱卿,译.北京：北京燕山出版社,2010.

[4]尼古拉·哥白尼.天体运行论[M].叶式辉,译.北京：北京大学出版社,2006.

[5]潘沁.设计艺术教育与包豪斯设计思想之间的演变关系[J].新美术,2004(2)：73-74.

导读人简介

张畅,东南大学机械工程专业在读博士研究生。

美是实践的理性

导读人：王梅

20年前我就知道《美的历程》，也知道美学大师李泽厚。那时对大师的作品心存敬畏与敬仰，觉得太高深，自己肯定看不懂，所以一直不敢拜读。后来对美的事物痴迷，于是研究美学，终于拿起这本书，探究美到底经历了什么样的历程。

李泽厚先生在《美的历程》这本书里，秉持着历史唯物主义的观点，以通俗的文字与精悍的篇幅对中国历史上的艺术规律进行了总结，对中国古典美学脉络进行了写意的概况。他突破了之前对中国艺术按照朝代分割的研究，创造性地把中国几千年来的艺术连贯了起来，揭示出中国艺术精神起伏变化的历程。书中涉及的事物众多，先后大概有：远古图腾、原始歌舞、神话、陶器、青铜器、线条、诗歌、建筑、诗词、书法、绘画、戏曲、小说，等等。而李泽厚先生的阐释让我们明白：在看似纷繁复杂的事物下都凝冻、积淀着所处时代的精神、思想、情感、观念、意绪。而这些共同构成了中华民族独有的内在精神和气质。《美的历程》是一部鲜明的实践理性的著作。

一、美学大讨论

当代中国学术界最热闹也最诱人的园地是美学，曾出现过两次美学热。第一次发生在二十世纪五六十年代，第二次发生在二十世纪七八十年代。这两个特殊的历史时期，何以出现美学热？背后有其社会、时代和文化的原因。

第一次美学热是一场持续8年之久的美学大讨论。当时关于“美是什么”的争论有几大派别，比如以朱光潜为代表的“主观派”，认为美是审美者的“主观情感”；以蔡仪为代表的“客观派”，认为美是被审美对象的“客观规律”……而李泽厚则开创了“实践派”，创造性地提出美是创造生活的实践。这种对美的本质的构建既具有哲学气质又有理论深度，完全符合当时意识形态的要求。这时期的实践美学由于受到思想藩篱和时代局限，具有先天理论缺陷。随着时间的推移和文化环境的改变，李泽厚不断突破实践美学的先天不足。

第二次美学大讨论发生在二十世纪七八十年代。中国在意识形态、价值取向、文化氛围、精神面貌上都发生了深刻的变化，人们获得了思想上的解放。任何思想解放首先都是感性的解放。于是以感性为研究对象的美学首先热了起来，成为时代欲求的理论旗帜和最强音，并具有文化开拓的意义。

与第一次美学热相比，第二次美学热中美学的研究视野、方法、领域有了极大的扩展和更新。李泽厚是二次美学热最重要的代表人物之一，他天才的创造性像火山爆发一样喷放出来。他的实践美学理论脱却了原来的意识形态束缚，表现了博大的开放性、新锐的前卫性、渊厚的学术积累和磅礴的文化气魄。《美的历程》一书就在这一时期出版，成为二次美学热的标志性事件。

《美的历程》在禁锢初解的中国美学界产生巨大影响，至今仍散发着不朽的魅力。李泽厚在这场思想启蒙运动中起了极大的作用，引领了中国美学的发展。哲学家冯友兰先生指出，《美的历程》不仅是一部中国美学史，还是一部中国美术史、文学史以及文化史。

二、美的巡礼

中国最早的审美可以追溯到山顶洞人时期。那时，人们打造劳动工具由不定形变成了均匀、规整、有钻孔、刻纹。不仅如此，还出现了最早的装饰品。劳动工具是出于实用的目的，是物质生产的产物。而装饰品是幻想，是精神生产、意识形态的产物，意义极为重大。“装饰”是包括宗教、艺术、哲学等上层建筑的胚胎，后来逐渐发展出原始社会的巫术礼仪、远古图腾活动。原始歌舞是一种狂热的活动过程，如火如荼，虔诚而蛮野，热烈而谨严，杂糅了后世的歌、舞、剧、画、神话、咒语，表达着原始人们热烈的情感、思想、信仰和期待。母系氏族公社时期，彩陶上的图案有鹿、狗、蜥蜴、鸟、蛙、人面含鱼，形象生动活泼、天真纯朴，反映了这一时期社会比较和平稳定。

随着原始社会向奴隶制社会发展和阶级的产生，青铜器取代陶器获得了统治地位，最常见的形象是吃人的饕餮，沉重、恐怖、凶残、神秘还充满稚气，透着狞厉之美。书中第二章第一节“狞厉的美”中阐述：不是任何狰狞神秘都能成为美。后世那些张牙舞爪的各类人神造型或动物形象，尽管夸耀威吓恐惧，却只显空虚可笑。唯有青铜艺术才具备这种历史必然的命运力量和人类早期的童年气质。与青铜器同时发展成熟的是汉字。出现已久的线条、几何纹有了明确的表意，象形文字形成。汉字成为中国独有的审美对象和艺术部类，形成了独特的书法美。书中“线的艺术”一节说：汉字以象形、指事为本源，既有对对象概括性极大的模拟写实，又包含超越被模拟对象的符号意义，具有独立的性质和独特的发展道路。

春秋战国时期，在思想领域出现了以孔子为代表的儒家学说和以庄子为代表的道家学说，儒道互补是两千多年来中国思想的一条基本线索，即以理性主义为宗旨。与此理性主义的思想相对应，中国美学的着眼点也开始走向理性，注重功能、关系、韵律。文学作品《诗经》表达出赋比兴原则，是一种深沉的实践理性的抒情艺术。建筑以方形或长方形为主要形式，空间规模巨大、平面铺开、相互连接和配合，具有明显的实用性。

春秋战国时，南方楚文化依然保持着绚烂的远古传统。楚文化的代表人物是屈原，其作品有《离骚》《九歌》《九章》《天问》等。作者在“屈骚传统”一节中举例描写了楚文化作品呈现的既鲜艳又深沉的想象和情感的缤纷世界。那是在没受到理性主义洗礼的原始神话中方能出现的。作者认为汉文化就是楚文化，汉朝在文学艺术领域与楚文化一脉相承，也充满了浪漫主义。直至汉武帝“罢黜百家，独尊儒术”，理性主义才在全中国推行开来。

汉代艺术五彩缤纷，琳琅满目。画像石、画像砖塑造的题材和对象丰富众多，建筑、雕塑、壁画、陶俑五彩斑斓。漆器、铜镜、织锦等工艺品精美绝伦，其造型、纹样、技巧都完全成熟。文学作品汉赋堆砌、重复，极力夸扬、铺陈天上人间的各类事物，其描述的领域、范围、对象，超过了历朝历代的文学作品。总体而言，汉代艺术不事细节和修饰，处处体现出力量、动感和气势。作者在“琳琅满目的世界”一节中说：汉代艺术的真正主题是人对客观世界的征服。

魏晋时期的哲学、艺术与两汉时期有根本不同。两汉的哲学、艺术为实用而存在，魏晋时期纯哲学和纯艺术产生，在哲学上表现为思辨哲学和玄学，提倡为艺术而艺术。在造型艺术上，以形写神、气韵生动的艺术原则取代了气势拙朴的汉代风格。在文学上，不再像汉赋那样铺陈万事万物，而是通过有限的外在事物的描写传达无限的内在精神和情感。文学理论达到前所未有的高度，对文辞、文体、文理、创作心理等进行专门描述和探讨。书法飘逸飞扬、气韵超群。佛教石窟中壁画的故事情节宣扬自我牺牲、忍受痛苦、忍辱含冤，人物面容瘦削、悲苦；而被人们膜拜的佛像高大、平静、超然，看上去对人间疾苦冷漠而轻视。

唐代艺术可以分为初盛唐和中晚唐两个时期，风格不同。作者列举了大量的诗人及作品进行详细分析。初盛唐的艺术充满青春活力、热情和丰满的想象，自由而欢乐，有着欣欣向荣的情绪。初唐诗歌以张若虚的《春江花月夜》和王勃、杨炯、卢照邻、骆宾王四杰的诗为代表。边塞诗盛极一时，是盛唐诗歌的重要内容，豪迈、壮丽、一往无前，是国家处在上升阶段最直接的反映。田园诗优美明朗、生趣盎然又富含哲理，也是盛唐诗歌的华美篇章。最能代表盛唐诗人的非李白莫属，他从内容到形式都达到了诗歌的顶峰。在初盛唐时期，书法轻盈优美、朝气蓬勃。盛唐时书法强调抒情达性，充满浪漫主义色彩，草书和狂草盛行，如同激情澎湃的舞蹈纵横跳跃。盛唐的音乐将中原传统音乐与各种异国曲调相融合，或轻盈或豪放，或优雅或雄浑，唱出了各民族的欢快心音。绝句、七古乐府诗入乐谱，诗与音乐融为一体。中晚唐时期艺术领域百花齐放、多姿多彩，诗、书、画达到更高成就。诗人们的个性特征得到了充分发挥，风格多样。作者列举了大历十才子及韩愈、柳宗元、白居易、元稹等。除了诗之外，还出现了词、散文。书法有颜体、柳体、篆书等，各有特征，影响久远。绘画展现现实生活的多姿多彩，宗教画已解体，人物、牛马、花鸟、山水成为绘画的主题。

山水画的发展在宋元达到巅峰，成为艺术的主要题材，具体说来又可以分为三个时期——北宋、南宋、元三个阶段，呈现三种面貌和意境。北宋山水画强调对自然景象进行详尽的观察和细致严谨的画面构图，表现为纯客观地描写对象，不直接表露作者的情感思想，所以是一种“无我之境”。到了南宋，在追求细节真实的同时又强调诗意，通过对诗意的追求表达内心的情感，是从无我之境向有我之境的过渡。元代的山水画极力强调主观的意兴心绪，他们抛弃了色彩，只通过墨色的浓淡、线条的流动传达作者的情感、力量、气势。所以元代山水画表现的是有我之境。人们还开始在画上题字作诗并盖上朱红印章。书法文字占据很大画面，以诗文配合画面，相互补充和结合。词是宋代文学的主要形式。如果说诗表达的意境是阔大浑厚，那么词表达的意境则是尖新细窄，通常整首词才表达一意或一境，描写形象细腻，刻画集中微妙。

明代市民文学盛行，高雅的趣味让位于世俗的真实，平淡无奇却五花八门、多姿多彩。它情节曲折、细节丰富，奠定了中国小说的民族风格和艺术特点。戏曲发展和定型为一种由说唱、表演、音乐、舞蹈相结合的艺术，创造了中国民族特色的戏曲形式的艺术美。木刻版画作为戏曲、小说的插图，在明末达到顶峰。它重视选择具有戏剧性的情节，不受时空限制，简洁而丰富，符合理性的逻辑。绘画采用日常题材，笔法风流潇洒，秀润纤细。

原本多姿多彩的市民文学在清代变成了感伤文学，人生的目的和意义渺茫无解，空幻虚无。《桃花扇》《长生殿》《聊斋志异》《红楼梦》是感伤文学的重要代表。绘画构图简练，造型突兀，画面奇特，笔法刚健，直接抒写这强烈的悲痛愤恨之情。明清工艺由于商品生产和手工技艺相联而得到很大发展，风格多样，技术先进，种类繁多，其中瓷器发展到了顶点。

三、美是现实的产物

中国艺术经历了上述的发展历程，有没有规律可言？在底层潜藏怎样的逻辑和因果？原来，所有的艺术都是时代发展的产物，脱离不开人们的社会实践，艺术是基于社会的经济、政治的现实发展而来。

夏商周时期的青铜艺术反映了初生的统治阶级试图用这种恐怖的形象震慑敌对阶级或敌对部落，维护自身的权威和利益。这时的中国由原始部落向统一国家迈进，原始的全民性的巫术礼仪变为统治者所垄断的社会统治的等级法规，宗教活动成为统治阶级维护其利益的工具。他们在厚重的青铜器物上雕刻神秘怪异、恐怖威吓的动物形象。我们看到那时青铜器上的饕餮纹饰图案，显示了野蛮时代人们虔诚的原始情感。饕餮是传说中会吃人的怪物，看似恐怖怪异，实则拥有保护神祇的崇高能力。青铜艺术被神秘化，历史的厚重赋予其狞厉崇高之美，体现了远古历史前进的力量和人类的命运。青铜文化荡漾着人类童年时期不可复现的拙朴、天真、稚气。直到春秋战国时期，审美、艺术从巫术与宗教的笼罩中解放出来，青铜艺术才走向轻灵、奇巧。

春秋战国的思想和艺术以理性主义为宗旨，当时的人们开始摆脱原始巫术宗教的观念传统，不再迷狂、相信神的强大力量。人们的情感、观念、仪式不再指向外在的崇拜对象和神秘境界，而是转向了以亲子血缘为基础的世间关系和现实生活。

中国的建筑沿袭了先秦时期奠定的美学风格。即便是宫殿建筑，也是在空间上平面铺开。书中“建筑艺术”一节将中国的宫殿与西方建筑进行了比较和分析。希腊神殿、哥特式教堂高耸入云，是超越人间的、指向神秘的上苍的出世建筑；而中国这种平面铺开的建筑风格反映中国人即便在拜祭神灵时也是入世的、与现实生活紧密相联的。而建筑各部分之间相互连接、配合，形成有机整体，则把建筑带给人的空间意识转化为时间进程，人慢慢游历其中，感受到生活的安适和对环境的和谐。这正是理性主义的表现。除此之外，中国建筑的理性主义还表现在严格对称的结构上，对称本身就是一种理性。

汉朝在政治、经济、法律等制度方面承袭了秦代体制。但在意识形态的某些方面，尤其是文学艺术领域，却保持着南方楚文化的本色。与北方的理性主义相比，中国南方留存着更多的原始氏族社会结构，保持和发展着绚烂的远古传说和神话，充满着浪漫激情。直至汉武帝“罢黜百家，独尊儒术”，理性精神才进入文艺领域，形成南北文化的融合，但蕴藏着原始活力的浪漫幻想始终没有离开汉代艺术，而是成为汉代艺术的灵魂。正是因为这种浪漫主义，两汉时期呈现出五彩缤纷、琳琅满目的世界。人们渴望长生不老，同时享受现实生活的快乐。汉代的画像石、画像砖、建筑、雕塑、壁画等艺术题材和对象多种多样，生活场景丰富，反射出当时人们积极热情的生活态度。汉赋极力铺陈天上人间的各类事物，刻意夸扬，力图展示一个生机勃勃、充满活力的世界和对现实浓厚的兴趣、自信。

魏晋时期经济、政治、军事和整个意识形态领域都发生重大变化，是继先秦之后的第二次历史大转折。占统治地位的两汉经学崩溃，没有皇家钦定的标准，文化思想领域自由开放。人们怀疑和否定旧有的传统标准和信仰价值，不再一味追求功业、节操、学问这些外在、世俗的价值，而对个人的生命、意义、命运做更多的思考和发现，尊敬和赞扬内在的智慧、高尚的精神、脱俗的言行、漂亮的风貌。这种思潮的基本特征是人的觉醒，向内心的探寻。书中“人的主题”一节列举了大量的诗人及作品，分析魏晋时期士大夫们的内心追求、对人生的感悟。潇洒不群、飘逸自得的魏晋风度存在的社会背景却是动荡、混乱，王朝更迭、斗争残酷。诗人、哲学家、艺术家欲求解脱而不能，逆来顺受亦不适应。他们表面上轻视世事、洒脱不羁、贪图享乐，内心却充满恐惧、忧虑。竹林七贤表面放浪潇洒，作品在美丽之外却深沉哀伤。陶渊明能够脱离政治旋涡、寄情山水田园实属幸运。

起源于印度的佛教在南北朝时期广泛传播流行，并成为门阀地主阶级统治人民的工具。佛教宣扬忍受痛苦、自我牺牲，悲苦冤屈也不要反抗，比如书中所讲述的割肉贸鸽、舍身饲虎、五百强盗剜目等几个故事。其目的在于安抚人们的心灵，麻痹人们于虚幻幸福之中。到了唐代，佛教不断被中国化，儒家思想渗进佛堂，各种幻想出来的极乐世界代替了之前残酷悲惨的场景图画。书中“虚幻颂歌”一节把北魏时期的壁画和隋唐时期的壁画进行对比，说明佛教被儒家思想改造前后的变化。从接受佛教到改变佛教，这种时代的变迁与意识形态的变化反射出人民对现实的理性思考与反省，即人要脱离虚幻，回归现实。

唐朝结束了数百年的分裂和内战，政治、经济、军事强盛，揭开了中国古代最灿烂夺目的篇章，中国封建社会进入全盛时期。门阀士族的势力渐渐被世俗地主阶级取代，科举考试的确立使得出身低微的世俗地主知识分子进入社会上层，得以参与和掌握政权。南北融合、中外交流，取长补短、推陈出新，奏响了盛唐之音。唐朝的艺术没有忧虑，自由自在，色彩斑斓，充满张力，透露出高贵的典雅，反映世俗知识分子上升阶段的时代精神。盛唐之音既不同于以铺张陈述人的外在活动和对环境的征服为特征的两汉时期，也不同于以人的内心、思辨为追求的魏晋六朝。唐代对有血有肉的人间现实充满憧憬与执着，具有青春活力，自由、欢乐。中晚唐时期，艺术追求细腻的官能感受和情感色彩的捕捉，时代精神已从马上的开疆拓土转向了对生活的享受和日益的退缩，这体现在山水画、爱情诗、细腻的词境。

从中唐到北宋，世俗地主士大夫经过之前的奋发进取取得了稳定的社会地位，心理状况和审美趣味发生变化，从之前的豪迈开拓变为沉溺城市的声色繁华和大自然的美丽世界。不同于少数贵族，大多数经由科举考试而入仕的士大夫是由乡村进入城市，自然风景、山水花鸟是他们情感的回忆和追求。于是山水画开始不断崛起和发展。

到了元代，大量汉族知识分子不在蒙古族的统治阶层中而成了文人，他们把精力和情感寄托在文学艺术上，山水画是其中之一。他们用扭曲的山水表达出内心的挣扎、冲突。

在明朝，接近资本主义的近代民主意识萌芽，哲学上出现了破坏、批判封建统治传统的启蒙思潮。这股思潮反对虚伪、矫饰，反对一切传统观念的束缚，主张个性心灵解放和自由。市井文化和艺术多姿多彩，五花八门。没有远大的理想、深刻的内容，也没有真正抱负行为的主角和突出的个性，而是平淡无奇又真实地描述世俗生活。

到了清代，文化艺术从文体到内容，从题材到主题，都出现了全面的复古、禁欲、伪古典。人们对人生空幻、对生活厌倦感伤。作者们通过小说戏曲表达了他们对现实的不满、揭露批判和讽刺。

中国古代艺术尽管在不同历史时期有不同的特点，但在不同之中有相同。在政治稳定、经济繁荣的年代，依赖于物质条件的艺术部类昌盛发达，比如建筑、工艺；而在社会动乱、生活艰难的时期，较少依赖于物质条件并且作为黑暗现实对抗心意的艺术部类会繁荣发展，比如哲学思辨、文学、绘画。后者表现得较为明显的有魏晋时期的思辨、元代的水墨画。

以上为依据《美的历程》一书挂一漏万地梳理出的中国古代艺术史。这是一条通过强大的逻辑推理、理性分析、归纳总结才能理出来的内在线索。在这条线索上，悬挂着无数需要用感性才能品味体悟出来的艺术珍宝，而这些只能靠读者们自己到书中、博物馆中、各地的古迹遗址中、大自然中、人群中去感受和发现。

《美的历程》呈现给我们的是在漫长的岁月里中华民族的心灵史，她有时歌唱有时哭泣，她有着中华民族不同于其他民族的独特而强大的魅力，她有着中国美学的历史走向。

精彩片段

这种双重性的宗教观念、情感和想象便凝聚在此怪异狞厉的形象之中。在今天看来是如此之野蛮，在当时则有其历史的合理性。也正因如此，古代诸氏族的野蛮的神话传说，残暴的战争故事和艺术作品，包括荷马的史诗、非洲的面具……，尽管非常粗野，甚至狞厉可怖，却仍然保持着巨大的美学魅力。中国的青铜饕餮也是这样。在那看来狞厉可畏的威吓神秘中，积淀着一股深沉的历史力量。它的神秘恐怖正只是与这种无可阻挡的巨大历史力量相结合，才成为美—崇高的。

引自 第二章《青铜饕餮》

孔子不是把人的情感、观念、仪式（宗教三要素）引向外在的崇拜对象或神秘境界，相反，而是把这三者引导和消溶在以亲子血缘为基础的世间关系和现实生活之中，使情感不导向异化了的神学大厦和偶像符号，而将其抒发和满足在日常心理—伦理的社会人生中。这也正是中国艺术和审美的重要特征。……中国重视的是情、理结合，以理节情的平衡，是社会性、伦理性的心理感受和满足，而不是禁欲性的官能压抑，也不是理智性的认识愉快，更不是具有神秘性的情感迷狂（柏拉图）或心灵净化（亚里士多德）。

引自 第三章《先秦理性精神》

本书不同意时下中国哲学史研究中广泛流行的论调，把这种新的世界观人生观以及作为它们理论形态的魏晋玄学，一概说成是腐朽反动的东西。实际上，魏晋恰好是一个哲学重新解放，思想非常活跃、问题提出很多、收获颇为丰硕的时期。……这个时代是一个突破数百年的统治意识，重新寻找和建立理论思维的解放历程。

引自 第五章《魏晋风度》

如果说，以李白、张旭等人为代表的“盛唐”，是对旧的社会规范和美学标准的冲决和突破，其艺术特征是内容溢出形式，不受形式的任何束缚拘限，是一种还没有确定形式、无可仿效的天才抒发，那么，以杜甫、颜真卿等人为代表的“盛唐”，则恰恰是对新的艺术规范、美学标准的确定和建立，其特征是讲求形式，要求形式与内容的严格结合和统一，以树立可供学习和仿效的格式和范本。……后者对后代社会和艺术的密切关系和影响，比前者远为巨大。

引自 第七章《盛唐之音》

参考文献

[1]李泽厚.美的历程[M].北京:生活·读书·新知三联书店,2009.
[2]张红芸.漫不经心巡礼触摸到的心灵历史:评《美的历程》[J].中国教育学刊,2020(2):131.

导读人简介

王梅,图书馆学硕士,东南大学图书馆资深馆员。

通向内在之路的独白

导读人：刘宇庆

自古至今，就人性的争论有很多，中国古代就有性善论、性恶论等观点，国外也有对人性善恶的见解，常见于宗教理论、心理学思想与管理学理论之中。人性的本质就日常用语上有狭义和广义两方面：狭义上是指人的本质心理属性，也就是人之所以为人的那一部分属性，是人与其他动物相区别的属性；广义上是指人普遍所具有的心理属性，其中包括人与其他动物所共有的那部分心理属性。无论人的本质心理属性，还是人与动物所共有的属性，都是人类所共有的心理属性。兽性常被用来形容极端野蛮和残忍的性情，还可被理解为人有时所反映出的作为动物的一种本性，即刨除人特有的文化、思维等所剩下的原始性情。由达尔文的进化论而知，人来源于动物界这一事实，已经决定人永远不能完全摆脱兽性，所以问题永远只能在于摆脱得多些或少些，在于兽性或人性程度上的差异。刘慈欣也说过："失去人性，失去很多；失去兽性，失去一切。"

赫尔曼·黑塞笔下《荒原狼》中的主人公哈勒尔就是因自身人性与兽性两者之间的共存与冲突而受到了精神上的折磨，形成了性情上的分裂。小说的主人公哈勒尔是个正直的作家，他鄙视现代社会的生活方式，常常闭门不出，令人窒息的空气使他陷于精神分裂的境地。一天，他偶然读到一本《论荒原狼》的小书，顿觉大梦初醒，认为自己就是一个"人性"和"狼性"并存的荒原狼。哈勒尔在与赫尔米娜、帕布罗、玛丽亚等几个重要人物之间的互相交往中走向了人生的两难，陷入了生命的绝境；庆幸的是，最终他从歌德、莫扎特等"不朽者"的崇高思想中得到启发并治愈了自己，重新回到现实生活。小说幻想色彩浓郁，象征意味深远，被誉为德国的《尤利西斯》。

一、赫尔曼·黑塞的文学路

赫尔曼·黑塞出生于德国，是在具有浓厚宗教色彩和东方精神的环境中长大的。黑塞从小就接受比较广泛的文化和开放的思想，不仅受到欧洲文化的熏陶，也有东方——主要是中国和印度——古老文化的影响。在此部作品中，可以感受到黑塞将东方印度宗教中个人救赎理念和西方基督教普世救赎的愿景合而为一的理念。黑塞爱好音乐与绘画，热爱大自然，厌倦都市文明，黑塞的诗充满了浪漫气息，被雨果·巴尔称为“德国浪漫派最后一位骑士”。

1918年，德国爆发了十一月革命。然而革命遭遇到了失败，大资产阶级和将军们还统治着这个国家，社会动乱，物价飞涨，民不聊生。1919年，黑塞写道：“我们不仅一起目睹了世界性的巨大灾难，而且探讨了这个灾难，从中获得了巨大的力量。”由于他挺身而出，反对战争，结果在自己祖国的报刊上被宣布为叛徒，大量报刊转载攻击他的文章，许多老朋友与他决裂，他甚至丧失了房屋、家庭以及财产。1919年黑塞迁居瑞士，坚持同军国主义、法西斯主义斗争，直至二战结束。他的写作充满了人道主义精神和对人类的爱心，并试图从宗教、哲学和心理学方面探索人类精神解放的途径。创作生涯中期的他醉心于尼采哲学，求助于印度佛教和中国的老庄哲学，并对荣格的精神分析产生了深厚的兴趣。他的作品着重在精神领域里挖掘探索，无畏诚实地剖析内心，因此他的小说大多具有心理的深度。1927年发表长篇小说《荒原狼》，引起了德国文学界的激烈争论。1946年，“由于他的富于灵感的作品具有遒劲的气势和洞察力，也为崇高的人道主义理想和高尚风格提供一个范例”，黑塞荣获诺贝尔文学奖。

二、哈里·哈勒尔的精神苦

《荒原狼》没有曲折复杂的情节，没有众多关系错综的人物，而着重描写主人公哈勒尔的内心世界。小说从三个不同层次把荒原狼的灵魂展现在读者面前。第一层，作者以出版者序的方式描写荒原狼的外表、生活方式和人格以及给他——普通市民——留下的印象；第二层是穿插在自述中的《论荒原狼——为狂人而作》的心理论文，论述了荒原狼的本质与特性；第三层是哈勒尔自述，这是小说的主要部分，用第一人称叙述哈里·哈勒尔在某小城逗留期间的经历与感受、矛盾与痛苦。哈勒尔的自述不啻一次“穿越混乱阴暗的心灵世界”的地狱之行。作者分别以第三人称视角和第一人称视角来演绎故事，以大量的心理独白和评叙来铺展故事，其中穿插了很多联想、印象、回忆、梦境、幻觉，把现实与幻觉糅合在一起。在小说结尾的魔剧院一节，这种意识流的运用达到了顶点。

小说主人公哈里·哈勒尔自称荒原狼，一只“迷了路来到我们城里，来到家畜群中的荒原狼”。哈勒尔年轻时曾想有所作为，做一番高尚而有永恒价值的事业，他富有正义感，具有人道主义思想。但是在现实生活中，他的理想破灭了。他反对互相残杀的战争，反对狭隘的民族沙文主义和军国主义，却招来一片诽谤与谩骂；他到处看到庸俗鄙陋之辈，追名逐利之徒，各党各派为私利而倾轧；他深感时代与世界、金钱与权力总是属于平庸而渺小的人，真正的人却一无所有。社会上道德沦丧、文化堕落，什么东西都发出一股腐朽的臭味。荒原狼与这个社会格格不入。

哈勒尔的精神痛苦与危机并不是通过描写他与现实的直接矛盾冲突展现的，而是通过自我解剖、通过灵魂的剖析，淋漓尽致地展现在读者面前。在第三视角中是这样描写荒原狼的：“在这段时间里，我越来越意识到，这位受苦者的病根并不在于他的天性有什么缺陷，恰恰相反，他的病根是在于他巨大的才能与力量达不到和谐的平衡。我认识到，哈勒尔是一位受苦的天才，按尼采的某些说法，他磨炼造就了受苦的天才能力，能够没完没了地忍受可怕的痛苦。我也认识到，他悲观的基础不是鄙视世界，而是鄙视自己，因为在他无情鞭笞、尖锐批评各种机构、各式人物时，从不把自己排除在外，他的箭头总是首先对准自己，他憎恨和否定的第一个人就是自己……”“我对荒原狼的经历所知不多，但我有充分的理由推测，他曾受过慈爱而严格虔诚的父母和老师的教育，他们认为教育的基础就是‘摧毁学生的意志’。但是，这位学生坚韧倔强，骄傲而有才气，他们没有能够摧毁他的个性和意志。这种教育只教会他一件事：憎恨自己。整整一生，他都把全部想象的天才、全部思维能力用来反对自己，反对这个无辜而高尚的对象。不管怎样，他把辛辣的讽刺、尖刻的批评、一切仇恨与恶意首先向自己发泄；在这一点上，他完完全全是个基督徒，完完全全是个殉道者。对周围的人，他总是勇敢严肃地想办法去爱他们，公正地对待他们，不去伤害他们，因为对他说来，‘爱人’与恨己都已同样深深地扎根于他的心中。他的一生告诉我们，不能自爱就不能爱人，憎恨自己也必憎恨他人，最后也会像可恶的自私一样，使人变得极度孤独和悲观绝望。”

三、那个时代的市民病

荒原狼的精神危机和疾病并不是个别现象，而具有一定的典型性。“这是一个时代的记录……哈勒尔心灵上的疾病并不是个别人的怪病，而是时代本身的弊病，是哈勒尔那整整一代人的精神病。”黑塞生活的时代，资本主义进入帝国主义阶段，各种社会矛盾进一步激化，资本主义的腐朽性和寄生性更加明显地表现出来。主人公哈勒尔就是那种“处于两种时代交替时期的人，他们失去了安全感，不再感到清白无辜，他们的命运就是怀疑人生，把人生是否有意义这个问题作为个人的痛苦和劫数加以体验”。人们追求的是赤裸裸的物质利益，精神道德不受重视，传统文化和人道思想遭到摧残。像哈勒尔这样的正直知识分子与严酷的现实发生了冲突，他们惶惑、彷徨、苦闷。他们内心的痛苦与矛盾是他们与社会现实发生矛盾的反映。

黑塞从人道主义立场出发反对战争，他在小说中敏锐地批判了社会现实：作为永恒人性的“市民精神”，无非是企求折中，在无数的极端和对立面之中寻求中庸之道。我们从这些对立面中任意取出一对为例，例如圣者与纵欲者的对立，我们的比喻就很容易理解了。一个人有可能献身于精神，献身于向圣洁靠拢的尝试，献身于圣贤的理想。反过来，他们也有可能完全沉溺于欲望中，一味追求私欲，他们的全部活动都是为了获得暂时的欢乐。一条路通往圣人，通往献身于精神，把自己奉献给上帝。另一条路通往纵欲者，通往沉溺于欲望，通往自我堕落。而普通市民则企图调和，在两者之间生活。他们从不自暴自弃，既不纵欲过度，也不禁欲苦行，他们永远不会当殉道者，也永远不会赞同自我毁灭。相反，他们的理想不是牺牲自我，而是保持自我，他们努力追求的既不是高尚的德行，当个圣人，也不是它的对立面。他们最不能忍受的是不达目的决不罢休的精神。他们虽然侍奉上帝，但又想满足自己的欲望。他们虽然愿意做个仁人君子，但又想在人世间过舒适安逸的日子。总而言之，他们企图在两个极端的中间，在没有狂风暴雨的温和舒适的地带安居乐业。他们成功地做到了这一点，不过放弃了某些东西：他们的生活和感情缺乏那种走极端、不达目的不罢休的人所具有的紧张与强度。只有牺牲自我才能积极地生活。而普通市民最看重的是“自我”

（当然只是发育不良的自我）。他们牺牲了强度而得到了自我的保持与安全。他们收获的不是对上帝的狂热，而是良心的安宁，不是喜悦而是满足，不是自由而是舒服，不是致命的炽热而是适宜的温度。因此，就其本质来说，市民的生活进取性很弱，他们左顾右盼，生怕触犯自己的利益，他们是很容易被统治的。因此，他们以多数代替权力，以法律代替暴力，以表决程序代替责任。

四、精神偶像显神功

在《荒原狼》瑞士版后记中，黑塞写道："荒原狼的故事写的虽然是疾病和危机，但是它描写的并不是毁灭，不是通向死亡的危机，恰恰相反，它描写的是疗治。"那么，他的疗治药方是什么呢？小说里一再出现莫扎特和不朽者。他认为，人们必须用具有永恒价值的信仰去代替时代的偶像，而这信仰就是对莫扎特和不朽者的崇敬，对人性的执着追求，代表着具有永恒价值的、美好的、人性的、神圣的、高尚的精神。从黑塞对荒原狼精神危机的分析、对他所生活的时代的精神文化日趋没落的描写中可以看出，他追求抽象的自由，探索永恒的人生价值，希望人的个性得到充分发展。

在"哈里·哈勒尔自传"部分，作者以第一人称叙述了"我"的救赎过程。逃避现实的"我浑浑噩噩度过了一天，……对我来说，这是平平常常、早已过惯了的日子：一位上了年纪而对生活又不满意的人过的不好不坏、不冷不热、尚能忍受和凑合的日子，没有特别的病痛，没有特殊的忧虑，没有实在的苦恼，没有绝望，在这些日子里我既不激动，也不惧怕，只是心境平静地考虑下述问题：是否时辰已到，该学习阿达贝尔特·斯蒂夫脱的榜样，用刮脸刀结束自己的生命？""我"曾自恃清高，只欣赏莫扎特等人的高雅音乐，摒弃俗曲。在一次不情愿地到老友家做客时，因为主人收藏的"我"的偶像"歌德"的一幅庸俗的版画像而爆发激烈争吵。"我"在孤独中徘徊，犹豫是否要将已决定好的五十岁那天自杀的计划提前。但是，黑夜中"我"在酒馆遇见另一半的感性自我——妙龄女郎"赫尔米娜"，便激活了内心未曾享受过的爱之欲望。离婚的妻子"她教给我友谊、冲突和颓丧"，而此时新女伴教会"我"感受到生活的新乐趣。此刻，哈勒尔的自我疗愈之路便开始了。

假面舞会的狂欢把故事引向高潮，也让荒原狼体会到人类中的每一个人虽然都只是脸谱群中的一个可能角色，在狂欢中"欢乐时灵魂和上帝融为一体……从自身超脱出来”，可以归入永恒。荒原狼进一步学习到“大家都是你属于我，我属于你。……我也存在于他们身中，他们对我也不陌生，他们的微笑就是我的微笑，他们的追求就是我的追求，我就是他们的”。他们的命运并非就不是我们个人的命运，他人的命运只不过是我们命运的缺失状态，归根结底我们都来源于同一个永恒。

在“我”脱掉了“我”的外衣，戴上新面具，丢掉了“我”的“人格眼镜”后，帕勃罗开始面对初步觉悟的“我”表演魔术，变成无数个不同角色向“我”长篇大论地开示：以一个小魔镜展现出“我”不同年龄阶段的可能的万千形象，这万千形象又流向“我”哈里这一个形象，“在更幸福的星光下，（我）又一次经历了我的全部爱情生活”和坎坷经历；帕勃罗的魔剧院里有无数个包厢，每个包厢里都是一种命运状态。荒原狼最后领悟“感性”和“理性”的两极对立分法，“两者都非常天真地把事情简单化，它们就可怕地歪曲生活，使人无法生活。原先把人看作是崇高的理想，可是现在对人的看法正在开始变成千篇一律的模式。我们这些疯子也许能使它重新高尚起来”。人不是固定的单一模式，他的内部还有千万种对立，他是多种命运可能性的集合和衍化。“人是永恒的整体这个观点是错误的，它会给人带来不幸，……人由许多灵魂，由无数个‘我’构成。”“像作家用少数几个角色创造剧本那样，我们用分解了的自我的众多形象不断地建立新的组合，这些组合不断表演新戏，不断更换新的情景，使戏始终具有新的引人入胜的紧张情节。”“这是用同一种材料建立的同一个世界，不过色彩变了，速度变了，强调的主题不同，情景不同。”在彻底觉悟之前，荒原狼感觉到“周围是无穷无尽的门、牌子、魔镜的世界。”最后帕勃罗幻化为“我”的永恒世界中的偶像莫扎特，现身向“我”说法：人就是永不止息地承受痛苦、喜悦，朝向真理世界前行，演绎永恒的可能状态，最后以死回归永恒。

“您应该理解生活的幽默，生活的绞刑架下的幽默……应该学会听该死的生活的广播音乐，应该尊敬这种音乐后面的精神，学会取笑音乐中可笑的，毫无价值的东西。”终生不死，是魔剧院中对人最大的惩罚。黑塞否定的不是一个特定的所谓资本主义社会，因而他的作品具有了超越时代的价值！

故事的结尾，哈勒尔终于从无数幻境中醒来，“我总有一天会更好地学会玩这人生游戏。我总有一天会学会笑。帕勃罗在等着我，莫扎特在等着我”。

精彩片段

我一度很绝望，很长时间我在自己身上寻找原因。我想，生活肯定总是对的，如果生活嘲弄了我的美梦，那么，我想，我的梦大概太蠢，我的梦大概没有道理。可是这无济于事。我眼明耳聪，也有点好奇，于是我仔细观察这所谓的生活，观察我的熟人和邻居，观察了五十多人及他们的命运。我看到，哈里，我的梦想是对的，百分之百正确，你的梦想也对。而生活是错的，现实是错的。对当前这个简单、舒适、很易满足的世界说来，你的要求太高了，你的欲望太多了，这个世界把你吐了出来，因为你与众不同。在当今世界上，谁要活着并且一辈子十分快活，他就不能做像你我这样的人，谁不要胡乱演奏而要听真正的音乐，不要低级娱乐而要真正的欢乐，不要钱而要灵魂，不要忙碌钻营而要真正的工作，不要逢场作戏而要真正的激情，那么，这个漂亮的世界可不是这种人的家乡。

引自 第二章《哈里·哈勒尔自传》

人并没有高度的思维能力。即使最聪慧、最有教养的人也是经常通过非常天真幼稚的、简化的、充满谎言的公式的有色眼镜观察世界和自己，尤其在观察自己时更是如此！因为从表面看，所有的人似乎都具有一种天生的、必然的需要，把自我想象为一个整体。这种狂热尽管会经常地受到巨大的冲击而动摇，但它每次都能复元如旧。坐在杀人犯面前的法官直盯着他的眼睛，在某一瞬间，他听见杀人犯用他（法官）的声音说话，他在自己的内心深处也发现有杀人犯的感情、能力和可能性，但他很快又变成了一个整体，又成了法官，转身回到想象中的自我的躯壳中，行使他的职责，判处杀人犯死刑。如果那些才智超群、感情细腻的人朦胧地意识到自己是多重性格，如果他们如同每个天才那样摆脱单一性格的幻觉，感觉到自己系由许多个自我组成，那么，只要他们把这种意识和感觉告诉人们，多数派就会把他们关起来，他们就会求助于科学，把他们确诊为患有精神分裂症，不让人类从这些不幸者的口中听到真理的呼喊。有许多事情，每个有头脑有思想的人认为是不言而喻需要知道的，然而社会风气却不让人们去谈论。

引自 第二章《哈里·哈勒尔自传》

参考文献

[1]张佩芬.通向内在之路的独白 谈黑塞的《荒原狼》[J].读书,1987(5): 68-78.

[2]涂媛媛,石海翔.危机与疗治:试析赫尔曼·黑塞小说《荒原狼》[J].黑龙江教育学院学报,2010(5): 97-99.

[3]吴华英.堕落时代里的自我拯救:从《荒原狼》看黑塞的悲剧幽默观[J].西北农林科技大学学报(社会科学版),2008(5): 137-140.

[4]许娟.现代灵魂的自我拯救:《荒原狼》中的宗教意识[J].世界文学评论,2009(1): 116-119.

[5]陈敏.《荒原狼》: 传统市民性与现代性困顿中的自我救赎与升华[J].德语人文研究,2018,6(2): 51-57.

[6]谢魏,赵山奎.破除二元对立世界的精神幻象:论《荒原狼》中的"魔剧院"[J].浙江外国语学院学报,2017(4): 82-88.

[7]赫尔曼·黑塞.荒原狼[M].赵登容,倪诚思,译.上海:上海译文出版社,2011.

导读人简介

刘宇庆,图书馆学硕士,东南大学图书馆助理馆员,热爱读书,热爱图书馆事业。

哲学不会使我们富有，却会使我们自由

导读人：武秀枝

科学追求知识，哲学追求智慧。知识容易获得，而智慧却难求。以前一直觉得哲学是一门高深的学问，离我们都很遥远，威尔·杜兰特的这本《哲学的故事》将哲学从学术象牙塔中解放出来，让它进入普通人的生活。这本非常经典的哲学读物，从苏格拉底到当代哲学家，前后介绍并阐述了人类历史上数十位著名哲学家的境遇、情感与生平，包括苏格拉底服毒、柏拉图逃亡、亚里士多德被流放，为了真理师徒三人前仆后继；培根立遗嘱托付“把灵魂送给上帝，把躯体留给泥土，把名字留给后世”；伏尔泰和卢梭两人合伙构建了资产阶级法律民主基础……这些故事让读者在最短的时间内，用最有趣的方法读懂漫长的哲学发展和艰深的哲学精髓。因此，《哲学的故事》并不该被看作是一部哲学史，而是一部关于哲学家的故事。这些故事本身就奇巧而有趣，加上作者娓娓动听的叙述、旁征博引的阐释，使它变成了一部极富魅力的人文经典。《哲学的故事》出版后，第一年连续再版22次，迅速被译成18种语言，掀起了世界范围的哲学热潮。

柏拉图说：“哲学是一种高尚的欢愉。”在人类历史上曾有过一个叫做“生命之夏”的黄金时代，人们对真理的追求、对智慧的渴望，超过了对肉欲和金钱的追求。也许，古人对智慧的这种无以复加的崇尚至今仍残留在我们饥渴的灵魂中。人的一生中，很多时光都在迷茫、无聊、犹豫中度过，我们不断地探索着未知的领域，也在不断地发现未知的自我，这是支撑我们活下去的精神追求。

卢梭说:“要做一个哲学家,并不是有深刻的思想,或者去创立一个学派就行了,而是要热爱智慧,并受它的指引去过一种朴素、独立、豁达和充满信心的生活。”从这个意义上来说,哲学不会教你谋生的本事,也不会教你如何航船,更不会教你如何修理停运的机器,但是它能让我们活得更加丰满,使我们获得自由。

一、亚里士多德:幸福的本质

公元前384年,亚里士多德出生在雅典北边一个叫斯塔基拉的马其顿城市,其父是马其顿国王阿敏塔斯(亚历山大的祖父)的朋友兼御医。在医学氛围中长大的亚里士多德从小就对科学向往。亚里士多德师从柏拉图,但在后期与老师的观点产生了分歧。著名的亚历山大也曾是亚里士多德的学生。但这个学生征服世界的热情显然大于对真理的追求。

亚里士多德53岁时创办了一所学校——吕克昂,他的学生可以跟他一起吃饭,一起在体育场漫步。不同于柏拉图的学园侧重数学、思辨以及政治哲学,吕克昂以教授生物学和其他自然科学为主。马克思曾称亚里士多德是古希腊哲学家中最博学的人物,恩格斯称他是“古代的黑格尔”。作为一位百科全书式的科学家,他几乎对每个学科都做出了贡献。他的写作涉及伦理学、形而上学、心理学、经济学、神学、政治学、修辞学、自然科学、教育学、诗歌、风俗,以及雅典法律。亚里士多德的著作构建了西方哲学的第一个广泛系统,包含道德、美学、逻辑和科学、政治和玄学。

亚里士多德的哲学理论非常丰富,其中给我留下深刻印象的是关于伦理和幸福本质的阐述。亚里士多德认为,善并不是人生的目的,人生的目的是幸福。“我们追求幸福是为了幸福本身,而不是为了别的;有时我们之所以选择荣誉、快乐、智慧等等,是因为我们相信幸福能够通过它们获得。”除了一定的物质条件,幸福的主要条件就是理智地生活。美德和优点要依赖于明智的判断、自我控制能力和协调欲望的方法。要想获得美德就必须走中间的道路,即中庸之道。这一点,与中国两千多年前的孔子不谋而合。所以,怯懦和鲁莽之间是勇敢,吝啬与奢侈之间是大方,淡泊和贪婪之间是志向,自卑和骄傲之间是谦虚,沉默与吹嘘之间是诚实,暴戾与滑稽之间是幽默,争斗与阿谀之间是友谊……

此外,亚里士多德认为中庸之道也并非幸福的唯一秘诀,要想获得幸福还需要以下几个方面:一是必须拥有一定数量的金钱,因为贫穷会让人变得吝啬和贪婪，而富有则可以使人摆脱焦虑和贪婪；二是要有稳定的友谊，这种友谊并不需要有很多朋友，因为“朋友多的人其实一个朋友也没有”，“同时与很多朋友建立真诚的友谊是不可能的”，真诚的友谊需要的是持久的热情，而不是一时的亲热；三是广博的知识和纯洁的灵魂，人只有读更多的书，学更多的知识，才能减少对世界的困惑。

亚里士多德对幸福本质的解读对于大多数人都有借鉴意义。我们需要通过自己的努力，积累物质基础，真诚地对待朋友，拥有健康、稳定的亲密关系，并通过不断的学习，获得知识，净化灵魂，才能更接近幸福。

二、培根：伟大的复兴

1561年，培根降生于伦敦的约克宫，这是他父亲尼古拉·培根勋爵的府邸。培根12岁入剑桥大学，后担任女王特别法律顾问以及朝廷的首席检察官、掌玺大臣等。晚年，培根因宫廷阴谋被逐出宫廷，脱离政治生涯，专心从事学术研究和著述活动，写成了一批在近代文学思想史上具有重大影响的著作，其中最重要的一部是《新工具》。另外，他以哲学家的眼光，思考了广泛的人生问题，写出了许多形式短小、风格活泼的随笔小品，集成《培根随笔》。

马克思、恩格斯曾评价培根是“英国唯物主义的创始人”，也是“整个实验科学的真正始祖”。这是对培根哲学特点的科学概括。培根的名言“知识就是力量”成为近代科学理性冲破蒙昧的宗教思想专制的第一声呐喊，推动了哲学的伟大复兴。培根在他的代表作《新工具》中对形而上学理论提出挑战，对西方哲学、逻辑学、科学等多种学科产生持久影响。培根在许多方面都是近代精神的典型代表，他反对古代权威，反对亚里士多德和希腊哲学。他告诉我们，心灵的眼睛永远都不能离开事物自身，它必须接受事物的真正形象——而以前的理论歪曲了事物的形象。我们必须重新开始工作，在一个坚固可靠的基础上提出或建立新的科学、技术和所有人类知识，这一雄心勃勃的事业就是伟大的复兴。

这些观点以及培根强有力的自信心和乐观主义都具有近代特征。过去时代的失败激发了他的希望和信念：一个成就辉煌的时代即将到来，伟大的事物即将出现，抛弃过去毫无成果的科学，世界和社会的面貌将会改变。培根的新社会秩序的观点基于科学和技术，在《新大西岛》中培根描述了这一观点。他始终强调实践的目标:"把真理用到获取人类的善上面,始终是关注的目标。"

培根是一位非常伟大的哲学家,虽然现在很少有人读他的哲学著作,但他曾经"震撼了那些震撼世界的人"。他是文艺复兴时期乐观、坚定、雄辩的代言人,他在一个几乎没有艺术和科学的时代,规划了一本包罗万象的科学艺术词典蓝图。达朗伯称赞培根是"最伟大、最博学、最雄辩的哲学家"。

三、叔本华:痛苦的世界

1788年,叔本华出生在但泽。父亲是个商人,后因发疯,投水自杀身亡。母亲很有才华,是当时最受欢迎的通俗小说家之一,跟歌德等文豪都有交往。叔本华的母亲一直与务实而缺乏情趣的丈夫不和,她与叔本华的关系也有很深的隔阂。叔本华是一个没有体验过母爱的人,或者更糟糕的是,他是被母亲恨过的人,所以没有理由喜欢这个世界。原生家庭带来的痛苦,让叔本华的很多思想都带着悲观的色彩。

叔本华上承康德、下启尼采,可以说是现代哲学的先驱。他是哲学史上第一个公开反对理性主义哲学的人,并开创了非理性主义哲学的先河,也是唯意志论的创始人和主要代表之一,他认为生命意志是主宰世界运作的力量。叔本华没有获得母爱,也没有妻子、儿女、朋友,其哲学思想充满了悲观主义色彩,从人生的本质、社会现象到婚姻和爱情,都充斥着大量对人世的叹息与无奈。尽管如此,他的思想也非常值得我们去思考、品味。

哲学家们通常把思维与意识当作心灵的本质,认为人是知性和理性的动物。而叔本华认为,生命源于意志,理性服从于人的欲望。人生的驱动力在于生命意志,这里的意志也可以理解为欲望,如生存的欲望、生殖的欲望,甚至于求死的欲望。从这一点出发可以得出,人是非理性的。如果世界是意志,那么它就是一个痛苦的世界。叔本华认为,导致人生活得痛苦的原因有三个:一是意志本身就意味着欲望,而欲望总是大于能力的,人的一个欲望满足以后,随之而来的可能是十个未满足的欲望。只要人还在受着欲望的摆布,必然是痛苦的。二是痛苦是人生的基本刺激和实体,而快乐不过是痛苦的消极中断。人们一直追求着幸福,得到了就视为理所应当,往往是失去后才能看到其价值,所以幸福只能靠抑制痛苦来消极地满足我们。三是"欲望和痛苦一旦给人以喘息的机会,疲倦就会立刻光临,使他不得不另寻消遣"——即寻找更多的痛苦。这就不难理解为什么有的人明明物质生活非常富足，但依然得不到快乐，甚至做一些常人无法理解的事去寻找快乐，因为无聊就是上流社会的“祸根”。而人的不幸还在于生物的等级越高，痛苦就越大。知识的增长也于事无补。真正的天才总是承受着比常人更多的痛苦，因为他们有优于常人的、敏锐的感受能力。

叔本华对于婚姻的态度也是绝望的。他认为：“婚姻的目的不是愉悦个人，而是延续物种。”所以，推动婚姻的是人的生殖欲望。如果“因爱而结婚，悲叹度一生”。因为爱情而结合的婚姻，激情将在婚姻生活中被柴米油盐消耗殆尽。

现代社会充斥着各种励志文、鸡汤文等“乐观主义”的东西，满足着大众的情绪需求。实际上，叔本华的“悲观”哲学，在某种程度上让我们看到了世界的真相，也蕴含着人生的智慧。叔本华认为“只有无知的年轻人才能拥有幸福”，我想这也是中国人常说的“难得糊涂”。这个世界并不是我们的敌人，也不是我们的朋友，说到底它就是我们手里的原料，可能是天堂，也可能是地狱，这取决于我们看世界的态度。

四、尼采：热烈的生命

1844年10月15日，尼采出生在普鲁士的洛肯。尼采的生日恰好是当时的普鲁士国王弗里德里希·威廉四世的生辰。由于尼采的父亲曾教过4位公主，于是他获得恩准以国王的名字为儿子命名。尼采回忆：“无论如何，我选在这一天出生，有一个很大的好处，在整个童年时期，我的生日就是举国欢庆的日子。”尼采5岁时，父亲不幸坠车震伤，患脑软化症，不久就去世了。由于父亲过早去世，他被家中信教的女人们（他的母亲、妹妹、祖母和两个姑姑）团团围住，她们把他娇惯得脆弱而敏感。在尼采的成长过程中，虔诚的清教徒母亲的影响不容忽视，后来他终生保持着清教徒的本色，犹如石雕一般纯朴。1889年，尼采失去了理智，精神开始崩溃。

从世俗的角度来讲，尼采的人生过得并不顺利，他的思想发展并没有达到自己预期的目标，他所在的时代能够理解他想法的人也寥寥无几，可怕的孤寂始终包围着他，身体和精神的疾病折磨着他。不同于亚里士多德，尼采并没有建立起一套完整、庞大的哲学体系，他的作品以散文、格言和警句居多，他的字里行间并不是为了证明什么，而是预告和启示。任何一个没有偏见的人拿起他的作品，都会发觉它们才华横溢、光彩夺目、豪气冲天。

关于生命，尼采说："对待生命你不妨大胆冒险一点，因为好歹你要失去它。如果这世界上真有奇迹，那只是努力的另一个名字。生命中最难的阶段不是没有人懂你，而是你不懂你自己。"对待痛苦，他说："欢乐和痛苦紧紧相连，无法只有欢乐没有痛苦。你生活中要做个决定，要么痛苦少，欢乐也少；要么痛苦多，欢乐也多。"面对生活，他说："我们热爱生活，不是因为我们习惯于生活，而是因为我们习惯于爱。"尼采的思想能让人感觉到一种对生命的热爱，他肯定了人世间的价值，提倡昂然的生命力和奋发的意志力。如果说叔本华让我们看清世界的真相，那尼采就是让我们在看到世界的残酷之后，仍然保持对生活的热爱。

在人类漫长的发展历史中，哲学一直扮演着非常重要的角色。哲学家们带着人们探索生命的意义，认清生活的真相，教人分辨善与恶、美与丑、秩序与自由。"科学教给我们如何救人和杀人，它一点点地降低了死亡率，却又在战争中把人们大批地杀死。只有智慧这种按照全部经验进行协调的愿望，才能告诉我们何时杀人、何时救人。"可以说，科学观察运动过程，设想解决方法；哲学则对目的进行评议和协调。如果只有科学没有哲学，就像只有事实而没有价值和对未来的展望，是不能把人类从劫难和绝望中救出来的。在阅读这本书的过程中，我无数次感觉自己是如此地幸运，能够领略到这么多思想家、殉道者用毕生经验总结出来的智慧结晶，也非常迫切地想要把这本书推荐给更多在迷茫和困惑中的人。

精彩片段

总之，理想的社会应该是每一个阶级和个人都有属于自己的位置，去从事适宜自己本性和能力的工作。在这里，任何阶级和个人都不去干预他人的活动，但所有的人都能互相配合，从而营造出一个和谐高效的社会。这就是一个正义的国家。

引自 第一章《柏拉图》

他（培根）认为，学习不能是唯一的目的，它自身也算不上智慧；知识不运用于行动便只是苍白无力的学术虚荣而已。"投入过多的时间在学习上是懒惰，将学到的知识过多地用于装饰是虚伪，全凭书本上的教条下决断是学究气……手工业者讨厌学问，头脑简单之人敬仰学问，而真正有智慧之人运用学问；因为学问本身并不教你如何运用，而需要一种脱离它、超越它、由观察得出的智慧。”

引自 第三章《弗兰西斯·培根》

挣脱了意志的束缚，理性就能真切地观察事物。就像阳光穿透云层一样，思想能穿过激情的迷障，揭示事物的本质。正因为排除了主观偏见，天才在这个固执、务实和自私的世界中才感到难以适应。他看得远，却没有留心眼前；他粗心、孤僻，他的眼睛凝望星空，身体却掉进了水坑。但是，“美带来的快乐，艺术给予的安慰……足以使他忘却生活的细枝末节”并且“补偿他由于清醒而增加的痛苦，以及在人群中所受的冷遇”。

引自 第七章《叔本华》

关于谦虚，叔本华曾说过：“所谓的谦虚只是虚伪的谦卑，在一个妒贤嫉能的世界里，圣贤不得不谦虚谨慎，请求那些庸人宽恕自己的杰出和卓越。无疑，当谦虚被当成美德时，世上的傻瓜就占了很大的便宜。因为那时候，人人都应该如傻瓜一般，在提及自己时抱着谦虚的态度。”

引自 第七章《叔本华》

或许，我最知道为什么人类是唯一会笑的动物：孤独的他承受着太多的痛苦，使他不得不创造出笑来。

引自 第九章《弗里德里希·尼采》

参考文献

[1]维尔·杜兰特. 哲学的故事[M]. 肖遥，译. 北京：中国妇女出版社，2004.

导读人简介

武秀枝，硕士，东南大学图书馆助理馆员，从事阅读推广相关工作。

重读米兰·昆德拉

导读人：吴媚

初读《不能承受的生命之轻》是源自大学时期好友的推荐。《不能承受的生命之轻》是捷克小说家米兰·昆德拉最负盛名的作品，1984年在法国出版，1987年被拍摄成电影《布拉格之恋》。《美国新闻周刊》评价说："昆德拉把哲理小说提高到了梦幻抒情和感情浓烈的一个新水平。"《纽约时报》曾高度评价："《生命中不能承受之轻》是20世纪最伟大的小说之一，昆德拉借此坚定地奠定了他作为世界上最伟大的在世作家的地位。"

当时我读到这本书时，感受到这是一本特别让人难过的书。生命只是一个过程而已，任何人都无法逃避生命的存在与价值。我读到书中主人公之间交织的复杂情感，以及循环阐述的巧思哲理，但并未意识到创作该书背后政治经历的影响。而当我再次阅读后，开始能够透过纸张，思考人生的存在与意义为何。由于敏感的时代背景和内含的复杂意义，在20世纪90年代以前的捷克斯洛伐克，此书一直被禁。小说以1968年苏联侵占捷克斯洛伐克时期为背景，描绘出了一个由托马斯、特蕾莎、萨比娜和弗兰茨四位主人公构建的情感世界，字里行间看似举重若轻，实则探讨了一系列生命之哲学命题，如轻与重、灵与肉等。

现在看来，昆德拉的确擅长将政治与人性等敏感领域的题材，注入自己的哲学观念和思考，将小说上升到形而上学的高度。该书揭示出政治化了的社会内涵，呈现特定历史与政治语境下个人命运、人性考察，以及探索两性关系的本质。这些元素被糅合到一起，整体上来看呈现出的更多的是一部哲理小说，哲学与文学的表达丝毫没有冲突，几乎每个人物、每个情节乃至故事发生的时代背景都是各种隐喻的集合。

一、米兰·昆德拉其人

米兰·昆德拉1929年出生于捷克斯洛伐克布尔诺市。其父亲为钢琴家、音乐艺术学院教授。童年时代，他便学过作曲，受过良好的音乐熏陶和教育；少年时代，开始广泛阅读世界文艺名著；青年时代，写过诗和剧本，画过画，搞过音乐并从事过电影教学。总之，用他自己的话说，“我曾在艺术领域里四处摸索，试图找到我的方向”。昆德拉在布拉格艺术学院担任教授期间，带领学生倡导了捷克斯洛伐克的电影新浪潮。

1968年苏联占领了布拉格之后，曾经是共产党员的昆德拉遭到作品被禁的厄运。1975年，他移居法国，很快便成为法国读者最喜爱的外国作家之一。他的绝大多数作品，如《笑忘录》(1978)、《不能承受的生命之轻》(1984)、《不朽》(1990)等都是首先在法国走红，然后才引起世界文坛的瞩目。昆德拉曾多次获得国际文学奖，并多次被提名为诺贝尔文学奖的候选人，被誉为当代最富想象力和影响力的作家，被法国总统特授公民权。

昆德拉善于以反讽手法，用幽默的语调描绘人类境况。他的作品表面轻松，实质沉重；表面随意，实质精致；表面通俗，实质深邃而又机智，充满了人生智慧。正因如此，在世界许多国家，一次又一次地掀起了“昆德拉热”。

昆德拉在该书中写道：“我小说中的主人公是我自己未曾实现的可能性……小说不是作家的忏悔，而是对于陷入尘世陷阱的人生探索。”这符合昆德拉小说的原则——不断地对自我进行追问，就像在他的另一本书《小说的艺术》中提出的，“在我的小说中，探索自我意味着抓住其生存问题的实质，抓住了生存的暗码……或者是构造人物的某些关键词”。核心的两个关键词是“生存”“自我”，通过关键词的牵引不断追问自我和存在。这种存在之思和追问自我自有其言说的合理性，可以说这就是昆氏小说的创作背景、具体内涵。

昆德拉的小说基本上都是非线性结构，是现代派作家中流行使用的写法。他们常常利用插叙、倒叙、重复乃至意识流和非逻辑等等写法，打破时间和空间限制，试图使小说产生结构上的意义。本书的故事内容，如果按照传统的叙事结构写，小说的艺术审美将会大打折扣。昆德拉将小说写出了散文和片段随笔的风格，所分的章节都很短小，大多在几百字到两千字之间。整部小说举重若轻，信手拈来一些寻常小事，用轻捷的线条捕捉凝重的感受，用轻松的问题开启沉重的话题。

昆德拉在叙事审美上，更接近于夹叙夹议的手法，一边讲述故事，一边大发评论。很多作家认为，在小说中发表自己的议论实在不算是一件明智的事情。一般来说，小说会极力将作者自己隐藏在叙事的背后，让读者感觉不到作者的存在，生怕影响读者的阅读感受。昆德拉的小说里，经常可以见到他随时中止叙事，转而开始各种哲学论述，或者对人物展开各种分析评价。昆德拉的读者反而很容易被他哲思的高度及深度所吸引，这使作者与读者构成一种共时状态，从而获得“现场直播”式的真实感。

昆德拉创作小说的背景是捷克斯洛伐克，地处西欧与俄罗斯之间，是连接两大文化的接合部，经受着双重的文化冲击。最容易令人产生共鸣的是，捷克斯洛伐克同样经历了社会主义的曲折发展道路。比如说，小说中的故事背景——“布拉格之春”事件。1968年，捷克斯洛伐克发起政治体制改革，苏联认为其有脱离苏联控制的倾向，是对于东欧地区政治稳定的一种威胁，便发起了武力进攻。捷克斯洛伐克的这段民主化进程，在一个深夜开始的20万军队和5000辆坦克的武装入侵后宣告失败。历史中，“布拉格之春”并没有掀起多大的浪花，但对个人的命运却有巨大影响。昆德拉围绕着几个人物的不同经历，通过他们对生命的选择，将小说引入哲学层面，对诸如回归、媚俗、遗忘、时间、偶然性与必然性等多个范畴进行了思考。作者对人生的命运与价值的关注是该书的主题。

二、对立的哲学概念

《不能承受的生命之轻》像昆德拉其他所有的小说一样，不是一部以精巧的情节而是以深入的哲学思考引人入胜的小说。昆德拉在开篇就提到了一系列的哲学概念，“这就是尼采说永恒轮回的想法是最沉重的负担的缘故吧。如果永恒轮回是最沉重的负担，那么我们的生活，在这一背景下，却可在其整个的灿烂轻盈之中得以展现。但是，重便真的残酷，而轻便真的美丽？……只有一样是确定的：重与轻的对立是所有对立中最神秘、最模糊的”。尼采哲学中有一个观念叫做永恒回归，大致的意思是如果整个世界时间是永恒的而能量是有限的，只要时间足够久的话，这个世界上曾经发生过的一切事情都会再发生一遍、两遍甚至无数遍。昆德拉反其道而行之，提出如果生命就是要经历事情的循环，如果生命的任何事情都只有一次的话，那生命则太轻。本书多次以轻与重、灵与肉为章节题名，对立的哲学概念贯穿全书。读完全书，个人理解的轻与重，其实就是我们生命之中所背负的责任。生命之所以脆弱且美丽，是因为它既不能轻飘飘的，让人远离大地，也不能过度负重，把人压在地上。在这部小说中，所有的主人公都在不同的重量之间摆动，用自己的生命践行着这一问题："到底选择什么？是重还是轻？"

主人公托马斯可以说是追寻生命之"轻"的人物：作为拥有公务员待遇的外科医生，他的身边不乏各色情人，在渴望女人的同时也惧怕女人。托马斯不愿担负人生之"重"，选择结束两年不到的婚姻后，也放弃了儿子的抚养权，而发展出一套外遇守则，在与情人的交欢中追寻每个人身上百万分之一的独特性。他执着于追求生命之"轻"，追求的是自由。耽于情欲只是托马斯的表面，寻求自身的独立、不为某种世俗的模式所吞没才是托马斯真正的意图所在。特蕾莎的出现使他脱离了虚无的追求，托马斯与特蕾莎的相爱，让他背负起了恋人、丈夫的责任，有形无形的生命之重。托马斯有着自身坚守的道德观，拒绝发表声明向苏联当局妥协。托马斯生命之"重"与"轻"的界线已经模糊了，那"不能承受之轻"或许恰恰成了"不能承受之重"。

而特蕾莎，可以说是一个生命之"重"的人物。她曾是酒吧女侍时偶然结识托马斯，又通过萨比娜学会摄影。她的青少年时期一直在母亲的阴影中度过，婚后也一直因为托马斯的出轨行为饱受煎熬。对于托马斯而言，特蕾莎是他从涂了树脂的篮子里抱出来安放在床榻之上的孩子；对于母亲而言，特蕾莎是她无法弥补的大写的过错；于她自己而言，她是在"灵与肉"的生存境遇中苦苦挣扎的女人。特蕾莎在不断挣扎着，祈求看到自己灵魂和存在的不同性。特蕾莎心中的爱情是理想化的，她认为肉体和灵魂不能够人为分割。不论在爱情上还是在社会关系上，她都处于对托马斯的依赖地位，但在书的最后部分，特蕾莎逐渐摆脱了这种生命之"重"，几乎转变为生命之"轻"。

小说对人生意义和价值的探讨耐人寻味。任何人都无法逃避生命的存在与价值的问题。在昆德拉看来，人生是痛苦的，这痛苦来自对人生的"追求"。世人为自己选择的生活目标而努力，殊不知，目标本身就是一种空虚。人们被各种"追求"所累，成为"追求"的奴隶而不自知。在"追求"的名义下，无论选择哪种生活方式，最终都只是无休止地复制前人。这大约就是昆德拉所谓"媚俗"的最根本的含义。然而，一种固守自我、不执着于某物的生活态度，是否就称得上是“轻”呢？从这个角度去看，小说中其他人物的命运同样引人深思。

萨比娜是一个生命之“轻”的人物。萨比娜是一个画家，曾经是托马斯的情妇之一，也是特蕾莎妒忌的对象。她具有自由奔放、野性难驯的艺术家特质。萨比娜的“轻”是不停地背叛，背叛自己的父母，背叛丈夫，背叛故国，背叛弗兰茨，选择让自己的人生没有责任而轻盈的生活。她讨厌忠诚与任何讨好大众的媚俗行为，但是这样的背叛让她感到自己人生存在于虚无当中。她同托马斯一样轻视世俗传统的价值观，将媚俗看作一生中最大的敌人。

弗兰茨是一个生命之“重”的人物。他是大学教授，是被萨比娜背叛的情夫之一。弗兰茨结识萨比娜使他得以背叛自己原来的生活，也发现自己过去对于婚姻的执着是多余的假想，他的妻子只是自己对于母亲理想的投射。弗兰茨具有强烈的社会责任感，他想要追寻历史伟大进军的脚步，追求轰轰烈烈的冒险人生。弗兰茨的“重”是对历史的崇尚，对内心政治理想的固守，最终他在一次去柬埔寨的游行途中被当地人杀死。

昆德拉通过这样四个徘徊于生命之“重”与“轻”的形象，道出了世人生活的普遍性体验。书中人物的追求随着情节的推动或多或少发生了改变：原本惧怕女人不愿负责的托马斯，遇见特蕾莎之后爱上她并结了婚；特蕾莎看清自己和母亲的关系，开始释然；萨比娜一直在背叛和逃离媚俗，最终找到了自己的感动；而和萨比娜分手后的弗兰茨，也选择放弃一切开始新的生活。他们的重和轻也都是相对而言的，重或者轻的选择也是不断变化的。

三、政治化的社会内涵

在该书宏大的叙事主题“存在的哲思”下，反观作者用对立的概念“轻与重”和“灵与肉”共同揭示的内涵。在捷克斯洛伐克动荡的社会背景下，个人生命处在政治迫害的环境中被压得疲惫不堪，生命之重已是人们生存的常态。选择“轻”的生命状态从而获得自由和本真，也是迫于这样现实荒谬的环境。

该书第六章“伟大的进军”，指的是1968年苏联入侵捷克斯洛伐克的历史背景设定。昆德拉在谴责苏联侵略者的同时，对历史进行了怀疑主义的思考。他认为伟大进军丧失了意义，已经走到尽头。昆德拉写道：自俄军占领托马斯的国家五年来，布拉格发生了很大的变化：他一半的朋友都移民走了，留下的人当中也有一半都死了。这个事实是任何一个历史学家都不会记录下来的。而捷克国内的共产党声嘶力竭地为自己进行辩护，认为祖国丧失独立与自己没有关系；没有参加告密、揭发、勾结的托马斯的同事们产生了洋洋得意的道德优越感；而以托马斯的儿子西蒙为首的反对派发起了狂热的请愿书运动。这与昆德拉的第一本小说《玩笑》通篇阐述的是一个思想，即历史就是一场玩笑。也是因为这本书的缘故，昆德拉在布拉格之春事件中被迫流亡国外。昆德拉在书中利用故事人物再次发表了自己的看法：历史的进军是一场无意义的运动。书中一直对历史前景充满热忱的弗兰茨，在柬埔寨与越南的国境线上认识到，伟大的进军到此为止了，他蓦然明白“每一次反对的是一方的屠杀，每一次支持的是另一方的屠杀”，由此弗兰茨产生了一种自毁的冲动。

伟大的进军建立在非理性的态度之上，更确切地说，伟大的进军是政治媚俗。所谓的伟大进军将人们划分成或左或右的两部分，划分成众多的政治派别，每一个都是对某种理论的盲目信仰甚至狂热崇拜。而媚俗的根源是对生命的绝对认同。昆德拉所说的媚俗（kitsch），原是来自19世纪浪漫主义的德文词，后来逐渐被延伸使用，20世纪50年代后开始流行于世界。书中的媚俗并非是我们日常理解的，这里和译者的翻译有关。书中的媚俗可以理解为“自以为是对的”，是对生命的绝对认同、认可或者盲从大众的普世价值观，并以实现大众的追求为目标。

昆德拉认为，媚俗的根源就是对生命的绝对认同。这里可以这么理解：当看到无人赡养的老父亲，激发出了同情的感受。但也许这个父亲自己选择了独居，并不是因为没有子女。这种老有所依、儿女相伴的生活状态，是大众所认为美好的境遇。这种对生命的绝对认同可以解释很多东西：绝对认同事业的人，破产或失去工作后可能走向自杀；绝对认同权力和升学率的校长，随意缩减学生们的放假时间；绝对认可恋爱的人，分手后会难以忍受。昆德拉如此反对媚俗的原因在于，当你完全认同被灌输到脑子里的大众价值观，就会完全丧失自己的思考。试想一个社会，大家都自以为是，都充满了对自身生命价值的认同，在各种门户网站和社交网络，各种跟帖站队，最终结果就是个体性的丧失。媚俗可怕的地方就在于它将人强行拖入集体之中，消除了人作为个体的独立性与尊严。

四、两性关系的本质

小说从始至终围绕着人性最本质的关键词——灵与肉。托马斯在与众多情人的相处中，并未真正爱上过谁，直到遇见特蕾莎。在相处的第一刻，他把特蕾莎看成一个涂了树脂的篮子里顺水漂来的孩子，感到了一种无法解释的爱。通过特蕾莎他明白，爱开始于一个女人以某句话印在我们诗化记忆中的那一刻。客观上看两人的感情确实有不平等性，但主观上托马斯一直对特蕾莎爱恋而尊重。托马斯对特蕾莎的态度又是隐藏，又是假装，还得讲和，让她振作，给她安慰，翻来覆去地向她证明他爱她，还要忍受因嫉妒、痛苦、做噩梦而产生的满腹怨艾。在第七章第七节中，特蕾莎也终于明白自己的软弱是咄咄逼人的，是自己的痛苦和软弱迫使托马斯就范，直至他不再强大。造成特蕾莎痛苦、托马斯妥协的原因是两人的爱情观不同。

托马斯认为爱情是轻的，造成他们相爱的原因是六次偶然，如果不是科主任犯了坐骨神经痛，这一爱情就根本不会存在。而特蕾莎认为没有了爱情，生命将不再是我们应有的生命。从孩提时代起，她就幻想入睡时能紧握着自己深爱的那个男人，当她与托马斯相遇时，恨不得让自己的灵魂冲出肉体让他看一看。托马斯认为爱情之轻，承认了肉体和灵魂之间不可调和的两重性；但特蕾莎不认可这一说法，她更相信肉体和灵魂之间具有统一性。书的最后，托马斯做出了让步，同特蕾莎一起移居乡下，颇有些长相厮守的意味。两个人终于确信了自己的爱情，达到了一种牧歌式的幸福。

书中多次提到“Einmal ist keynmal”（意思是“偶然一次不算数”）和“Es muss sein”（意思是“非如此不可”），这是昆德拉对重和轻做出的形而上学的阐述。“Es muss sein”出自贝多芬的最后一首四重奏，即《F大调第十六弦乐四重奏》。“Es muss sein”是生命之重的象征，象征着生命中我们必然要承担的责任，我们必然会结成的婚姻，我们必然要遵从的命运。但“Es muss sein”的灵感来源其实是贝多芬的一次诙谐的讨债行动。托马斯认识到大多的“Es muss sein”是由社会习俗强加到他身上的，并不是真的非如此不可。他渴望看一看当一个人抛弃了所有他自认为使命的东西时，生命中还能剩下些什么。而“Einmal ist keynmal”代表的偶然性与“Es muss sein”的必然性恰好形成对立。因为“Einmal ist keynmal”，偶然一次不算数，所以我们无法客观评价历史与人生的意义——历史与人生毕竟只发生一次。托马斯认为，只能活一次，就和根本没有活过一样，因为我们无法判断抉择是好或坏，一切都是初次经历。我们既没有足够的经验，也没有客观的角度去评价究竟什么是客观价值。

正如昆德拉在书中所写:“历史和个人生命一样轻,不能承受地轻,轻若鸿毛,轻若飞扬的尘埃,轻若明日即将消失的东西。”一切事情的发生都带有极大的偶然性,无论历史的峰回路转,还是人生的啼笑皆非,太多的事情都因为偶然发生了天翻地覆的改变。而正是一连串的偶然成就了我们的生命之轻,我们现在所处的境况只是万千可能性之一。我们或许可以像托马斯一样,直面生命“轻与重”的生存困境,在不断追问自我的过程中扛起自己的命运,勇敢地面对这些“Es muss sein”。

精彩片段

如果我们生命的每一秒钟得无限重复,我们就会像耶稣被钉死在十字架上一样被钉死在永恒上。这一想法是残酷的。在永恒轮回的世界里,一举一动都承受着不能承受的责任重负。这就是尼采说永恒轮回的想法是最沉重的负担的缘故吧。

引自 第一章《轻与重》

没有任何方法可以检验哪种抉择是好的,因为不存在任何比较。一切都是马上经历,仅此一次,不能准备。好像一个演员没有排练就上了舞台。如果生命的初次排练就已经是生命本身,那么生命到底会有什么价值?正因为这样,生命才总是像一张草图。但“草图”这个词还不确切,因为一张草图是某件事物的雏形,比如一幅画的草稿,而我们的生命却不是任何东西的草稿,它是一张成不了画的草图。

引自 第一章《轻与重》

人生如同谱写乐章。人在美感的引导下,把偶然的事件(贝多芬的一首乐曲,车站的一次死亡)变成一个主题,然后记录在生命的乐章中。犹如作曲家谱写奏鸣曲的主旋律,人生的主题也在反复出现、重演、修正、延展。安娜可以用任何一种别的方式结束生命,但是车站、死亡这个难忘的主题和爱情萌生结合在一起,在她绝望的一刹那,以凄凉之美诱惑她。人就是根据美的法则在谱写生命乐章,直至深深的绝望时刻的到来,然而自己却一无所知。

引自 第二章《灵与肉》

如果一件事情取决于一系列的偶然，难道不正说明了它非同寻常而且意味深长？在我们看来只有偶然的巧合才可以表达一种信息。凡是必然发生的事，凡是期盼得到、每日重复的事，都悄无声息。唯有偶然的巧合才会言说，人们试图从中读出某种含义，就像吉普赛人凭借玻璃杯底咖啡渣的形状来做出预言。

引自 第二章《灵与肉》

托马斯明白了一件不可思议的事情。所有的人都对他微笑，所有人都希望他写反悔声明，而他一旦写了，就会让所有人都乐意！第一种人高兴，是因为一旦懦弱成风，他们曾经有过的行为便再也普通不过，因此也就给他们挽回了名誉。第二种人则把自己的荣耀看作是一种特权，决不愿放弃。为此，他们对懦弱者心存一份喜爱，要是没有这懦弱者，他们的勇敢将会立即变成一种徒劳之举，谁也不欣赏。

引自 第五章《轻与重》

参考文献

[1]王艳叶.近十年《不能承受的生命之轻》的研究综述[J].戏剧之家,2020(27): 209-211.

[2]韩少功.韩少功作品系列 进步的回退[M].上海: 上海文化出版社.2017.

导读人简介

吴媚，图书情报与档案管理专业硕士，东南大学图书馆馆员。

勇气的心理学

导读人：李瑞瑞

《被讨厌的勇气》是日本作家岸见一郎和古贺史健介绍阿德勒思想体系即自我心理学的一本书。一名身陷自卑、无能与不幸福的青年，听到一位哲人主张“世界极其简单，人们随时可以获得幸福”便来挑战。两人展开了你来我往的思考和辩论。青年有困惑，哲人有智慧，于是两人在一场场关于人生问题的大讨论中完成了智慧的传承。该书以希腊哲学的古典手法“对话篇”进行内容呈现，对话体使得我们在阅读的时候感到非常亲切，有“如师在侧，如友在临”的体验，我们可以跟随书中两位主角的对话、辩论，进入阿德勒式的心灵成长世界。正像阿德勒那句“个体心理学是所有人的心理学”一样，该书将原本高深难懂的心理学、哲学问题结合贴近生活的例子并用浅显易懂的语言娓娓道来。同时，该书最大的特点是不仅分析了生活中种种烦恼的根源，而且还一一给出了相应的对策。

一、阿德勒和他的思想

阿尔弗雷德·阿德勒与弗洛伊德、荣格并称为“心理学三大巨头”。阿德勒是个体心理学的先驱和代表。个体心理学与其他心理学流派相比，最突出的一点在于它对人的研究是以个体为始，即首先关注个体本身的成长发展和人生历程。有趣的是，如果对阿德勒本人的人生经历及其学说有所了解的话，会发现他的发展轨迹恰好印证了他所秉持的观点和理论。阿德勒出生于维也纳郊区的一个富裕人家，虽然家境优渥，但是他从小患有软骨病，身材矮小，5岁的时候因为肺炎几乎失去生命，再加上他有一位优秀的哥哥，这让他产生了自卑感。但他并没有让童年的经历和身体上的缺陷压倒自己，相反，这刺激了他的上进心，他决心当一名医生，帮助自己走出儿时留下的死亡阴影和自卑感。

阿德勒是奥地利精神病学家，同时也堪称思想家和哲学家。作为个体心理学的创始人和人本主义心理学的先驱，阿德勒有“现代自我心理学之父”之称。他在精神分析学派内部第一个反对弗洛伊德的心理学体系，由生物学定向的本我转向社会文化定向的自我心理学。他强调人与人之间的关系、竞争和完美的愿望，并认为每个人都具有一种奋力拼搏、追求优越以适应环境，从而达到自我完善的能力。阿德勒学说以“自卑感”与“创造性自我”为中心，并强调“社会意识”。

虽然阿德勒的理论是近100年前提出的，但是在今天来看仍具有前瞻性，影响了很多人的思想。因全球畅销书《人性的弱点》和《美好的人生》而闻名的戴尔·卡耐基曾评价阿德勒为“终其一生研究人及人的潜力的伟大心理学家”，而且其著作中也体现了很多阿德勒的思想。同样，史蒂芬·柯维所著《高效能人士的7个习惯》中的许多内容也与阿德勒的思想非常相近。

二、束缚自我的双重枷锁

阿德勒最重要的思想主题，是对自我的解放。生活给我们各种束缚，表面上看这种束缚可能来自时间、金钱、人际关系，但实际上这些束缚是来自心灵的，阿德勒试图把个体从这种束缚中解脱出来。

第一个束缚来自过去。日常生活中，我们时不时会遇到关于童年创伤、原生家庭对个人的影响等问题的讨论，好像我们以前学的、用的都是原因论，也就是弗洛伊德强调的精神创伤，认为人之所以出现心理问题，是因为过去受过创伤，心灵过去所受的伤害是引起目前不幸的罪魁祸首。阿德勒心理学则明确否定心理创伤，他主张目的论而非原因论，“任何经历本身并不是成功或失败的原因。我们并非因为自身经历中的刺激——所谓的心理创伤而痛苦，事实上我们会从经历中发现符合自己目的的因素。决定我们自身的不是过去的经历，而是我们自己赋予经历的意义”。并不是说遭遇大的灾害或者幼年受到虐待之类的事件对人格形成毫无影响；相反，影响会很大。但关键是经历本身不会决定什么，我们给过去的经历“赋予了什么样的意义”，这直接决定了我们的生活。人生不是由别人赋予的，而是由自己选择的，是自己选择自己的生活方式。一个非常经典的例子可以说明“原因论”和“目的论”的区别：一个病人一要出门就紧张，几十年走不出家门。弗洛伊德会从他过去的创伤找原因——童年受过欺凌。但阿德勒认为，他是先有了“不想出门”这个目的，然后为了达到这个目的，挑选出过去受欺负的记忆，制造出了紧张的情绪。

而想要挣脱来自过去的束缚，解决办法就是要有“摒弃现在的生活方式”的决心，要有“获得幸福的勇气”。无论是继续选择与之前一样的生活方式还是重新选择新的生活方式，那都在于我们自己，接下来的行为就是自己的责任了。而很多人觉得生活方式无法改变，是因为自己下了“不改变”的决心。因为如果一直保持“现在的我”，那么应对眼前的事情就是轻车熟路的状态；而如果选择新的生活方式，不知道新的自己会遇到什么问题，也不知道该如何应对，未来难以预测。因此即使人们有很多不满，依旧认为保持现状更加轻松、能更安心。

第二个束缚来自人际关系。“人的烦恼皆源于人际关系”，这是阿德勒心理学的一个基本概念。这里的人际关系是广义的，我们无法脱离人群独自存在，一个个体在想要作为社会性的存在生存下去的时候，就会遇到不得不面对的人际关系，而我们的烦恼来自如何看待自己和他人的关系。在如何看待自己与他人的关系上，有两种观点。一种是纵向观点，认为人是有高低等级之分的，人与人之间是一种竞争关系，而竞争会让人无法摆脱人际关系带来的烦恼，竞争会有胜负之分，会产生自卑情结或优越情结，会把他人乃至整个世界都看成“敌人”而不是伙伴。另一种是横向观点。阿德勒认为，人与人之间是横向关系，我们应该积极地看待自己与别人的差异，我们“虽然不同但是平等”，人都有差异，这种差异无关善恶或优劣。我们都走在一个不存在纵轴的水平面上，我们不断向前迈进并不是为了与谁竞争，而是不断超越自我。人际关系是一个怎么考虑都不为过的重要问题。

如果要摆脱人际关系的束缚，就需要直面“人生的课题”，学会课题分离，不妄加干涉。从孩提时代到可以自立、工作、恋爱、结婚，会产生各种人际关系，阿德勒把这些过程中产生的人际关系分为“工作课题”“交友课题”“爱的课题”这三类，三个课题的不同来自距离和深度。基本上，一切人际关系的矛盾都起因于对别人的课题妄加干涉或者自己的课题被别人妄加干涉。比如父母干涉孩子的选择、夫妻之间对对方有不切实际的期待、对于下属的工作管理过细，都是没有进行课题分离。只要能够进行课题分离，人际关系就会发生巨大改变。可以说，课题分离是人际关系的起点。辨别究竟是谁的课题的方法非常简单，只要考虑一下“某种选择所带来的结果最终要由谁来承担”。如果孩子选择“不学习”这个选项，那么由这种决断带来的后果如成绩不好、无法上好学校等，最终的承受者不是父母，而是孩子，也就是说学习是孩子的课题，世上的父母却总是打着“为你着想、为你好”的旗号加以干涉。但是，父母们的行为有时候很明显是为了满足自己的面子和虚荣又或者是支配欲，也就是说，不是“为了你”而是“为了我”，正是因为察觉这一点，孩子才会反抗。有一点需要注意，阿德勒心理学并不是推崇放任主义，而是主张在了解想孩子干什么的基础上对其加以守护。阿德勒用一句话来形容课题分离，叫做“可以把马带到水边，但不能强迫其喝水”。关于自己的人生，你能够做到的就只有“选择自己认为最好的道路”，而别人如何评价你的选择，那是别人的课题，你根本无法左右。我无法改变的事情，不是我的课题，要表现出“岂能尽如人意”的雅量；而对于我能改变的那些事，是我的课题，则要做到“但求无愧我心”的担当。如果人人都能如此，也就没那么多人际关系的烦恼了。

三、自卑感和追求优越性

阿德勒的心理学，就这样把自我从过去和人际关系中解放出来。然后呢？以前我们裹足不前，可以怪原生家庭、怪童年经历、怨社会，而阿德勒却完全将选择的权利交给了我们自己。我们要有勇气正确面对自卑感与优越感，要让自己过得更好。自卑感和追求优越性是该书反复提及的关键词。

阿德勒认为，每个人都有不同程度的自卑感，因为我们都想让自己更优秀，让自己过更好的生活。如果我们勇往直前，便能通过直接、实际的方法改变我们的生活，逐渐摆脱自卑感。没有人能一生被自卑感折磨，人们可以寻求合理的解决方法来释放自卑感。当一个人失去自信，不再认为通过自己脚踏实地的努力可以摆脱自卑感，但他依旧不能容忍自卑感的折磨时，他会继续设法摆脱它们，只是他运用的方法是不切实际的。他不再设法克服困难，反而沉醉于一种优越感之中，强迫自己认为自己有优越感。这样不利于消除自卑感，反而使自卑感不断累积。产生自卑的真正原因没有克服，问题就会一直存在，他所采取的每一个自欺欺人的行动都会让他的自卑感更加强烈。不管他怎样自欺欺人，他的自卑感都是存在的，时间久了，它就会变成一种固定的情结，只要有相同的事情发生就会引起他们的自卑感，成为生命的底色即自卑情结。自卑情结是指一个人在意识到他要面对一个他无法解决的问题时，表现出的无所适从。自卑感和自卑情结必须分辨清楚，不可以混淆。因为自卑感本身无可厚非，它激励了人不断追求卓越，克服自身的障碍，在有限的生命内发挥最大的价值。可以说，正是由于人类会有自卑感，才会有不断取得发展和进步的不竭动力。健全的自卑感不是来自与别人的比较，而是来自与“理想的自我”的比较。

优越感则是自卑感的补偿。人人都在追求属于自己独有的一种优越感。人们都有想要摆脱无力状态、追求进步的普遍欲求，即“追求优越性”。所谓追求优越性是指自己不断朝前迈进，而不是比别人高出一等的意思。人都处于追求优越性这一希望进步的状态之中，树立某些理想或目标并努力为之奋斗。追求优越感正是我们人类不断进步的源泉，它激励着我们每一个人。人类的整个活动都建立在对优越感的追求上，无论是从无到有、从失败到成功，还是从匮乏到富足。但是，在努力追求优越感的过程中，只有为了他人的利益而前进的人和那些为了社会发展而奋斗的人，才是能够超越生活，从而顺利获得优越感的人。优越情结是一种虚假的优越感，如前文提到的，苦于强烈的自卑感，但却没有勇气通过努力或成长之类的健全手段去进行改变，又没法忍受自卑情结，便会表现得好像自己很优秀，继而沉浸在一种虚假的优越感之中。一个很常见的例子就是“权势张扬”，例如大力宣扬自己是权力者，可以是班组领导，也可以是知名人士，其实就是在通过此种方式来显示自己是一种特别的存在。虚报履历或者过度追求名牌也都属于一种权势张扬，具有优越情结的特点。这些情况都属于“我”原本并不优秀或者并不特别，而通过把“我”和权势相结合，似乎显得“我”很优秀，这也就是虚假优越感。

四、一切都是勇气的问题

阿德勒说：“无论是追求优越性还是自卑感，都不是病态，而是一种能够促进健康、正常的努力和成长的刺激。”每个人都或多或少有一些自卑感，也都有对优越和成功的渴望，这些是个人精神生活不可或缺的组成部分，在优越感和自卑感的刺激下，会让人产生面对困难的勇气。勇气是该书的关键词之一，也是阿德勒心理学的关键词，更是我们人生问题的最终解药。我们并不缺乏能力，只是缺乏勇气，一切都是勇气的问题。

针对自卑情结、优越情结和幸福感等问题，该书指出“任何人都可以随时获得幸福”，这需要有“共同体感觉”。前文提到，课题分离是人际关系的出发点，人际关系的最终目标是共同体感觉。建立起共同体感觉，需要从“自我接纳”“他者信赖”和“他者贡献”这三点做起。

所谓“自我接纳”，是指要分清“能够改变的”和“不能够改变的”，假如做不到就诚实地接收这个“做不到的自己”，然后尽量朝着能够做到的方向去努力，不对自己撒谎；对于那些可以改变的事情，拿出改变的勇气。正如广为流传的“尼布尔的祈祷文”所说：“上帝，请赐予我平静，去接受我无法改变的；给予我勇气，去改变我能改变的；赐我智慧，分辨这两者的区别。”“他者信赖”是指在人际交往中我们需要无条件地相信他人，不附加任何条件；但这并不意味着我们就要在生活中做个傻瓜式老好人，阿德勒心理学并没有基于道德价值观去主张“要无条件地信赖他人”。无条件的信赖是搞好人际关系和构建横向关系的一种“手段”，如果并不想与那个人搞好关系的话，也可以用手中的剪刀彻底剪断关系，因为剪断关系是我们自己的课题。既能接纳自己又能信赖他人，可以找到一种“可以在这里”的归属感。但是共同体感觉并不是仅凭“自我接纳”和“他者信赖”就可以获得的，还需要第三个关键词即“他者贡献”。他者贡献并不是舍弃“我”而为他人效劳，它反而是为了能够体会到“我”的价值而采取的一种手段。我们只有在感觉到自己的存在或行为对共同体有益的时候，也就是体会到“我对他人有用”的时候，才能切实感受到自己的价值。“自我接纳”“他者信赖”和“他者贡献”这三者是缺一不可的整体。因为接受了真实的自我——也就是“自我接纳”——才能够不惧背叛地做到“他者信赖”；而且，正因为对他人给予无条件的信赖并能够视他人为自己的伙伴，才能够做到“他者贡献”；同时，正因为对他人有所贡献，才能够体会到“我对他人有用”进而接受真实的自己，做到“自我接纳”。

人生的意义是自己赋予自己的。一边快乐地游戏，一边生活，即使人生不可能永远都有舒服愉快的事情等着我们，也要认真地感受“活着的喜悦”，有勇气地活在当下。

精彩片段

哲人：阿德勒心理学明确否定心理创伤，这一点具有划时代的创新意义。弗洛伊德的心理创伤学说的确很有趣。他认为心灵过去所受的伤害(心理创伤)是引起目前不幸的罪魁祸首。当我们把人生看作一幕大型戏剧的时候,它那因果规律的简单逻辑和戏剧性的发展进程自然而然地就会散发出摄人心魄的魅力。

但是,阿德勒在否定心理创伤学说的时候说了下面这段话:"任何经历本身并不是成功或者失败的原因。我们并非因为自身经历中的刺激——所谓的心理创伤——而痛苦,事实上我们会从经历中发现符合自己目的的因素。决定我们自身的不是过去的经历,而是我们自己赋予经历的意义。"

引自《第一夜 我们的不幸是谁的错?》

青年:另一个一直萦绕在我脑海里的就是"羁绊"这个词语。我们其实都挣扎般地活在各种各样的"羁绊"之中——不得不和讨厌的人交往,不得不忍受讨厌的上司的嘴脸等。请您想象一下,如果能够从烦琐的人际关系中解放出来的话,那会有多么轻松啊!

但是,这种事任何人都做不到。无论我们走到哪里都被他人包围着,都是活在与他人的关系之中的社会性的"个人",无论如何都逃不出人际关系这张坚固的大网。阿德勒所说的"一切烦恼皆源于人际关系"这句话真可谓是真知灼见啊。一切的事情最终都会归结到这一点上。

引自《第三夜 让干涉你生活的人见鬼去》

参考文献

[1]岸见一郎,古贺史健.被讨厌的勇气[M].渠海霞,译.北京:机械工业出版社.2015.

[2]阿尔弗雷德·阿德勒.自卑与超越[M].马晓娜,译.北京:北京联合出版公司,2016.

导读人简介

李瑞瑞,图书情报学硕士,东南大学图书馆馆员,从事阅读推广相关工作。